suhrkamp taschenbuch 4302

Hauptkommissarin Cornelia Weber-Tejedor hat es nicht gerade leicht. Ihr Mann Jan ist ausgezogen, und ihre Affäre mit dem Kollegen Leopold belastet nicht nur den beruflichen Alltag. Da kommt ihr ein Auftrag aus dem Drogendezernat nur recht. Auf dem Frankfurter Flughafen ist eine Reinigungskraft tödlich verunglückt, offenbar hatte das Opfer Kontakt zum organisierten Drogenhandel. Als verdeckte Ermittlerin und mit völlig neuer Identität mischt sich Cornelia unter das Reinigungspersonal des Flughafens. Schon bald gewinnt sie das Vertrauen ihrer neuen Kolleginnen und ihres Chefs und geht ganz in ihrer Rolle auf. Vielleicht zu sehr? Denn aus falschem Vertrauen heraus begeht sie einen fatalen Fehler.

Rosa Ribas wurde 1963 in Barcelona geboren und studierte dort Hispanistik. Sie lebt seit vielen Jahren in ihrer Wahlheimat Frankfurt. *Falsche Freundin* ist nach *Kalter Main* und *Tödliche Kampagne* der dritte Band der Krimiserie um die deutsch-spanische Kommissarin Cornelia Weber-Tejedor.

Rosa Ribas

FALSCHE FREUNDIN

Der dritte Fall für
Kommissarin Cornelia Weber-Tejedor

Kriminalroman

Aus dem Spanischen von
Peter Schwaar

Suhrkamp

Die Originalausgabe erschien 2011 unter dem Titel
En caída libre
bei Editorial Viceversa, Barcelona.

Für die deutsche Übersetzung durchgesehene Fassung

Deutsche Erstausgabe
suhrkamp taschenbuch 4302
Erste Auflage 2012

Druck: CPI – Ebner & Spiegel, Ulm
Printed in Germany
Umschlaggestaltung und -motiv:
HAUPTMANN & KOMPANIE Werbeagentur, Zürich
ISBN 978-3-518-46302-4

1 2 3 4 5 6 – 17 16 15 14 13 12

FALSCHE FREUNDIN

EIN STURZ

Die ans Flugzeug geschobene Gangway hatte zwei Plattformen und dreiundzwanzig Metallstufen. Der Schnürsenkel von Fatma Celiks rechtem Turnschuh verfing sich in der Ritze zwischen der ersten Plattform und der Stange des dazugehörigen Geländers.

Viele Faktoren mussten zusammenwirken, damit das geschehen konnte: der genaue Abstand zwischen Fuß und Ritze, die Beschaffenheit des Schnürsenkels, zwar dünn genug, um in die Ritze hineingeraten zu können, aber auch dick genug, um darin steckenzubleiben, wodurch der nächste Schritt der Frau abrupt gestoppt wurde, Schubkraft und Geschwindigkeit, mit der sie aus der Tür trat, beides kaum zu bremsen, nachdem die Trägheit einmal wirksam geworden war; die falsch kalkulierte Distanz zwischen Geländerstange und Händen. Hätte an diesem heißen Nachmittag, es war der letzte Dienstag im Juli, auch nur ein einziger dieser Faktoren nicht mitgespielt, so wäre nichts geschehen, und Fatma Celik hätte problemlos die Gangway des fünften Flugzeugs, das sie in ihrer Schicht saubergemacht hatte, hinter sich gebracht. Schlimmstenfalls wäre sie leicht gestolpert.

An diesem Tag jedoch kam alles zusammen, der Schnürsenkel blieb hängen und stoppte ihren raschen, nervösen Gang, so dass sie den Boden unter den Füßen verlor. Instinktiv wollte sie sich an etwas festklammern, doch die Finger fanden das Geländer nicht, die grün behandschuhten Hände flatterten wild im Leeren, und der Brustkorb der Reinigungskraft durchschnitt die Luft wie der eines Läufers im Endspurt. Danach besorgten die Schwerkraft und die Hast, mit der sie die Kabine der Maschine aus Santiago de Chile verlassen hatte, den Rest.

Beim Aufprall auf die untere Plattform brach sie sich zwei Rippen, aber das Entscheidende passierte erst auf der neunzehnten Stufe, als ein brutaler Hieb sie in den Nacken traf. Sie überschlug sich noch einmal und blieb dann bewusstlos auf dem Rücken liegen. Die Zipfel ihres offenen Kittels bewegten sich im Wind, und ein Rinnsal Blut trat ihr aus dem Mundwinkel.

Da sie bereits das Bewusstsein verloren hatte – sie sollte es erst eine halbe Stunde später wiedererlangen, um eben noch zu realisieren, dass sie in diesem Krankenwagen sterben würde –, konnte sie nicht sehen, dass ihre Kollegin Sonia Raimondo, als sie sie stürzen sah, aus dem Flugzeug eilte, die Gangway hinunterhastete und, während sie entsetzt ihren Namen rief, die Hand in eine von Fatmas Kitteltaschen steckte, etwas herausnahm und im eigenen Kittel verbarg.

Hingegen sah es eine der Stewardessen, die in die Flugzeugtür getreten war. Ohne den Blick von der Gestürzten abzuwenden, meldete sie den Unfall dem Notdienst und verlangte dann mit der Polizei zu sprechen.

AUF DEM WASSER

»Langsam, langsam.«

Die Erste wurde langsamer, die Zweite passte sich sofort an. Sie machten zwei weitere Züge. Cornelia beobachtete, wie die Ruderblätter ins Wasser ein- und dann wieder auftauchten, ergriff die Skulls und zog beim dritten Mal mit. Beim vierten Ruderschlag stieg auch Senna ein, die Vierte und Hinterste.

Sie ruderten flussabwärts. Jeder Zug wollte die Strömung des Mains beschleunigen, der an diesem Augustsonntag träge dahinfloss. Es war, als ob die ungewöhnliche Hitze die Bewegungen der Menschen an den Ufern verlangsamte, sie aber auch zu Schreihälsen machte. In der Flussmitte vermischten sich die Stimmen von beiden Seiten, aber mit geschlossenen Augen hatte sie das Gefühl, die vom Sachsenhausener Ufer seien kräftiger. Gelächter, Fahrradklingeln, die Rollen der Skates auf dem Asphalt, die von Bellen begleiteten ständigen Hundebegegnungen. Und Kinder. Vor allem Kindergeschrei, das oft ihnen galt:

»Hallo, hallo!«

»Tschühüss, tschühüss.«

Was war häufiger, die Begrüßungen oder die Verabschiedungen? Machte es einen Unterschied, ob man flussauf oder flussab ruderte?

Die Stimme der Steuerfrau erreichte sie an einem Punkt im Gehirn, an dem sie ihre Gedanken nicht beeinträchtigen konnte.

»Schneller. Langsamer. Kommt nicht aus dem Rhythmus.«

Man brauchte nur diesen simplen Anweisungen zu folgen und sich vom Wasser mittragen zu lassen.

»Gut. So, ja, so.«

Man musste nichts denken – jemand, der im Bug saß und wusste, wohin die Fahrt ging und wie man ans Ziel gelangte, erteilte die Befehle. Mindestens zwei Stunden lang würde sie nicht denken müssen. Zwei Stunden einen leeren Kopf. Zwei Stunden, ohne sich an ihren Mann Jan zu erinnern, der am Nachmittag bei ihr ein paar Dinge holen würde, die er benötigte. Warum ausgerechnet an einem Sonntag? Wenn jemand wusste, wie ungeeignet ein Sonntagnachmittag für so triste Aktionen war, dann ein Lehrer wie er, dem bewusst war, welche Melancholie den letzten Stunden des Wochenendes innewohnte. Die Wunden der Trennung waren noch weit offen und dem Virus der Sonntagstraurigkeit schutzlos ausgeliefert.

Seit der Entscheidung waren drei Wochen vergangen.

»Wir brauchen Zeit.«

»Ja, natürlich.«

Keiner hatte den Mut gehabt, zu fragen, wofür.

Drei Wochen. Sie war eben von einem Urlaub ohne ihn in Tschechien und Ungarn zurückgekehrt. Ihre Freundin Iris und sie, zwei Wochen von Kurbad zu Kurbad. Die schönsten Bäder und Schwimmbecken, die sie je gesehen hatte.

»Dekadent«, sagte Iris jedes Mal, wenn sie einen weiteren gekachelten Raum im Jugendstil mit von tempelwürdigen Säulen gestütztem Gewölbe betreten hatten. Einmal wurden sie von Nymphen, Faunen und Weinblättern, ein anderes Mal von Blumenmotiven und verspielten Mäandern oder sonstigen Geometrien empfangen.

»Dekadent«, echote Cornelia, bevor sie in Karlovy Vary, Prag, Budapest in ein Schwimmbecken tauchte.

Das Wasser entleerte einem den Geist, machte die

Menschen zu glücklichen Protozoen, die keinen anderen Wunsch hatten, als sich von der einhüllenden Flüssigkeit auf die eine und die andere Seite tragen zu lassen.

Während sie umdrehte und in einem Budapester Freiluftbad zu einer weiteren Länge ansetzte, dachte Cornelia, es gebe kaum absurdere, willkürlichere Betätigungen, als in einem Becken hin und her zu schwimmen.

»Da fallen mir noch viele weitere ein«, hatte Iris aus ihrem Liegestuhl heraus geantwortet, als sie ihr das in einer Pause gesagt hatte.

»Stimmt.« Sie schaute einer Gruppe Badegäste zu, die im Wasser auf schwimmenden Brettern eine Partie Schach spielten.

Nach dem Urlaub hatte sie ihrem Mann erzählt, was mit Leopold vorgefallen war.

»War es nur dieses eine Mal?», fragte er.

»Ja.«

Das stimmte, als sie es ihm sagte. Ebenso wenig war es gelogen, als sie behauptete, sie werde Leopold nicht mehr außerhalb der Arbeitszeit sehen – in diesem Moment war sie überzeugt davon. Trotzdem schlug sie ihm eine befristete Trennung vor.

»Wir brauchen Zeit«, hatte sie vor drei Wochen gesagt.

»Ja, natürlich.«

Eine Gruppe Mütter war stehen geblieben, um ihre Kinder auf das Boot aufmerksam zu machen. Drei Knirpse winkten ihnen zu. Der Vierte überließ es in seiner Gleichgültigkeit der Mutter, seine Hand zum Gruß zu schütteln.

Rudern ist beinahe wie schwimmen.

Zwei Stunden ohne einen Gedanken an Leo.

Die Party auf dem Präsidium war schon fast zwei

Monate her. Sie ermittelten damals in einem sehr dringenden Fall, was sie daran hinderte, über diese Nacht zu sprechen, oder vielmehr gestattete der Fall es ihnen, nicht darüber zu sprechen. Zunächst war sie diejenige, die sich hinter der Arbeit verschanzte; danach, als der Fall gelöst war, verschwand er für mehrere Tage. Beider Handys blieben stumm. Auch während der zwei Urlaubswochen mit Iris.

Die Wiederbegegnung war unvermeidlich gewesen.

Am ersten Arbeitstag nach dem Urlaub war sie mit weichen Knien an Leopolds Büro vorbeigegangen. Sie erspähte ihn aus dem Augenwinkel und entnahm seinem Zusammenzucken, dass auch er sie gesehen hatte. In den ersten Stunden schaffte sie es, ihm aus dem Weg zu gehen. Immer war jemand da, immer gab es irgendetwas zu tun. Bis am Mittag viele in Richtung Kantine entschwanden, auch Reiner Terletzki. Sie blieb allein im Büro, ja fast im ganzen Flur.

Da erschien Leopold auf der Schwelle, die Hände in den Jeanstaschen.

»Willst du mir bis zur Pensionierung aus dem Weg gehen?«

Sie konnte sich nicht mehr an ihre Antwort erinnern, sicherlich nichts Denkwürdiges. Kurz darauf war sie mit ihm in einem Hotelzimmer. Den Rest der Woche versuchten sie, einander aus dem Weg zu gehen, und das Wochenende verbrachte Cornelia allein.

Morgen wieder mit Leopold auf dem Präsidium arbeiten. Na und? Nichts. Was nach der Party zwischen ihnen geschehen war, war ein Ausrutscher gewesen. Ein Zeichen. Das war es gewesen – das Vorgefallene war ein Zeichen dafür, dass es mit ihrer Ehe zu Ende ging. Es hatte ihr einen Grund gegeben, das zu akzeptieren. Das mit Leo war und blieb eine Bettgeschichte. Schlimmer noch, eine Sofageschichte. Also auch noch lächerlich.

Kopfschüttelnd versuchte sie es aus dem Gedächtnis zu streichen. Nichts, nichts, nichts. Das war zu Ende. Eine Stimme im Bug riss sie aus dieser Spirale heraus.

»Cornelia, du gerätst aus dem Takt.«

Das hat man davon, wenn man denkt.

Im Takt und ohne schneller oder langsamer zu werden, glitten sie unter dem Holbeinsteg durch, danach unter der Friedensbrücke, und dann ließen sie die luxuriösen Wohnhäuser hinter sich zurück, die die alten Hütten am Westhafen ersetzt hatten. Sie fuhren auf den Sandstrand von Niederrad zu.

Dieselbe Strecke, die drei Wochen zuvor auch Nicole Eulenbergs Leiche zurückgelegt hatte. Die Arme hatten ihr gefehlt. Vielleicht lagen sie auf dem Flussgrund, möglicherweise genau unter dem Boot mit den vier Ruderinnen und der Steuerfrau, die mit ihren Schlägen beharrlich den Fluss aus seiner sommerlichen Siesta wecken wollten.

Doch in diesem Moment wusste Cornelia noch nicht, dass wenige Stunden später die Leiche auftauchen und in den Gebüschen am Südufer hinter der Autobahnbrücke hängen bleiben würde. In diesem Moment ließ sie sich wieder vom gleichmäßigen Rhythmus der Ruder davontragen.

OHNE ARME

Der Fall Nicole Eulenberg erwartete sie am Montag. Ein Rentner, der am Sonntagnachmittag mit einem Metalldetektor und seinem Hund vorbeispaziert war, hatte die Leiche entdeckt.

»Sie hatte keine Arme, und ich dachte erst, sie ist eine Schaufensterpuppe«, hatte er der Polizeistreife gesagt, die auf seinen Anruf hin gekommen war. »Ich habe nichts angerührt. Als ich sah, dass es ein Mensch ist, habe ich auch Rocky nicht in die Nähe gelassen. Es ist eine Frau, nicht wahr? Armes Ding.«

Zwei Fotos von der Toten waren am linken Rand der Pinnwand in dem Raum befestigt, wo sich das Ermittlungsteam zusammengesetzt hatte. Eins zeigte das helle Gesicht einer Frau von zweiundzwanzig Jahren mit blondem Kurzhaar, riesigen blauen Augen und Stupsnase. Auf dem anderen Bild war das Haar länger, schmutzige Strähnen fielen ihr auf die Schultern, die Augen waren geschlossen und die Nase eine formlose Masse Fleisch mitten im Gesicht. Wie immer bei Wasserleichen hatte sich die Haut grünlich verfärbt.

Ein drittes Foto rechts auf der weißen Fläche zeigte den Ort, an dem die verstümmelte Leiche Nicole Eulenbergs gefunden worden war, Betriebswirtschaftsstudentin, zweite Tochter eines mittelständischen Ehepaars; ordentliche Noten, weder brillant noch schlecht, mittelmäßig eben; ein großer Freundeskreis, einige von der Schule, einige von der Uni, andere vom Studentenheim; ein Exfreund, von dem sie sich ein Jahr zuvor getrennt hatte, als er nach Hamburg an die Universität gegangen war; unspektakuläre Hobbys, ein bisschen Musik, Discos; als kleines Mädchen Pferde, wie bei vielen Töchtern der Mittelklasse.

Sie war vom Schambein bis zum Hals längs aufgeschlitzt worden. Um sich der Leiche auf sicherem Weg zu entledigen, hatte man sie mit Gewichten beschwert, höchstwahrscheinlich mit Steinen oder Sandsäcken an den Knöcheln und am Abdomen.

»Das haben sie alles post mortem gemacht«, sagte Winfried Pfisterer am Montagvormittag. »Die definitive Todesursache kann ich euch morgen sagen, aber ihr könnt euch vorstellen, worum es geht.«

Sie konnten es sich mehr als nur vorstellen, sie wussten es.

Nach einer ersten Einschätzung des Pathologen hatte die Leiche zwei oder drei Wochen im Wasser gelegen, ehe sie auftauchte und in Niederrad strandete. Der Trick mit den Steinen war nicht sehr erfolgreich gewesen.

»Das erinnert mich an das Märchen vom Wolf mit dem Bauch voller Steine«, sagte Cornelia zu ihren Kollegen.

»Rotkäppchen?«, fragte Leopold.

»Nein. Das mit den sieben Geißlein«, sagte Reiner.

»Endet Rotkäppchen nicht auch so?«, fragte Cornelia.

Reiner sagte nichts, kritzelte aber etwas in ein Notizbuch. Zweifellos würde er abends zu Hause die Märchen der Brüder Grimm aus dem Regal ziehen, um sich zu vergewissern. Ob er seinen Zwillingen diese brutalen Erzählungen vorlesen würde, wenn sie ins Märchenalter kämen? Mit angsteinflößenden Botschaften aufgeladene Geschichten, stets den Zeigefinger mahnend erhoben – geh nicht in den Wald, sprich mit keinem Fremden, gehorch immer deinen Eltern, mach keinem Unbekannten die Tür auf.

Sie kamen auf Nicole Eulenbergs Tod zurück. Die Leiche war nackt gewesen, und wenn diejenigen, die sie in den Fluss geworfen hatten, nicht allzu beschränkt waren, hatten sie ihre Habseligkeiten in einem Abfallcontainer verschwinden lassen. Nur dank des Fotos auf der Vermisstenanzeige ihrer Familie hatten sie sie schnell identifizieren können.

»Wir dachten, sie sei in den Vereinigten Staaten. Sie hatte Freunde dort und sagte, sie wäre eine Woche bei ihnen in Chicago und würde dann noch zwei, drei Tage in New York bleiben«, erzählte ihnen der Vater.

»Wann haben Sie gemerkt, dass irgendwas nicht stimmt?«

»Einen Tag, nachdem sie hätte zurücksein sollen. Sie hat sich immer gemeldet, wenn sie von einer Reise zurückkam. Sie war sehr verantwortungsbewusst. Sie hat uns vor der Abreise und dann zweimal aus den USA angerufen«, sagte die Mutter.

»Oder woher auch immer«, ergänzte der Vater bitter.

Er hatte darauf bestanden, seine Tochter im Leichenschauhaus zu sehen. Das Fehlen der Arme hatte man vertuschen können, aber der Zustand des Gesichts konnte weder darüber hinwegtäuschen, dass sie lange Zeit im Wasser gelegen, noch darüber, dass das Schiff, das ihr auch die Arme abgerissen hatte, sie entsetzlich zugerichtet hatte. Man hatte ihm abgeraten, die Tochter zu sehen, und ihm vorgeschlagen, ihnen Röntgenaufnahmen des Zahnarzts vorzulegen, die ihre Identität bestätigen konnten, doch Nicole Eulenbergs Vater brauchte diesen Keulenschlag, um ihren Tod zu begreifen.

»Haben Sie in letzter Zeit den Eindruck gehabt, sie habe sich verändert?« Cornelia stellte die Routinefrage.

Zunächst verneinten sie. Der Vater, die Mutter, die Schwester, zwei Jahre älter als Nicole. Dann begannen sie sich an Einzelheiten zu erinnern, andere Kleider, eine andere Frisur, Wortkargheit.

»Vielleicht hatte sie ja einen Jungen kennengelernt«, mutmaßte der Vater.

»Ja, sie hatte einen Mann kennengelernt«, bestätigte die Schwester. »Mehr hat sie mir aber auch nicht gesagt.«

»Merkwürdig«, sagte die Mutter, »dir hat sie doch sonst immer alles erzählt.«

»Sie hat wirklich nicht mehr gesagt«, wiederholte die Schwester, als Cornelia insistierte.

Sie glaubte ihr.

Wenn Nicole Eulenberg einen Mann kennengelernt hatte, dann musste es sich um jemanden gehandelt haben, der es aus irgendeinem Grund nicht wert gewesen war, dass sie mit ihrer Schwester über ihn sprach.

Sie fragte die Eltern nicht, ob sie ihr *Rotkäppchen* vorgelesen hatten, als sie noch klein war.

»Man liest uns allen diese Märchen vor, und da könnt ihr sehen, wozu es gut ist«, sagte sie zu ihren Kollegen.

Um auf dem Grund des Mains zu enden, den Bauch voller Steine.

»Wie der Wolf im Märchen mit den sieben Geißlein«, sagte Reiner.

Am Abend suchte sie im Bücherregal die Kinder- und Hausmärchen der Brüder Grimm, eine Ausgabe, die sie mit Jan auf einer Reise nach Kassel gekauft hatte. Eine grauenhafte Reise, an die sie sich aber beide voller Zärtlichkeit erinnerten. Staus, eine falsche Autobahnausfahrt, der falsche Tag, um sich die Wasserspiele auf der Wilhelmshöhe anzuschauen, und Regen. Und dennoch ein wundervoller Tag, weil sie ihn gemeinsam verbracht hatten. Vor dem Regen hatten sie sich in ein Café geflüchtet, mit einer illustrierten Ausgabe der Grimm'schen Märchen, die sie in einer Buchhandlung im Zentrum erstanden hatten. Jeder hatte dem anderen das Lieblingsmärchen seiner Kindheit vorgelesen.

»*Frau Holle*«, hatte Cornelia gesagt.

»*Rumpelstilzchen*«, hatte Jan gesagt, der das Buch nach der Trennung anscheinend mitgenommen hatte.

Auch die Andersen-Märchen fand sie nicht. Da fiel ihr ein, dass dieser Band bei ihren Eltern in Offenbach geblieben war. Sie würde ihn beim nächsten Besuch mitnehmen, sie hatte Lust, diese in nordische Melancholie getauchten Geschichten noch einmal zu lesen, die weder die Brutalität noch die Botschaften der Grimm'schen Märchen hatten. Letztere waren Jans Favoriten, weil seine Eltern sie ihm als kleinem Jungen abends vorgelesen hatten, eine Woche lang die Mutter, eine Woche lang der Vater. Wenn sie nicht gerade unterwegs gewesen waren. Sie waren beide Zoologen und ständig auf Reisen, um für verschiedene Zoos Tiere einzukaufen. Jan hatte sie verloren, als er noch sehr jung war; die Märchen der Brüder Grimm waren Erinnerungen an ihre Stimmen. Ihr dagegen waren die von Hans Christian Andersen haftengeblieben, es waren die ersten »richtigen« Texte, die sie gelesen hatte, das erste eigene Buch, an das sie sich erinnern konnte.

Ja, sie wollte es holen und damit eine der Lücken füllen, die Jan in den Regalen hinterlassen hatte.

Für diesen Abend zog sie *Tausendundeine Nacht* hervor. Sie hoffte, es sei kein schlechtes Omen für die noch bevorstehenden schlaflosen Nächte, und nahm das Buch mit ins Bett. Gegen zwei konnte sie einschlafen. Um vier drangen durchs offene Fenster mürrische Stimmen in ihren Schlaf ein.

»... musst du eigentlich immer das letzte Wort haben?« Es war eine zornige, schrille Frauenstimme.

»Du hättest es natürlich lieber, stimmt's?«, antwortete eine Männerstimme.

»Klar, wenn ich recht habe.«

»Nur deshalb möchtest du recht haben, was?«

Sie hörte, wie sich ihre schnellen Schritte entfernten. Wie lange mochten diese Gesprächsfetzen gedauert haben? Eine halbe Minute, vielleicht weniger, aber sie raubten ihr zwei Stunden Schlaf – eine halbe Stunde beim Versuch, wieder einzuschlafen, und, nachdem sie das aufgegeben hatte, eine Stunde mit Lesen und die letzte halbe Stunde mit Einschlafen.

Was überwog: die Stunden, in denen sie schlief, oder die, in denen sie wach lag? Die Ringe um die Augen und die schweren Lider wiesen auf letzteres hin.

Am Mittwochvormittag füllten die Aussagen von Nicole Eulenbergs Studienkollegen und Professoren zwei Aktenordner. Cornelia und Reiner saßen sich an Cornelias Schreibtisch gegenüber und gingen die Formulierungen durch, die gefallen waren.

»Sie war ein sehr guter Mensch.«

»Sehr nett.«

»Ein sehr angenehmes junges Mädchen.«

»Nicole Eulenberg war eine fleißige, korrekte Studentin.«

»Sehr aufmerksam und konstant.«

»Nicole war unkompliziert.«

»Ich würde nicht unbedeutend sagen, das ist nicht das Wort.«

»Unaufdringlich. Genau, sie fiel nicht besonders auf.«

Kopfschüttelnd las Cornelia die Aussagen.

»Grau, grau, grau.«

»Was hast du?«, fragte Reiner. »Grau?«

»Nicole Eulenberg ist viel zu grau. Zu flach. Wo sind denn die Schatten? Hatte sie keine Ecken und Kanten?«

»Na ja, offenbar war sie ein ganz normales junges Mädchen.«

»Du sagst es selbst: offenbar. So normal, so fade kann gar niemand sein.«

»Warum denn nicht?«

»Weil das gegen die menschliche Natur ist. Wir haben alle irgendwelche Manien und geheime Leidenschaften.«

»Ah ja?« Reiners spöttischer Ton war nicht zu überhören, aber sie ging nicht darauf ein.

»Ein stilles Wasser. Ein gutes, nettes, angenehmes, unkompliziertes junges Mädchen. Ein stilles Wasser. Allen erzählt sie, dass sie nach Chicago und New York fährt, ja sie tut so, als riefe sie von dort aus an, dabei ist sie in Kolumbien.«

In Bogotá, wie das Anrufregister der Telefongesellschaft zeigte. Zwei verschiedene Telefonnummern, unter denen sich niemand meldete. Nachdem sie die Passagierlisten der Flüge in die Vereinigten Staaten kontrolliert hatten, ohne ihren Namen zu finden, hatten sie sie in einem Flug aus Bogotá ausfindig gemacht.

»Und dann taucht sie mit offenem Bauch im Fluss auf.«

Alle konnten sich vorstellen, was geschehen war. Trotzdem hatten sie in verschiedene Richtungen ermittelt, aber sowohl Beziehungsmotive wie Diebstahl waren unwahrscheinlich. Einige eher abwegige Hypothesen, versuchte Entführung etwa, hatten sie fast im selben Moment wieder verworfen, wie jemand sie aufbrachte.

Die Bestätigung dessen, was sie seit Auftauchen der Leiche vermuteten, kam kurze Zeit später mit Leopold.

»Hier ist endlich der Obduktionsbericht.«

»War aber auch Zeit! So lange hat Pfisterer noch nie gebraucht.«

Sie riss ihm die Papiere beinahe aus der Hand. Sie brannte so sehr darauf, das Ergebnis der Autopsie zu erfahren, dass ihr bei Leopolds Eintreten etwas weniger unbehaglich war als sonst.

»›Ein Fehler bei der Urlaubsplanung‹, hat er gesagt. Sie sind völlig unterbesetzt«, erklärte Leopold, aber seine Kollegen hörten ihm gar nicht mehr zu.

»Überdosis«, las Cornelia laut.

Der Obduktionsbericht besagte, dass sie an Multiorganversagen gestorben war, bedingt durch eine Überdosis, nachdem ein Paket Kokain in ihrem Magen geplatzt war. Dann hatte man sie aufgeschlitzt, um an die in Latexkapseln in ihrem Körper steckende Schmuggelware zu kommen. All das war vermutlich kurz nach der Landung passiert, noch bevor sie die Droge ausscheiden konnte.

»Also war Nicole Eulenberg eine Drogenkurierin?«, sagte Reiner.

»Genau. Eine deutsche Körperschmugglerin, eine Schluckerin.«

DEUTSCHE SCHLUCKERINNEN

»Wir haben auch schon Fälle von deutschen Drogenkurierinnen gehabt«, sagte Hauptkommissar Wolfgang Rossmann vom Drogendezernat. Er und Oberkommissar Heiko Sulima hatten sich der Ermittlung angeschlossen.

Rossmann war in Reiners Alter, vielleicht sogar älter als er, aber bei seiner adretten Erscheinung, die ihn wie einen Herzensbrecher aus einem Film der vierziger Jahre aussehen ließ, war es schwierig, sein Alter genauer zu schätzen. In seinem sorgfältig nach hinten gekämmten, mit Gel fixierten Haar mischten sich Grautöne mit dunkelblonden Reminiszenzen.

Bis dahin hatte sich Cornelia höchstens zweimal mit ihm unterhalten. Vor ihrer ersten Besprechung zu dem Fall fragte sie sich, ob sie sich wohl mit einem der Probleme konfrontiert sähe, die sich manchmal mit älteren Kollegen ergaben, denen es unangenehm war, mit einer Frau zusammenzuarbeiten. Nichts dergleichen. Kein väterlicher Tonfall, keine dummen Witzeleien.

Rossmann begrüßte sie mit kräftigem Händedruck, hörte sich aufmerksam ihren Bericht an, stellte ein paar Fragen, machte sich Notizen und begann, sobald er alle Informationen beisammen hatte, neue Fakten beizutragen.

»Die Arbeitsweise der Drogenkurierinnen beobachten wir schon seit einiger Zeit. Anfänglich war es üblicher, die Ware am Körper zu transportieren, in Leibbinden, die mit Drogen gefüllt waren, aber dann kam das mit den Körperschmugglerinnen. Sie haben alle etwas gemeinsam: Es sind junge Mädchen, die, sagen wir, sehr nordeuropäisch aussehen, so wie die hier. Die sind weniger verdächtig.«

»Wenigstens bis vor kurzem«, ergänzte Heiko Sulima, sein jüngerer Kollege.

Es sollte sich zeigen, dass er es war, der mit ihr Probleme hatte. Anscheinend musste das einfach so sein, rein statistisch betrachtet. Das hatte ihr bereits eine Kollegin gesagt, Kommissarin Uschi Obersdörfer von der Jugendkriminalität.

»Fünf.«

»Fünf?«, hatte Cornelia mit einem Blick auf Uschis ausgestreckte Wurstfinger gefragt.

»Einer von fünf Typen macht Probleme.«

»Hast du das in einer Studie gelesen?«

»Nein. Feldforschung. Fünf. Und sollte es einmal nicht so sein, dann kriegst du beim nächsten Fall zwei.«

»Oder du bekommst meine ab«, hatte Cornelia geantwortet.

»Du bist ja echt witzig.«

Heiko Sulima war jünger als sie, wohl noch keine fünfunddreißig. Nicht sehr groß, auch nicht sehr kräftig, wirkte er dennoch sehr schwer, gleichsam kompakt. Das sehr kurze Haar zeigte bereits die Lichtungen beginnenden Haarausfalls. Er hatte sich mit seinen Kenntnissen über die Arbeitsweise der Drogenhändlerringe in Deutschland einen Namen gemacht. Seit drei Jahren war er in Frankfurt, zuvor hatte er in Düsseldorf gearbeitet, wo er Erfahrung in der Verschiebung von Drogen zwischen den Grenzen Hollands, Belgiens und Deutschlands gesammelt hatte, vor allem, was die im Allgemeinen von türkischen Banden kontrollierten Routen des Heroins betraf.

Die ganze Besprechung lang hatte Sulima sie keines Blickes gewürdigt. Sie hatte seine großen dunklen Augen sehen können, wenn er sich an den neben ihr sitzenden Reiner wandte, den er auf Grund seines Alters und Geschlechts anscheinend für den Verantwortlichen hielt und dem er jetzt erzählte:

»Viele Kuriere werden schon bei der Zwischenlandung in Madrid geschnappt. Die Beamten erkennen sie auf den ersten Blick. Kein Passagier sieht nach einem Flug in der Touristenklasse von Lateinamerika besonders frisch aus, aber die Kuriere bieten einen noch sehr viel schlimmeren Anblick. Sie haben stundenlang nichts gegessen und getrunken, haben stark gerötete Augen und riechen. Drogenkuriere verströmen einen ganz charakteristischen Geruch.«

Obwohl sie diesen Geruch nicht kannten, rümpften die Kommissare aus dem Morddezernat die Nase.

»Eine trainierte Drogenschmugglerin kann zwischen achtzig und neunzig Päckchen im Magen transportieren«, fügte Rossmann hinzu.

»Der bisherige Rekord liegt bei hundertachtzig«, sagte Sulima.

»Na ja, in diesem Fall waren es die kleinen, die zu fünf Gramm. Einmal haben wir einen mit hundertvierundvierzig normalen geschnappt, von denen zu zehn.«

»Das sind die, die ihr erwischt habt«, präzisierte Leopold.

»Natürlich. In diesen Kreisen munkelt man aber auch von legendären Kurieren«, fuhr Rossmann fort. »Einer soll mit hundertachtzig Päckchen zu zehn Gramm durchgekommen sein. Aber ich bin sicher, das ist einfach eine moderne Sage.«

»Wie lange dauert es, bis man eine solche Ladung ausgeschieden hat?«, fragte Cornelia.

Sie verspürte einen gewissen Druck im Unterleib und vermutete dasselbe auch von ihren Kollegen.

»Mit einem guten Abführmittel etwa vierundzwanzig Stunden«, sagte Rossmann, »aber es gibt welche, die brauchen zwei Wochen, und in Extremfällen hat man einen Chirurgen bemühen müssen.«

Der Druck in der Magengegend nahm zu.

»Dieses junge Mädchen da war eine Anfängerin«, Sulima zeigte auf Nicole Eulenbergs Foto an der Pinnwand. »Sie hat sicher nicht mehr als fünfzig Päckchen transportiert. Die Haaranalyse zeigt einen sporadischen Kokainkonsum, und das erst in letzter Zeit. Nach dem zu schließen, was ihr erzählt, dürfte es ihr erster Transport gewesen sein.«

»Und auch der letzte«, sagte Cornelia.

»Was bringt ein junges Mädchen wie Nicole Eulenberg dazu, mit dem Magen voller Kokainpäckchen zu enden?«, fragte Leopold.

»Ein Mann«, antwortete Reiner. »Dieser Freund, von dem sie nicht einmal ihrer Schwester etwas erzählen mochte.«

MÄNNER

Am Sonntagnachmittag übermannte sie nach einer arbeitsintensiven, schlaflosen Woche die Müdigkeit. Kurz nach der Rückkehr von ihren Eltern nickte sie auf dem Sofa ein, bis drei Stunden später das Klingeln an der Tür sie weckte. Es war Iris. Sie blieb im Treppenhaus stehen.

»Kommst du rauf zum *Tatort*?«

Iris wohnte einen Stock höher, im dritten.

»Süß oder salzig?«, fragte Cornelia.

»Salzig. Bei dieser Hitze hab ich ein paar Bier in den Eisschrank gestellt.«

»Ich komm gleich rauf.«

Cornelia holte in der Küche zwei Tüten Kartoffelchips. Eine nur mit Salz, die andere mit Paprika, Iris' Lieblingschips. Immer wenn sie Chips mit dieser Geschmacksnote sah, erinnerte sie sich an Johannes Sperber. Diesen Fall hatte sie kurz vor ihrem Urlaub abgeschlossen. Wie lange war das her? Noch keine zwei Monate. Und doch, wie weit schien er zurückzuliegen. Wie all ihre Toten würde sie auch Johannes Sperber, der charismatische, attraktive Werber, für immer begleiten. Aber bei ihm war es besonders intensiv, sie hatte ihn noch lebend gekannt und sich mit ihm unterhalten, und nun schwebte sein Geist auf Grund eines oberflächlichen Gesprächs – oder gibt es vielleicht etwas noch Oberflächlicheres, als über die verschiedenen Geschmacksrichtungen von Chips zu sprechen? – über den Snackregalen der Supermärkte und den Büdchen: »Während unserer ganzen Pubertät und Jugend«, hatte Sperber gesagt, »haben wir die falschen Chips gegessen.« Die mit Paprikageschmack, wie sie sie jetzt aus einem Küchenschrank zog, zusammen mit Johannes Sperbers Geist. Eigentlich, dachte sie beim Hinaufgehen, blieb jeder Verlust in irgendeiner Kleinigkeit haften, an einem alltäglichen Gegenstand oder einer Bewegung, die nun für immer melancholisch eingefärbt war.

Iris hatte schon alles für einen Fernsehabend vorbereitet. Schalen mit Knabbersachen und Bier. Dass sich Cornelia entgegen ihrem Vorsatz nach dem Urlaub wieder mit Leopold getroffen hatte, sah sie eher entspannt.

»Zerbrich dir doch deswegen nicht den Kopf. Warum solltest du dir das nicht gönnen?«

»Ich gehöre nicht zu denen, die sich ›etwas gönnen‹.«

»Ja natürlich, lieber in Schwarz und leidend, wie auf den Bildern von El Greco.«

Cornelia lachte und öffnete eine Flasche Bier.

Offenbar machte es Iris Spaß, wenn sich Cornelia ein wenig unbehaglich fühlte.

»Wo hat er denn deiner Meinung nach all das gelernt, was du mir erzählst?«, fragte sie sie.

»Wie soll ich das wissen? Von einer Freundin. Oder vielleicht hat er's in einem Film gesehen.«

»Bestimmt nicht in einem dieser Schwarzweißmelodramen, die du so magst. In diesen alten Streifen sieht man so was nicht. Wie viele hast du eigentlich davon?«

»Ich weiß nicht, ich habe sie nicht gezählt. Viele.«

»Ich würde lieber die von deinem Leopold sehen.«

»Warum lachst du?«

»Ich kann mich einfach nicht an den Namen gewöhnen.«

»Ich hätte dir gar nicht erst von ihm erzählen sollen!«

»Weißt du, wie man diese Beziehungen nennt? *On – off*.«

So groß ist die Macht des Wortes, dachte Cornelia. Das Wissen, dass es für ihre Beziehung sogar einen Begriff gab, auch wenn er englisch war, machte sie etwas greifbarer. Und auch weniger einmalig.

»*On – off*«, wiederholte sie laut, während im Fernseher die ersten Takte der *Tatort*-Titelmelodie erklangen.

Cornelia schlief auf Iris' Sofa ein, gerade als ihre Fernsehkollegen in Münster eine Leiche untersuchten. Sie wurde erst beim Abspann wieder wach. Dankbar, dass Iris sie hatte schlafen lassen, fragte sie: »Wie viele Tote?«

»Nur noch einer. Weißt du, wie viel sie dafür bezahlen, dass man in einer *Tatort*-Folge die Leiche spielt?«, fragte ihre Nachbarin.

»Nein. Meine tun's umsonst.«

»Hundertfünfzig Euro pro Drehtag. Und hundert mehr, wenn man als Leiche nackt ist.«

»Dann waren's heute die von den billigen. Wenigstens die eine, die ich noch mitbekommen habe.«

»Die zweite auch.«

Sie ging in ihre Wohnung hinunter, löffelte einen Joghurt, da dessen Verfallsdatum am nächsten Tag ablief, und überließ sich dann, diesmal widerstandslos, der Schlaflosigkeit. Schließlich entschlummerte sie mitten in *Ali Baba und die vierzig Räuber*.

Als der Wecker summte, fühlte sie sich jedoch ausgeruht und bei Kräften. Genug für die Arbeit? Aber selbstverständlich. Genug, um Leopold wieder so nahe zu haben? Das würde sich ja weisen.

Montag.

Pünktlich betrat sie das Sitzungszimmer.

Nicole Eulenbergs riesige blaue Augen schauten sie von der linken Seite der Pinnwand an. Oberkommissar Heiko Sulima hatte die beiden Fotos, vorher und nachher, getrennt und zwischen den beiden eine Lücke offengelassen, in die er das Wort »Freund« geschrieben hatte, das Verbindungsglied zwischen den Bildern.

»Auf Grund unserer Erfahrung angeln sie sich diese Mädchen sehr oft in Salsalokalen«, sagte Wolfgang Rossmann.

Sulima fügte hinzu:

»Deutsche Mädchen stehen auf Latinos, die sind nicht so plump wie die Türken und nicht so fad wie die Deutschen.«

Unwillkürlich musste Cornelia Leopold anschauen, als wollte sie ihm zu verstehen geben: »Du bist nicht gemeint.« Er fing den Blick und die Botschaft auf. Ein schiefes Lächeln entwischte ihm, dann senkte er errötend den Kopf. Auch Cornelia wandte rasch den Blick von ihrem Kollegen ab, als sie bemerkte, dass Reiner zu ihrer Rechten sie beobachtete.

»Und dann sterben sie, während sie für irgendeinen lokalen Dealer mit schönem Hüftschwung den Drogenkurier spielen.«

Ohne etwas von dem mitbekommen zu haben, was sich zwischen seinen Kollegen vom Morddezernat abgespielt hatte, schloss Sulima mit diesen Worten seinen Kommentar.

Nach über zwei Stunden Sitzung beschlossen sie, sich eine Rauchpause zu gönnen, die auch Cornelia gelegen kam. Alle standen gleichzeitig auf, und gleichzeitig eilten alle wie Schüler aufs Pausenzeichen hin zur Tür. Dort geschah, was sie den ganzen Tag hatte vermeiden können – sie stieß mit Leopold zusammen. Die Berührung war wie ein elektrischer Schlag, der sie gegen Rossmann warf, welcher, die Zigarette in der Hand, eilig hinter ihr dem Ausgang zustrebte. Die Zigarette fiel ihm aus der Hand, und er selbst trat auf sie drauf.

»Es gibt subtilere Arten, jemanden dazu zu bringen, das Rauchen aufzugeben«, sagte Reiner.

Obwohl nur Cornelia und Rossmann rauchten, verließen alle fünf das Gebäude und stellten sich hinter dem Präsidium erneut im Halbkreis auf. Wolfgang Rossmann nahm die Zigarette an, mit der ihn Cornelia entschädigte. Sie zog ebenfalls an ihrer und fragte:

»Wie geht es mit der anderen Geschichte?«

»Der mit der Putzfrau? Da gehen wir sehr behutsam vor.«

»Wovon sprecht ihr?«, fragte Reiner.

»Vor drei Wochen ist auf dem Flughafen eine Reinigungskraft zu Tode gekommen, als sie von der Gangway eines Flugzeugs fiel, das aus Lateinamerika kam, genauer gesagt, aus Santiago de Chile. Eine der Stewardessen hatte etwas Verdächtiges beobachtet – sie hatte gesehen, wie eine andere Reinmachefrau etwas aus der Kitteltasche der Frau zog, und hatte dann die Kollegen vom Zoll informiert. Es sieht ganz so aus, als wären wir da auf was Größeres gestoßen, als es im ersten Moment den Anschein machte. Seit zwei Monaten hatten wir eine bedeutende Zunahme der Kokaineinfuhr festgestellt, aber wir wussten nicht, auf welchem Weg es reinkam. Wir haben die Drogenspuren im Kittel der Frau vom Flughafen analysiert, und die Zusammensetzung stimmt mit denen überein, die wir einem der Bodenkuriere abgenommen haben.«

»Also etwas Organisiertes?«

»So sieht es aus, und wir glauben langsam, dass es eine Sache in großem Stil ist.«

»Was werdet ihr tun?«

»Unsere Hypothese geht dahin, dass die Droge mit den Flugzeugen kommt und die Reinmachefrauen wissen, wo sie ist. Aus diesem Grund überlegen wir uns, ob wir jemanden in den Reinigungsdienst einschleusen sollen. Wir sind uns noch nicht ganz sicher, ob das die beste Strategie ist. Wir warten darauf, dass einer unserer Informanten auf etwas stößt, was unsere Theorie bestätigt. Aber es ist schwierig, mehr Einzelheiten herauszufinden. Entweder sind sie noch nicht lange im Geschäft, oder sie wissen, wie sie ihre Leute dazu bringen dichtzuhalten.«

»Aber jemanden einschleusen ... Nicht gerade ungefährlich«, bemerkte Reiner.

»Wir wissen noch zu wenig. Und wir werden alles genau analysieren, bevor wir da jemand einsetzen.«

Leopold zappelte dauernd auf seinem Stuhl. Cornelia war sich sicher, dass er es tat, um sie auf sich aufmerksam zu machen. Sie schaute aber weiterhin Rossmann an und nur zwischendurch das Zigarettenpäckchen.

»Wir haben an eine Kollegin des Stuttgarter Präsidiums gedacht. Sie hat Erfahrung und bringt die richtigen Voraussetzungen mit, um inkognito zu arbeiten.«

»Und das heißt?«, fragte Leopold.

»Sie ist eine sehr ausgeglichene Person, die nicht so leicht die Nerven verliert. Gesetzt auch in ihrem Privatleben. Inkognito arbeiten heißt eine Rolle spielen, das ist eine große psychische Belastung. Ein Schauspieler darf mal eine Vorstellung schmeißen und wird dann ausgepfiffen, bei einer Ermittlung kann einen ein Fehler teuer zu stehen kommen. Unter Umständen ruiniert man die ganze Arbeit – und das ist noch nicht das Schlimmste, was einem passieren kann.«

»Sieht sie denn aus wie eine Reinmachefrau?«, fragte Reiner.

»Wie muss jemand aussehen, um wie eine Reinmachefrau auszusehen?«, fragte Cornelia.

»Was weiß denn ich«, wich Reiner aus, der sensibel genug war, zu ahnen, dass das eine Fangfrage war.

Rossmann lächelte ein wenig verwirrt.

Sie zogen ein letztes Mal an den Zigaretten und kehrten ins Sitzungszimmer zurück. Während sie durch den Flur gingen, gesellte sich Leopold zu ihr.

»Hast du nach der Sitzung einen Moment Zeit?«, sagte er äußerst neutral angesichts der anderen Kollegen.

»Ich fürchte, nein.« Auch sie bemühte sich, keinerlei Gefühl durchschimmern zu lassen.

Leopold gab sich nicht geschlagen. Sanft berührte er ihren Arm und flüsterte:

»Und warum nicht?«

Ihre Antwort war ein dunkles Murmeln:

»Was glaubst du wohl?«

»Schon wieder?«

Wenn einer der Polizisten Leopolds Worte hätte hören können, hätte er sich gefragt, worauf der überdrüssige Ton zurückzuführen war. Nur er und Cornelia wussten, dass sie abermals einseitig ihre Beziehung beendet hatte.

Sie betraten den Raum und setzten sich wieder auf ihre Plätze. Ihre nächsten Schritte würden sie in die Salsalokale führen. Das würden die vom Drogendezernat übernehmen, da sie sie besser kannten. Cornelia und ihr Team würden einmal mehr Nicole Eulenbergs Umfeld durchkämmen.

»Wolfgang«, sagte Cornelia zu Rossmann, »ihr habt es mit zwei Fällen auf einmal zu tun und seid überlastet. Ich glaube, Leo könnte euch verstärken. Was meint ihr?«

Leopold Müller warf ihr einen ungläubigen Blick zu, als ihm aufging, dass sie ihn loszuwerden versuchte. Doch er sagte nichts. Genau mit dieser Reaktion hatte Cornelia gerechnet. Ihr war sehr wohl bewusst, dass das, was sie da mit ihm machte, schmutzig und gemein war. Aber es war nötig. Sie ertrug es nicht, so viele Stunden so eng mit ihm zusammenzuarbeiten. Und es fiel ihr mit jedem Tag schwerer.

DONNERSTAG DER HOFFNUNG

»Das kann ich nicht glauben. Doch nicht Nicole.«

»Stimmt es, was man sich erzählt, dass sie als Drogenkurierin gearbeitet hat?«

»Aber wieso denn? Was hat sie dazu gebracht?«

»Hat sie auch konsumiert? Was? Koks?«

»Wer hätte das gedacht, so bieder, wie die wirkte ...«

»Da denkst du, du kennst jemanden, und dann das ...«

Die abermalige Befragung von Leuten aus dem Bekanntenkreis der Toten förderte nichts Neues über sie zu Tage. Sie konstatierten bloß ein weiteres Mal, dass Nicole Eulenberg es verstanden hatte, parallel zwei vollkommen voneinander abgeschottete Leben zu führen.

Dagegen hatten die Ermittlungen der Beamten vom Drogendezernat zu einigen Ergebnissen geführt. In einem Salsalokal im Ostend hatten mehrere Leute die Studentin auf dem Foto erkannt.

»Eine Kellnerin sagt, da habe sie einen spanischen Namen benutzt«, erzählte Reiner.

»Einen spanischen Namen? Welchen denn? María zur Abwechslung?«

»Esperanza. Die Kellnerin weiß nicht mehr, ob sie sich regelmäßig mit jemandem traf. Esperanza – heißt das irgendwas?«

»Ja, Hoffnung.«

»Da schau her.«

Reiner schüttelte den Kopf, als verstünde er es nicht.

»Esperanza«, wiederholte sie. »*Esperanza, Esperanza, solo sabe bailar chachachá.*«

Cornelia begann auf Spanisch vor sich hinzuträllern.

»Was ist das?«

Sie sang weiter. Dann stand sie auf und winkte ihn mit einer Handbewegung in die Mitte des Büros. Reiner gehorchte grinsend. Sie legte ihm die eine Hand auf die Schulter und die seine auf ihre Hüfte. Sie begannen zu tanzen.

»›*Te conocí y me enamoré y me ilusioné. Y ahora todo se acabó, al conocer tu fingido amor, que causó dolor a mi pobre corazón.*‹«

»Corazón – das hab ich verstanden«, sagte Reiner, während er Cornelias Arme anders platzierte, so dass er führen konnte. Sie ließ ihn gewähren und sang weiter.

»›*De nada valen los abriles que he vivido, si de mujeres nunca se sabe. La que no es mala lo aparenta muchas veces. Y la que es buena no lo parece.*‹«

Sie drehten ein paar weitere Runden durchs Büro, Cornelia wusste noch den ganzen Text. Sie sang zu Ende, die beiden ließen sich los, verbeugten sich mit gespielter Förmlichkeit voreinander und setzten sich wieder auf ihre Plätze.

»Du bist noch immer in Form, Reiner.«

Ihr Kollege war ein ausgezeichneter Tänzer.

»Und das, obwohl ich nicht mehr getanzt habe, seit Sandra schwanger ist. Was bedeutet der Text?«

Cornelia überhörte seine Frage.

»Wo ist die Aussage der Kellnerin?«

Reiner suchte im Papierstapel und reichte sie ihr. Die Übersetzung von Antonio Machíns Lied musste warten.

»Angenommen, du erinnerst dich daran, dass sich ein deutsches junges Mädchen, das ganz gewöhnlich aussieht, eine aus der Masse, Esperanza nennt, wenn sie Salsa tanzen geht – würdest du dich dann tatsächlich nicht mehr erinnern, mit wem sie das Lokal besucht hat?«

Die Kellnerin hieß Claudia, mochte etwa so alt sein wie Nicole Eulenberg, war Chilenin, hasste Salsa und hatte tatsächlich viel zu erzählen. Aber bei sich zu Hause.

»Im Lokal, so vor allen Leuten, da steht etwas mehr als bloß meine Arbeit auf dem Spiel. Da gibt's zwei Typen, die einen auf der Stelle grün und blau schlagen.«

Claudia nannte ihnen Nicole Eulenbergs üblichen Begleiter – ein Dominikaner namens José Pardo.

»Er verdreht ihnen vollkommen den Kopf.«

»Und wie?«, fragte Reiner.

Claudia lächelte. »Sie müssen ihn nur tanzen sehen.«

Und sie sahen ihn. Am Donnerstagabend. Aber sie achteten nicht weiter auf seine Bewegungen oder auf sein berechnend aufgeknöpftes Hemd oder das Lächeln, das er wie Manna unters hungrige Volk streute. Sie standen vor dem Mann, der für den Tod von Nicole Eulenberg verantwortlich war, das spürten sie, und sie waren ganz darauf konzentriert, einen Dealer zu schnappen, nicht einen Tänzer.

Sie sprachen ihn auf der Tanzfläche mitten unter den verschwitzten Körpern an und setzten sich, nachdem sie sich ausgewiesen hatten, mit ihm an einen runden Tisch, dessen Gäste verschwunden waren, sowie sie kapiert hatten, dass die dunkel gekleidete Blondine und der bullige Kerl mit dem Bürstenschnitt Polizisten waren. Zwei halbvolle, noch kalte Bierflaschen und die großen, in einem Cuba Libre schwimmenden Eiswürfel belegten es. Von der Stelle, wo José Pardo getanzt hatte, schauten zwei Frauen, sich weiterbewegend, sie unverhohlen an, die eine neugierig, die andere mit unübersehbarem Zorn auf die Polizisten, die Pardo abgeschleppt hatten.

Reiner, links, übernahm die Befragung, während Cornelia zu Pardos Rechten den ohrenbetäubenden Lärm im Lokal nutzte, um sich auf die Bewegungen und die Augen des Dominikaners zu konzentrieren. Das laute Trompeten der Musik isolierte sie von den Nachbartischen.

Als ihm Reiner das erste Foto von Nicole Eulenberg zeigte, eine Kopie dessen, das im Präsidium links an der Pinnwand hing, das Bild, auf dem das junge Mädchen lächelte, bestritt Pardo, sie zu kennen, aber die Schnelligkeit, mit der er die Augen vom Foto abwandte, strafte ihn Lügen. In seinem mürrischen Verhalten lag eine gewisse Scheinheiligkeit. Während des Gesprächs wippte er weiterhin mit den Füßen im Takt, als wollte er zu verstehen geben, dass die Unterhaltung bald zu Ende sei und er sich wieder auf die Tanzfläche begeben werde, wo sein Platz noch immer frei war.

Statt sich zu ihm hinzubeugen, um seine Worte zu verstehen, wandte sich Cornelia deshalb noch mehr von ihm ab, als Reiner das zweite Foto hervorzog, auf dem das verunstaltete Gesicht von Nicole Eulenbergs Leiche zu sehen war. Diesmal blieben Pardos Augen ein wenig länger auf dem Bild haften, und obwohl sie ihn nicht verstehen konnte, sah sie, dass er abermals bestritt, sie zu kennen. Doch er war angespannt, nervös. Das Wippen hatte aufgehört.

Da näherte sie sich ihm:

»Trotzdem wären wir Ihnen dankbar, wenn Sie uns aufs Präsidium begleiten würden.«

Pardo schien sie vergessen zu haben, denn ihr plötzliches Auftauchen rechts von ihm schreckte ihn auf.

Er fragte nichts und erhob sich zahm, als ginge ihn die Musik, die sie einhüllte, nichts mehr an.

Sie hatten eben das Lokal verlassen, als mit Riesenschritten, die bei diesen hohen Absätzen überraschten, eine der beiden Frauen, die zuvor mit ihm getanzt hatten, auf sie zutrat, diejenige, die sie eher neugierig angeschaut hatte. Sie steckte in einem kurzen, hautengen rosafarbenen Kleid. Ohne Cornelia und Reiner zu beachten, wandte sie sich an den Dominikaner:

»Wo gehst du hin?«, fragte sie auf Spanisch mit deutschem Akzent.

»Bin gleich wieder da«, antwortete José Pardo ausweichend.

Cornelia witterte die Chance, zog rasch ihren Polizeiausweis hervor und erklärte der Frau auf Deutsch:

»Señor Pardo muss eine Aussage machen wegen des Todes einer Frau, in deren Magen ein Paket Koks geplatzt ist, als sie die Kurierin spielte. Vielleicht haben Sie sie gekannt, sie hat sich Esperanza genannt, aber ihr richtiger Name war Nicole Eulenberg.« Sie zeigte ihr das Bild der toten Nicole. »Sagt Ihnen ihr Gesicht etwas? Oh, Verzeihung! Vielleicht ist es einfacher mit dem Bild vor dem Trip.«

Sie zog das andere hervor. Entsetzt schaute sich die Frau die beiden Fotos an. Mit dem Finger strich sie über Nicole Eulenbergs lächelndes Bild, und als wäre unversehens in ihrem Inneren etwas explodiert, versuchte sie sich auf José Pardo zu stürzen.

»Du Schwein! Also hast du sie am Ende rumgekriegt? Was für Kunststücke hast du dazu vorgeführt?«

Reiner stellte sich dazwischen und hielt sie zurück. Es hatte sich bereits ein Grüppchen Schaulustige um sie herum gebildet. Cornelia hielt José Pardo kräftig am Arm fest und schob ihn Richtung Wagen, den sie auf dem gegenüberliegenden Gehsteig geparkt hatten. Die kurzgekleidete Frau gab nach.

»Ist ja gut«, sagte sie zu Reiner.

Pardo wandte sich zu ihr um und machte eine vielsagende Handbewegung. Das brachte sie erneut in Rage:

»Drohst du mir etwa, du Mistkerl?« Und zu Reiner: »Nehmen Sie mich mit. Ich will eine Aussage machen.«

Cornelia spürte, wie sich unter ihrer Hand die Muskeln des Mannes spannten. Bevor Pardo im Bewusstsein, dass ihm die Person, die ihn festhielt, körperlich unterlegen war, auch nur versuchen konnte, auf die Frau loszugehen, sagte Cornelia, ohne die Stimme zu heben:

»Ein einziger falscher Schritt, und ich lege Ihnen vor allen Leuten Handschellen an.«

Der Arm entspannte sich nicht, aber Pardo folgte ihr zum Auto und setzte sich auf den Rücksitz. Reiner forderte bereits einen Streifenwagen an, um die beiden getrennt ins Präsidium zu fahren. Zehn Minuten später machten sich die beiden Wagen auf den Weg. Neben Reiner sitzend, hüllte sich Pardo in feindliches Schweigen, bis sie zu dem Raum kamen, wo die Vernehmung stattfand.

Die Frau, die Ulla Wiener hieß, brachte kühl zu Ende, was sie im ersten Moment des Zorns begonnen hatte. Sie erzählte ihnen, Pardo sei hinter Nicole Eulenberg her gewesen, um sie als Kurierin anzuheuern.

»Das Mädchen hatte einen solchen Drang zu leben, Abenteuer zu erleben, etwas Außergewöhnliches zu tun ..., aber ich dachte, sie wäre vernünftiger und würde sich nicht auf so was einlassen, es würde ihr genügen mit diesem Doppelleben als fleißige Studentin bei Tag und Salsa und Sex in der Nacht.«

»Hat es Pardo auch bei Ihnen versucht?«

»Ja.«

»Haben Sie nachgegeben?«

»Ja.«

»Warum?«

»Abhängigkeit vermutlich. Sie haben keine Ahnung,

wozu dieser Mann im Bett fähig ist. Aber wenn man unter Brechreiz diese Kokainsäckchen schluckt und nach einem ewigen Flug, halbtot vor Angst, was einem alles zustoßen könnte, oder weil man vielleicht an der Grenze geschnappt wird, dann lässt die Wirkung schnell nach. So viel ist kein Fick wert.« Sie bekam einen Weinkrampf. »Arme Nicole! Niemand verdient ein solches Ende.«

Nein, es lohnte sich tatsächlich nicht, an einem, wie Pfisterer ausgeführt hatte, Darmverschluss zu sterben, der sie daran gehindert hatte, die Drogenpakete rechtzeitig auszuscheiden. Mit Ulla Wieners Aussage hatte es Rossmann nicht schwer, José Pardo zu einem Geständnis zu bewegen.

»Wie viel hat sie transportiert?«

»Zwischen vierzig und fünfzig Pakete.«

»Vierzig oder fünfzig? Spiel hier nicht den Schlauberger. Ihr wisst immer die genaue Anzahl.«

»Dreiundvierzig. Beim vierundvierzigsten konnte sie wohl nicht mehr, da hätte sie sich beinahe übergeben. Sie war eine Anfängerin.«

Ulla Wiener war im Büro vernommen worden. Danach, als Cornelia und Reiner wieder allein waren, fragte er:

»Was habt ihr nur mit ihnen?«

»Mit wem?«

»Mit diesen Latinos?«

In diesem Moment war sie für Reiner Vertreterin und Sprecherin der deutschen Frauen.

»Ich persönlich nichts.«

»Komm schon.« Er wollte es wirklich wissen.

»Ich hab dir schon gesagt, meinem Typ entsprechen sie nicht.«

Reiner hakte nicht nach, schaute sie aber weiter an, als erwarte er, dass sie beim Thema bleibe.

»Ist was?«, fragte sie.

»Das ist das, was ich mich frage.«

»Nein, es ist nichts.«

»Cornelia, warum sagst du's mir nicht endlich und ersparst mir, wenn ich mich irre, eine peinliche Vermutung?«

Angespannt erwartete er ihre Antwort.

»Du willst ein Geständnis?«, sagte sie bemüht scherzhaft.

»Ich hoffe, du empfindest es nicht so. Ich möchte bloß wissen, was zwischen dir und ...«

»... Leo ist«, fiel sie ihm ins Wort, um es wenigstens als Erste ausgesprochen zu haben.

Ohne auch nur eine Frage von Reiner abzuwarten, erzählte sie ihm alles, was auf der Party vorgefallen war, der Feier zum vierzigsten Dienstjubiläum von Kommissar Grommet. Obwohl Reiner es geahnt hatte, sah sie, dass ihn ihre Schilderung so sehr bestürzte, dass er eine ganze Weile nichts sagen konnte. Dann kam der Vorwurf:

»Mit einem Kollegen. Das bringt immer Probleme mit sich.« Doch rasch trat an die Stelle des Tadels die Sorge, die es ihm bereitete, diese Beziehung, »Abenteuer« in seinen Worten, könnte von den Kollegen entdeckt werden: »Wir müssen diskret sein.«

Nur wegen des Tischs zwischen ihnen konnte sie ihn für dieses »Wir müssen« nicht umarmen, was vielleicht böses Gerede verhinderte, da in diesem Moment Rossmann eintrat und verkündete, der Fall Eulenberg könne als abgeschlossen gelten.

Nach einer letzten Sitzung am Freitag nahm ein Mitglied des Ermittlungsteams Nicole Eulenbergs Fotos von der Pinnwand und verwahrte sie im entsprechenden Aktenordner. Wochenende. Ihre Zusammenarbeit mit dem Drogendezernat war zu Ende.

Bevor sie nach Hause ging, trat sie in den Raum, wo sich das Team versammelt hatte, und setzte sich an den Tisch. Die Reinigungsleute waren noch nicht gekommen, und auf der hell glänzenden Oberfläche blieben als einzige Spuren der intensiven Arbeit, die in den letzten Stunden hier geleistet worden war, die Kaffeeringe zurück. Willkürlich waren die bunten Reißzwecken über die Pinnwand verstreut. An einer hing ein Fetzen Papier, abgerissen von einem der Dokumente dieses Falls, das eilig abgenommen worden war. Sie stand auf und zupfte ihn ab.

In diesem Augenblick ging die Tür auf, und Rossmann trat ein. Offenbar überraschte es ihn, sie hier vorzufinden.

»Da ist noch ein Restchen übriggeblieben«, sagte sie verlegen und zeigte ihm die zwei Zentimeter Papier.

»Oft bleibt etwas Unerledigtes. Dieser Typ da, Pardo, wird uns zwei, drei weitere zuführen, aber das sind nur Leute seines Kalibers. Die werden bald durch neue ersetzt. Die andere Geschichte könnte uns weiterbringen.«

»Die mit der Reinmachefrau?«

»Wenn wir es richtig anstellen, können wir vielleicht eine große Geschichte auffliegen lassen.«

Rossmanns Augen leuchteten. Die Angelegenheit schien wirklich vielversprechend.

»Hast du Zeit? Magst du einen Kaffee trinken?«, fragte er.

»Natürlich.«

Ohne sich dessen bewusst zu sein, steckte sie sich den Papierfetzen in die Hosentasche, anstatt ihn in den Papierkorb zu werfen.

SCHLECHTE IDEE

»Und all das wegen eines Sturzes«, sagte Cornelia und setzte verdrießlich die Kaffeetasse vom Mund ab.

»Wegen eines Sturzes und eines Todesfalls. Wir sind sicher, dass es sich bei dem, was die Reinmachefrau aus der Kitteltasche der Verunglückten zog, um ein Drogenpaket gehandelt hat, aber irgendwie hat sie es loswerden können, bevor die Kollegen vom Flughafen auf den Plan getreten sind.«

»Habt ihr sie befragt?«

»Nur hinsichtlich des Unfalls. Als uns aufging, worauf wir da gestoßen waren, haben wir beschlossen, sie laufen zu lassen. Ich frage mich allerdings, ob unser Kniff verfangen hat oder ob es dafür zu spät war.«

»Warum?«

»Weil die Flughafenpolizei mit ihr bereits den Drug-Wipe-Test an den Händen gemacht und festgestellt hatte, dass sie mit Kokain in Berührung gekommen war. Das war das Logischste angesichts der Zeugenaussage der Stewardess. Sie haben auch den Spind der Reinigungskraft durchsucht, aber zum Glück nichts gefunden. Sonst hätten sie sie festnehmen müssen. Trotzdem haben sie uns informiert.«

»Was ist dann mit ihr geschehen?«

»Nichts. Als wir sie am nächsten Tag verhörten, haben wir das positive Testresultat heruntergespielt und auf eine zufällige Berührung zurückgeführt. Wir haben nichts gegen sie unternommen. Ein so kleiner Fisch interessiert uns nicht.«

Bei einem Polizisten des Morddezernats wäre ein solches Vorgehen nur schwer vorstellbar. Die Ermittler der

Mordkommission, dachte Cornelia, funktionieren wie Fangeisen. Sobald sie ihre Beute gekapert haben, lassen sie sie nicht mehr los, öffnen es nicht mehr, mag sie sich noch so winden oder drohen oder das Erlegen einer größeren Beute verheißen. Einen Mörder lässt man nicht laufen, um einen anderen zu fangen. Gilt es zwei zu kriegen, so werden zwei Fangeisen aufgestellt.

»Ihr erwartet also, ein paar dicke Fische zu angeln, was?«

»Wie gesagt, seit einiger Zeit stellen wir die Einfuhr von hochwertigem Kokain fest, das dann von Frankfurt aus in ganz Deutschland verteilt wird, aber bis dahin hatten wir noch nicht herausgefunden, wie es reinkommt. Natürlich hatten wir angenommen via Flughafen, aber die Art und Weise kannten wir nicht. Inzwischen sind wir ziemlich sicher, dass es mit Hilfe des Reinigungspersonals geschieht, und zwar regelmäßig.«

»Aber jemand muss doch den Leuten von der Reinigungsbrigade Instruktionen erteilen.«

»Genau. Und wer das auch ist, er muss immer genau Bescheid wissen, in welchem Flugzeug und in welchem Versteck seine Leute zu suchen haben.«

»Ein guter logistischer Apparat, nach allem, was du erzählst.«

»So ist es.«

»Und darum wollt ihr jemanden einschleusen.«

Rossmanns Gesicht nahm einen besorgten Ausdruck an.

»Wir hatten die Kollegin vom Stuttgarter Drogendezernat, von der ich euch erzählt habe, aber gerade gestern hat sie uns mitgeteilt, dass sie mehrere Monate wegen Krankheit ausfällt. Sie weiß nicht, wann sie wieder dabei ist.«

»Klingt nicht gut.«

»Klingt sehr schlecht.«

Solche Sätze ließen auf Krebs schließen.

»Ist sie noch sehr jung?«

»Ziemlich. Etwa in deinem Alter. Also suchen wir vorerst noch nach einer geeigneten Person. Es muss eine Frau sein, das ist bei dieser Arbeit üblicher – und außerdem misstraut man Frauen weniger.« Rossmann wechselte das Thema. »Aber vorher müssen wir die Lösung des Falls Nicole Eulenberg feiern. Vielleicht am Montagabend.«

Rossmann feierte jede abgeschlossene Ermittlung. Die Arbeit im Drogendezernat war allzu undankbar, keiner machte sich bezüglich der Nachhaltigkeit ihrer Ergebnisse etwas vor. Um den Sisyphuseffekt zu vermeiden, mussten die Erfolge gefeiert werden.

»Wir sind zwar lästig, aber verhindern können wir nichts«, sagte Rossmann immer. »Also, wäre Montag okay?«

»Ja, ich werd's den Kollegen ausrichten.«

Sie tranken ihren Kaffee aus und verabschiedeten sich vor der Cafeteria. Jeder ging in sein Büro, um seine Siebensachen zu holen. Dann sahen sie sich noch einmal auf dem Parkplatz und winkten sich, neben ihren Wagen stehend, aus der Ferne zu. Er verließ das Arcal vor ihr – sie hatte beschlossen, das Auto an diesem Wochenende im Präsidium zu lassen. Im Nordend einen Parkplatz zu finden war immer schwierig, und die warmen Augusttage luden zum Spazierengehen ein oder dazu, mit dem Rad durch die Stadt zu fahren.

Ohne jede Eile ging sie die Eckenheimer Landstraße hinunter, und ebenso gemächlich stellte sie sich vor einer Eisdiele an. Sie wollte sich auf dem Friedberger Platz auf eine Bank setzen und die Leute betrachten, die dort jeden Freitag der Markt anzog, aber als sie ankam, hatte sie die beiden Kugeln schon auf.

»Du isst dein Eis nicht, du schlingst es«, sagte ihr Mann immer, ganz baff darüber, wie schnell es verschwand.

Der Gedanke an Jan führte sie sogleich zu Leopold. Sie ging an ihrem Haus vorbei – in der Berger Straße würde sie sich noch ein Eis kaufen, um es diesmal langsam im Park zu essen. Da sie sich schon selbst einen Streich spielte, wollte sie sich wenigstens mit einer weiteren Kugel belohnen.

Die hielt nur bis zum Merianplatz vor, wo sich mehrere Taxifahrer bei geöffneten Türen und an ihre Fahrzeuge gelehnt miteinander unterhielten. Die Stadt roch nach Wochenende.

Sie wollte es nicht allein verbringen.

Sie musste mehrmals anrufen, bis sich Leopold meldete.

»Wie geht's?«, fragte sie. Etwas Besseres fiel ihr nicht ein. Da keine Antwort kam, fuhr sie fort: »Bist du zu Hause?«

»Ja, aber komm nicht. Es geht mir nicht gut.«

Er legte auf.

Cornelia wäre nicht Cornelia Weber-Tejedor gewesen, hätte sie sich mit dieser Antwort begnügt.

»Darin schlägst du deinem Vater nach, Kind«, sagte ihre Mutter immer, wenn sie sah, dass Cornelia zweideutige Situationen oder Antworten nicht ertrug.

Väterliches Erbe hin oder her, die Antwort hatte ihr gar nicht gefallen. Sie rief Reiner an und bat ihn um Leopolds Adresse. Er wusste, wo er wohnte, da er ihn auf dem Weg ins Präsidium manchmal mit dem Auto abholte. Mit irgendetwas im Haus beschäftigt, fragte Reiner sie nicht einmal nach dem Grund.

»Zweiter Stock«, fügte er noch hinzu.

Das war's.

Nach dem Anruf unterbrach sie das Gespräch der Taxifahrer und setzte sich in einen der Wagen. In diesem Augenblick hörte sie ihr Handy, aber da sie dem Fahrer die Adresse nannte, merkte sie nicht, dass es kein Anruf, sondern eine SMS war. Auch der Ankündigung einer zweiten Nachricht schenkte sie keine Beachtung, weil sie eben dem Fahrer den Straßennamen buchstabierte. Und sie vergaß, aufs Display zu schauen, da der Fahrer, ein seit über zwanzig Jahren in Deutschland ansässiger Iraner, sie während der ganzen Fahrt mit Fahrgastanekdoten unterhielt – Geschichten, denen sie mit Vergnügen lauschte, wenn auch eher wegen der wachsenden Erregung über die bevorstehende Begegnung mit Leopold als wegen des Erzähltalents des Iraners.

Sie näherten sich Ginnheim, und die Begeisterung, mit der sein Fahrgast auf seine Geschichten reagierte, hatte mittlerweile den Fahrer selbst erfasst. Bei einer Ampel in der Hügelstraße lachten sie beide, und unter Gelächter bezahlte sie und stieg aus.

Leopolds Haus war ein dreistöckiger Block in einem krummen Sackgässchen. Als sie an die Haustür gelangte, hatte sie Glück, eben kam jemand heraus. Also trat sie ein, ohne zu klingeln, ja ohne auch nur einen Blick auf die Namensschildchen oder Briefkästen zu werfen, und lief in den zweiten Stock.

Vor der Tür erinnerte sie sich an die beiden SMS. Sie las diejenige, die als Erste erschien, also die zweite, die Leopold geschickt hatte: »Ich wohne mit meiner Freundin zusammen.« Als sie diejenige darunter las, die als Erste eingetroffen war – »Bitte komm nicht« –, hatte die rechte Hand bereits dem Befehl des Hirns Folge geleistet und geklingelt. Die linke umklammerte fest das Handy.

Aus gewissen Erzählungen ihrer Mutter hatte Cornelia gelernt, sich nicht über Lappalien zu beklagen. Es waren Geschichten von Frauen aus der Familie, die wenige Stunden nach der Geburt eines Babys wieder aufs Feld zur Arbeit gingen, und Celsa hatte ihnen, obwohl sie aus der einzigen galicischen Provinz ohne Meer kam, weitere von Seemannsfrauen und -müttern angefügt. »Danke, Mama.«

Ebenfalls ihrer Mutter hatte sie einen besonders ausgeprägten Sinn für Schamhaftigkeit zu verdanken, der auf der ständigen Wiederholung von Wörtern wie »schändlich«, »peinlich« oder »unwürdig« gründete, mit denen Celsa ihre Schilderungen würzte, was dieses Gefühl auch noch schmerzlich machte.

Einen solchen Schmerz, den der gebrochenen Selbstachtung, nicht den eines gebrochenen Herzens, fühlte sie nun, als die Wohnungstür aufging und Leopold sie mit einem überraschten Blick empfing, in dem sie auch ein wenig Verärgerung erkannte. Er war barfuß, steckte in einer verschossenen schwarzen Jeans und einem dunkelgrünen T-Shirt, das eine rote Space-Invader-Figur zierte.

»Hast du meine Nachrichten nicht bekommen?«

»Ich habe sie erst jetzt gesehen.«

Sie hob die Hand mit dem mühlsteinschweren Handy.

Leopold trat in den Hausflur heraus und schloss die Tür hinter sich. Trotz der Tageszeit war es dunkel, die Fenster zur Straße hinaus winzig.

»Warum bist du gekommen?«

»Was glaubst du wohl?«

Er schaute unruhig auf die Tür. Cornelia wandte sich zur Treppe um. Sie musste weg hier, aber er fasste sie am Arm, um sie an der Flucht zu hindern. Sie stieß seine Hand fort.

»Musst du so aggressiv sein?«

»Wie finde ich denn das? Soeben erfahre ich, dass du eine Freundin hast und mit ihr zusammenlebst. Warum hast du mir nichts gesagt?«

»Du hast nie danach gefragt.«

Er hatte recht. Das machte sie nur noch wütender. Die Situation wurde ihr immer unerträglicher.

Mit harter Stimme zischte sie:

»Und jetzt wirst du mir gleich sagen, dass eure Beziehung nicht gut läuft, wie?«

»Ich glaube nicht, dass sie besser läuft als deine Ehe. Aber das ist mein Problem, findest du nicht auch?«

Sie standen einander gegenüber und schauten sich grollend an, angespannt, bereit zum ersten Schlag, sobald der andere sich rührte. Das Treppenhaus lag still da, man hatte den Eindruck, die Wohnungen stünden leer. Von der Straße hörte man das Geräusch von Flipflops, wie von einem Kaugummi kauenden Riesenmund.

Auf einmal trat Leopold einen Schritt auf sie zu und umarmte sie fest.

Als sein T-Shirt ihre Wange streifte, der Geruch seiner Haut in ihre Nase drang, seine Arme sie drückten, wich die Anspannung aus ihrem Körper. Ihre Knie wurden weich. Er merkte es und hielt sie noch fester, während er sein Gesicht in ihrem Haar rieb. Cornelia hob den Kopf, um ihn zu küssen. Er kam ihr entgegen und drückte sie an die Wand. Sie spürte das Gewicht seines Körpers und seine Erregung.

Plötzlich ging die Treppenhausbeleuchtung an, und sie fuhren auseinander. Sie war es gewesen, sie hatte ungewollt mit dem Rücken auf den Schalter gedrückt. Als sie sich und ihn so wahrnahm, keuchend, die Kleider verrutscht, die Augen glänzend, erschrak Cornelia.

Sie drückte ihm die Hand auf die Brust, um ihn von

sich fernzuhalten. Bei der Berührung des Marsmenschen spürte sie das Plastik, kühler als der Stoff des T-Shirts.

»Und jetzt?«, fragte er.

»Nichts.«

Sie wandte sich um und ging grußlos treppab.

Wie hatte Iris gesagt? *On – off*.

Der Moment des endgültigen *Off* war gekommen, und zwar bevor das Ganze noch schmerzlicher wurde, falls das möglich war. Sie musste irgendetwas unternehmen, musste aus dieser Geschichte rauskommen. Musste Abstand gewinnen. Wie ein Blitz fuhr ihr ein Gedanke durch den Kopf.

Während sie auf den U-Bahnhof Ginnheim zueilte, gelangte sie zur Überzeugung, dass das für sie im Moment die beste Option war. Sie hatte dringend einen Tapetenwechsel nötig. Was sie in Wirklichkeit wollte, war eine Zeitlang verschwinden. Und sie wusste, wie, sie hatte eine Idee. Am Montag würde sie mit Rossmann sprechen.

Was hatte er gesagt, was sie brauchten? Emotionales Gleichgewicht, ein ausgeglichenes Privatleben. Zweimal negativ. Es musste auch jemand sein, der nicht so leicht die Nerven verlor. Ja, positiv. Das schon. Eins von dreien. Schlecht. Oder vielleicht gar nicht so schlecht. Man konnte es ja auch anders sehen: Sie erfüllte ein Drittel der Bedingungen, und sie hatten niemanden. Erfolgreiche Projekte waren schon mit weniger angelaufen. In diesem Augenblick erinnerte sie sich zwar an keins, aber es würde ihr schon noch einfallen.

Ja, am Montag wollte sie mit Rossmann sprechen.

TAPETENWECHSEL

»Frankfurt ist einfach zu klein. Das hier ist nicht New York, nicht einmal München«, sagte Wolfgang Rossmann. Ein ebenso banales wie schlagkräftiges Argument.

Sie waren unterwegs zu einem Restaurant im Oeder Weg. Den Schritt etwas verlangsamend, blieben sie ein Stück hinter ihren Kollegen zurück. Vor sich hörten sie Gelächter. Reiner ließ es sich nicht entgehen, dass er in den Kollegen vom Drogendezernat ein neues Publikum für seine Imitationen anderer Kollegen hatte. Seinem Tonfall konnte Cornelia entnehmen, dass jetzt der Pathologe Winfried Pfisterer an der Reihe war, dessen Wiener Akzent eine von Reiners Spezialitäten war.

»Das Risiko, dass einer dich erkennt, ist schlicht zu groß«, fügte Rossmann hinzu.

Obwohl sie noch nie inkognito gearbeitet hatte, wusste sie, dass dies am meisten dagegen sprach, sie auf dem Flughafen einzuschleusen. Für diese Art Aufgaben wurden immer Polizisten aus anderen Städten hinzugezogen.

»Wenn ich mein Image verändere, also eine andere Frisur, andere Kleider und dazu noch ein anderes Umfeld – da bezweifle ich, dass man mich so leicht erkennt.«

»Es ist trotzdem immer möglich, dass du auf einen Bekannten triffst. Vielleicht nicht unbedingt bei der Arbeit, aber in der Stadt.«

»Ich werde alle Orte meiden, wo ich mich sonst aufhalte. Einige Frankfurter Viertel sind sehr in sich geschlossen.«

»Du hast dir also sogar schon überlegt, in welchem Viertel du während dieses Jobs wohnen könntest.«

»Ich habe drei Vorschläge: Riederwald, Nied oder Griesheim.« Das sagte sie mit der Sicherheit dessen, der seine Hausaufgaben gemacht hat.

»Die beiden letzteren finde ich besser, sie liegen näher beim Flughafen, du müsstest dich also weniger in der Stadt selbst bewegen.«

Mit Befriedigung nahm Cornelia zur Kenntnis, dass Rossmann über den Vorschlag nachzudenken begann, statt ihn einfach abzulehnen. Und noch näher fühlte sie sich ihrem Ziel, als er nach einer kurzen Pause sagte:

»Allerdings wäre es ganz außerhalb der Stadt noch viel besser, in Rüsselsheim beispielsweise.«

»Dort nicht. Da wohnen viele Spanier.«

»Stimmt. Das hatte ich nicht berücksichtigt. Wir werden an was anderes denken müssen.«

»Bedeutet das, dass du meinen Vorschlag annimmst?«

»Ich werde darüber nachdenken und ihn mit Heiko besprechen.«

Sie hatte ihn nicht überzeugt, aber die Tür war aufgestoßen.

Die anderen waren schon beim Lokal angekommen und warteten auf sie, damit sie gemeinsam eintreten konnten. Leopold senkte die Augen, als sie an ihm vorbeiging. Reiner, der seine Anstandswauwau-Aufgabe wie ein strebsamer Betbruder wahrnahm, setzte sich zwischen die beiden. Er konnte nicht wissen, dass seine Mission seit Cornelias verunglücktem Besuch am Freitag nicht mehr nötig war.

Zwei Stunden später verließen sie das Restaurant. Cornelia war noch nicht bei der nächsten Straßenecke angelangt, als ihr Handy klingelte.

»Ich bin's, Leo.«

»Ich weiß. Warum rufst du an?«

»Wenn es dir lästig ist, dann leg auf. Und wenn ich ein wenig lauter rede, kannst du mich auch live hören.«

Sie fuhr herum. Etwa fünfzig Meter hinter sich erkannte sie seinen Blondschopf. Er hob die Arme und deutete auf das Handy, damit sie sähe, dass er auflegte. Beide blieben reglos stehen und schauten sich aus der Entfernung an, dann begriff Leopold, dass er es war, der sich in Bewegung setzen musste. Sie sagte nichts, bis er einen Meter vor ihr stehen blieb, die Hände in den Jeanstaschen vergraben, als wollte er ihr zeigen, dass er nicht vorhatte, sie anzufassen.

»Ich dachte, wir seien zu einem Übereinkommen gelangt«, sagte sie.

»Dazu müsste ich eingewilligt haben, findest du nicht auch?«

»In solchen Situationen pflegt einer allein den Schlusspunkt zu setzen.«

»Sollen wir es denn wirklich lassen?«

»Ich glaube, jetzt ist noch Zeit dazu.«

»Zeit wozu?«

»Deiner Freundin nicht weh zu tun, beispielsweise.«

»Verstehe. Ist das das Problem?«

»Ich will einfach nicht jemandes Abenteuer sein.«

»Wer hat denn gesagt, dass du das bist?«

»Leo, manchmal stellst du dich mit Erfolg sehr dumm. Also, du hast eine Freundin, mit der du zusammenlebst, aber du gehst mit mir ins Bett. Wie würdest du das nennen?«

»Soll ich sie verlassen? Geht es darum?«

Auf diese Frage hatte sie keine Antwort. Sie wusste nicht, was sie wollte, nur, was sie nicht wollte, und obwohl sie es bereits gesagt hatte, wiederholte sie es:

»Ich will kein Abenteuer sein. Das ist alles.«

»Ich verstehe, aber warum gibst du mir nicht ein wenig Zeit?«

»Alle Zeit, die du brauchst. Aber am besten halten wir einen gewissen Abstand.«

Leopold nickte.

»Darf ich dich ein Stückchen begleiten?«

Einige Meter gingen sie nebeneinander her, sie mit auf der Brust verschränkten Armen, er mit den Händen in der Tasche. Bis Cornelia es nicht mehr aushielt und ihn unterhakte.

Sie wurden vom Singsang eines Handys geweckt. Es war Cornelias, aber in ihrer Benommenheit begannen beide auf den unbekannten Hotelnachttischen zwischen den unordentlich auf dem Boden verstreuten Kleidern herumzutasten. Bis sie endlich ihr Telefon fand, das mit dreister Hartnäckigkeit weitergedudelt hatte.

Sie erkannte Rossmanns Nummer. Vor dem Antworten bedeutete sie Leopold mit einem Handzeichen, nicht zu sprechen.

»Weber.« Sich einmal mehr an die Rüge ihrer Mutter erinnernd, korrigierte sie sich: »Weber-Tejedor.«

»Hallo, Cornelia. Heiko sagt, Neu-Isenburg.«

Gut. Dann sollte es also Neu-Isenburg sein, ein Städtchen südlich von Frankfurt. Und Leopold hätte alle Zeit der Welt, um mit sich ins Reine zu kommen. Das sagte sie ihm nicht, aber er entdeckte etwas in ihrem Blick.

»Ich weiß ja nicht, wer das war, aber ich habe das Gefühl, jetzt wird es wieder schwer mit uns beiden.«

»Ich geh unter die Dusche.«

Nach Rossmann musste sie nun Ockenfeld für ihre Idee gewinnen, und das war der zweite Stolperstein auf dem Instanzenweg. Sie ging in sein Büro hinauf.

Ockenfelds neue Sekretärin meldete sie an. Während sie im Chefbüro verschwand, warf Cornelia einen nostalgischen Blick auf das Pult, an dem sonst Ute Marx saß. Nach dem Tod ihrer Mutter, die sie in den letzten Wochen begleitet hatte, hatte Matthias Ockenfelds Sekretärin um einige Monate Freistellung gebeten. Obwohl der Chef eigentlich nur ungern noch länger auf sie verzichtete, hatte er sie ihr gewährt.

In Ockenfelds Büro vorstellig zu werden, ohne vorher ein freundliches Wort von Ute Marx zu bekommen und von Lukas, dem stockhässlichen Hündchen, das stets bei ihr war, umschmeichelt zu werden, das kam ihr noch ein wenig schwieriger vor als sonst schon.

Die Stellvertreterin ließ sie eintreten.

Sie hatte sich gut vorbereitet. Der Chef hörte sich ihre Argumente aufmerksam an, sah dieselben Nachteile wie Rossmann, gab aber, ebenfalls wie dieser, angesichts von Cornelias Ungestüm nach. Bevor er sie entließ, schaute er sie jedoch besorgt an und fragte:

»Sie werden danach ja wohl nicht Ihre definitive Versetzung beantragen, oder?«

»Natürlich nicht.«

Ockenfelds Gesicht setzte zu einer Verwandlung an. Seine Mundwinkel hoben die Backenknochen an, so dass sich unter deren Druck die Augen verengten – Matthias Ockenfeld lächelte.

»Haben Sie die Finger überkreuzt, Frau Weber?«

»Nein, nein«, versicherte sie.

Sie lächelte scheu, vom naiven Scherz ihres Chefs noch überraschter als von seinem Lächeln.

Ockenfeld wurde wieder ernst.

»Ich möchte nicht einen meiner besten Männer verlieren.«

Da das Lächeln nicht wiedererschien, wusste sie nicht, ob es abermals ein Scherz war oder ein Ausrutscher. Wie auch immer, sie nahm es als Lob, bedankte sich bei ihrem Chef und ging.

HAUSAUFGABEN

Seit sie sich von Jan getrennt hatte, ging sie sonntags immer zum Mittagessen zu ihren Eltern. Damit nahm sie ein Ritual wieder auf, das es eigentlich nie gegeben hatte, aber dank diesem Sonntagsessen konnte sie sie unbemerkt beobachten. Sie machte sich Sorgen, weil es ihrem Vater immer schlechter ging, vor allem in psychischer Hinsicht – er vergaß vieles, versprach sich, wiederholte sich. Und es war ihr klar, dass ihre Mutter das ebenfalls wahrnahm, wenn auch nicht bewusst. Oder vielleicht war es ihr bewusst, aber sie mochte nicht darüber sprechen, da sie der abergläubischen Überzeugung war, dass das Wort Wirklichkeit würde. Wenn man über ein Problem nicht sprach, existierte es nicht.

Aber es existierte.

Aus diesem Grund kam sie seit einem Monat jeden Sonntag zum Essen, damit ihre Mutter damit beschäftigt wäre, sie zu ernähren und ihr den Teller und die Tupperdosen zu füllen, die sie eine Woche später sauber wieder zurückbrachte. Indem sie ihren Eltern zu verstehen gab, dass sie es waren, die sich um ihre getrennt lebende und vielleicht bald geschiedene Tochter kümmerten, vermied sie es, sie zu verletzen.

»Manchmal ist es besser so. Schau nur deine Tante Marlies an«, sagte der Vater. Seine ältere Schwester hatte nach der Scheidung den Wurst- und Frittenstand in der Nähe des Bochumer Hauptbahnhofs allein weitergeführt, den sie und ihr Mann gemeinsam aufgebaut hatten. »Es ist ihr sehr gut gegangen dabei. Und dann hat sie ihn völlig saniert deinem Cousin Karl übergeben ...«

Cornelia hörte sich die Geschichte eher besorgt an – ihr Vater war außerstande gewesen, sich an den Namen des Exmannes seiner Schwester zu erinnern, immerhin fünfzehn Jahre lang sein Schwager.

Ein Name, der aus Horst Webers Gedächtnis verschwunden war wie zuvor von dem Schild mit den aufgeklebten roten Buchstaben auf weißem Grund: »Marlies & Jürgen«. Nach der Trennung war das »Jürgen« beseitigt worden, und zwar vom Ende her. Ihre Tante Marlies hatte eine Leiter erklettert und mit einem Spachtel einen um den anderen die Buchstaben weggeschabt, die sie und ihr Mann noch einige Jahre zuvor beinahe in Marmor gemeißelt hätten. Sie kratzte das N weg, dann das E, das G, vielleicht leise fluchend, dass sie für ihr Schild eine so große, verzierte Schrift gewählt hatte. Das R dürfte ihr nicht weiter zu schaffen gemacht haben, ebenso wenig das U, und die beiden Umlautpunkte waren eine leichte Beute. Doch dann kam dieses riesige J. Tante Marlies kriegte es weg, war danach aber mit ihren Kräften oder der Wut am Ende. Nachdem sie die Leiter heruntergestiegen war, sah sie vielleicht, dass sie vergessen hatte, das &-Zeichen wegzuspachteln, aber das war ihr anscheinend egal, oder möglicherweise dachte sie, sie würde es zu einem anderen Zeitpunkt nachholen.

Drei Jahre lang hieß der Wurst- und Frittenstand »Marlies &«, was zu Spott und Spekulationen Anlass gab, die ihre Tante nicht groß kümmerten, wie sich Cornelia von ihren Besuchen in Bochum her erinnerte, bei denen eine Portion Pommes frites mit Mayonnaise und Ketchup und eine von Tante Marlies' riesigen Thüringer Rostbratwürsten obligatorisch waren. Ihr Cousin Karl war es, der dann eines Tages alles Übrige wegspachtelte. Er ersetzte es durch ein schnörkelloses »Würste und Pommes frites«.

»Die beste Werbung ist der verlockende Geruch«, sagte ihr Cousin danach.

»Das stimmt auch wieder«, befand Tante Marlies.

»So ist es«, bekräftigte Cornelias Vater.

Celsa dagegen hätte etwas wie »Die Blume Bochums« oder »Die Düfte meines Landes« gewählt – hierzulande konnte der Stand ja schlecht »O pazo« oder »Rías Baixas« heißen.

»Wie heißt denn der Fluss hier?«

»Na, Ruhr natürlich.«

»Dann könnte er doch ›Die Düfte der Ruhr‹ heißen.«

»Lieber nicht. Damit würde man keine einzige elende Wurst verkaufen«, hatte Horst Weber entgegnet.

Endlich erinnerte er sich an den Namen seines ehemaligen Schwagers:

»Jürgen! So hieß dieser schamlose Bursche. Aber ich muss zugeben, dass er mir sehr sympathisch war.«

Hatte ihre Mutter es auch bemerkt? Vielleicht waren die nachlassenden Fähigkeiten ihres Vaters für sie weniger wahrnehmbar, schließlich verbrachten sie fast den ganzen Tag zusammen. Es war ein kontinuierlicher Prozess ohne die Sprünge, die Cornelia bewusst sehen konnte. So, wie es auch Eltern mit ihren Kindern ergeht. Es sind die sporadischen Besucher, die sich darüber auslassen, wie sehr das Kind schon gewachsen ist, wie gut es schon spricht und läuft. Jetzt waren es die Kinder, die still feststellen mussten, wie sehr ihr Vater verfiel, welche Mühe ihm das Artikulieren bereitete, wie schwerfällig er sich bewegte.

Sie betrat ihr ehemaliges Zimmer. Ihre Eltern waren nicht der Versuchung erlegen, die Zimmer der Kinder wie Mausoleen einer vergangenen Jugend zu bewahren. Das ihres Bruders Manuel war zum Gästezimmer geworden und ihres, gewiss weil sie das Mädchen war, zu

Celsas Nähzimmer. Hingegen waren die Bücherborde noch da mit den Bänden, die sie beim Ausziehen nicht mitgenommen hatte, Kinder- oder Jugendbücher.

Auf dem Sessel, in den sich ihre Mutter zu setzen pflegte, erblickte sie eine Näharbeit. Daneben das kleine Notebook mit den angeschlossenen Lautsprechern. Cornelia und Manuel hatten es ihr geschenkt, damit sie über Internet spanisches Radio hören konnte. Mit einem Klebeband war ein Zettelchen am Bildschirm befestigt, auf dem Cornelia die Schritte zum Einloggen notiert hatte und wie sie die verschiedenen Sender finden konnte.

Das Zimmer roch nach frisch gebügelter Wäsche. Ein Stapel Hemden und einer mit Taschentüchern warteten darauf, im Schrank oder in Schubladen verstaut zu werden. Horst Weber musste einer der letzten Männer sein, die noch Stoff- statt Papiertaschentücher benutzten.

Die Andersen-Märchen standen da, wo sie sie in Erinnerung hatte. Als sie das Buch hervorzog, dachte sie, in den folgenden Nächten wäre die Schlaflosigkeit leichter zu ertragen.

Die Eltern nicht weiter beobachten zu können machte ihr das Gehen schwer. Sie würde mit ihrem Bruder Manuel reden müssen. Am Mittwoch wollte sie ihn in Köln besuchen.

Mit Reiner zu sprechen war das Schwierigste. Ihm nach so vielen Jahren der Zusammenarbeit sagen zu müssen, sie werde nun auf unbestimmte Zeit in eine andere Abteilung wechseln, erinnerte sie an den Moment, da sie ihren Eltern mitgeteilt hatte, sie fahre mit ihrem ersten Freund allein in den Urlaub. Alle wussten, dass sich bei ihrer Rückkehr vieles verändert haben würde und dass es auch die Möglichkeit gab, gar nicht zurückzukehren.

»Aber du wirst wieder hierher kommen, oder?«

Reiner schaute sie vom anderen Ende eines Tischs in der Cafeteria des Präsidiums an. Die Arme auf der Brust verschränkt, hatte er sich zurückgelehnt. Seine dichten Augenbrauen, die etwas dunkler waren als das immer grauer werdende Haupthaar, zogen sich zu einer finsteren Miene zusammen.

»Natürlich.«

Sie versuchte, überzeugt und überzeugend zu klingen, und fragte sich, warum alle Welt dachte, sie würde nicht zurückkommen, denn was Reiner treffend vermutete, konnten andere ja nicht wissen.

»Ist es seinetwegen?«

Sie mochte ihn nicht anschwindeln und nickte.

»Dann habe ich keine Argumente, um dich umzustimmen.«

Das sagte er im Ton knapper Objektivität, und trotzdem hörte sie den stillschweigenden Vorwurf heraus, dass sie ihn im Stich ließ. Aber dieses kräftige Mannsbild mit den charakteristischen Brauen, dem ausgeprägten Kiefer und dem Bürstenhaarschnitt war mitnichten ein hilfloser Junge, den sie in einer gefährlichen, hinterhältigen Welt einfach sich selbst überließ. Der Mann, der jetzt aufstand, um an der Theke etwas zu holen, war ein gestandener Fünfziger mit mehr Dienstjahren bei der Polizei als sie und kurz davor, Vater von Zwillingen zu werden.

Reiner kam mit zwei Tellerchen zurück. Auf jedem lag ein Donut. Auch zwei Papierservietten hatte er mitgebracht. Damit hob er einen der Donuts hoch:

»Lass uns anstoßen.«

Sie verstand. Sie ergriff ihren Donut auf dieselbe Art und stieß ihn gegen seinen. Dann nahmen sie beide einen Bissen. Aus vollen Backen sagte er:

»Auf deinen Erfolg und dass du bald zurückkommst.«

Sie lächelte ihm zu. Sie sagten nichts mehr, bis sie ihre Donuts aufgegessen hatten. Beim Kauen dachte sie, beide Wahrnehmungen träfen zu – dass sich dieser erfahrene Kommissar tatsächlich im Stich gelassen fühlte und dass er mit seinem eigenwilligen Toast ihre Rückkehr beschworen hatte. Natürlich verkniff sie sich jede Bemerkung. Wenn sie gesagt hätte, nun hätten sie mit einem Donut mit Schokoguss eine Art Pakt unterschrieben, hätte sich Reiner vor Lachen nicht mehr eingekriegt. So fragte sie nur:

»Wie war dein Donut?«

»Lecker. Und deiner?«

»Königlich.«

»Ich kann nur hoffen, dass es in der Flughafenkantine Donuts gibt.«

»Warum sollte es da keine geben?«

»Wenn du dann zwei Tage bei der Reinigungskolonne warst, ruf ich dich an, und wir unterhalten uns.«

»Über Donuts?«

»Über Donuts, über Flugzeuge, über die Kollegen …«

»Und deine Kinder – es ist ja bald so weit.«

»Und über meine Kinder.«

»Hoffentlich kommst du nicht auf die Idee, mir die Geburt zu schildern.«

»Sollte ich das tun, so werde ich dich mit Donuts entschädigen. Sicher gibt es am Flughafen keine.«

CORNELIA LENZ

»Möchtest du irgendwas Bestimmtes sein?«, fragte Rossmann. »Friseuse? Zahnarztgehilfin?«

Am besten funktionierten diejenigen Lügen, die mit richtigen Zutaten gemixt waren. Auf dieser Grundlage zimmerten sie Cornelias neue Existenz. Sie würde weiterhin Cornelia heißen, aber Cornelia Lenz, hätte einen jüngeren Bruder, wäre in Offenbach geboren, wo noch immer ihre Eltern lebten und wo sie die Schule besucht hatte. Jetzt schlug ihr Rossmann zwei Berufsausbildungen vor, die sie erfolglos begonnen hätte.

»Nein. Gib mir das Abitur. Das Abitur ist noch keine Garantie dafür, dass man nicht als Reinigungskraft endet.«

In diesem Augenblick, während sie in Rossmanns Büro arbeiteten, konnten sie sich noch nicht ausmalen, wie wichtig diese Zeile war, die sie Cornelias Lebenslauf anfügten.

Cornelia Lenz hatte ein nicht sehr glänzendes Abitur abgelegt. Cornelia Weber-Tejedor versagte sich die Bemerkung, dass ihre Noten hervorragend gewesen waren.

»Du könntest alles Mögliche studieren«, hatte ihr Vater bis zum Überdruss wiederholt. Er hielt mit seiner Enttäuschung nicht hinter dem Berg, als sie beschloss, zur Polizei zu gehen.

Cornelia Lenz dagegen hatte nach dem Abitur geheiratet und war Hausfrau gewesen. Dann die Trennung.

»Damit würden wir auch perfekt die Notwendigkeit eines Zusatzeinkommens rechtfertigen. Mein fiktiver Ex hat einen Schuldenberg hinterlassen.«

»Was dich gezwungen hat, bei Zeitarbeitsfirmen Jobs zu suchen. Als was?«

»Sagen wir, als Verkäuferin und auch im Reinigungssektor.«

Das verzerrte Porträt, das sie zeichneten, war und blieb ein Porträt und sollte den Maler nicht allzu sehr durchschimmern lassen. Obwohl Rossmann keinen Kommentar abgegeben hatte, als sie vorschlug, sich als frisch getrennt auszugeben.

Während er sich Notizen machte, sah Rossmann sie nicht an; sie dagegen fühlte sich unbehaglich. Aber was ging es sie an, was ihr Kollege denken mochte? Trotzdem, sich entscheiden zu müssen, welchen Beruf Cornelia Lenz hätte wählen können, hieß eine allzu aufschlussreiche Information geben, so wie die Verkleidungen, die die Menschen im Karneval wählten. Was bedeuteten all diese Piratenkostüme? Warum verkleideten sich Männer so gern als Frauen? Die Frauen taten das Umgekehrte sehr viel seltener. Was brachte einen Bankangestellten dazu, sich mit Riesenwindeln, einer Haube und einem Schnuller auszustatten? Warum schlüpfte ein Staatsanwalt ins Schneewittchenkostüm?

Obwohl sie solche Verkleidungen peinlich fand, erinnerte sie sich, wie sehr sie es in den Italienischstunden an der Volkshochschule genossen hatte, ihre Person mit einem Lügengespinst zu umgeben. Wenn ihre Lehrerin sie einmal nicht gerade mit den schmalzigsten Schnulzen italienischer Provenienz quälte, bombardierte sie sie mit Fragen. Wie alt bist du? Wie viele Geschwister hast du? Brüder oder Schwestern? Wie viele Schwestern hast du? Wie viele Haustiere hast du? Wie viele Hemden hast du? Welche Farbe haben sie? Aus welchem Material sind sie? Wie viele Bücher hast du? Wo wohnst du? Wo arbeitest du? Welchen Beruf hast du? Abgesehen von der beinahe hypnotischen Wirkung der Wiederholung von syntaktischer Struktur oder Verbalform, die es zu üben galt, gab es einen Riesenunterschied zwischen didaktisch motivierten Befragungen und solchen, wie ihre Lehrerin sie praktizierte. Dieser war es vollkommen egal, wie die Antwort ausfiel, ob sie stimmte oder geschummelt war. Wichtig war einzig, dass man sie korrekt formulierte. Also vergnügte sich Cornelia damit, eine neue Persönlichkeit zu erfinden, die es nur im Italienischunterricht gab und die ihr die krankhafte Neugier ersparte, mit der manche Leute reagierten, wenn sie erfuhren, dass sie Kommissarin im Morddezernat war. Auch mochte sie nicht mit Ausflüchten wie »Ich bin beim Staat beschäftigt« oder »Ich bin Beamtin« antworten. So sagte sie auf die Frage nach dem Beruf: »Ich bin Buchhändlerin.« Am liebsten hätte sie sich als Kaminfegerin ausgegeben, doch in dem kleinen Wörterbuch, das sie in den Unterricht mitnahm, war das Wort nicht zu finden. Zudem hätte sie sicher lachen müssen.

Ebenfalls erfand sie eine Schwester, zwei Schildkröten namens Max und Moritz, einen Schrank voller weißer Blusen, und als es um die Hobbys ging, gab sie sich als meisterliche Orchideenzüchterin aus. Sie verschwieg auch, dass sie halb Spanierin war, und überspielte den Vorteil der verwandten Sprache ziemlich gewandt. Sie hatte sich mit ihrer Freundin Iris für den Kurs eingeschrieben, und sie wollten zusammen weitermachen. Für diesen Italienischkurs hatte sie sich ein ruhiges, häusliches, monotones Leben zurechtgebastelt. Nach dem Unterricht war sie immer so entspannt wie andere nach einer Stunde Joga.

Die Erschaffung der Cornelia Lenz war viel aufwendiger und bei weitem nicht so vergnüglich. Schriftlich hielten sie die Details fest, die ihr Kohärenz verliehen, wie ein Romancier oder Drehbuchautor bei der Erschaffung einer Figur. So webten sie eine neue Haut, in die sie zu schlüpfen hätte. Je besser sie hineinpasste, je besser sie Cornelia Lenz kannte, desto besser würde sie ihre Arbeit machen.

»Die Leute interessieren sich nicht so sehr für die anderen«, sagte sie beim Durchlesen der Notizen.

»Mag schon sein«, antwortete Rossmann, während er die Namen von Cornelia Lenz' Großeltern festhielt. »Aber in deinem Fall müssen wir davon ausgehen, dass man dich überwachen wird, und wir dürfen kein Risiko eingehen. Es ist wichtig, dass du die Informationen, die du über dich gibst, gut beherrschst. Etwas, was du so dahergesagt und dann wieder vergessen hast, kann sich vielleicht gegen dich wenden, weil jemand sich genau das eingeprägt hat.«

Wieder redete er sehr ernsthaft auf sie ein. Er hegte anscheinend noch immer Zweifel daran, dass sie die Richtige für diese Ermittlung war. Da sah sie, dass sich Rossmann beim Namen der angeblichen Großeltern mütterlicherseits geirrt hatte. Für diejenigen väterlicherseits hatten sie die richtigen Namen genommen, Cordula und Josef. Die von Mutters Seite hießen:

»Kurt und Gerlinde – nicht Karl.«

Rossmann korrigierte es. Dass Cornelia aufgepasst hatte, beruhigte ihn vielleicht ein wenig; er ging seine Notizen noch einmal durch und gab ihr schließlich die Zettel mit einem feierlichen:

»Cornelia Weber, ich stelle dir Cornelia Lenz vor. Ich hoffe, ihr werdet gute Freundinnen, denn von nächster Woche an verbringt ihr viel Zeit zusammen.«

Sie steckte die Notizen zu den ihren. Auf diesen Blättern – die einen in Rossmanns sehr leserlicher Handschrift, die anderen in den gequälteren Formen einer

Linkshänderin – war ihre neue Identität zusammengefasst. Sie warf einen raschen Blick darauf.

»Die Adresse da, ist das meine?«

»Ja. Die Kollegen haben dir schon eine Wohnung in Neu-Isenburg besorgt. Sie ist möbliert.«

»Neu-Isenburg. Nach Hause.« Cornelia zeigte mit dem Finger in die Richtung, in der sie die Kleinstadt ansiedelte.

Rossmann blickte sie verwirrt an.

»Hast du E.T. nicht gesehen?« Er schüttelte bloß argwöhnisch den Kopf. Bevor er sich echte Sorgen um ihren geistigen Zustand machte, fragte sie schnell: »Wann fang ich auf dem Flughafen an?«

»Die Zeitarbeitsfirma, die dich im Reinigungsdienst unterbringen wird, bearbeitet dein Stellengesuch bereits. In einer Woche wirst du arbeiten.«

»Wie habt ihr das geschafft?«

»Indem wir da und dort etwas Druck ausgeübt haben«, antwortete Rossmann ausweichend.

Sie begriff, dass sie gegen einen Angestellten der Firma etwas in der Hand hatten und das entsprechend ausgenutzt hatten, und insistierte nicht weiter.

»Außerdem musst du dich mit dem Gedanken vertraut machen, dass es dauern wird. Wenn wir ihnen nur wegen eines Unfalls auf die Schliche gekommen sind, haben wir es ganz bestimmt mit einem sehr gut organisierten Netz zu tun. Aus diesem Grund denken wir« – Rossmanns scheues Lächeln war eine Art Entschuldigung für das, was er sagen würde –, »dass es von hier aus geleitet wird und nicht von Spanien oder Lateinamerika aus.«

»Verstehe.«

»Aber wir möchten die Bande nicht nur in Deutschland, sondern auch in Spanien unschädlich machen. Auf dem Flughafen Barajas, wo die Maschinen aus Lateinamerika zwischenlanden, muss es Leute geben, die dafür sorgen, dass sie nicht kontrolliert werden.«

»Und in den Ursprungsländern? Dort sind die, die die Drogen in die Flugzeuge bringen.«

»Das ist nicht unser Bier. Wenn wir etwas herausfinden, geben wir die Informationen den dortigen Kollegen natürlich weiter. Aber die Erfahrung hat uns gezeigt, dass das Leute sind, die so was nur sporadisch machen, und dass es Netze aus familiären oder ähnlichen Beziehungen sind.«

»Was heißt das?«

»Dass es sich oft um einen Verwandten handelt, der einem anderen einen Gefallen erweist, und beim nächsten Mal ist es ein Cousin eines Freundes, der Geld braucht, und danach seine Nichte ... Das lohnt sich nicht. Uns interessiert, was hier geschieht. Wenn wir nicht einmal das eigene Haus sauber halten können, darf man von uns nicht erwarten, dass wir uns auch noch ums Haus der Nachbarn kümmern.«

Rossmann stand auf, trat an Heiko Sulimas Tisch, suchte einige Papiere heraus und kam zurück. Er setzte sich schwer, als fühlte er sich auf einmal sehr müde.

»Hier habe ich die toxikologische Analyse von Fatma Celiks Haar. Es ist kein Drogenkonsum festgestellt worden.«

»Auch nicht Hasch oder Marihuana?«

»Nur Alkohol.«

Mitten in diesem Schweigen ging die Tür auf, und Heiko Sulima trat ein.

»Die Frau, die etwas aus Fatma Celiks Kittel genommen hat – wir haben sie verloren.«

»Wie bitte?«, sagten Rossmann und Cornelia unisono.

»Sie ist verschwunden. Ihre Familie hat eine Vermisstenanzeige aufgegeben.«

»Hat sie sich nicht einfach versteckt?«

»Das haben wir anfänglich auch vermutet, aber die Erschütterung ihres Mannes und der Tochter wirken sehr echt. Ich befürchte, man hat sie aus dem Weg geräumt.«

Rossmann wandte sich an Cornelia:

»Das kann bedeuten, dass die Toleranzstufe der Bande gegenüber möglichen Einschleusungen oder Indiskretionen äußerst niedrig ist.«

Sie nickte. Sulima fügte hinzu:

»Es heißt aber auch, dass sie eine eiserne Kontrolle über ihre Leute ausüben. Es wird schwierig sein hineinzukommen, aber drin zu sein wird noch gefährlicher sein.«

Damit ließen sie ihr alle Möglichkeiten, das Ganze vorzeitig abzublasen, und schauten sie fragend an, gespannt auf ihre Reaktion. Rossmann schien besorgt, Sulima eher neugierig.

»Ich werde aufpassen.«

Sie mochte nicht umkehren.

IN KÖLN

Für die Fahrt nach Köln nahm sie den Zug entlang des Rheins, obwohl er eine Stunde länger brauchte. In einem eher spärlich besetzten Wagen fand sie einen Sitzplatz mit Tisch und deponierte den Kaffee und die Tüte mit dem Sandwich darauf. Als sich der Zug in Bewegung setzte, packte sie das Sandwich aus und trug damit das Ihre zum Knisterchor der anderen Passagiere bei, die, wie sie feststellte, alle etwas Süßes oder Herzhaftes aßen, das sie, genau wie sie selbst, aus einer Papier- oder Plastiktüte genestelt hatten, kaum waren die Türen geschlossen und der Ruck des anfahrenden Zuges zu spüren gewesen.

Ein Grüppchen von vier Japanerinnen fotografierte die Stadt, als der Zug über die Mainbrücke fuhr. Noch drei weitere Male zückten sie die Kamera, zuerst, als der Rhein ins Blickfeld trat, dann, als sie ein Schiff voller Touristen erspähten, was Cornelia auf den Gedanken brachte, vielleicht fotografierten sie einen Landsmann, der seinerseits sie fotografierte in einem dieser als Schiffe verkleideten Wohnzimmer, die flussauf und flussab fuhren. Das dritte Mal natürlich, als die Stimme des Zugführers auf Deutsch und Englisch das Eintreffen des Zuges in Köln ankündigte. Aufgeregt stiegen sie hinter ihr aus und fragten, kaum hatten sie den Fuß auf den Bahnsteig gesetzt:

»*Please, where is the cathedral?*«

Cornelia sagte, direkt neben dem Bahnhof, darum hätten sie sie nicht sehen können. Aus dem Augenwinkel erblickte sie Manuel, der mit verschränkten Armen darauf wartete, dass sich seine Schwester von den Japanerinnen verabschiedete.

»Na, verdienst du dir ein Zubrot als Fremdenführerin? Und das in meiner Stadt?«

Sie begrüßten sich mit zwei Küssen und verließen den Bahnhof.

»Zuerst befassen wir uns mit deinem Erscheinungsbild. Und wir fangen mit dem Friseur an.«

In seinem Auto fuhren sie zu einem Friseursalon in Nippes.

»Du hast doch dem Friseur nichts gesagt, oder?«

Manuel wusste nur, dass sie einen neuen Haarschnitt für eine bestimmte Arbeit brauchte, deretwegen sie für einige Zeit außerhalb von Frankfurt wäre.

»Ich bitte dich! Ich hab ihm gesagt, du hättest eine Wette verloren.«

»Sehr witzig.«

»Na und? Es ist mir nichts Besseres eingefallen zur Erklärung, warum du einen Proletenlook willst.«

»Du sollst das nicht so nennen.«

»Hast du einen besseren Vorschlag? Pass auf – hier wirst du zu einem anderen Menschen gemacht.«

Manuels Augen glänzten in seltsamer Erregung. So sehr amüsierte es ihn, die Nüchternheit seiner Schwester in eine proletarische Fantasieerscheinung zu verwandeln? Sie traten in einen minimalistischen Raum, in dem vermutlich jeder einzelne der wenigen Einrichtungsgegenstände dasselbe gekostet hatte wie das gesamte Mobiliar des Friseursalons, den sie in ihrem Viertel immer aufsuchte.

Ein dunkelhäutiger Mann mit kurzem Haar und langen, präzise ausrasierten Koteletten kam sie lächelnd begrüßen. Er hatte sie erwartet.

»Hassan«, sagte Manuel, »da hast du dein Opfer.«

»Du hast mir nicht gesagt, dass deine Schwester blond ist«, sagte der Friseur. Sein akzentfreies Deutsch war mit einer Prise Rheinisch gewürzt.

»Wir sind eben keine Mischung.« Cornelia gab ihm die Hand. »Jeder von uns schlägt einem Elternteil nach.«

»Also ist Manuel der Spanier wie die Mama, und du bist die Deutsche, wie der Papa.«

Jahrelang diese Art Mutmaßungen korrigiert zu haben war nicht spurlos an ihr vorübergegangen, sondern hatte eine Ermüdung hinterlassen, die die militanteste Missionarin, was sie nie gewesen war, handzahm gemacht hätte. So beendete sie das Thema mit einem trockenen »Ja«.

Hassan betrachtete sie fachmännisch.

»Keine Sorge. Ich werde dir einen Haarschnitt verpassen wie bei den Frauen aus den RTL-Reality-Shows und ein Blond, das wie gefärbt aussieht.«

Er hielt Wort. Zwei Stunden später sah Cornelia aus wie das Opus magnum eines Hobbyfriseurs. Hassan wollte kein Geld dafür.

»Wenn ich mich amüsiere, kassiere ich nicht. Aber ich bitte dich, den Salon so unauffällig wie möglich zu verlassen und dann sogleich das Weite zu suchen. Ich habe einen Ruf zu verlieren.«

Unter Gelächter gingen sie.

»Hast du noch ein wenig Zeit? Kommst du auf einen Kaffee zu mir?«, fragte ihr Bruder.

Er wohnte ganz in der Nähe.

Cornelia setzte sich an den Küchentisch, und Manuel machte Kaffee. Bevor er sich ebenfalls setzte, fuhr er seiner Schwester mit der Hand durch die Haare.

»Das hat er gut gemacht, oder? Wie findest du Hassan?«

»Äh ..., gut. Wieso? Ist er vielleicht dein ...?«

»Ja.«

»Lolo, wie wenig elegant du doch ständig das Thema wechselst!«

»Ja. Ich weiß auch nicht, warum. Ich habe das Gefühl, ich lasse immer einen Schritt aus. Vielleicht sollte ich vor einem Themenwechsel eine Zusammenfassung machen.«

Cornelia lächelte.

»Du dagegen hast ein außergewöhnliches Talent, alles, was du tust, zu einer Staatsaffäre aufzubauschen.«

»Und du, das Wichtige hinter irgendwas Trivialem zu verstecken. Oder soll ich etwa glauben, du hast die Fahrt nach Köln nur gemacht, um eine andere Frisur verpasst zu bekommen? Was beschäftigt dich?«

»Die Eltern. Es geht ihnen nicht gut. Das heißt, Papa geht es nicht gut, und ich glaube, Mama ist verängstigt.«

Sie schilderte ihm ihre letzten Besuche in Offenbach und bat ihn, sich während ihrer Abwesenheit um ihre Eltern zu kümmern.

»Ich werde dasselbe tun wie du – sie am Wochenende besuchen.«

»Aber denk dir irgendeinen Vorwand aus, sie sollen sich nicht überwacht fühlen.«

»Zum Beispiel?«

»Ich weiß auch nicht. Leg dir einen Lover in Frankfurt zu. Oder in Offenbach.«

»Und du, was wirst du ihnen erzählen?«

»Ich sei für ein paar Monate nach Hamburg abkommandiert worden.«

»Und wenn sie dich anrufen?«

»Ich hätte das Handy verloren, ich würde zurückrufen. Was weiß denn ich!«

»Du erzählst ihnen besser nicht, dass es mit Drogen zu tun hat.«

»Warum denn?«

»Weil Mama bei dem Thema ganz aus dem Häuschen gerät. Vor zwei Wochen haben sie Natis Sohn mit Schmuggelware geschnappt.«

»Nati? Wer ist denn Nati?«

Wie immer hatte Cornelia nicht die leiseste Ahnung, wer all die Leute der spanischen Kolonie waren, von denen ihre Mutter sprach. Wie immer wusste Manuel über alles Bescheid.

»Nati war eine Opel-Kollegin von Mama. Sie und ihr Mann Senén wohnen in der Nähe der Eltern, nur zwei Straßen weiter. Sie haben zwei Söhne: Santi, der wieder in Spanien ist, und Domingo, der, den sie geschnappt haben.«

»Was hat er denn ausgefressen?«

»Drogen in Bohnendosen geschmuggelt.«

Manuel wartete die Wirkung bei seiner Schwester ab, und als sie zu lachen begann, erzählte er ihr die Geschichte im Detail.

»In Spanien haben seine Kumpels das Koks in Bohnenform gepresst und dann in Dosen abgefüllt. Sie haben sogar falsche Etikette richtiger Marken aufgeklebt. Das war ein Familiengeschäft, das er in Deutschland und ein Cousin von ihm in Spanien betrieben hatten. Das Schlimmste ist, dass sie die Großmutter in die Geschichte mit reingezogen haben. Die alte Dame musste die Flecken auf die Koksbohnen malen, damit sie echter aussähen.«

Sie stellte sich die Großmutter des Verhafteten vor, wie sie am Küchentisch saß und die falschen Bohnen mit den entsprechenden Flecken schmückte. In diesem Moment gab es verschiedenenorts auf dieser Welt haufenweise Frauen, die Bohnen aus gepresstem Koks bemalten oder Heiligenfigürchen und Puppen damit füllten. Stundenlanges Fälschen, um der Geldgier eines Enkels entgegenzukommen, der jetzt vermutlich Briefe aus einer deutschen Gefängniszelle schickte.

»Also Hassan und du ...«

»Ja.«

»Ist er Muslim?«

»Etwa so, wie du und ich katholisch sind. Indirekt.«

»Du machst es den Eltern aber wirklich nicht leicht. Bevor du ihnen jedenfalls etwas sagst, warte, bis ich von dieser Arbeit zurück bin.«

Manuel warf ihr einen bösen Blick zu.

»Falls es nicht von Dauer ist, meinst du? So bleibt ihnen der Schock erspart, einen Araber als Schwiegersohn untergejubelt zu bekommen?«

»Da du es schon so deutlich sagst – ja.«

WIR

Ihr Leben im Pausenmodus zu belassen war schwieriger als anfänglich angenommen. Vor allem, als ein Anruf sie daran erinnerte, dass ihre »Jungs« ohne sie weitermachen würden, während sie weg war.

Sie saß im Präsidium und las die Papiere, die ihr Rossmann überlassen hatte, als das Telefon klingelte. Nicht ihres, sondern Reiners, der gleich bei den ersten Worten sehr ernst wurde. Sie warf ihm einen fragenden Blick zu, und zur Antwort hielt er sich wie zum militärischen Gruß die rechte Hand an die Schläfe – also war Ockenfeld der Anrufer. Dann wandte er den Blick von ihr ab und begann, sich Notizen zu machen.

»Ja ..., natürlich ..., verstehe.«

Nach dem Gespräch sagte er:

»Wir haben einen neuen Fall.«

»Wir?«

»Ja, wir. Leo und ich. Mit diesen Haaren scheidest du ja wohl aus.«

Sie lächelte gezwungen. Das »wir«, dem sie nicht mehr angehörte, hatte ihr einen schmerzhaften Stich versetzt. Reiners Gedanken mussten sich in einer ähnlichen Richtung bewegen, denn er bemerkte:

»Hast du gewusst, dass ›wir‹ das einzige Pronomen ist, das je nach Belieben ein- oder ausschließen kann?«

»Nein. Das war mir noch nicht aufgefallen«, log sie, bevor sie das Thema wechselte. »Was wollte der Boss?«

»Er hat mir nur die ersten Details genannt, ich muss Winfried Pfisterer anrufen, damit der uns sagt, was die Pathologen gefunden haben.«

»Ja, aber worum geht es denn?« Sie klang ein wenig gereizt, wie sie sich selbst eingestehen musste.

»Als vor zwei Tagen Studenten in einer Anatomiestunde eine Leiche öffnen wollten, sind einer Medizinstudentin offenbar seltsame Einstiche in deren Nacken aufgefallen. Auch dem Dozenten erschienen sie verdächtig, so dass er beschloss, eine Autopsie zu beantragen. Die wurde durchgeführt, und jetzt besteht auf einmal Verdacht auf Mord.«

»Wie soll der denn durchgeführt worden sein?«

»Man hat ihm irgendein Gift gespritzt.«

»Kennt man die Identität des Toten?«

»Ein pensionierter Chirurg, der seine Leiche der Fakultät vermacht hatte. Obwohl die Universitäten einen Leichenüberschuss haben, da ihnen mehr vermacht werden, als sie brauchen können, haben sie diese angenommen.«

Im Wissen, dass er die pathologische Neugier seiner Kollegin geweckt hatte, wartete Reiner ihre Frage ab:

»Sie haben einen Leichenüberschuss?«

»Das machen immer mehr Leute, um die Bestattungskosten zu sparen. Vor allem, seit der Staat die Zuschüsse gestrichen hat.«

»Ich habe nicht die geringste Ahnung, was eine Beerdigung kostet.«

»Du kannst von mindestens viertausend Euro ausgehen. Aus diesem Grund verlangen einige Unis etwas, wenn sie die Leiche behalten. Aber es gibt auch Leute, die das aus Idealismus tun, wie vermutlich dieser Chirurg.«

»Und, was hat die Autopsie genau ergeben?«

»Das wird mir Pfisterer sagen. Ich glaube, ich fahr gleich mal zu ihm.«

Diesmal musste Reiner die Frage stellen, die sonst immer sie stellte, wenn es darum ging, ins Gerichtsmedizinische Institut zu Pfisterer zu fahren.

»Kommst du mit?« Aber da ihm die außergewöhnliche Situation bewusst war, fügte er hinzu: »Wenn es dir passt.«

Sie imitierte seine übliche Art zu antworten und sagte: »Aber natürlich.«

Eine solche Leiche hatten sie noch nie gesehen. Sie hatte schon eine Zeitlang in Formol gelegen, so dass das Gewebe braun geworden war und die Textur nur noch vage an menschliche Haut erinnerte. Das Schlimmste aber war der Geruch. Sie hatten sich Masken aufgesetzt, um sich ein wenig vor dem durchdringenden Gestank des Konservierungsmittels zu schützen, das den Hals reizte und die Tränen in die Augen trieb.

Professor Franz-Dieter Bornhoff war vor vier Wochen im Alter von achtzig Jahren gestorben. Da er nicht nur an den üblichen Altersbeschwerden, sondern seit einiger Zeit auch noch an Lungenkrebs gelitten hatte, hatte der diensttuende Arzt die Sterbeurkunde ohne weiteres ausgestellt. Nur der scharfe Blick einer Anatomiestudentin hatte an den Tag gebracht, dass der Tod möglicherweise nicht auf natürliche Ursachen zurückzuführen war.

»Nächste Woche treffe ich mich mit der jungen Frau«, sagte Winfried Pfisterer. »Ich möchte sie überreden, sich auf Gerichtsmedizin zu spezialisieren. Eine solche Beobachtungsgabe findet man selten. Hoffentlich ist sie nicht die Tochter eines angesehenen Arztes, die in Papas oder Mamas Fußstapfen treten will.«

»Warum?«, fragte Reiner, ohne seine gereizten Augen von der Leiche abwenden zu können.

»Der Beruf des Gerichtsmediziners ist nicht sehr glamourös.«

»Trotz deiner geliebten Fernsehserien?«, sagte Cornelia ironisch.

»Trotzdem. Viele Menschen stößt die Vorstellung ab, dass man den ganzen Tag in Leichen herumwühlt, sie auf- und wieder zumacht. Letztlich fast dasselbe wie ein Chirurg, aber zu den Chirurgen sagen die Leute Dinge wie ›Was haben Sie für Hände, Herr Professor!‹, als handle es sich um Pianisten. Aber zu den Gerichtsmedizinern sagen sie mit einem Blick auf unsere Hände: ›Bemühen Sie sich nicht, ich serviere mir selbst noch ein Stück Braten.‹ Sie wollen nicht wahrhaben, und vielleicht ist es auch besser so, dass die Gans genau so tot ist wie die Leichen, die wir berühren, und zwar mit Handschuhen. Ich glaube, in dieser Hinsicht kommen uns nur die Urologen und die Proktologen gleich.«

»All das erzählst du dann aber nicht der Studentin, oder?«, fragte Cornelia.

Winfried Pfisterer lachte.

»Nicht beim ersten Gespräch.«

Reiner hatte den Blick immer noch nicht von der Leiche abwenden können. Cornelia dachte, wenn sie wieder gingen, wolle sie ihn fragen, ob sie ihn nicht auch an die Leichen erinnert habe, die im Film *Die Dämonischen* von riesigen Schoten freigegeben und zu Repliken der Einwohner einer Kleinstadt werden. Auch kam ihr in den Sinn, dass sie Filme in ihre neue Wohnung mitnehmen musste, alle, die sie hatte. Ob sie auch eine DVD der *Dämonischen* hatte? Nur das Remake mit Donald Sutherland. Nicht eben das Beste gegen Schlaflosigkeit.

»Das muss wirklich eine Topstudentin sein, um so was zu entdecken«, bemerkte Reiner.

»Darum will ich sie ja.« Pfisterer trat näher an die Leiche heran. »Man muss zudem berücksichtigen, dass die Einstiche von den Haaren verdeckt waren.«

Sie betrachteten den Kopf des Toten. Professor Bornhoff war fast vollkommen kahl. Er hatte bloß einen Haarkranz, der ihm auf dem Hinterhauptbein wuchs und den er absurderweise hatte über zwanzig Zentimeter lang werden lassen, so dass er seinen Nacken bedeckte.

Auf einen Wink des Pathologen hin drehten ihn zwei Assistenten auf den Bauch. Dann lüftete Pfisterer den Haarvorhang und zeigte ihnen die Einstiche. Sie waren kaum sichtbar.

»Das ist eine merkwürdige Stelle, wo man normalerweise weder sticht noch irgendwas spritzt. Hätten wir die Einstiche am Arm gefunden, so hätten wir sie auf Injektionen oder etwas Intravenöses zurückgeführt, durchaus normal bei älteren und kranken Menschen. Aber da« – Pfisterer deutete mit dem behandschuhten Finger darauf – »sehe ich keine andere Erklärung als Mord.«

»Könnt ihr herausfinden, was ihm gespritzt worden ist?«, fragte Reiner.

»Kommt drauf an. Die Konservierung in Formol zerstört die meisten organischen Gifte. Wenn man ihm etwas Metallisches oder Halbmetallisches gespritzt hat wie Arsen oder Thallium, dann werden wir es finden. Aber ich bezweifle, dass er so getötet worden ist. Es wäre ein grausamer Todeskampf gewesen, was den Argwohn des Arztes hätte wecken können, der den Tod zertifiziert hat.«

»Aber es besteht kein Zweifel daran, dass ihm etwas gespritzt worden ist.«

»So ist es.«

Eine Stunde später, wieder im Präsidium, begann Reiner die Informationen zu studieren, die er über Bornhoff hatte. Auch Cornelia versenkte sich in ihre Papiere, sagte aber vorher noch zu ihrem Kollegen:

»Falls du über irgendwas sprechen möchtest, du weißt schon.«

So erfuhr sie, dass Franz-Dieter Bornhoff 1929 in Frankfurt geboren war.

»Ein Frankfurter Bub. Da siehst du, dass es sie wirklich gibt«, hatte Cornelia gesagt; Reiner bezweifelte, dass in dieser Stadt jemand lebte, der nicht von auswärts zugezogen war, wie in ihren beiden Fällen. Reiner stammte aus einem kleinen Ort bei Bochum und Cornelia aus Offenbach.

Bornhoff war ein waschechter Frankfurter, der überdies anscheinend alles unternommen hatte, um seine Stadt nicht verlassen zu müssen. In Frankfurt war er zur Schule gegangen, in Frankfurt hatte er Medizin studiert, und seinen Beruf hatte er immer in Frankfurter Kliniken und Krankenhäusern ausgeübt. Die größte Entfernung waren die siebzig Kilometer zwischen Frankfurt und Gießen gewesen, der Stadt, an deren Universitätsklinik er sein Fachgebiet studiert hatte.

»Ohne das Land Hessen zu verlassen«, bemerkte Reiner.

»Und jetzt, um den Kreis zu schließen, bleibt er als Anschauungsmaterial für den Anatomieunterricht in der Klinik, wo er die letzten zwanzig Jahre seines Berufslebens gearbeitet hatte.«

Reiner schaute zur Tür.

»Wenn wir schon vom Frankfurter Bub sprechen, da kommt unserer.«

Leopold Müller trat ins Büro. Cornelia errötete, als er, nachdem er Reiner zugenickt hatte, zu ihr an den Schreibtisch trat, sich mit beiden Händen aufstützte und sie fragte:

»Stimmt es, dass du weiter in Drogen machst?«

»So ist es.«

»Warum hast du mir nichts davon gesagt?«

»Das wollte ich heute Abend tun.«

Sie senkte die Stimme im vergeblichen Bemühen, Reiner nicht hören zu lassen, dass sie mit Leopold verabredet war.

Er näherte sich ihr noch mehr, warf sich beinahe auf den Schreibtisch, um sein Gesicht ganz dem ihren zu nähern.

»Ist es meinetwegen?«

In diesem Augenblick sah Cornelia Reiner an seinem Tisch eine Handbewegung machen, als wollte er Müllers Hintern umfassen, und sich danach die Fingerspitzen küssen wie ein italienischer Koch. Appetitliches Ärschchen, lautete die unmissverständliche Botschaft. Sie warf ihm einen niederschmetternden Blick zu, bevor sie wieder Leopold anschaute, der zwischen Verärgerung und Sorge hin und her gerissen war. Nicht der richtige Moment, um über das Thema zu sprechen.

Sie wagte einen flüchtigen Kuss, der Leopold vollkommen aus der Fassung brachte.

»Wir unterhalten uns später. Jetzt wird gearbeitet.«

Sie kramte ihre Papiere zusammen und ging hinaus. Und erinnerte sich wieder daran, warum sie beschlossen hatte, für eine bestimmte Zeit ihre Abteilung zu verlassen.

»Und die da stellst du einmal pro Woche in die Badewanne und verpasst ihr eine Dusche. Mit lauwarmem Wasser natürlich. Und sieh zu, dass das Wasser die Blätter nass macht, aber die Erde nicht überschwemmt.«

»Eine kleine Dusche wöchentlich. Aber gern. Mehr als gewisse Leute, auf die man so in der U-Bahn trifft ... Soll ich ihnen vielleicht auch was vorsingen?«

»Wenn du das Radio für sie einschalten könntest – sie sind es gewohnt ...«

Da sah sie Iris' Gesicht, ihre Freundin konnte sich kaum das Lachen verkneifen.

»Verdammt, Iris! Du nimmst mich auf den Arm.«

»Das ist auch nicht schwer. Aber du brauchst nicht zu leiden, ich werde sie gießen und duschen, ihnen den genau dosierten Dünger geben, die dürren Blätter und welken Blüten beseitigen, die Viecher von ihnen fernhalten und das Radio einschalten. Sie werden gar nicht merken, dass du nicht da bist.«

Iris sah nicht, dass der letzte Satz für eine Sekunde das Lächeln aus Cornelias Gesicht weggespült hatte.

»Vergiss vor allem das nicht.«

Iris nahm den Schlüsselbund entgegen.

»Jans Post legst du in dieses Körbchen. Einmal die Woche kommt er sie holen.«

»Perfekt. Übrigens, den Friseur, der dir das angetan hat, solltest du verklagen.«

Kurz danach war Iris zur Arbeit gefahren. Jetzt brauchte sie nur noch zu packen.

Sie legte eine Garnitur Bettwäsche in den Koffer, die sie in einer ihrer schlaflosen Nächte vor dem PC ersteigert hatte, als sie um drei Uhr früh bei E-Bay das Rennen gemacht hatte. Was für ein krankes Hirn setzt das Ende der Versteigerung auf diese Zeit fest? Bestimmt auch so ein Bettflüchtiger. Noch einer von denen, die auf die nächtliche Bildschirmpräsenz von Artgenossen bauen, wenn das Tastengeklapper in den stillen Räumen widerhallt und die Maus auf dem Tisch verrückt spielt. Es war ein echtes Duell gewesen, das sie ausgerechnet gegen jemanden ausgefochten hatte, dessen Pseudonym Killer 35 gewesen war. Sie hatte gewonnen. Leck mich doch, Killer 35! Mein ist die Bettwäsche!

Die Garnitur würde mit ihr in die neue Wohnung wandern. Alle anderen in schlaflosen Nächten ersteigerten Gegenstände wie die beiden silbernen Fotorahmen, ein pastellrosafarbener Original-Melitta-Kaffeefilter aus den fünfziger Jahren, die Schreibtischlampe, die die von Jan mitgenommene ersetzte, und anderes albernes Zeug, dessen Aufzählung sie zum Erröten brachte, blieben zu Hause. Was sie dagegen noch benötigte, war ein Radio. Den Tag ohne Radio zu beginnen war unvorstellbar. Ohne Nachrichten und ohne einen der Songs, zu denen sie heimlich tanzte. Obwohl sie seit Jans Auszug in der ganzen Wohnung hätte umhertanzen können, sobald beispielsweise irgendwas von den Supremes erklang, tat sie es nur hinter geschlossener Bade- oder Schlafzimmertür.

Da sie ihr altes Sony-Gerät nicht mitnehmen mochte, als würde alles, was sie in Cornelia Lenz' zukünftiger Wohnung gebrauchte, kontaminiert, ging sie eines kaufen. Sie marschierte die Berger Straße hinauf mit dem Gefühl, sich bereits von ihrem Viertel zu verabschieden. So sollte es auch sein.

Eine dreiviertel Stunde später war sie zurück. Noch im Treppenhaus schälte sie den Apparat aus der Verpackung, und da sie beim Öffnen der Wohnungstür den Text auf der Schachtel las, entging ihr, dass nicht abgeschlossen war. Sie stieß die Tür hinter sich zu. Mit einem gespielt mitleidigen Blick auf den Apparat sagte sie auf dem Weg zum Wohnzimmer:

»Tut mir leid, mein Kleiner, dich werden wir irgendwann auf dem Schlachtfeld zurücklassen müssen, so verlangt es die Mission.«

Das würde sicherlich so sein – aber zudem würde sie ihn mit einer Delle in der Unterseite und einer leicht verbogenen Antenne zurücklassen müssen, denn er fiel ihr aus den Händen, als sie eine Stimme sagen hörte:

»Führst du Selbstgespräche? Du meine Güte, was hast du denn mit deinen Haaren angestellt?«

Ihr »Was machst du denn hier, Jan?« wurde fast übertönt von dem Getöse, mit dem der Apparat auf dem Boden aufprallte.

Jan kam ihr zuvor, hob ihn auf und reichte ihn ihr. Als Cornelia einen Schritt vortrat, um ihn entgegenzunehmen, spürte sie zuerst einen Widerstand unter dem Fuß und dann das Nachgeben dieses Widerstands, während gleichzeitig das Zerknirschen von Plastik zu hören war.

»Genial.« Sie brauchte gar nicht erst auf den Boden zu gucken. »Jetzt hab ich den Batteriedeckel zertreten.«

»Tut mir leid«, sagte Jan, aber Cornelia sah, dass er sich das Lachen verkneifen musste. »Ich hab dich wohl sehr erschreckt, was?«

»Das ist schon immer eine deiner Stärken gewesen. Und Dinge zu flicken eine andere. Lässt sich das Teil retten?«

Cornelia las die Stücke auf, legte sie sich auf die Handfläche und hielt sie Jan unter die Nase.

»Ich kann's versuchen. Aber ich weiß nicht, wie lange

das dann hält. Möglicherweise geht er gleich wieder in Stücke, wenn du ihn einzuklinken versuchst.«

Vielleicht bemerkte er wie sie die Doppeldeutigkeit dieses Gesprächs und wechselte deshalb das Thema.

»Ich habe gesehen, dass du ein paar Sachen packst. Verreist du? Schon wieder? Mit ihm?«

Eilig verneinte sie. »Das ist für die Arbeit. Und du, was tust du hier?«

»Ich brauch einige Papiere für die Schule, die in irgendeinem Ordner abgeheftet sind. Wirst du lange weg sein?«

»Das weiß ich nicht. Es hängt davon ab, wie schnell wir mit dem Fall vorankommen. Wie war der Unterrichtsbeginn?«

»Gut. Stressig wie immer. Wohin fährst du?«

»Nach Hamburg. Habt ihr neue Kollegen?«

»Zwei Grünschnäbel. Was ist in Hamburg?«

Auch nach vielem Wiederholen fiel ihr die Hamburger Lüge nicht leichter. Nur ihr Bruder Manuel kannte einen Teil der Wahrheit, alle anderen, ihre Eltern und ihre Freunde, nahmen an, sie verbringe eine gewisse Zeit im Norden. Sogar Iris würde sie in Hamburg vermuten.

»Was wirst du denn in Hamburg machen?«, wiederholte er seine Frage.

Sie war außerstande gewesen, ihn zu belügen, vor ihm zu verbergen, was mit Leopold geschehen war, als selbst sie noch dachte, es sei nur eine Entgleisung gewesen.

»Nichts«, antwortete sie schließlich. Dann erzählte sie ihm, warum sie die Wohnung verließ, warum sie für unbestimmte Zeit verschwinden musste. »Mehr darf ich dir nicht sagen, es wäre nicht gut, wenn du wüsstest, wo genau ich bin.«

»Keine Bange, ich werde dich nicht suchen«, sagte er in aller Offenheit.

Das ist genau das Problem, dachte Cornelia. Die Passivität, der Fatalismus, mit dem er die Trennung hinnahm. Aber jetzt war, dachte sie weiter, nicht der Moment für küchenpsychologische Überlegungen und auch nicht, sich mit ihm hinzusetzen, um zu analysieren, warum ihre Ehe gescheitert war. Sie musste sich vorbereiten, musste packen, musste vor dem Gehen noch viele kleine Angelegenheiten regeln, so dass sie das Gespräch beendete.

»Wo hast du denn diese Papiere? Brauchst du Hilfe?«

»Im Arbeitszimmer. Mach dir keine Umstände, ich werde sie schon finden. Und du, tu, was du zu tun hast, ich will dich nicht aufhalten.«

Jan verschwand im Arbeits- und sie im angrenzenden Schlafzimmer. Eine halbe Stunde lang zogen beide Schubladen auf und schoben sie wieder zu, öffneten und schlossen Türen.

»Stört es dich, wenn ich das Radio anmache?«, fragte sie aus dem Schlafzimmer.

»Warum sollte mich das stören?«

Sie setzte die Batterien in das neue Gerät ein und sah, dass sie auch ohne Deckel festklemmten.

Eine weitere halbe Stunde später erschien Jan im Türrahmen.

»Ich gehe.«

»Hast du die Papiere gefunden?«

»Ja. Und dann habe ich auch den Batteriedeckel repariert. In einer Schublade lag eine Tube Leim. Sollen wir's ausprobieren?«

Jan ergriff das Radio, und in seinen Händen wurde die Stimme der Moderatorin schwächer. Mit größter Behutsamkeit setzte er das Stück ein und gab Cornelia den Apparat zurück. Er schaute sie lächelnd an, aber seine Augen glitzerten feucht.

»Wenn du ihn ganz vorsichtig öffnest, hält er vielleicht.«

Sie bedankte sich mit einem Kloß im Hals.

»Versprich mir, dass du auf dich aufpassen wirst«, sagte er dann.

»Aber natürlich.«

Sie hätten sich beinahe umarmt, aber beide erinnerten sich rechtzeitig, wie es um sie stand. Kurz darauf ging Jan.

Sie packte weiter. Nichts von persönlichem Wert würde sie bei dieser Arbeit begleiten. Selbst Faden und Stoff hatte sie neu gekauft, falls sie das Bedürfnis zu sticken hätte. Seit sie diese Kindheitsbetätigung der endlosen galicischen Sommer wiederaufgenommen hatte, hatte sie entdeckt, dass nichts sie so sehr entspannte, wie an einem hell erleuchteten Ort mit aufgesetzten Kopfhörern Buchstaben zu sticken und einem Hörbuch zu lauschen. Sie nahm nur Dinge mit, die sie dort lassen konnte, sobald sie diese neue Wohnung wieder aufgäbe.

»Das ist eine Schmutzarbeit, die dich selbst am Ende so schmutzig machen kann, dass du möglicherweise nie wieder sämtliche Flecken rausbringst«, hatte Rossmann gesagt.

DIE NEUE NACHBARIN

Ihre neue Wohnung befand sich im neunten von vierzehn Stockwerken eines Wohnblocks. Fünf Wohnungen pro Etage, siebzig insgesamt. Sie war bereits hier gewesen, aber als sie die letzte Kiste hereingestellt und die Tür hinter sich zugezogen hatte, kam ihr in den Sinn, dass die Möbel wahrscheinlich noch genauso dastanden, wie ihre Vormieterin sie zurückgelassen hatte, die jahrelang hier gewohnt hatte. Nach ihrem Tod hatte die Familie alle persönlichen Gegenstände geholt, wenigstens die, die sie als solche betrachtet hatte, denn eigentlich waren auch die kleinen Bilder an den Wänden persönliche Gegenstände, die man sicherlich nur deswegen nicht entfernt hatte, um sich einen neuen Anstrich zu ersparen. Ebenso war es wohl mit den Tassen, die neben schwer zu definierenden funktionalen Gegenständen, möglicherweise Reisesouvenirs, in einer Vitrine aufgereiht waren.

»Sie können alles benutzen«, hatte die Vermieterin gesagt, die Schwiegertochter der vorherigen Mieterin.

Ganz in ihrer Wohnungsbesitzerinnenrolle aufgehend, war sie mit einem Kostümchen bekleidet und hatte ihr die Zimmer gezeigt, wie sie es vermutlich in amerikanischen Filmen bei den Immobilienmaklern gesehen hatte.

Im Wohnzimmer hatte sie gesagt:

»Das Herz der Wohnung.«

Ein nicht sehr großes, durch zu massige Möbel verstopftes Herz. Dann waren sie ins kleine Schlafzimmer getreten.

»Das Bett ist neu.«

Das bedeutete: »Meine Schwiegermutter ist nicht in diesem Bett gestorben.« Danach die winzige Küche und das noch winzigere Bad, eine Dusche mit grüner Keramikwanne, einem Grün, dem der – neue – rosafarbene Duschvorhang seltsamerweise einen militärischen Anstrich verlieh. Cornelia achtete kaum auf die Worte der Frau, so dass sie gar nicht wusste, wozu sie eben genickt hatte, als sie mit einem Lächeln feststellte, dass es im Bad eine Konsole gab, auf die sie beim Duschen ihr neues Radio stellen konnte.

»Ich freue mich, dass sie Ihnen gefällt«, hatte die Besitzerin auf ihr Lächeln geantwortet.

Was hatte ihr gefallen? Das winzige Fenster, eher ein Entlüftungsloch? Das Schränkchen mit dem fleckigen Spiegel? Die mindestens aus den achtziger Jahren stammenden orangefarbenen Gleitschutzblumen auf dem Boden der Dusche? Der Kleiderhaken in Form eines lächelnden Fischs auf der Rückseite der Badezimmertür?

Sie bezahlte die drei Monate Kaution in bar.

»Wenn Sie meinen, dass es nichts zu streichen oder zu reparieren gibt, können Sie sofort einziehen und müssen beim Auszug nichts renovieren.«

»Das finde ich sehr gut.«

Die Frau übergab ihr die Schlüssel.

Jetzt stand Cornelia eine Woche später wieder in dieser kalten Wohnung, und das beklommene Gefühl unstatthaften Eindringens nahm zu. Der Sommer schien nicht bis hierher gelangt zu sein. Sie öffnete die Fenster. Als hätten sie hinter den Scheiben nur darauf gewartet, drangen stoßweise die Geräusche von Stimmen, Autos, fernem Gebell herein und mischten sich mit einem anderen Geräusch, das sie erst nach einer Weile als die Klingel ihrer Wohnung identifizieren konnte.

Sie drückte auf den Knopf der Gegensprechanlage. Da wurde an die Tür geklopft.

»Nicht unten, hier«, sagte eine Frauenstimme.

Sie machte auf. Eine Frau etwa Mitte fünfzig in einem T-Shirt der brasilianischen Fußballnationalmannschaft stand mit einer kleinen Schachtel Schokoladenpralinen auf der Fußmatte.

»Hallo, ich bin Gamze Aktürk, die Nachbarin von gegenüber.«

Mit dem Kopf deutete sie auf die angelehnte Tür hinter sich auf der anderen Seite des röhrenähnlichen, dunklen Gangs. Das einzige Fenster befand sich an dessen anderem Ende. Die von dunklen Strähnen durchzogene blonde Stirnlocke und auch Gamze Aktürks restliche Haartracht wippte wie ein Vorhang. Sie streckte ihr die Pralinen hin.

»Ein kleines Willkommensgeschenk.«

Cornelia nahm sie mit der Linken entgegen und reichte ihr die Rechte.

»Herzlichen Dank. Ich bin Cornelia, Cornelia Lenz.«

»Dann also willkommen, Cornelia.«

»Willst du nicht reinkommen und einen Kaffee trinken?« Sie hatte beschlossen, sie gleich zu duzen.

»Mein Sohn ist allein in der Wohnung.«

»Er kann ruhig auch kommen.«

Gamze Aktürks Gesicht verdüsterte sich einen Augenblick – eine düstere Sekunde, die Cornelia nicht interpretieren konnte.

»Nein«, sagte die Nachbarin. »Warte, ich sag ihm schnell, dass ich hier bin.«

Cornelia ließ die Tür offen, ging in die Küche und holte die Kaffeemaschine und ein Paket Kaffee aus einer der Umzugskisten. Es waren nicht viele, und zudem hatte sie auf einer Liste aufgeführt, was sie in jeder von ihnen (sie waren natürlich durchnummeriert) verpackt hatte. Das war ein perfektes Ablenkungsmanöver gewesen, eine Art Beschäftigungstherapie, die die Schatten und Zweifel des letzten Augenblicks beseitigt hatte.

Gamze Aktürk kam nach einigen Minuten zurück. Sie brachte Milch, Zucker und eine Packung Kekse mit und blieb lange genug, um ihr von der Frau zu erzählen, die die letzten zwanzig Jahre ihres Lebens in dieser Wohnung verbracht hatte. Gamzes Bericht gab vielen der Dinge, die Cornelia in den nächsten Wochen umgeben würden, eine Geschichte, und sie kam sich immer mehr als Eindringling vor.

Die Frau hatte ihr Handy auf den niedrigen Wohnzimmertisch gelegt, auf dem zwei Tassen Kaffee dampften.

»Falls mich Hamit braucht, mein Sohn.«

Genau eine Stunde später stand sie auf.

»Ich muss wieder rüber.«

Sie griff nach den übriggebliebenen Keksen, dem Zucker und dem Milchkarton. Cornelia öffnete ihr die Tür. Sie hatte sie noch nicht geschlossen, als das Handy der Nachbarin auf dem Tischchen piepste. Es war eine SMS. Sie konnte nicht umhin, sie zu lesen. »Ich muss aufs Klo.«

Sie nahm das Telefon und ging damit zur Wohnung der Nachbarin.

»Da, dein Handy.«

Gamzes Wohnung war größer als ihre. Aus dem zweiten Zimmer rechts drang eine hohe, aber erwachsene Stimme heraus.

»*Kim geldi, anne?*«

»*Yeni kom u.*«

Gamze nahm das Handy und bedankte sich, bat sie aber nicht herein. Cornelia ging in ihre Wohnung zurück.

Sie packte ihre Habseligkeiten aus, darunter die

DVDs mit den Filmen. Das war das Einzige, was ihr die Schlaflosigkeit in letzter Zeit erträglich machte.

Für diesen Abend wählte sie eine Version von *Jane Eyre*. Sie schwankte zwischen Orson Welles und William Hurt. Dann entschied sie sich für Letzteren. Kurz vor Ende des Films schlief sie ein. Bevor sie in Träume fiel, konnte sie eben noch den Fernseher ausschalten; mit einem gedämpften Geräusch landete die Fernbedienung auf dem Teppichboden. Nur fünf Stunden später weckte sie etwas, was sich wie ein manisches Lachen anhörte. Sie fuhr auf. Haar und Rücken waren schweißgebadet. Der durchdringende Laut, der sie aus dem Schlaf gerissen hatte, kam durchs Wohnzimmerfenster.

Taumelnden Schrittes trat sie näher. Es war das Gurren einer Taube auf dem Fenstersims. Wütend stürzte sie auf das Fenster zu, um sie zu verscheuchen. Der Vogel flog auf, als er die Bewegung im Inneren wahrnahm. Sie ging in ihr Schlafzimmer. Falls sie noch einmal einschlafen konnte, bliebe ihr etwas über eine Stunde. Aber genau diese Rechnung machte es ihr unmöglich. Zudem war es bereits hell geworden. Da erinnerte sie sich an einen Satz ihrer Mutter:

»Auch wenn man nicht schläft, ruht sich doch wenigstens der Körper aus.«

Wenigstens das. Mit geschlossenen Augen blieb sie im Bett liegen und lauschte den Geräuschen ihrer neuen Umgebung. Auf der Straße unten der zunehmende Verkehr. Auf ihrer Etage das Türeknallen von jemandem, der seine Wohnung verließ, ein Radio von irgendwoher, Babygeschrei.

In wenigen Stunden begann ihre Arbeit auf dem Flughafen.

ANFÄNGERIN

»Also, Frau Lenz, das sind die Konditionen. Sie werden mit der Vormittagsschicht beginnen. Die Kollegin Althaus wird Ihnen die entsprechenden Anweisungen erteilen.«

Lorenz Raschke, Chef des Reinigungsdienstes, stand auf und gab ihr zum Abschied die Hand.

Raschke mochte um die fünfundvierzig sein und war groß und hager. Die eingefallenen Wangen erinnerten an die Heiligen- und Märtyrergesichter der spanischen Barockmaler. Zweifellos bewunderungswürdige Menschen, die man jedoch lieber betrachtete, als sie kennenzulernen. Nur die Augen, von warmem Haselnussbraun, straften das Aussehen des religiösen Fanatikers Lügen.

Raschkes Büro in einem der Verwaltungsbereiche des riesigen Flughafenkomplexes verfügte über ein großes Fenster, durch das keine Flugzeuge, sondern weitere Bürogebäude zu sehen waren. Dennoch waren die Landungen und Starts mit einem konstanten Brausen allgegenwärtig, dessen momentanes Ausbleiben an den kurzen Moment erinnerte, wenn am Strand die Wellen zurückfließen. Die Doppelverglasung in Raschkes Rücken vibrierte nicht einmal, wenn alle zwei Minuten die Luft draußen erzitterte. Eine große Tafel an der einen Wand des geräumigen Büros zeigte den Schichtplan der Reinigungsbrigaden. Eine weitere Wand war hinter Regalen voll fein säuberlich etikettierter Aktenordner verborgen. Beim Verlassen des Büros sah Cornelia, dass Diplome und Anerkennungen die Tür rahmten.

Der erste Eindruck ist ausschlaggebend, und ihren Arbeitskolleginnen hatte sie den einer weiteren Arbeitskraft zu vermitteln, der Neuen. Weder ihr Verhalten noch ihre Ausdrucksweise durften sie verraten. Aus diesem Grund versuchte sie, als sie ihren Dienst begann, zu vergessen, dass sie Polizistin war. Sie wollte in die Arbeit eintauchen, sich darauf konzentrieren, ihre Aufgaben zu lernen. Die Orientierungslosigkeit, wie sie bei jeder neuen Arbeit natürlich ist, würde ihr von großem Nutzen sein.

Nach dem Gespräch mit Lorenz Raschke wurde sie Ramona Althaus übergeben, einer Frau in den Vierzigern mit rötlich gefärbtem Haar, die ihr ihre Arbeit erläuterte und ihr die Orte zeigte, wo sie sich bewegen würde. Kontrollen, Türen, Gänge, Kabinen. Sie zeigte ihr, wo sich das Arbeitsgerät und die Reinigungsmittel befanden, sie durchliefen weitere Gänge, öffneten Zimmertüren und Schränke. Cornelia lernte auch die Handgriffe, die sie von nun an tagtäglich wiederholen würde, dank denen die Kabine einer Maschine in der kurzen Zeitspanne, die ihnen der wahnwitzige Rhythmus von Landungen und Starts auf dem Frankfurter Flughafen gewährte, am Ende sauber war.

Am ersten Tag lernte sie noch zwei weitere Dinge: zunächst, dass in der strengen Hierarchie, die in einem Flugzeug herrschte, die Reinmachefrauen ohne jeden Zweifel den letzten Rang einnahmen; zweitens, dass ihre Arbeit in der Passagierkabine stets vom Sirren der mechanischen Säge begleitet wurde, das die sogenannte APU produzierte, die Auxiliary Power Unit, das Hilfstriebwerk, das das stehende Flugzeug mit der nötigen Elektrizität für die Beleuchtung versorgte. Von diesem Geräusch wurden sie immer empfangen, und es zwang sie, sich lauthals zu unterhalten, während sie darauf warteten, bis die Passagiere das Flugzeug verlassen hatten, es übertönte die Stimme des Stewards, der sie durch die Hintertür eintreten ließ, und es brachte sie dazu, die letzten Sitzreihen jeweils schneller zu reinigen, um Reihe für Reihe dem Lärm zu entkommen. Der Soundtrack ihrer Arbeit in den nächsten Wochen.

Alles war neu, die Uniform, das Prozedere von Arbeitsanfang und -ende, die Kontrollen, der Ausweis, die Berührung der Gummihandschuhe, der Geruch der Reinigungsmittel, das Gewicht der Müllbeutel, das Surren des Staubsaugers. Und vor allem die Kolleginnen.

»Tatsache ist, dass sie mich kaum beachten«, sagte sie im Telefongespräch des dritten Abends zu Rossmann.

Sie hatten vereinbart, täglich zu telefonieren, und sei es nur für einige Minuten. Sie würde ihm erzählen, wie ihr Arbeitstag verlaufen war, und er ihr mögliche Neuigkeiten mitteilen.

Schriftliche Informationen oder Bildmaterial bekam sie per Mail. Nicht auf direktem Weg, sondern hinter einer angeblichen Werbemail versteckt. Immer wenn sie diese erhielt, wusste sie, dass neues Material auf dem Server der Ermittlungsgruppe für sie bereitlag. Von ihrem Laptop aus hatte sie Zugriff auf alle Dokumente der Gruppe, konnte sie lesen und den Kollegen ihrerseits Informationen zukommen lassen. Aber in ihrem Notebook blieb kein heikles Material zurück. Zu dieser Vorsichtsmaßnahme hatte Oberkommissar Heiko Sulima geraten.

So konnte sie auch die Ermittlungsberichte der Kollegen zum Verschwinden der Reinmachefrau Sonia Raimondo verfolgen. Trotz der protokollarischen Nüchternheit der Texte war zwischen den Zeilen herauszulesen, dass die mit der Suche befassten Polizisten wenig Hoffnung hegten, sie lebend zu finden.

Ebenfalls zugänglich waren ihr die Zusammenfassungen der Telefonüberwachung mehrerer Personen, die des Drogenschmuggels verdächtig waren und von denen man sich Informationen über die Bewegungen in der Szene erhoffte. Es waren Gespräche von zermürbender Trivialität, wenn man nicht wusste, dass sich hinter scheinbar harmlosen Worten wie »Pizza«, »Blumen« oder »Besuch« ein Hinweis für den Gesprächspartner verstecken konnte. Rossmann hatte sie bereits mit verschlüsselten Gesprächen vertraut gemacht.

»In einem Fall vom letzten Jahr haben wir rausgefunden, dass, wenn ein Typ das von uns angezapfte Restaurant anrief und einen Döner bestellte, das immer bedeutete, dass er ein Paket Heroin abliefern würde.«

»Wie habt ihr das zusammengebracht? In einem türkischen Imbiss einen Döner zu bestellen ist ja das Normalste von der Welt.«

»Natürlich. Aber telefonisch bestellen und das Lokal immer mit leeren Händen verlassen, das kann einen schon verdächtig machen.«

Rossmann hatte seinen Satz mit Auslassungspunkten beendet. Er wartete auf die Frage.

»Du behältst dir noch etwas für den Schluss auf, nicht wahr?«

»Ja.« Ganz offensichtlich bereitete es ihm Vergnügen, das Ende zu erzählen. »Es stellte sich heraus, dass der Typ Vegetarier war und aus diesem Grund den Döner nie mitnahm.«

»So ein Blödmann! Er hätte ja ein Falafel bestellen können.«

Rossmann schaute sie mit gespielter Bewunderung an.

»Du hättest das Talent dazu.«

Ich hoffe es zu haben, wenn der Moment gekommen ist, dachte sie.

In den Texten, die sie in den ersten Tagen gelesen hatte, war nichts Verdächtiges zu finden gewesen. Ebenso wenig in den Gesprächen, die in anderen Sprachen stattgefunden hatten und vom Türkischen, Spanischen und Russischen ins Deutsche übersetzt worden waren.

Fünf Tage Flugzeuge reinigen.

Abfälle in Müllbeutel werfen: zerknüllte Zeitungen, Zeitschriften mit zerrissenen Seiten, Papiertüten, Kaugummiverpackungen und Kaugummis unverpackt, Papiertaschentücher, Blätter aus einem Notizbuch, die jemand vollgekritzelt und dann doch liegengelassen hatte, Babynahrungsgläschen, Bleistifte, Kugelschreiberkappen, Rechnungen, Busfahrkarten aus aller Herren Ländern. All das gelangte nach Frankfurt und endete in einem Müllcontainer. Ende der Reise.

Hunderttausende Gegenstände in den Koffern und Taschen der Reisenden, darunter illegale Produkte, die als Schmuggelware mitfuhren. Nicht nur Drogen, Kokain, Heroin, Haschisch und die synthetischen, auch geschützte Tiere und Pflanzen, Potenzsteigerer, Mittel gegen Haarausfall, Schlankheitskuren, Pulver für die Zunahme der Muskelmasse, Schlaftabletten und Muntermacher. Gefälschte Markenschuhe und Luxusuhren. Manchmal Schwarzwälder Kuckucksuhren aus China.

Hinter einem der großen Fenster des Terminal 1 beobachtete Cornelia, wie die Passagiere ein Flugzeug aus Peking verließen. Sie nutzte die Unsichtbarkeit in ihrem blauen Kittel, um sie zu studieren. Welcher von ihnen mochte im Koffer verbotene Medikamente mitführen? War diese verschwitzte Frau eine Körperschmugglerin? Hatte ein Mitglied dieser Familie ein geschütztes Tier unter den Souvenirs? So betrachtete sie die Fluggäste, auf ihren Gesichtsausdruck und mögliche Verstecke achtend.

Es gab Berufs-, Hobby- und unbedachte Schmuggler. Die, welche die Nummer ihres Anwalts im Handy gespeichert hatten, die des »Ich wusste gar nicht, dass das verboten ist«, diejenigen, die vor einem verdutzten Zollbeamten aufgebracht wetterten, andere Male hätten sie mit derselben Ware – Zigaretten, Wodka, Krokodilbabys – keine Probleme gehabt, die, die sofort die Brieftasche zückten und anstandslos die Geldbuße bezahlten, und die, die eine Gesetzesnovelle, ja eine neue Verfassung verlangten.

Sie vertauschte den Zollbeamtinnenblick mit dem der Reinmachefrau. Nach einem Flug über den Atlantik wäre die Passagierkabine wie immer eine einzige Mülldeponie, aber das war nicht mehr ihr Problem. Ihre Schicht war vor einer halben Stunde zu Ende gegangen. Jetzt war eine ihrer Kolleginnen dran, Heike, Carolina, Nuray, Slavica, Regina, Liliana, Sigrid, Selin, Jasna, Aurek, Beata, María, Tatjana, Serap oder wie immer sie hießen.

Das vollständige Eintauchen in den ersten Tagen wurde nur von den abendlichen Anrufen Wolfgang Rossmanns unterbrochen, dem sie in kurzen Zusammenfassungen ihre unspektakulären Arbeitstage schilderte. Und es war gut, dass es nichts besonders Erwähnenswertes gab. Wenn man als Eingeschleuste arbeitete, musste man die Umgebung zu respektieren wissen. Auch galt es den richtigen Augenblick abzuwarten, keinen voreiligen Schritt zu tun, das wäre gleichbedeutend mit Scheitern gewesen. Beobachten, warten und sich nur bewegen, wenn man die Gewissheit hatte, dass es der Moment dazu war – das konnte bedeuten, in der Routine aufgehend wochenlang Flugzeuge zu reinigen, im Lauf des Tages mehrere Kaffees und ab und zu nach der Arbeit ein Bier zu trinken.

Aus diesem Grund waren ihre Berichte vor allem eine Reihe von Namen und Eindrücken. Wie beispielsweise der Kontrast zwischen der dösenden Stadt, aus der sie am Morgen hinausfuhr, und dem hektischen Betrieb, der sie im Flughafenbauch erwartete, in einem den Passagieren unbekannten Teil, den sie allenfalls hinter einer Scheibe erahnten, hinter den riesigen Verglasungen der Terminals, den Busfenstern, den Flugzeugfenstern.

Nur bei einem oberflächlichen Blick erinnerte einen das Treiben in den Terminals an einen Ameisenhaufen. Doch das Hin und Her wurde durch die Kurzlebigkeit der Figuren bestimmt, die es einzig betraten, um es wieder zu verlassen. Ein Ameisenhaufen dagegen war Routine. Die eigentliche Ameisenkolonie befand sich in dem den Passagieren unzugänglichen Teil. Dort bewegten sich Menschen und Fahrzeuge Tag für Tag, um das Immergleiche zu tun: ähnliche Aufgaben, ähnliche Wege. Zwei, drei, vier Räder, die sich längs und quer auf fast zwanzig Quadratkilometern verschoben. Die Größe und zugleich die Schwäche des Frankfurter Flughafens. Wusste denn wirklich jemand, warum ein Kleintransporter genau da und nicht woanders geparkt war? Was hatten diese Kisten hier zu suchen? Welches Material ging bei den Dauerbaustellen ein und aus, wo ein Flughafen vom Einweihungstag an ständig repariert oder erweitert wurde? Ließ sich jedes Kommen und Gehen eines Angestellten rechtfertigen – von den siebzigtausend, die hier arbeiteten? Landeten sämtliche Müllbeutel, die aus den Flugzeugen kommen, auch wirklich in den entsprechenden Containern?

»Hier zu arbeiten ist wie Teil einer komplexen Maschinerie sein, ja eines lebenden Organismus.«

»Und du, was wärst du dann?«

»Bei dieser Arbeit? Ehrlich gesagt, eine Art Darmbakterie.«

BEGEGNUNGEN

Die erste Arbeitswoche hätte geradezu als gemütlich bezeichnet werden können, hätte Cornelia nicht am Samstag beim Einkaufen eine Zufallsbegegnung gehabt.

Da sie Neu-Isenburg nicht kannte, hatte sie beschlossen, nicht im nächstgelegenen Supermarkt einzukaufen, sondern eine Runde im Zentrum zu drehen. Es war Anfang September, doch der Sommer schien nicht willens, dem Herbst das Feld zu überlassen, und hatte die Leute auf die Straße gelockt. Auf dem Wochenmarkt in der Fußgängerzone saß man dicht an dicht auf den Holzbänken vor einem Teller mit Wurst oder einem Thaigericht. Sie stellte sich an einer der Würstchenbuden an und verlangte eine Bratwurst mit Pommes frites. Mit der Rechten ergriff sie den viereckigen Pappteller und mit der Linken das Mineralwasserfläschchen, und im selben Moment tat es ihr schon leid, dass es kein Bier war. Dergestalt beladen, trat sie an einen hohen Tisch, an dem soeben ein Paar zwischen zwei älteren Herren eine Lücke offen gelassen hatte. Als sie die beiden fragte, ob sie den Tisch mit ihnen teilen dürfe, wandten sie sich ihr zu und nickten.

Da erkannte sie den zu ihrer Rechten. Sein Name fiel ihr blitzartig ein: Joan Font. Der Schreck ließ ihr das Essen nicht aus den Händen fallen, sondern es nur noch fester umklammern. Sie verschmierte sich die ganze Hand mit dem großzügig neben die Wurst gedrückten Senf, gab vor, an einem anderen Tisch jemanden erblickt zu haben, bedankte sich bei den beiden und ging. Während sie zwei Schritte zurücktrat, bemerkte sie in Joan Fonts Gesichtsausdruck, dass er sie zwar noch nicht erkannt hatte, sich offenbar aber fragte, wer sie bloß sein mochte. Sie wandte sich ab und entzog sich hinter einem Käsestand dem Gesichtsfeld des Mannes. Das Geruchschaos aus Fermentierung und Frittenöl und den Grillfleischdüften von einem nahen Stand schlug ihr so auf den Magen, dass der Hunger wie weggeblasen war. Wurst samt Pommes landeten in einer Mülltonne. Sie wischte sich mit einer Papierserviette den Senf von den Händen und machte sich, die Wasserflasche umklammernd wie eine Staffelläuferin den Stab, davon.

Kein Zweifel, es war Joan Font, ein pensionierter Hoechst-Angestellter. Ein alter Bekannter ihrer Eltern, der in einem Kulturverein der spanischen Emigranten, der ACHA, Asociación Cultural Hispano-Alemana, viele Veranstaltungen organisiert hatte. Vor allem hatte er Theatervorstellungen und Poesiewettbewerbe für Kinder, an denen auch sie und Manuel teilgenommen hatten, auf die Beine gestellt. Während sie in ihre Wohnung mehr floh als ging, fiel ihr wieder ein, wie sehr sie an diesen Nachmittagen darunter gelitten hatte, von den feierlich vorgetragenen Versen so wenig zu verstehen. Noch schlimmer haftete ihr die Unergründlichkeit von Carlos Arniches' oder Pedro Muñoz Secas humoristischen Stücken im Gedächtnis, einen Humor, den sie nicht verstand, was doppelt frustrierend war. Sie hatte sich keine Illusionen gemacht, je *Das Leben ein Traum* zu begreifen, aber von Leuten umgeben zu sein, die aus ihr unerklärlichen Gründen lachten, das war unerträglich. Auch ihr Bruder Manuel hatte gelacht, aber, davon war sie überzeugt, aus Nachahmung und nicht, weil er den spanischen Sinn für Humor geerbt hatte, wie ihre Mutter bisweilen behauptete. Das Humor-Gen gibt es nicht. Oder etwa doch?

Zweimal, so erinnerte sie sich, hatten sie sie mitgeschleppt, um sich ein Stück anzuschauen, bei dem ihre Mutter Tränen lachte, *La venganza de Don Mendo*. Ebenso ihr Vater.

»Vieles entgeht mir aber auch«, hatte Horst Weber eingeräumt.

»Dann gehen wir eben noch mal hin«, hatte Celsa vorgeschlagen.

Das hatten sie getan, aber vorher hatte sich ihr Vater das Buch beschafft und mit gezücktem Wörterbuch gelesen, bis er sicher sein konnte, dass ihm kein Wort unverständlich geblieben war.

Und sicherlich, dachte Cornelia, jetzt ruhiger, nachdem sie die Wohnungstür hinter sich geschlossen hatte, hatte er sehr viel mehr verstanden als einige der Spanier im Publikum.

Wie mochte es ihrem Vater gehen? Plötzlich hatte sie das dringende Bedürfnis, in Offenbach anzurufen.

Sie vergewisserte sich, dass die Handynummer unterdrückt war, und wählte ihre Eltern an. Sie waren nicht zu Hause. War das ein gutes oder ein schlechtes Zeichen? Jedenfalls musste sie ihnen ein Handy kaufen, sobald diese Geschichte überstanden und sie in ihr normales Leben zurückgekehrt war, und zwar jedem eines.

Doch für den Augenblick hatte sie etwas sehr Wichtiges gelernt: dass sie ihre Bewegungen auf ein Minimum beschränken musste, wenn sie nicht erkannt werden und die ganze Arbeit zunichtemachen wollte.

Halb im Scherz dachte sie, dann besser gleich Gefangene zu Hause. Es war ihre erste Arbeitswoche, und noch konnte sie lachen.

Und es kam der erste freie Sonntag. Sie begegnete ihm ohne besondere Freude. Er verhieß zwar Ruhe, aber auch viele leere Stunden. Sie beschloss, noch einmal die Informationen zu studieren, die sie über die Bande hatte, wenn man diese Organisation denn so bezeichnen konnte. Zum richtigen Verständnis ihrer Struktur fehlten viele Teile, und zugleich hatte sie eine Menge Teile, von denen sie nicht wusste, ob sie zum selben Puzzle gehörten. Ob ihre Kolleginnen mit hinein verwickelt waren? Die eine oder andere Türkin? Oder eine der Lateinamerikanerinnen? Oder der Osteuropäerinnen? Oder, wenn man der Logik folgte, die auf den ersten Blick am wenigsten Verdächtigen auszusuchen, möglicherweise eine der Deutschen. Es gab mehrere. Französinnen oder Holländerinnen dagegen gab es nicht und erst recht keine Skandinavierinnen, die Flugzeuge reinigten, auch keine Amerikanerinnen oder Japanerinnen. Chinesinnen schon, aber nicht in ihrer Schicht. Die Lage der Weltwirtschaft fand ihr Abbild in einer Reinigungsbrigade des Flughafens Frankfurt, in den Frauengruppen, die anderer Leute Dreck weg- und vielleicht Drogen hereinschafften.

Wie viele mochten es sein? Und welche? Viele konnten es nicht sein, aus einer rein logischen Erwägung heraus. Es ist sehr schwierig, allzu komplexe, uneinheitliche Strukturen zu leiten, sosehr das Verschwinden einer der Reinmachefrauen auch auf eine eiserne Kontrolle schließen ließ. Vielleicht war es doch ein von der betreffenden Frau selbst vorgetäuschtes Verschwinden, um die Polizei loszuwerden, auch wenn Rossmann das nicht so sah.

Rossmanns Nummer war in ihrem Handy unter »Papa« gespeichert, und er meldete sich immer mit »Lenz«. Es gab nach wie vor keine Neuigkeiten. Auch über ihre Kolleginnen hatten sie nichts Belastendes herausgefunden. Die Frau, die nach ihrem Sturz gestorben war, Fatma Celik, war sauber. Sie war Witwe, siebenunddreißig und hatte drei Kinder im Jugendalter, eines behindert. Seit einem Jahr befand es sich in einem sündhaft teuren Heim. Die Geschichte war von beinahe tragischer Durchschaubarkeit.

Auch die von Sonia Raimondos Familie, die wegen der schlecht laufenden Geschäfte einer Pizzeria, die ihr Mann vier Jahre zuvor eröffnet hatte, verschuldet war.

Wie mochte die finanzielle Lage der übrigen Kolleginnen aussehen?

»Was für eine Frage!«, antwortete sie sich laut. Es waren ihre ersten Worte an diesem Tag.

Sie brauchte nicht in ihre Papiere zu gucken, um zu sehen, dass viele von ihnen mit Geldsorgen lebten.

»Aber wer von ihnen hat Schulden oder schwerwiegende Belastungen?«, setzte sie ihr Selbstgespräch fort.

Rossmanns Leute hatten noch nicht alle Informationen beisammen.

An diesem Sonntag würde sie nichts Neues herausfinden. Auch würde sie nicht erfahren, warum sie den Sohn von Gamze Aktürk noch nicht zu Gesicht bekommen hatte, wo sie der Mutter doch jeden Tag beim Nachhausekommen oder Weggehen wie zufällig begegnete. Warum mochte sie ihn in ihrer Wohnung versteckt halten?

Wieder würde sie nicht schlafen können.

Um zwei Uhr früh stand sie auf und rauchte eine Zigarette am offenen Fenster, ohne das Licht anzumachen. Vom neunten Stockwerk des höchsten Hauses der Straße aus konnte sie die dunklen Fenster der Gebäude gegenüber und in einer Straße weiter beobachten. Nur in zweien war noch Licht zu sehen – Bildschirme. In einem ersten Stock zu ihrer Linken das unruhige Zucken eines Fernsehers. In einem dritten rechts das statische Weiß eines Computerbildschirms. Sie nahm einen Zug ihrer

Zigarette. Noch ein Schlafloser, der vielleicht gerade per Internet irgendwelches unnützes Zeug kaufte – wie sie ihre Laken, in denen sie heute Nacht zu schlafen versuchte und für die sie gegen Killer 35 geboten hatte. Sie drückte die Zigarette in der trockenen Erde des Betonblumenständers aus, der vor ihrem Fenster angebracht war. Dann formte sie mit Zeige- und Mittelfinger einen Pistolenlauf und schoss durch die Nacht auf das beleuchtete Rechteck.

»Leck mich doch, Killer 35!«

NAMENLOS

»Eine Woche müsste doch eigentlich reichen.«

»Werd nicht ungeduldig, Cornelia.«

»Ich finde einfach keinen Anschluss.«

»Eine Woche ist gar nichts«, antwortete Rossmann.

Es war der Montagabend ihrer zweiten Arbeitswoche auf dem Flughafen, und außer Schmerzen in der Lendengegend und Muskelkater in den Waden hatte sie nichts erreicht. Die Kolleginnen wechselten höchstens ein paar Worte mit ihr, und meistens nur hinsichtlich der Aufgabenverteilung. Man behandelte sie weder schlecht noch gut. Die distanzierte Freundlichkeit der Frauen erlaubte es ihr, sich in den Kaffeepausen zu ihnen zu setzen; die Kolleginnen unterhielten sich über ihre Themen – Gespräche, von denen Cornelia höflich ausgeschlossen war.

»So ist das eben, du bist die Neue«, versuchte Rossmann sie zu beruhigen.

Doch sie wusste, dass bei diesem Unternehmen noch zu viele Schritte vor ihr lagen, um noch nicht einmal den ersten getan zu haben – sich ins Reinigungsteam zu integrieren. Und herauszufinden, ob ihre Theorie, dass einige von ihnen Drogen aus den Flugzeugen herausschafften, zutreffend war, woran sie in einer der letzten schlaflosen Nächte gezweifelt hatte. Diesen Zweifel hatte sie aber sofort wieder von sich gewiesen, doch sie brauchte bald ein Zeichen dafür, dass ihr ganzes Bemühen einen Sinn hatte.

Danach erst käme der Riesenschritt, Zugang zur Bande zu finden. Falls es denn die Bande überhaupt gab. Schon war der Zweifel wieder da.

Doch, es gab sie. Allzu viele Informationen bestätigten es. Aber wenn es ihr nicht gelänge, sich einem ihrer Mitglieder zu nähern, wäre das ganze Unterfangen nicht nur umsonst, sondern auch schrecklich lächerlich gewesen.

»Gib dir doch Zeit«, beharrte Rossmann am Telefon.

»Das werde ich tun.« Aber zugleich überlegte sie, wie sie das Ganze etwas beschleunigen könnte.

Das Glück kam ihr zu Hilfe. Zwei kleine Glücksfälle.

Am übernächsten Tag wurde sie in eine andere Schicht eingeteilt und musste die LAN-Chile-Maschine reinigen, die täglich kurz vor sechs Uhr abends nach einem Zwischenstopp in Madrid aus Santiago kam. Das war der erste Glücksfall. Der zweite bestand darin, dass das Flugzeug auf einer Außenposition und nicht am Fingerdock parkte; die Reinmachefrauen wurden in einem Minibus hingefahren und stiegen über eine Gangway ein. Es waren derselbe Flug und dieselben Umstände wie bei Fatma Celiks Unfall.

Der Minibus setzte sie bei der Gangway am Flugzeugheck ab. Die Passagiere waren bereits ausgestiegen und in Bussen unterwegs zum Terminal. Auf die sechs Frauen warteten der Airbus 340 und die von fast dreihundert Fluggästen auf einem Siebzehn-Stunden-Flug hinterlassenen Abfälle. Vier von ihnen stiegen je zu zweien hoch und versuchten beim Sprechen, das APU zu übertönen; die fünfte dagegen, eine Polin, zögerte ein wenig und bekreuzigte sich diskret, ehe sie die erste Metallstufe betrat. Hinter ihr stieg Cornelia hinauf. In der Maschine beobachtete sie sie die ganze Zeit über, ohne irgendetwas Ungewöhnliches festzustellen. Beim Verlassen der Maschine jedoch sah sie, dass die Polin sich während des Hinuntersteigens am Geländer festklammerte und sich sehr zaghaft bewegte.

Wieder im Minibus, wartete Cornelia, bis die Polin Platz genommen hatte, und setzte sich neben sie.

»Bist du okay?«, fragte sie.

»Ja. Warum?«

»Ich hatte den Eindruck, dass irgendwas war, als du eingestiegen bist.«

Die Frau, etwa fünfzig, schaute kurz um sich und vergewisserte sich, dass die Kolleginnen nicht zuhörten. Dann sagte sie leise:

»Dieses Flugzeug macht mir einfach Angst.«

»Warum denn?«

»Ich mag nicht darüber sprechen.«

Sie bekreuzigte sich und schaute dann zum Fenster hinaus.

Cornelia fragte nicht weiter. Es würde sich schon eine Gelegenheit ergeben, darauf zurückzukommen.

Nach vier weiteren Flugzeugen hatten sie eine kurze Pause. Sie sah die Frau zum Rauchen das Gebäude verlassen. Die anderen Kolleginnen waren in der Cafeteria beim Kaffee sitzen geblieben. Die Polin stand wenige Meter von der Tür entfernt neben einem Betonascher. Beim Rauchen tippte sie eine SMS. Sie war klein, und auf einem schlanken Hals saß der rundeste Kopf, den Cornelia je gesehen hatte. Das feine, glatte Blondhaar, das ihr das Gesicht einrahmte, betonte noch die perfekte Kugelform des Kopfes.

Cornelia hielt sich in einigem Abstand, bis die Kollegin die Nachricht zu Ende gefingert hatte, und trat dann mit den Händen in der Tasche und ernstem Gesichtsausdruck zu ihr.

»Ich wollte dir noch was sagen.«

Die andere zog an der Zigarette und sah sie neugierig an. Cornelia fuhr fort:

»Wenn dir dieses Flugzeug Angst macht, dann bleib

das nächste Mal unten, und ich reinige die Reihen für dich.«

»Warum denn?«

Die Polin schaute sie mit einer Mischung aus Überraschung und Misstrauen an.

»Angst kann einen fertig machen, das ist schlecht. Also, das nächste Mal, wenn wir beide dran sind, du weißt schon.«

Sie gab ihr keine Zeit zum Antworten, wandte sich um und ging aufs Gebäude zu.

So lernte sie Beata Kocielnik kennen.

»Ohne Vorstrafen«, lautete Rossmanns knappe Mitteilung auf dem Server des Ermittlungsteams.

»Kannst du vielleicht ein wenig aufpassen, Schätzchen?«

Cornelia drehte sich um, um zu sehen, wem die raue Stimme gehörte, die ohne Zweifel sie gemeint hatte. Hinter ihr starrte eine Frau in den Vierzigern mit umgebundenem Kopftuch, die Arme in die Hüften gestemmt, sie seltsam finster an. Sie arbeitete zum ersten Mal in dieser Gruppe.

Cornelia kam das Gesicht der Frau vage bekannt vor. Ihr unverschämtes Starren machte sie nervös. Beinahe befürchtete sie, Rossmanns schlimmste Prophezeiung erfülle sich und ausgerechnet eine der Reinmachefrauen erkenne die Polizistin in ihr. Anderseits hatte sie in letzter Zeit oft das Gefühl, bekannte Gesichter zu sehen, wenn es gar nicht so war.

»Das muss mit dem Alter zu tun haben«, hatte Reiner gesagt. »Wenn man schon so viele Gesichter gesehen hat, erkennt man in den neuen die Züge von anderen, und alle Gesichter erscheinen einem vertraut.«

Das hieß, dass sie diesen etwas vorstehenden Unterkiefer und diese hohen Backenknochen, die die Augen in den Höhlen zusammenzupressen schienen, schon einmal gesehen hatte. Aber alles zusammen in dieser Person, die sie anstarrte, oder auf mehrere Gesichter verteilt?

Ganz offensichtlich gedachte die Frau kein weiteres Wort mehr an sie zu richten, sondern wies mit Kinn und Augen auf das Corpus Delicti: einen nassen Scheuerlappen, den Cornelia auf die Armlehne eines Sitzes hatte fallen lassen und der nun auf den Flugzeugboden tropfte. Eilig nahm ihn Cornelia auf und warf ihn in den Eimer.

»Danke«, sagte sie, aber die andere hatte ihr bereits den Rücken zugewandt.

»Man kann ja wohl ein bisschen aufpassen.«

»Was hast du heute für eine Saulaune, Carolina!«, sagte eine andere der Reinmachefrauen.

»Na, schau, da kommt ja schon die Rächerin der Enterbten«, antwortete Carolina und verschwand mit dem Lappen in der Flugzeugtoilette.

Die andere wandte sich an Cornelia:

»Nimm's dir nicht zu Herzen, Carolina hat solche Tage.« Und sie flüsterte ihr ins Ohr: »Manchen Leuten gehen die Nerven durch – Carolina einmal im Monat die Eierstöcke.«

Cornelia lächelte und nickte vertraulich. In diesem Augenblick sah sie etwas Blaues in der Luft schwirren und dann in voller Geschwindigkeit auf das Gesicht der Frau zufliegen. Reflexartig fing sie es auf, ehe es die andere erreichte. Ein Scheuerlappen. Die beiden schauten ungläubig zunächst ihn und dann Carolina an.

»Du bist wohl völlig durchgedreht, wie?«, fauchte die Frau sie an, wobei ihr hoher schwarzer Pferdeschwanz wie eine Peitsche hin- und herpendelte.

»Was hast du der Neuen da erzählt?«

»Was geht dich das an?« Die Frau nahm Cornelia den Lappen aus der Hand und roch mit angeekeltem Gesicht daran. »Den wirst du zu fressen kriegen.«

»Ach ja?«

»Streitet euch doch nicht«, versuchte Cornelia zu vermitteln.

»Die geht mir vielleicht auf den Keks. Einmal im Monat dreht sie regelmäßig durch.«

Die Frau mit dem schwarzen Pferdeschwanz drückte den Lappen in der behandschuhten Hand fest zusammen und näherte sich Carolina, blieb aber abrupt stehen, als Ramona Althaus, die Aufseherin, vom Flugzeugheck her auf sie zukam.

»Ist was?«, fragte sie.

»Nein, nichts«, antworteten alle drei unisono.

Ramona schaute sie warnend an. Mit einem flüchtigen Blick auf Cornelia ging sie an ihr vorbei und sagte zu der Frau mit dem Pferdeschwanz:

»Du bist ziemlich langsam, Selin.«

Dann wandte sie sich an Carolina:

»Hast du Tabletten dabei?«

Die andere nickte.

»Dann nimm eine und versuch, eine Weile nicht zu nerven.« Ramona machte kehrt und ging ins Heck zurück. Selin und Carolina wechselten einen Blick und machten sich schweigend wieder an die Arbeit. Cornelia tat es ihnen gleich.

So lernte sie Selin Herzog und Carolina Herrero kennen.

»Fast wie die Modeschöpferin Carolina Herrera – bloß der letzte Buchstabe unterscheidet uns«, sagte Letztere in der Mittagspause.

»Und ungefähr zwanzig Zentimeter Körpergröße,

mehrere hundert Millionen, eine venezolanische Geburtsurkunde, blonde Haare, Eleganz, Stil und zwanzig Kilo weniger«, sagte Selin.

Die Anspielung auf ihr Körpergewicht brachte die Uruguayerin auf die Palme.

»Na, schau dir mal die an – der verwachsene Zahnstocher. Dann lass dir gesagt sein, dass die Männer sich lieber an etwas Weichem festhalten als an einem Sack Knochen.«

»Ich habe jedenfalls das Gefühl, dein Mann hält sich überhaupt nicht genügend fest, sonst hättest du 'ne andere Laune.«

Carolina Herrero, Uruguayerin, vierzig Jahre, davon fünfzehn in Deutschland, wo ihre drei Kinder geboren waren.

»Gibt es irgendwelche Informationen über sie?«, fragte sie Rossmann.

Nichts.

»Nicht mal einen Strafzettel.«

»Das ist nicht weiter verwunderlich«, antwortete Cornelia. »Sie hat keinen Führerschein.«

Die Kolleginnen sprachen viel, aber kaum mit ihr.

Am nächsten Tag setzte sie sich in der Mittagspause zu denen ihrer Schicht.

Sie war sich bewusst, dass man, um sich in einer Gruppe zu integrieren, ihre Umgangsformen und Gewohnheiten imitieren muss. Eine davon bestand darin, immer in derselben Personalkantine zu essen, und zwar in einem ganz bestimmten Bereich. Nichts Neues - das kannte sie bestens von der Cafeteria des Präsidiums her, wo die Leute der Jugendkriminalität, die des Morddezernats und das Verwaltungspersonal ihre jeweils bevorzugten Bereiche hatten. Der Mensch ist ein Herdentier, und das Hordenessen ist eines seiner Erzrituale. Gemeinsam mit ihren Kolleginnen zu speisen war schon mal ein gutes Zeichen, dachte sie. Die Gespräche, die Kommentare über andere Gruppen zeigten ihr, dass sie in ihr zumindest eine ihresgleichen sahen.

»Okay, so richtig kalt ist es ja noch nicht, aber das ist dann doch zu viel.« Eine von ihnen deutete mit der Gabel auf einen Gepäckträger, der einige Tischreihen weiter in einem ärmellosen weißen T-Shirt mit seinen Kollegen aß.

»Wahrscheinlich hat er den ganzen Vormittag Flugzeuge ausgeladen. Ich möchte nicht im Unkraut unter seinen Armen riechen müssen.«

»Ramona – pfui Teufel!«

Es gab Grüppchen von Büroangestellten, Sicherheitsbeamten, Mechanikern, Wartungspersonal. Keine Piloten oder Stewardessen.

»Die mischen sich nicht unters gemeine Volk.«

»Die essen in der ›blauen Lounge‹, sagte Ramona. Trotz des verächtlichen Tons war eine gewisse Melancholie herauszuhören – eine Melancholie, der der Kommentar einer rothaarigen Kollegin rasch ein Ende setzte.

»Weißt du, wie man den Raum nennt, wo die Lufthansa-Menschen essen?« Die Frage war natürlich an die Neue gerichtet, die anderen wussten es bereits.

»Nein.«

»Raum der Steifhälse.«

»Warum denn?«

»Der Hals der Piloten ist total steif, weil sie die ganze Zeit die Stewardessen vorbeigehen sehen, so hübsch, so aufgetakelt und mit diesen Schühchen.«

»Wie wir«, sagte eine andere und zeigte auf ihre Turnschuhe. Sie hieß Ruslana.

Mittlerweile kannte sie die Namen von allen, aber alle mit Ausnahme von Ramona Althaus schienen es darauf abgesehen zu haben, den ihren zu ignorieren. Sie war einfach »die Neue«.

»Sag der Neuen, sie soll bei den Klapptischen ein wenig Dampf machen.«

»Weißt du, ob die Neue raucht?«

»Wenn dir die Tüten ausgegangen sind, im Wägelchen der Neuen gibt es noch eine ganze Rolle.«

»Frag die Neue, ob sie mit uns essen kommt.«

So hörte Cornelia sie bei der Arbeit über sich reden. Nein, ausschließen taten die Kolleginnen sie nicht, aber sie integrierten sie auch nicht. Bei Arbeiten mit hoher Personalfluktuation war das oft so. Vermutlich hatten sie schon zu viele Aushilfskolleginnen gehabt und dabei gelernt, mit Freundschaften sparsamer umzugehen. Es war verständlich. Sie fühlte sich ein wenig schuldig beim Gedanken, wie wenig sie Ute Marx' Stellvertreterin zur Kenntnis genommen hatte. Bei allem Bemühen fiel ihr deren Name einfach nicht ein, obwohl sie seit mehreren Monaten Ockenfelds Sekretärin war.

Jetzt hatte sie das Problem. Sie musste weiterhin kleine Angelhaken auswerfen, um ein wenig Aufmerksamkeit zu erhaschen. Daher verfolgte sie unauffällig die Bewegungen und Gespräche der Reinmachefrauen.

Am selben Tag sah sie nach Feierabend beim Ausgang der Garderobe eine Gruppe von drei Kolleginnen, die sich unterhielten und mit unmissverständlichen Gesten schilderten, wo sie Schmerzen hatten. Eine von ihnen, Freya mit den langen roten Locken, deutete auf die Nackengegend und bewegte dann zur Veranschaulichung, welche Körperhaltungen sie schmerzten, Kopf und Schultern. Die nächste, Beata, die Polin, die sich vor dem Flugzeug aus Chile fürchtete, deutete mit ähnlichen

Gesten auf die Lendengegend und bog dabei mehrmals mit schmerzverzerrtem Gesicht den Körper vor und zurück. Die Dritte im choreographischen Reigen, Ramona, bewegte sich unkoordiniert, so dass Cornelia nicht wusste, an welcher Stelle sie der Rücken schmerzte. Dass dieser Schmerz jedoch heftig war, daran bestand kein Zweifel.

Auch ihr tat der Rücken weh. Das dauernde Sichbücken auf dem engen Raum zwischen den Sitzen, das immer nur halbe Aufstehen, bis eine Reihe fertig war, das war eine Tortur für das Kreuz. Da half ihr die in langen Stunden im Studio antrainierte Fitness wenig. Die Pflaster aus der Apotheke gaben bloß mehr Wärme. Die Schmerzen waren ein Gesprächsthema.

Sie trat gleichzeitig mit Selin zur Gruppe.

»Mein armer Rücken«, sagte Cornelia und rieb sich die Hüfte. »Ich bin total geschafft von der Plackerei.«

»Keine Bange, daran gewöhnst du dich schon noch«, antwortete die andere und zupfte das Gummiband in den Haaren zurecht.

»Meinst du, ich gewöhne mich an die Rückenschmerzen oder an die Arbeit, und dann bleiben die Schmerzen aus?«

Selin schaute sie an und setzte eine schalkhafte Miene auf.

»Kommt drauf an. Darf ich dich was Indiskretes fragen?«

»Kommt ebenfalls drauf an. Was willst du wissen?«

»Die Frage aller Fragen. Wie alt bist du?«

»Dann gebe ich dir die Antwort aller Antworten – neununddreißig.«

»Dann solltest du dich mit dem Gedanken anfreunden, dass du dich eines Tages an die Rückenschmerzen gewöhnen wirst. In deinem Alter ist der Körper nicht mehr so flexibel.«

»Oh. Danke.« Sie brauchte nicht erst die Beleidigte zu spielen.

Ramona Althaus fühlte sich veranlasst, sich einzumischen.

»Sei nicht so unverschämt zu Cornelia, Selin.«

Selin Herzog, Deutschtürkin und ebenfalls in Offenbach geboren, wie sich herausstellte.

»Du bist aus Offenbach?«, fragte Selin interessiert. »Auf welche Schule bist du denn gegangen?«

»Auf die Albert-Schweitzer-Schule.«

»Bis zu welcher Klasse?«

»Bis zum Abi. Und du?«

»Ach so. Ich hab die Hauptschule gemacht. Meine Eltern wohnen immer noch in Offenbach. Und deine, Cornelia?«

»Die auch.«

Selin wohnte in Langen, zwischen Frankfurt und Darmstadt.

»Selin Herzog«, schrieb Rossmann am nächsten Tag in einer Mail, »hat keine Vorstrafen.« Sauber.

Jetzt hatte sie endlich einen Namen, aber auch viele Zweifel. Und wenn sie schon eine ausgewählt haben, die die Arbeit der toten Reinmachefrau übernehmen soll? Und wenn sie gar niemand Neues wollen? Und wenn die tote Reinmachefrau bloß ein Einzelfall war und sie das Ganze falsch interpretiert hatten? Und wenn du aufhören würdest, daran zu denken, und dir für die Nacht einen guten Film aussuchtest?

Sie stand vom Sofa aus und setzte sich auf den Boden, die Schachtel mit ihren DVDs zwischen den Beinen, um die Titel bequemer lesen zu können. Aus mehreren Kandidaten errichtete sie ein Häufchen, sie konnte sich nicht entscheiden.

In diesem Augenblick klingelte das Telefon. Rossmann konnte es nicht sein, mit ihm hatte sie schon vor einer halben Stunde telefoniert. Als sie sah, dass es eine unterdrückte Nummer war, schwankte sie, ob sie abnehmen sollte, vermutete dann aber jemanden vom Flughafen. Diese Nummer hatte sie ihnen angegeben. Also meldete sie sich.

»Cornelia Lenz.«

»Sehr gut. So ist's richtig, immer auf der Hut sein.« Es war Reiner.

Er gab ihr nicht einmal Zeit, ihn zu begrüßen, sondern platzte gleich mit der Frage heraus, die er seit Tagen für sie bereit hatte:

»Na, gibt's Donuts in der Cafeteria?«

»Du hattest recht. Es gibt keine.«

»Beruhigend. So können wir fast sicher sein, dass du nicht länger als nötig Jumbos sauber machst.«

»Ehrlich gesagt, bisher habe ich vor allem in Airbussen geputzt.«

Obwohl sie ihre gewohnte Umgebung lieber vollständig ignoriert hätte, empfand sie Reiners Anruf jetzt doch als angenehme Überraschung. Sie hatte ihm Cornelia Lenz' Handynummer gegeben, damit er sie benachrichtigen könnte, wenn die Zwillinge zur Welt kämen, und für den Fall, dass er über den ermordeten Chirurgen sprechen wollte.

»Wie kommt ihr denn mit euren Ermittlungen voran?«

»Sehr langsam. Professor Bornhoff kannte unendlich viele Leute.«

»In welcher Richtung bewegt ihr euch?«

»Da er Chirurg war, überprüfen wir, ob er irgendwann mal einen Kunstfehler begangen hat, der einen Patienten auf Rachepläne hätte bringen können. Aber er war ja schon fünfzehn Jahre in Rente, und es wäre merkwürdig, wenn jemand so lange gewartet hätte, um aktiv zu werden.«

»Man weiß nie. Es wäre nicht das erste Mal, dass jemand geduldig warten kann, bis er eine Chance wittert.«

»Vielleicht«, gab Reiner nicht sehr überzeugt zu. »Aber im Fall Bornhoff hätte es gereicht, noch ein wenig weiterzuwarten, und er wäre ohne Nachhelfen gestorben.«

»Warum denn?«

»Bornhoff war schwer krank. Laut Winfried Pfisterer blieb ihm noch ein Jahr, bestenfalls zwei, aber nicht besonders angenehme ... Also denken wir über Selbstmord nach.«

»Wenn er sich umgebracht hätte, hätte er seine Leiche nicht der Universität vermacht.«

»Vielleicht wollte er, dass es an den Tag kommt.«

»Das wäre eine etwas verquere Art, findest du nicht? In solchen Fällen hinterlässt man doch einen Abschiedsbrief: ›Es trifft niemanden eine Schuld, bla, bla, bla.‹«

»Ich sehe, du wirst bei der Reinigungsarbeit ein bisschen zynisch.«

»Ich sniffe zu viel Desinfektionsmittel.«

Reiner lachte.

»Leo meint, vielleicht hat ihm seine Frau beim Selbstmord geholfen.«

»Warum denn seine Frau?«

Reiner gab keine Antwort. Sie merkte, dass der Ton ihrer Frage zu aggressiv gewesen war, unnötig aggressiv.

Sie hatte Leopold gebeten, sie nicht anzurufen, solange sie mit diesem Fall befasst wäre, wenigstens nicht während der ersten Arbeitswochen auf dem Flughafen.

»Wenn ich dich nicht anrufen soll, dann gib mir auch deine Handynummer nicht«, hatte er gesagt.

Sie hatte sie ihm nicht gegeben.

Wieder eine einseitige Entscheidung, bis zu einem gewissen Grad durch berufliche Gründe gerechtfertigt, aber das Argument, sich auf die Arbeit konzentrieren zu wollen, war ein Damm, der Leopold nur vorübergehend zurückhalten würde; über kurz oder lang würde er die Abmachung brechen. Darin waren sie sich ähnlich, sie akzeptierten keine Zwänge von außen.

Cornelia wiederholte die Frage im Bemühen, die Frustration und Traurigkeit zu kontrollieren, die allein die Erwähnung von Leos Namen in ihr geweckt hatte.

»Warum seine Frau?«

Diesmal antwortete Reiner.

»Seine Frau war Krankenschwester.«

»Das hattest du mir nicht gesagt.«

»Ich habe es selber nicht gewusst, bis sie mit Leo sprach. Ich weiß auch nicht, was er Besonderes hat, aber die Leute erzählen ihm alles, vor allem die Frauen.«

Diesmal war sie es, die schwieg.

Sie mochte ihn nicht nach Leo fragen, ihm aber auch nicht den Eindruck vermitteln, sie erwarte, dass er von ihm spreche. Trotzdem hörte sie sich erwartungsvoll den Bericht ihres Kollegen an, vor allem diejenigen Aktionen, bei denen er das »wir« gebrauchte. Ein leicht pubertäres Gefühl.

Sie zog das Gespräch in die Länge und hielt sich bei der Möglichkeit des von seiner Frau unterstützten Selbstmords auf.

»Jemand wie Bornhoff konnte sich auch an dieser unzugänglichen Stelle, im Nacken, spritzen«, sagte Reiner, »aber um sicherzugehen und einen verdächtigen Unfall zu vermeiden, war es besser, jemandes Unterstützung zu haben.«

»Angenommen, dem wäre so, was könnte er sich denn gespritzt haben? Winfried sagte, in einer Leiche, die so lange in Formol gelegen hat, kann man unmöglich etwas herausfinden, aber wenn der Chirurg beschloss, sich umzubringen, dann wählte er bestimmt etwas, was keine Schmerzen verursachte.«

»Das haben wir auch gedacht. Pfisterer sagte, eine gute Lösung ist, sich Insulin zu spritzen. Das hätte ein Abfallen des Blutzuckerspiegels zur Folge gehabt und nach einer Stunde den Tod.«

»Aber hat man nicht mehrere Einstiche gefunden?«

»Ich sehe schon, das Sniffen hat dich doch nicht so angegriffen, wie es schien. Drei Einstiche. Auf den Tod zu warten, selbst wenn es ein Freitod ist, muss sehr beklemmend sein. Höchstwahrscheinlich hat er sich auch noch ein Beruhigungsmittel gespritzt und vielleicht etwas gegen die Schmerzen.«

»Wie clever ihr seid! Drei Einstiche, drei Substanzen. Was hättet ihr mit einem vierten Einstich angefangen?«

»Die Idee mit dem assistierten Selbstmord überzeugt dich wirklich nicht.«

»Es passt nicht zu dem Umstand, dass er die Leiche der Uni vermacht hat. Für einen Selbstmord in seinem Alter und dazu noch schwer krank, da hätte es gereicht, sich in den Arm zu stechen. Winfried hat ja schon gesagt, in seinem Fall hätte das keinerlei Verdacht erregt.«

Reiner zögerte etwas mit der Antwort.

»Du hältst es also für Mord?«

»Und der, der ihn umgebracht hat, wusste nicht, wie krank Bornhoff war und dass er beschlossen hatte, seine Leiche der medizinischen Fakultät zu geben.«

Sie unterhielten sich noch weitere zehn Minuten.

Eine halbe Stunde später klingelte das Handy erneut.

»Ich glaube du hast recht, es war nicht seine Frau«, sagte Reiner, ohne zu grüßen.

»Warum?«

»Weil, obwohl das eher unwahrscheinlich wäre, immer die Gefahr bestanden hätte, dass man entdeckt oder zumindest den Verdacht geschöpft hätte, dass ihm seine Frau aktiv beim Selbstmord geholfen hat, und dass sie dann im Gefängnis gelandet wäre. Hätte er beschlossen, sich das Leben zu nehmen, hätte er das auch ohne ihre Hilfe tun können, und dann wäre es, wie du sagst, merkwürdig, dass er seine Leiche der Uni vermacht hat.«

»Vielleicht dachte er, die Einstiche würde niemand finden.«

»Nanu, jetzt wechselst du also die Position?«

»Ich erwäge bloß sämtliche Möglichkeiten.«

»Mmmhm ...«

»Übrigens, wie heißt Bornhoffs Frau?«

»Hanna. Warum?«

»Ich mag es nicht, wenn sie so namenlos bleibt. Noch eine Frage: Weißt du, wie Ockenfelds Sekretärin heißt, die, die Ute Marx vertritt?«

»Was hast du denn heute für einen Namensfimmel?«

»Weißt du es oder nicht?«

»Keil.«

»Und der Vorname?«

»Karin oder Katrin, da bin ich nicht sicher.«

»Wir müssten es doch wissen, sie arbeitet schon seit vier Monaten auf dem Präsidium.«

»Stimmt. Ich werde mich erkundigen. Sag mal, dir geht's gut?«

Auch diese Nacht schlief sie wenig und schlecht, aber die Vorstellung, der Grund sei die durch Reiners Anruf ausgelöste geistige Aktivität, tröstete sie ein wenig. Um eins, als sie es satthatte, sich in zerknüllten Laken zu wälzen, stand sie auf und suchte einen Film. Sie schlief auf dem Sofa vor dem Bildschirm ein, gerade als Cary

Grant der armen Joan Fontaine ein Glas leuchtend weiße Milch brachte, wo sie doch den schrecklichen Verdacht hatte, von ihrem Mann nach und nach vergiftet zu werden.

Vier Stunden später weckte sie das Piepsen aus dem Schlafzimmer. Sie quälte sich vom Sofa hoch, mit Beinen schwer wie nasse Sandsäcke, die sie zum kleinen Wecker schleppen musste, um dessen hysterisches Gepiepse zu beenden. Um das Geräusch aus dem Kopf zu verdrängen, schaltete sie das Radio ein. Vorsichtig den Batteriedeckel schonend, ging sie damit ins Bad. Nachher nahm sie es mit in die Küche.

Im Radio erklang *Black is black.*

»Der Tag fängt gut an«, sagte sie laut aus müslivollen Backen.

Sie sprang vom Küchenstuhl auf und begann mit dem Kaffeelöffel in der Hand zu tanzen. Da sie die neuen Räumlichkeiten noch nicht unter Kontrolle hatte, schlug sie am Kühlschrank den Ellbogen an, was sie aber nicht zum Stillstand brachte.

»*Black is black. I want my baby back.*«

Die Bravos, eine der Lieblingsgruppen ihrer Kindheit. Manuel und sie vergötterten sie, weil sie Spanier waren. Der Sänger war Berliner, obwohl er sich Mike Kennedy nannte und englisch sang. Wie war doch noch die Choreographie, die sie für diesen Song erfunden hatten? Bei den Bewegungen durch die Küche kehrte die Erinnerung in ihren Körper zurück. Eine für die geringen Ausmaße des Raums allzu ausholende Drehung trug ihr einen blauen Fleck am Schenkel ein. Unwichtig. *Black is black.* »*I can't choose, it's too much to lose. My love's too strong.*«

Das *Wow* wurde mit einem Schlag des Knies gegen die Tischkante belohnt. Durch das kleine Seebeben schwappte der Kaffee in der Tasse. Sie ergriff sie und nahm sie mit ins Schlafzimmer, um sich anzuziehen.

Der Tag fing gut an.

Vielleicht würde sie einen weiteren Schritt schaffen. Oder ein Schrittchen. Auch damit gäbe sie sich schon zufrieden.

NEUE FREUNDSCHAFTEN

Hatte der Tag gut angefangen, so hätte die Arbeit nicht schlechter enden können.

»Wie kann man bloß so unverantwortlich sein? Gehirnamputierte! Das seid ihr – Gehirnamputierte.«

Was hätte sie anstellen müssen, damit Matthias Ockenfeld so zu ihr gesprochen hätte? Sie hätte mindestens einen Serienmörder laufen lassen müssen.

»Ihr seid nur darum nicht noch beschränkter, weil alles auf dieser Welt eine Grenze hat.«

Nein, damit so etwas über Ockenfelds Lippen käme, würde es nicht reichen, einen Serienmörder laufen zu lassen. Man müsste ihm auch noch das Flugticket kaufen.

»Dummes Stück. Wo hast du bloß deinen Kopf? Kopf – weißt du überhaupt, was das ist? Das ist das, was du auf dem Hals trägst, damit die Haare nicht runterfallen.«

Ihm das Ticket bezahlen und außerdem ein Empfehlungsschreiben für ihn verfassen.

Und trotzdem bezweifelte sie, dass Ockenfeld jemals so zu ihr sprechen könnte, wie es jetzt Ramona Althaus vor einigen Kolleginnen tat, die die Szene heimlich mitverfolgten. Falls man es als heimlich bezeichnen konnte, dass sie zwar nicht hinschauten, aber in sämtlichen Bewegungen wie beim Posieren für ein Gruppenbild eingefroren waren. Eine band sich im Sitzen die Schnürsenkel, eine andere zog in der Hocke etwas aus einem Beutel, eine Dritte war halb hinter der Tür des Metallspinds versteckt, den Blick in dessen Innerem verloren, eine Vierte starrte ebenso interessiert wie die andere in den

Beutel. Und aller Ohren waren ganz auf Ramonas Worte hin ausgerichtet. Deren Stimme drohte mit jeder Silbe die Grenze zum Schreien zu überschreiten. Die Frauengarderobe, in der sich die Flughafenangestellten umzogen, auch die Reinigungskräfte, hatte eine niedrige Decke, aber die reihenweise Metallspinde waren wie ein Resonanzboden für die Stimme der Chefin der Reinigungskolonne.

Die Neue dagegen schwieg, auch wenn es ihr schwerfiel, sich zu beherrschen und den Mund zu halten.

»Eigentlich müsste ich es ja gleich merken, wenn die jemand einstellen, ob sie zuverlässig ist oder die Erstbeste, die ihnen unter die Augen kam. Na ja, werden sie gedacht haben, zum Saubermachen braucht man keinen Master. Natürlich nicht, aber ein Minimum an gesundem Menschenverstand, ein Minimum an Hirn kann ja auch nicht schaden.«

Cornelia schwieg weiter, den Blick gesenkt. Obwohl sie genau wusste, dass nicht sie die Flasche mit dem Desinfektionsmittel in der Flugzeugtoilette vergessen hatte.

»Giftig, hochgiftig. Für jeden greifbar, in Reichweite irgendeines Kindes.«

Die Beschwerde war von der Fluggesellschaft gekommen, und unschwer hatte sich herausfinden lassen, welches Team in der Maschine gearbeitet hatte – Lorenz Raschke hatte einen perfekt organisierten Schichtplan, auf dem Cornelia Lenz' Name stand. Aber bei der Flugzeugreinigung waren sie zu viert gewesen, und auf sie war keine Toilette entfallen, daran erinnerte sie sich genau. Warum wurde nur sie angeschrien, ausschließlich sie? Ganz einfach, die anderen drei hatten der Neuen die Schuld in die Schuhe geschoben. Sie hatte also zwei Möglichkeiten. Die erste war, zu leugnen und die wirkliche Schuldige zu bezeichnen. Dank ihrem guten Gedächtnis wusste sie, dass es Carolina gewesen sein musste, die uruguayische Kollegin mit ihrer ewigen Stinklaune. Sie war ebenfalls da – saß die ganze Zeit über zu ihrer Linken und gab vor, sich den Schnürsenkel zu binden. Cornelia warf einen kurzen Blick auf sie und sah, dass sie sie erschrocken, fast flehend anschaute. Die zweite Möglichkeit bestand darin, mit noch tiefer gesenktem Kopf um Entschuldigung zu bitten. Sowohl die Denunziation wie die Erniedrigung gingen ihr gegen den Strich, und sie musste ihren ganzen Pragmatismus aufbieten und abwägen, welche von beiden Optionen für ihre Arbeit nützlicher sein konnte. Sie entschied sich für die zweite, obwohl sie die Stelle riskierte, falls Ramona die Entschuldigung nicht akzeptierte. Den Blick immer noch auf den Boden gerichtet, öffnete sie zum ersten Mal den Mund und sagte zerknirscht:

»Es tut mir leid, es tut mir wirklich sehr leid, Ramona. Es wird nicht wieder vorkommen, ich versichere es dir.«

»Sicher wird es nicht mehr vorkommen, Raschke wird dich nämlich feuern.«

»Bitte, Ramona, hilf mir. Ich brauche diese Arbeit. Ich bitte dich, wirf mich nicht raus.«

»Das ist ein sehr grober Verstoß«, antwortete Ramona, aber ein wenig war die Härte schon aus ihrer Stimme verschwunden. Sie begann die enorme Macht zu genießen, die ihr das Flehen der Untergebenen verlieh.

»Ich versichere dir, es wird nie wieder vorkommen. Ich schwör's dir. Bitte hilf mir. Ich habe sonst nichts.«

Sie schaute auf und sah Ramona in die Augen. Schließlich gab die Chefin nach.

»Okay, ich werde mit Raschke sprechen und sehen, was sich tun lässt.«

Cornelia deutete ein schüchternes Lächeln an.

»Danke. Du wirst es nicht bereuen.«

Ramona, ganz in ihrer Beschützerinnenrolle aufgehend, klopfte ihr leicht auf die Schulter.

»Ich werde sehen, was ich tun kann.«

Sie wandte sich den anderen Frauen zu:

»Los, Mädels, an die Arbeit.«

Cornelia nutzte den Moment, um Carolina anzuschauen und sich zu vergewissern, dass diese ihre Geste verstanden hatte. So war es – die Uruguayerin hielt sich die Rechte ans Herz und bewegte die Lippen in einem Dank, den Ramona nicht sah.

Von diesem Moment an wurde alles anders. Bei der Arbeit sprachen die Kolleginnen mit ihr, und in der Pause erkundigten sie sich nach ihrem Leben. Endlich konnte sie ihnen Cornelia Lenz' Geschichte erzählen, vor allem die ihrer unglücklichen Ehe.

»In Mallorca habt ihr euch kennengelernt?«, fragte die rothaarige Freya. Bei diesem Namen hatte ihr Cornelia eher alternative Eltern unterstellt, aber bald fand sie heraus, dass Freya sich den Namen selbst zugelegt hatte, eleganter als das eigentliche Elfriede. Elfriede Brunner. Ihre Eltern waren weder grün noch sonst alternativ, sondern Arbeiter aus der Umgebung von Leipzig. Mit ihren zweiundzwanzig Jahren und den roten Haaren hatte Elfriede/Freya hochfliegende Pläne:

»Die Putzerei ist ein Provisorium, um mein Studium zu finanzieren.«

»Was studierst du denn?«

»Singen und Schauspielerin.«

»Wo?«

»Ich habe eine Privatlehrerin. Sie sagt, ich mache große Fortschritte. Als Erstes hat sie mir den sächsischen Akzent ausgetrieben.«

»Das ist tatsächlich ein Fortschritt!«, rief Ramona Althaus, und ihr Lachen hallte in dem leeren Gang wider, durch den die Putzfrauen gingen. »Von da bis zu Nicole Kidman ist es nur noch ein kleiner Schritt.«

Freya warf ihr einen verärgerten Blick zu. Es mochte reiner Zufall sein, aber offenbar hatte Ramona ihr Vorbild getroffen. Als Freya nicht Ramona, sondern Cornelia antwortete, zitterten ihre Lippen:

»Meine Lehrerin wird mir eine Agentur suchen helfen ...«

Dann wechselte sie das Thema und fragte Cornelia, wo sie denn ihren schuftigen Ehemann kennengelernt habe. Da erzählte ihr Cornelia die Geschichte ihres Urlaubs auf Mallorca und wie sie den Mann getroffen hatte, der sie mit einem kaum abzustotternden Schuldenberg hatte sitzen lassen.

So lernte sie Freya Brunner kennen.

Mehr über sie herauszufinden war einfach. Wie sie vermutet hatte, war Freya bei MySpace und Facebook. Mit falschen Angaben zimmerte sich Cornelia ein Profil zurecht und gab sich ebenfalls als Schauspielanwärterin auf der Suche nach Leidensgenossen aus. Danach schickte sie zwei Nächte lang Freundschaftsgesuche an künftige Schauspieler und Schauspielerinnen. Nachdem sie zwei Dutzend beisammen hatte, warf sie den Angelhaken nach Freya aus.

Und die biss an.

Cornelia bekam Zugang zu Fotos und Videos, in denen sie sich als Schauspielerin vorstellte. Sie sah sie auch auf Partyfotos, die gewissenhaft beschriftet waren, damit keine Zweifel aufkommen konnten, dass sie wichtige Leute kannte. Es war seltsam, sie in teuren Abendkleidern und mit raffinierten Frisuren zu sehen, nachdem sie sie im ewigen blauen Kittel kennengelernt hatte.

Sie schickte die Informationen an Rossmann. Zwei Tage später kam die Antwort. Sauber. Freya hatte keine Vorstrafen.

Das Telefon riss sie aus dem Schlaf. Es war abends halb elf. Es durfte doch nicht sein, dass genau an dem Tag, an dem sie zu einer anständigen Zeit hatte einschlafen können, das Telefon klingelte. Mit Rossmann hatte sie bereits gesprochen, so dass sie keine weiteren Anrufe erwartete. Ihr erster Gedanke war, dass Reiner ihre Nummer Leopold weitergegeben hatte. Wer hatte sie denn sonst noch?

Ihr Bruder.

»Was willst du, Manuel?«

»Das ist ja vielleicht eine Begrüßung! Natürlich mit dir reden. Aber wenn ich störe, leg ich auf.«

»Nein, schon gut. Du hast mich nur geweckt.«

Auf der anderen Seite der Leitung schien Manuel zu schwanken, ob er sich entschuldigen oder direkt auf den Grund seines Anrufs zu sprechen kommen sollte. Er entschied sich für Letzteres.

»Heute bin ich bei den Eltern gewesen.«

»Wie geht es ihnen?«

»Darum ruf ich dich ja an. Ich habe das Gefühl, Papa wird immer merkwürdiger. Es ist bloß ein Eindruck, aber ich glaube, am Anfang hat er mich nicht erkannt, als ich eintrat.«

»Warum glaubst du?«

»Wie er mich angesehen hat. Ich sag ja, sicher bin ich nicht, aber zuerst hat er mich wie überrascht angesehen, und dann hat er erleichtert meinen Namen ausgesprochen. Aber das ist nicht alles. Die Zeitung lag auf dem Tisch, und als ich einen Blick hineinwarf, habe ich gesehen, dass er das Kreuzworträtsel nicht gemacht hat.«

»Vielleicht hatte er keine Zeit.«

»Dachte ich auch, aber dann hab ich etwas getan, was vielleicht nicht ganz korrekt war – ich habe mir den Stapel alter Zeitungen angeschaut. Die ganzen beiden letzten Wochen, und nie hat er das Kreuzworträtsel gemacht.«

Das war besorgniserregend. Seit sie sich erinnern konnte, hatte es keinen einzigen Tag gegeben, an dem Horst Weber nicht eine halbe Stunde lang am Küchentisch zu einem Kaffee das Zeitungskreuzworträtsel gelöst hatte. Das war eines der Bilder, die in ihr Familienalbum gehörten. Hatte er damit Schluss gemacht, weil er keine Lust mehr hatte oder weil er nicht mehr konnte? Und seit wann? Mindestens die zwei Wochen, die Manuel gesehen hatte.

Sie wollte ihrem Bruder schon zu seiner guten Detektivarbeit gratulieren, da fügte dieser hinzu:

»Dummerweise hat mich Mama herumschnüffeln sehen, und ich hab ihr erzählen müssen, was ich da mache.«

Schwerer Fehler, dachte sie.

»Und was hat sie gesagt?«

»Ich soll mit dem Unsinn aufhören.«

»Nur das? Sie wird doch sonst noch was gesagt haben.«

»Ob ich sie eigentlich zum Ausspionieren besuche und ob du mich geschickt hast.«

»Das hast du doch wohl verneint, was?«

»Ja, natürlich, aber ich glaube, sie war nicht überzeugt. Was sollen wir jetzt tun?«

»Mach dir keine Sorgen, ich bring das schon in Ordnung. Morgen.«

»Was wirst du tun?«

»Anrufen.«

Und die Wahrheit sagen, dachte sie.

»Wär nicht schlecht. Sie beklagt sich oft, dass du so wenig anrufst, ob du in Hamburg so viel zu tun hast, ob man euch so schlecht bezahlt, dass es nicht mal zum Anrufen reicht – du kannst es dir ja etwa vorstellen.«

Sie stellte es sich vor, und zudem hörte sie es am nächsten Tag live, als sie ihre Mutter anrief, nachdem sie ihre Handynummer unterdrückt hatte.

Als Celsa ihr erzählte, vermutlich spioniere Manuel sie aus, spielte Cornelia die Überraschte.

»Wie kommst du darauf? Was hat er denn getan?«

Celsa erzählte ihr die Geschichte mit den Zeitungen.

»Papa macht keine Kreuzworträtsel mehr?«

»Er sagt, es langweilt ihn, es ist immer dasselbe.« Bevor Cornelia etwas entgegnen konnte, fügte sie hinzu: »Aber jetzt hat er's mit dieser japanischen Zahlengeschichte.«

»Sudoku?«

»Genau. Du glaubst also nicht, dass Manoliño nur kommt, um uns zu kontrollieren?«

Celsa mochte keine ungeklärten Angelegenheiten.

»Wie kannst du nur so was annehmen?«

»Er kommt uns aber jedes Wochenende besuchen.«

»Und du freust dich nicht?«

»Doch, natürlich. Was sagst du da, Kind! Aber jede Woche ... Er sagt, er hat einen Freund in Frankfurt, aber vorgestellt hat er ihn uns noch nicht. Wir kennen nicht einmal seinen Namen.«

»Vielleicht ist er sich nicht sicher.«

»Weißt du, was ich glaube? Dass es ein Araber ist oder so.«

Diese Frau musste eine halbe Hexe sein, anders ließ sich nicht erklären, dass sie von allen Gründen, warum ihnen Manuel seinen Freund nicht vorgestellt hatte, exakt den richtigen getroffen hatte.

»Warum fragst du ihn denn nicht?«

Sie spekulierte mit der Möglichkeit, die Aufmerksamkeit ihrer Mutter auf den Bruder umzulenken, damit er seinerseits weiterhin den Vater beobachten konnte, ohne sich zu verraten. Es klappte.

»Das werde ich. Am Samstag kommt er zum Mittagessen, und ich sage ihm, er soll seinen Freund mitbringen, ob Muslim, Schwarzer oder verheiratet. Oder vielleicht heben wir uns das doch für später auf, wenn es von ihm aus kommt.«

»Warum denn?«

»In den letzten Tagen ist dein Vater ein klein wenig zerstreut ... Manchmal hat er ein Tief ...«

Es war, als tue sich ein kleiner Spalt auf, als traue sich Celsa endlich, es auszusprechen. Cornelia versuchte, einen Schritt weiterzugehen:

»Ein Tief?«

»Wie es halt so ist im Alter.«

Dann schlug Celsa das Türchen wieder zu und verriegelte es mit Gemeinplätzen wie mit Vorhängeschlössern.

»Wir werden auch nicht jünger. Kleine Altersbeschwerden.«

Auch Cornelia mochte keine ungeklärten Angelegenheiten, aber sie wusste, dass sämtliche Tricks, mit denen sie Verdächtigen oder Zeugen Informationen entlockte, bei ihrer Mutter nicht verfingen. Die Polizeikommissarin, die einem Ermittlungsteam vorstand, die sich mit autoritären Chefs herumstritt, die geistreichen und verrückten Mördern die Stirn geboten hatte, löste sich vor Celsa auf.

»Eltern sind das Kryptonit ihrer Kinder«, hatte sie einmal zu Reiner gesagt. Der hatte nur zustimmen können.

Oktober. Das Wetter hatte beschlossen, allmählich dem Kalender zu entsprechen. Die Tage wurden zusehends kürzer und begannen grau. Die kleinmütigsten Bäume verloren schon die Blätter, als wollten sie nicht an den vergoldeten Oktoberwochen teilnehmen, bevor sie der November in ein bis April anhaltendes Grau hüllen würde.

Als sie am Freitag nach Feierabend beim Bier saßen, hörten ihre Kolleginnen Cornelia mit gespielter Scham sagen, sie komme mit ihrem Gehalt kaum aus.

»Zum Glück sind wenigstens keine Kinder da«, sagte Iwana Jablowski, eine Polin etwas über zwanzig, und zeigte dann ein Foto ihres Babys.

»Das hätte gerade noch gefehlt«, antwortete Cornelia und suchte auf dem Foto nach demjenigen Element des Kindes, auf das die Mutter besonders stolz war, um sie für sich zu gewinnen. Sie setzte auf die riesigen blauen Augen und traf ins Schwarze.

Aus der Tiefe eines Gedankens heraus, auf den sie das Gespräch zwischen Cornelia und der jungen Polin gebracht hatte, mischte sich Ramona Althaus ein:

»Bis zwölf sind Kinder süß, dann ist's aus. Und du kannst von Glück reden, einen Jungen zu haben, Mädchen sind schlimmer, die sind schon mit zehn unerträglich.«

»Hör nicht auf sie, Iwana«, meldete sich Selin Herzog zu Wort. »Ramona hat keinen Grund zur Klage. Ihre Kinder sind völlig normal, weder besser noch schlechter als andere.«

Beim Sprechen pendelte der schwarze glatte Pferdeschwanz hin und her und betonte ihre Worte.

»Das sag ich ja«, gab Ramona zurück. »Normal, also wehleidig, launisch und faul. Und zudem riechen sie nicht besonders. Ich investiere ein Vermögen in Duschgels, Shampoos und Deodorants, aber sie stinken.«

Schon in ihrer ersten Arbeitswoche hatte Cornelia Ramona Althaus' unglaubliche Nase bewundert. So war ihr auch klar, dass ihr diese mehr unangenehme als freudige Momente bescherte.

Wonach riecht eigentlich ein Flughafen?, fragte sie sich. Einige, die Affektiertesten, würden sagen, er rieche nach Begegnungen oder Abschieden; andere, nicht weniger affektiert, aber weiter gereist, nach Transit oder Bewegung. Cornelia zog tief die Luft ein. Im Flughafeninneren roch es nach Menschen, Schweiß, Atem und Desinfektionsmitteln. Draußen roch es nur nach Kerosin. Sie tauchte die Nase in den Bierkrug und trank einen kräftigen Schluck.

»Die Welt stinkt schon genug, Mädels«, sagte Ramona jeden Tag zum Abschied. »Also macht es nicht noch schwerer. Ich will, dass ihr euch alle hübsch duscht und deodoriert.«

Sie durfte sich diese Bemerkungen leisten, sie war die Vorgesetzte. Im ganzen Flughafen gab es wohl keine gepflegtere Reinigungstruppe als die ihre.

Stellung und Alter sprachen Ramona Althaus auch das Recht zu, anderen Ratschläge zu erteilen, ob im Ernst oder im Scherz, wie in diesem Moment Cornelia:

»Wenn du willst, rufen wir bei einer dieser Fernsehsendungen an, und dann kommen sie und biegen dir dein Leben zurecht. Was ist dir lieber – dass sie die Wohnung in Ordnung bringen oder dir mit den Schulden helfen?«

Sie hob den Bierkrug. Die Haut an den Oberarmen hing etwas schlaff herunter und zitterte bei jeder Bewegung, wie auch das beginnende Doppelkinn, das ihrem Gesicht die Form eines Vollmonds gab. Ramonas scherzhaftes Lachen verbarg sich hinter dem Krug, aber die Augen schauten darüber hinweg.

»Erzähl keinen Stuss«, antwortete Cornelia. »Bring mir nicht das Fernsehen ins Haus. Oder glaubst du, nachdem ich hier den ganzen Tag geschuftet habe, hab ich Lust, wie eine Verrückte auch noch meine Wohnung sauberzumachen, weil da so ein paar Typen mit einer Kamera angetanzt kommen?«

DIE TERLETZKI-ZWILLINGE

»Hab ich dich geweckt?«

Es war halb vier.

»Ja«, schwindelte Cornelia. Sie drückte auf die Pausentaste, um den Film zu stoppen, den sie sich im PC ansah. »Schon? Sind sie da?«

»Ja.« Reiner versagte die Stimme.

Die Terletzki-Zwillinge waren also an einem Sonntag geboren, in der Nacht des ersten Oktobersonntags. Wie hieß es von den Sonntagskindern? Sie könnten die Zukunft vorhersagen. War das gut oder schlecht? Egal – Hauptsache, ein erschöpfter Reiner am Rande der Tränen rief sie an, um es ihr mitzuteilen.

Vor lauter Ergriffenheit vergaß er Cornelias Abneigungen und schilderte die Geburt in allen Einzelheiten. Nach der ersten, der Rafaels, versuchte sie ihn zu unterbrechen:

»Ich nehme an, die zweite ist in etwa ähnlich verlaufen. Du brauchst mir keine weiteren Einzelheiten zu erzählen.«

Er erzählte sie trotzdem, entschuldigte sich ab und zu und fragte sie, ob ihr schwindelig werde.

»Und so ist Lara gekommen«, sagte er schließlich triumphierend.

Cornelia hatte die Beine auf einem der Sofakissen hochgelegt. Trotz ihrer Arbeit mit Mordopfern beeindruckte sie die Entstehung von Leben noch immer.

»Nimmst du dir jetzt ein paar Tage frei?«

»Ich habe zwei Wochen beantragt.«

»Und der Fall Bornhoff?«

»Der ist bei Leo und den anderen Kollegen des Ermittlungsteams in guten Händen.«

»Seid ihr weitergekommen?«

»Kaum. Aber wenn's was Neues gibt, werden wir dich informieren.«

Hieß das, dass jetzt Leo sie anrufen würde? Sie fragte nicht, sondern wechselte das Thema und kam auf das wirklich Wesentliche zurück:

»Wirst du mir Fotos schicken?«

»Natürlich. Wie viele willst du? Hundert? Zweihundert?«

»Schick mir hundert pro Kind.«

Reiner lachte glücklich.

Wieder Montag. Schon einundzwanzig Tage Flugzeuge saubergemacht.

Selin Herzog hatte recht, der Rücken schmerzte genauso wie nach den ersten Schichten. Anfänglich dachte sie, das würde in wenigen Tagen vorbeigehen – eine der unerfüllten Hoffnungen; die andere war, dass ihr die körperliche Müdigkeit vielleicht beim Schlafen helfen würde. Doch die Schlaflosigkeit plagte sie weiterhin. Zwar fiel sie erschöpft ins Bett, doch der Schlaf wollte sich nicht einstellen, und wenn er endlich kam, dann nur, um sie sogleich wieder zu verlassen, von irgendwelchen Geräuschen in die Flucht getrieben, einem Gespräch auf der Straße, dem Dynamo eines alten Fahrrads, einem Streit in einer nahen Wohnung. Sie war so müde aufgestanden, dass sie nicht einmal Lust zum Tanzen hatte, als im Radio die ersten Takte einer ihrer Lieblingssongs erklangen. *No Milk Today* brachte sie nur eben dazu, sich beim Mitträllern zu vergewissern, dass sie für den Rest der Woche noch genug Milch hatte.

Als sie eine Stunde später mit zwei Kolleginnen durch einen der kahlen Gänge schritt, die die Boardingzonen miteinander verbanden, nutzte sie die Bemerkung von einer der beiden über ihre tiefen Augenringe, um einmal mehr über ihre Geldprobleme zu klagen.

»Es gibt immer Möglichkeiten, sich ein paar Euros dazuzuverdienen«, sagte Carolina, die uruguayische Reinigungskraft. »Eine Freundin von mir macht in einem Eroscenter im Westend sauber. Die bezahlen gut und schwarz.«

»Ich weiß nicht.«

»Ekelt dich das?«

»Ein wenig schon.«

»Schade«, sagte Carolina auf Spanisch zu Diana, der kolumbianischen Kollegin, die das Wägelchen mit den Abfalltüten und den Reinigungsutensilien schob. »Sie sieht ganz gut aus und könnte vielleicht auch anders zusätzlich Geld verdienen. Obwohl ihre Nase ein bisschen krumm ist.«

»Was?«, fragte Cornelia. »Was hast du gesagt?«

Die beiden Südamerikanerinnen wechselten einen einvernehmlichen Blick.

»Sie hat gesagt, es sei schade«, erklärte die Kolumbianerin.

»So viele Worte braucht man im Spanischen, um ›schade‹ zu sagen? Komm schon! Sag mir, was sie wirklich gesagt hat.«

Die Kolumbianerin erzählte es ihr. Die beiden Kolleginnen blieben stehen und warteten Cornelias Reaktion ab. Sie befürchteten, sie verletzt zu haben.

»Das da«, Cornelia folgte mit dem Finger dem Verlauf der Nase von der Wurzel bis zur Spitze, wobei sie an dem Punkt, da sie nach rechts abzudriften begann, in ein fast liebevolles Streicheln überging, »ist bei einem Radunfall geschehen, als ich zwölf war.«

Zur Antwort deutete Carolina auf die Kolumbianerin:

»Ich sag's der da immer wieder. Obwohl man glauben könnte, ihr werdet mit dem Rad am Hintern geboren …«

»Tja, auch wir stürzen. Und was das andere betrifft, danke für die guten Absichten und die Komplimente, aber es gibt sicher andere Methoden, sich etwas dazuzuverdienen, ohne sabbernde Kerle ertragen zu müssen, oder?«

Die beiden anderen nickten und setzten sich wieder in Bewegung. Die Stille, die sie auf dem Weg zum nächsten Flugzeug einhüllte, wurde von den quietschenden Rädchen ihres Wägelchens begleitet.

Sie betraten die Maschine in dem Augenblick, als sich der letzte Passagier noch in der Fluggastbrücke befand. Cornelia begann Zeitungen, Verpackungen, Pappbecher in eine Plastiktüte zu stopfen. In der Ferne hörte sie vereinzelte Brocken Spanisch. Zweimal fühlte sie sich beobachtet. Vielleicht sprachen sie über sie. Gut so.

So lernte sie Diana Agüero kennen. Die Kolumbianerin war zweiunddreißig, lebte seit fünf Jahren in Deutschland, davon arbeitete sie drei auf dem Flughafen. Aus einigen Bemerkungen von ihr hatte Cornelia geschlossen, dass sie die halbe Familie unterhielt.

Wie so viele kolumbianische junge Frauen, dachte sie, während sie die Informationen für die Kollegen vom Drogendezernat in einem Notizbuch festhielt, das sie immer unauffällig bei sich trug. Einem Cousin in Madrid, einem ewigen Architekturstudenten, bezahlte sie sogar die Studiengebühren.

»Mit dem Geld, das du ihm gibst, macht der einfach ständig einen drauf«, hatte Selin zu ihr gesagt.

Auf solche Bemerkungen hin schüttelte Diana bloß den Kopf und sagte:

»Das ist das letzte Jahr. Danach kriegt er keinen Euro mehr.«

Sowohl wegen ihrer Nationalität als auch wegen der finanziellen Belastung war Diana für Cornelia eine der offensichtlichsten Kandidatinnen für die Schmugglerinnengruppe. Obwohl Rossmann gesagt hatte, sie sei sauber.

Nicht nur unterhielten sie sich endlich mit ihr, sondern immer mehr näherten sich die Gespräche den Themen, die sie hergeführt hatten. Wie zum Beispiel, als Beata sie im Minibus unterwegs zu einer Thai-Airlines-Maschine auf der Piste ansprach:

»Ich war eng mit Fatma befreundet.«

»Mit wem?«, fragte Cornelia, als hörte sie den Namen zum ersten Mal.

»Fatma Celik«, sagte Ramona auf dem Rücksitz, »eine Kollegin, die nicht mehr hier arbeitet.«

»Sie ist umgekommen«, fügte eine etwa sechzigjährige Frau rechts von ihnen hinzu, ihrem Akzent nach Türkin.

»Ach? Was ist denn geschehen?«

»Sie ist aus einem Flugzeug gefallen«, sagte die Türkin.

Cornelia sprach zum ersten Mal mit ihr und konnte sich nicht recht an ihren Namen erinnern. Gülkan?

»Das stimmt nicht, Nuriye, Fatma ist nicht aus dem Flugzeug gefallen«, korrigierte Beata sie. »Sie ist nicht aus dem Flugzeug, sondern von der Gangway gefallen. Hast du nichts davon gehört?«, fragte sie Cornelia.

»Nein. Die Ärmste. Hatte sie Familie?«

Die Kunst des Lügens erforderte angemessene Reaktionen.

»Zwei Kinder, eines davon behindert.«

»Arme Kerlchen«, sagte die Türkin.

Cornelia nickte nur.

Einen großen Teil dessen, was sie ihr auf dem Weg

zum Flugzeug erzählte, wusste sie bereits. Aus dem Bericht von Rossmanns Team kannte sie Fatma Celiks wirtschaftliche Situation. Andere Kommentare waren eher irrelevant, aber sie versuchte, zwischen den Zeilen Informationen zu erhaschen, um herauszufinden, was die beiden Frauen wussten, beispielsweise, dass ihre Kollegin Drogen aus den Flugzeugen geschmuggelt hatte.

Im Grunde tat sie nicht viel anderes als bei ihrer Arbeit im Morddezernat – sie rekonstruierte das Leben einer Toten, sammelte Informationen über jemanden, den sie nie sehen würde und mit dem sie sich ebendeshalb abgab, weil er tot war.

Zudem vermerkte sie auf ihrer Liste möglicher Bandenmitglieder einen weiteren Namen: Nuriye Yildirim, Türkin, einundsechzig, vierzig Jahre in Deutschland. Ohne Vorstrafen. Nicht so ihr Mann, der wegen Heroinschmuggels sogar mehrere Jahre im Gefängnis gesessen hatte. Das war zwanzig Jahre her. Nuriye Yildirim, gebeugt und dicklich, immer mit einem Kopftuch und mit geschwollenen Füßen daherschlurfend. Konnte sie eine Drogenschmugglerin sein?

»Man kann sich nicht vorstellen, dass eine Frau von sechzig Jahren, die schon Großmutter ist, Pakete mit Kokain aus den Flugzeugen schleppt«, sagte Cornelia zu Rossmann.

Oder vielleicht drängte sie sich genau darum für die Aufgabe auf.

»Und zudem haben wir die Akte ihres Mannes.«

»Wir müssen weiter in ihrem Familienkreis ermitteln: Schulden, Familienverpflichtungen, kranke Verwandte ...«

»Wir sind dabei.«

HAMIT

Vollbeladen mit Tüten aus einem nahen Supermarkt trat sie ins Haus. Seit der Begegnung mit Joan Font hatte sie ihren Bewegungsradius auf ein Minimum eingeschränkt. Rossmann hatte sie nichts davon erzählt, es hätte seine Bedenken nur noch verstärkt. In ihren täglichen Gesprächen konnte sie ihm endlich sagen, sie habe sich gut in die Reinigungsequipe integriert, was in dieser Phase der Arbeit zwar ein Erfolg war, aber letztlich doch ein mageres Ergebnis bliebe, wenn sie in den nächsten Tagen nicht weiterkäme.

Sie steckte den Schlüssel ins Schloss, aber öffnen tat sich die Tür hinter ihr. Gamze Aktürk hatte auf sie gewartet.

»Cornelia, darf ich dich um einen kleinen Gefallen bitten?«

Die Nachbarin ließ ihr keine Zeit für eine Antwort. Sie hatte sie schon in Beschlag genommen.

»Ich muss unbedingt ein paar dringende Besorgungen machen und brauche jemanden, der einen Moment bei Hamit bleibt.«

Gamze musste in Cornelias Gesichtsausdruck das Warum wahrnehmen. Vermutlich dachte sie, das sei eine logische Frage, denn sie setzte zu einer Antwort an.

»Ich glaube, du kennst ihn noch gar nicht.«

»Nein.«

Gamze fiel es schwer, die richtigen Worte zu finden. Cornelia baute ihr eine Brücke.

»Ist er krank?«

»Ja, so könnte man sagen. Besser, ich stelle ihn dir vor.«

Cornelia öffnete ihre Tür, deponierte die Tüten in dem Viereck, das als Diele diente, und schloss dann mit einer doppelten Drehung des Schlüssels ab, ehe sie Gamze folgte. Hinter ihr betrat sie das Zimmer des Sohnes. Hamit Aktürk lag in einem blauen Nachthemd ausgebreitet auf einem Ehebett. Er war etwa fünfunddreißig und musste über zweihundert Kilo wiegen. Das dunkle Haar klebte ihm beidseits eines perfekten Mittelscheitels am Kopf. Das Zimmer roch nach Kinderparfüm. Gamze hatte ihn eigens zurechtgemacht.

»Cornelia, das ist mein Sohn Hamit. Hamit, das ist Cornelia Lenz, die neue Nachbarin, von der ich dir erzählt habe. Sie wird eine Weile bei dir bleiben.«

Hamit Aktürk grüßte sie nicht, sondern begann auf Deutsch zu protestieren, damit ihn Cornelia verstand:

»Das ist unwürdig, Mama. Ich brauche kein Kindermädchen. Mama! Ich brauch kein Kindermädchen!«

Hamits Stimme erreichte Tonhöhen, die bei seinen Körpermassen eigentlich nicht vorstellbar waren.

Nachdem die schwierigste Prüfung, nämlich ihren Sohn vorzuführen, bestanden war, glitt Gamze aus dem Zimmer und suchte dann in der ganzen Wohnung nach ihren Schlüsseln und der Tasche. Cornelia trat an Hamits Bett und sagte autoritär wie in einem Verhör dicht an seinem Ohr:

»Offenbar brauchst du doch eins. Und jetzt hübsch ruhig, mein Liebling.«

»Sprich nicht so mit mir, du bist nicht meine Mutter.«

»Genau, ich bin nicht deine Mutter, und du bist nicht mehr zehn«, sagte sie, ohne die Stimme zu erheben.

Sie ging aus dem Zimmer und fragte Gamze:

»Was hab ich zu tun?«

»Dafür sorgen, dass er nichts isst. Er wartet auf eine

Operation, um den Magen zu verkleinern, aber dazu muss er abnehmen. In letzter Zeit ist er sehr rebellisch. Er weiß genau, dass er eine strikte Diät einhalten muss, wenn er operiert werden will, aber manchmal ist sein Magen stärker als das Hirn. Neulich bin ich weggegangen, und als ich zurückkam, bin ich in der Tür auf einen Pizzakurier gestoßen. Er hatte gleich drei bestellt. Ich habe sie bezahlt und in den Müll geschmissen. Zum Glück habe ich ihn rechtzeitig abgefangen.«

»Warum nimmst du ihm nicht das Telefon weg?«

»Um ihn völlig hilflos zu machen? Was ist, wenn irgendwas geschieht? Wenn die Wohnung brennt oder er sich schlecht fühlt? Es wird nur ein Stündchen sein, ehrlich.«

»Okay, eine Stunde lang kann ich die Polizistin spielen.«

In ihrer Müdigkeit erschien ihr der kleine Privatscherz unglaublich lustig, doch Gamze hatte es so eilig zu verschwinden, dass sie das unerklärliche Schmunzeln ihrer Nachbarin nicht bemerkte.

»Vielen Dank, Cornelia.«

Sie ging und zog die Tür hinter sich zu.

Cornelia kehrte in Hamits Zimmer zurück. Wenn sie schon mindestens eine Stunde bei ihm bleiben musste, wollte sie wenigstens Frieden schließen. Er schaute sie mürrisch an. Die Hände auf dem Bauch, trommelte er mit den Fingern, indem er sie von links nach rechts hob und umgekehrt.

»Womit vertreibst du dir die Zeit?«, fragte sie.

»Mit Lesen.«

»Und was liest du?«

»Was soll ich schon lesen? Bücher natürlich.«

»Okay. Ich geh schon.«

Cornelia wandte sich zur Tür.

»Romane. Vor allem Krimis«, sagte Hamit hastig.

Sie kehrte zu ihm zurück und setzte sich auf einen Stuhl neben dem Bett.

»Ich schau mir auch Filme und Serien an. Die lade ich mir vom Internet runter.«

Cornelia sah ihn interessiert an. Ihre Neugier war ungekünstelt, sie fragte sich, wie jemand, der nicht einmal selbst auf die Toilette gehen konnte, die Stunden verbrachte.

»Ich kann dir ein paar ausleihen, wenn sie dich interessieren.«

Cornelia wagte einen Scherz:

»Wenn du dafür nicht von mir verlangst, dass ich dir eine Pizza bestelle ...«

Hamit fing an zu lachen.

»Du bist vielleicht fies! Na gut, ich empfehle dir eine Serie, die dir gefallen wird. Die Hauptdarstellerin hat Haare auf den Zähnen wie du. Eine Polizistin aus den Südstaaten, die in Los Angeles arbeitet. Ihr Ermittlungsteam besteht nur aus Männern, und sie hält sie strammer als in der Armee.«

»Klingt gut.«

Hamit ergriff den Stab, der auf dem Bett lag, und zog eines der Möbelstücke auf Rädern heran, auf dem mehrere Racks standen.

»Ich hab sie unter C, sie heißt *The Closer*. Nimm die erste Staffel mit, und wenn sie dir gefällt, geb ich dir mehr.«

Während über einer halben Stunde stellte ihr Hamit eine Serie nach der anderen vor. Sie, eine Anhängerin des guten alten Radios, die gerade mal *Die Simpsons*, den Sonntags-*Tatort* in Iris' Gesellschaft und alte Filme ansah, schüttelte jedes Mal den Kopf, wenn er einen Satz mit »Kennst du ...?« begann. Manchmal konnte sie sagen »Das kommt mir bekannt vor«, weil sie sich daran erinnerte, dass Reiner, ebenfalls ein Serienfan, sie einmal erwähnt hatte. Wie sehr vermisste sie ihn!

Während Hamit gerade von *Life on Mars* schwärmte, klingelte Cornelias Handy. Auf dem Display sah sie das Wort »Papa« – Wolfgang Rossmann. Sie entschuldigte sich bei Hamit und verließ das Zimmer.

»Kannst du sprechen, Cornelia?« Rossmanns Stimme klang aufgeregt.

»Nein, aber nur zu.«

»Wir haben Sonia Raimondo gefunden, die Putzfrau, die zusammen mit der gearbeitet hatte, die beim Sturz aus dem Flugzeug umgekommen ist.«

Rossmanns düsterer Ton nahm die Antwort auf ihre nächste Frage schon vorweg.

»Ist sie ...?«

»Ja. Tot. Die Leiche ist in einer Fuldaer Wohnung aufgetaucht.«

»Wie?«

»Überdosis.«

»Versehentlich?«

»Das ist noch nicht geklärt, aber ich bezweifle es. Wann kannst du frei sprechen?«

»In einer halben Stunde.«

»Ruf mich an.«

Sie legte auf und ging ins Zimmer zurück. Ein Häufchen DVDs auf dem Stuhl und ein strahlender Hamit erwarteten sie. Sein Gesicht verdüsterte sich, als er Cornelias besorgten Ausdruck sah.

»Schlechte Nachrichten?«

Sie nickte.

»Familiäre Probleme.«

»Kann ich dir irgendwie helfen?«

Auf dem Bett schauten sie über zweihundert Kilo

Gutmütigkeit in blauem Nachthemd an. Um ihn nicht zu enttäuschen und ein wenig vertrauten Boden unter den Füßen zu spüren, fragte sie:

»Hast du *Die Simpsons?*«

»Willst du mich beleidigen? Klar! Wie viele Staffeln willst du?«

Wenige Minuten später kam Gamze zurück. Der Ausdruck des schlechten Gewissens auf ihrem Gesicht verlor sich, als sie Cornelia mit einem Stapel DVDs in den Händen erblickte. Sie malte sich noch nicht aus, wie oft ihre Nachbarin in ihrer Wohnung aus- und eingehen würde, um ihren Sohn um noch mehr Filme zu bitten.

»Cornelia, du hast die Wohnungstür doch gut abgeschlossen, nicht wahr?«

»Warum?«

»Als ich aus dem Aufzug kam, sind da zwei Typen auf dem Gang rumgestrichen. Kaum dass sie mich gesehen haben, sind sie die Treppe runter verschwunden. Schließ immer gut ab, in diesem Block wird viel eingebrochen. Die Tür unten schließt nicht richtig ...«

»Keine Sorge.«

Sie legte die DVDs auf ein niedriges Tischchen neben dem riesigen, mit einem Blumenmuster bezogenen Sofa, das ein Drittel des Wohnzimmers einnahm. Ohne sich erst hinzusetzen, rief sie Rossmann an.

»Wie habt ihr sie gefunden?«

Rossmann erzählte ihr, sie seien in einer angeblich leeren Wohnung auf die Leiche gestoßen. Die Nachbarn hätten Geräusche gehört, aber gedacht, sie werde instand gesetzt, um dann vermietet zu werden. Dann seien die Geräusche verstummt. Die beiden vorderen Fenster hätten offen gestanden, als wäre eine frisch gestrichene

Wohnung gelüftet worden. Dann aber sei in Fulda ein heftiges Gewitter niedergegangen und so viel Wasser hereingekommen, dass es bei den Nachbarn darunter Feuchtigkeitsflecken verursacht habe, so dass sie den Hausverwalter benachrichtigt hätten.

»Als sie die Wohnung betraten, haben sie Raimondos Leiche gefunden. Neben ihr Spritzen und ein Gummiband. Die Leiche lag vorm Fenster.«

»So hätte es noch länger gedauert, bis sie zu riechen angefangen hätte«, sagte sie.

»Das denke ich auch. Wir haben noch Zeit, Cornelia.«

»Wofür?«

»Diese Unternehmung abzublasen.«

»Warum? Es läuft doch gut.«

»Diese Leute sind sehr gefährlich, und du bist die meiste Zeit ganz allein.«

»Das wussten wir ja.«

Rossmann holte tief Luft, bevor er fortfuhr.

»Sie müssen Raimondo diese ganzen Tage gefangen gehalten und ihr Heroin gespritzt haben, damit ihr Tod wie eine Überdosis aussähe.«

»Woher willst du das wissen?«

»Es ist eine Vermutung. Aber die Obduktion wird sie bestimmt bestätigen.«

»Ein Grund mehr weiterzumachen, findest du nicht?«

»Es ist gefährlich.«

»Das hast du schon gesagt, Wolfgang.« Sie bemühte sich, ihren Worten einen unbekümmerten Ton zu geben. »Die Argumente wiederholen macht sie nicht überzeugender.«

Trotzdem wiederholte Rossmann sie während des weiteren Gesprächs noch zweimal, und Cornelia beharrte noch zweimal darauf, dass sie nicht vorhatte, den

Fall aufzugeben. Danach fühlte sie sich so erschöpft, dass sie nicht einmal mehr die Energie zum Duschen hatte.

Mit dem Packen DVDs machte sie es sich vor dem Fernseher bequem.

Um vier Uhr früh fehlte ihr nur noch eine Episode, um die vierte Staffel der *Simpsons* zu beenden. Ein weiteres Mal war der Schlaf an ihrer Tür vorbeigegangen.

PARFÜM

Offiziell wurde Sonia Raimondos Tod einer Überdosis zugeschrieben. Die Nachricht von dem Leichenfund erschien in der Fuldaer Lokalpresse; in Frankfurt jedoch fand er keinen Widerhall – ganz im Gegensatz zum Flughafen.

Ramona fiel die Aufgabe zu, den Kolleginnen die Nachricht zu überbringen. Sie hatte geschwollene Augen vom Weinen. Auch mehreren Frauen traten die Tränen in die Augen, andere reagierten mit Schweigen. Schließlich wich die Ungläubigkeit, und es kamen die Fragen.

»Überdosis? Sonia soll an einer Überdosis gestorben sein?«

»Was hatte sie denn in Fulda verloren?«

»Warum ist sie einfach gegangen?«

»Sonia hat keine Drogen genommen.«

»Wer weiß? Manchmal glaubt man, man kennt jemanden, und dann ...«

»Was redest du für einen Unsinn daher! Warum sollte Sonia Drogen nehmen? Sie hat ja nicht mal Alkohol getrunken!«

»Was wird ihre Familie jetzt machen?«

Bei einigen ihrer Kolleginnen glaubte sie noch ein weiteres Element zu entdecken – Angst. Sonia Raimondos Tod enthielt eine Botschaft, eine Warnung. Die Botschaft war angekommen. Oder bildete sie sich das bloß ein? Eine Überinterpretation, weil sie sich so sehr danach sehnte, endlich einen Schritt weiterzukommen, und sei es nur einen kleinen?

Sie arbeitete bereits seit vier Wochen auf dem Flughafen. Mit aller Kraft kämpfte sie gegen die Abstumpfung durch die Monotonie an. Die Arbeit in den Maschinen war bereits Routine, ebenso die Kolleginnen und die Gespräche mit ihnen. Aber sie waren geradezu unterhaltsam im Vergleich zu den Stunden, die sie außerhalb des Flughafens verbrachte, vor allem die Nachtstunden.

In einem kleinen Heft notierte sie die Zeit, zu der sie jeweils hatte einschlafen können. Dazu erfand sie einen ziemlich schlichten Code nach Art der Schüler, die sich Briefchen von Pult zu Pult schicken. Statt Zahlen benutzte sie Buchstaben, aus denen sie wiederum irgendein Wort bildete.

»Ich entwickle allmählich Manien.« Das sagte sie nicht zu Rossmann, sondern zu sich selbst. »Und außerdem führe ich Selbstgespräche.«

Das tat sie. Stundenlang sah sie keine Menschenseele, sprach mit niemandem, las, schaute sich Filme an, stickte, seit rund zwei Jahren ein Hobby. Sie hatte Hamit die Initialen auf den Pyjama gestickt, den er tragen wollte, wenn man ihn ins Krankenhaus brächte. H. A.

»Hamit Aktürk«, sagte er und lieh ihr dafür dankbar die DVDs der Serie *Life*.

»Die hab ich auch gesehen«, sagte Gamze. »Da spielt ein sehr attraktiver Rothaariger mit.«

»Ich stehe eher auf Blonde.« Sogleich bereute Cornelia ihre Antwort; zum Glück brachte Hamit sie zum Lachen:

»Och. Ich hatte schon gehofft, dir gefielen die dunklen, wenn auch etwas gepolsterten Ottomanen.«

Die Gespräche mit Hamit und Gamze waren ihre einzigen zwischenmenschlichen Kontakte außerhalb der Arbeit. Der Rest waren Stunden der Schlaflosigkeit, in denen sie sich selbst erzählte, was sie tat. Das ist keine Manie, hatte sie sich gesagt, sondern ein spanischer Brauch.

Jan hatte es immer amüsiert, wenn sie zu Hause laut angekündigt hatte, was sie gerade zu tun im Begriff war. »Ich gehe ins Bad«, »Ich gehe in die Küche ein Glas Wasser trinken«, »Ich werde mal ein bisschen lesen«. Jetzt tat sie es für sich allein.

»Ich werde noch ein Bier trinken, vielleicht kann ich dann schlafen.«

Vier Wochen.

An diesem toten Punkt begannen ihr auch Rossmanns Anrufe zur Routine zu werden, was sie ohne allzu großen Erfolg mit einem müden »Nichts Neues an der Front« zu verbergen versuchte. Wenn sie länger als fünf Minuten sprachen, dann, weil die Ermittler des Drogendezernats im Gegensatz zu ihr weiterkamen und einige vereinzelte Punkte zu den Knoten eines Netzes wurden.

»Aber es ist ein etwas anderes Netz, als wir sie normalerweise finden«, erzählte Rossmann.

»In welcher Hinsicht?«

»Üblicherweise sind die Drogenhändlernetze eher heterogen zusammengewürfelt, was ihre Beteiligten betrifft. Sie sind ziemlich chaotisch.«

»Und das hier ist es nicht?«

»Da beschatten wir also zum Beispiel zwei Typen, die Transporte durch Deutschland machen. Beide haben ein ähnliches Profil, Anfang zwanzig, Vorstrafen in Jugendgefängnissen, haben aber als Erwachsene kein Gefängnis mehr betreten. Sie sehen nichtssagend aus, und für inländische Transporte nehmen sie immer den ICE. Hingegen übergeben sie den Stoff Typen, die notorische Dealer sind. Vielleicht irren wir uns ja, aber wir haben allmählich den Eindruck, dass wir es mit einer Gruppe zu tun haben, die in straffen Hierarchien organisiert ist, und dass sich diese wiederum auf Grund der, sagen wir, Qualifikation und Erfahrung der Personen definieren, die mit den verschiedenen Aufgaben betraut sind.«

Cornelia musste lachen.

»Das hört sich an, als sprächst du von einem Beamtenapparat.«

Rossmann war begeistert.

»Genau! Beamte. So wirken sie.«

Sie hingegen blieb stecken.

Kurz danach kam noch der Zwischenfall mit dem Parfüm hinzu.

Sie hatten eben eine Singapore-Airlines-Maschine nach einem Interkontinentalflug saubergemacht. Cornelia und Iwana hatten eine Pause und gingen zu einer Personalcafeteria, um etwas zu essen.

Auf einmal nahm sie einen Geruch wahr. Nach Parfüm, aber zu intensiv und zu konzentriert, um angenehm zu sein. Der Ursprung dieses Geruchs befand sich zu ihrer Rechten, bei Iwana, konkret auf ihrer linken Brust, auf der ein dunkler Fleck zu sehen war, der sich langsam auf dem hellblauen Stoff des Kittels ausbreitete. Im Winter hätten die Kleiderschichten die Flüssigkeit vielleicht aufgesaugt, aber obwohl schon Mitte Oktober, war es relativ warm, und viele der Frauen trugen den Kittel direkt über der Unterwäsche, so wie jetzt Iwana, die Cornelias Blick folgte und zu spät entdeckte, dass das Parfümfläschchen, das sie in der Ersten Klasse hatte mitgehen lassen, nicht richtig verschlossen war.

»Normalerweise öffnen sie sie nicht und beachten sie überhaupt nicht. Es ist Givenchy«, sagte sie da.

Sie schaute Cornelia nicht an, sondern schloss resigniert die Augen. Sie hatte eben entdeckt, dass einer der Aufsichtsbeamten den Fleck ebenfalls wahrgenommen und richtig gedeutet hatte.

Er machte fast gleichzeitig zwei Handbewegungen –

eine bedeutete Iwana, zu ihm zu kommen, und die zweite galt einem Kollegen, der gerade in eine andere Richtung schaute.

Die beiden Männer kamen näher, um Iwana einzukreisen. Einer zog das Walkie-Talkie hervor. Cornelia wusste, dass er nach einer Kollegin rief, um Iwana zu durchsuchen. Die ging mit dem ergebenen Fatalismus eines Lemmings auf sie zu. Da legte ihr Cornelia die Hand auf die Schulter, um sich zu verabschieden und ihr Mut zu machen. Beide wussten, dass ihr gekündigt werden würde.

Der Aufseher mit dem Walkie-Talkie sah die Geste.

»Du auch«, sagte er und deutete auf Cornelia.

Mit einer gebieterischen Armbewegung hieß er sie stehen bleiben und zur Seite treten.

»Ach je«, sagte Iwana, was Cornelia als Entschuldigung verstand, dass sie sie in diese Situation mit hineingezogen hatte.

Der Aufseher, der den Fleck auf dem Kittel entdeckt hatte, deutete darauf und reckte übertrieben schnüffelnd die Nase. Der schüttere Schnurrbart ließ ihn wie einen Riesennager aussehen.

»Es scheint, wir haben einen kleinen Unfall gehabt, was?«

Iwana schwieg mit verlorenem Blick. Der Aufseher trat näher und deutete mit langem, knochigem Zeigefinger auf den Kittel. Im Geist sah Cornelia die Hand der Hexe in *Hänsel und Gretel.*

»Das ist dir ja wohl nicht im Duty-free passiert, oder?«

Der Parfümgeruch schien mit Iwanas Schweiß noch intensiver zu werden; mit dem Handrücken wischte sie sich die Tropfen von der Lippe. Bedrohlich näherte sich der Aufseherfinger der Brust.

»Ich würde sagen, das kommt aus einem Flugzeug.«

Cornelia warf dem zweiten Aufseher einen Blick zu in der Hoffnung, der würde ihn vielleicht bremsen, doch er spähte nur in den Korridor hinein und wartete auf die Kollegin.

Mit leichtem Zittern war der Finger wenige Zentimeter vor dem Kittel zum Stehen gekommen. Lang wie der Hühnerknochen, den Hänsel die Hexe berühren lässt, um sie zu täuschen.

Mit einer schnellen, harten Bewegung schob Cornelia die Hand des Aufsehers weg.

»Gehen Sie nicht zu weit.«

Der Aufseher schaute zuerst mit offenen Mund auf seine Hand, dann nahm er Cornelia ins Visier.

»Was fällt dir eigentlich ein?«

»Warum duzen Sie mich? Und warum duzen Sie meine Kollegin? Weder kennen wir uns, noch haben Sie ein Recht dazu. Für wen halten Sie sich?«

»Was ich weiß, ist, wofür ich euch zu halten habe. Diebinnen seid ihr.«

Der andere Aufseher gab seine Beobachterrolle auf.

»Lass sie, Mani. Da kommt schon die Kollegin.«

Die Frau, die sich im Gang näherte, zeigte den verhärteten Ausdruck von jemandem, der zu viele Meter Korridor zurückgelegt hat, um sich dann auch noch einer unangenehmen Aufgabe gegenüberzusehen.

Noch unangenehmer war die Situation für Cornelia und Iwana, die der Aufseher, der nicht Mani hieß, und die Frau – Jutta Scherer, wie Cornelia auf dem Namensschildchen las – zu einem kleinen Raum in einem ihnen bisher unbekannten Teil des Flughafens führten. Wenige Meter von ihnen entfernt, nur durch zwei Wände getrennt, das Stimmengewirr der Fluggäste, die Lautsprecherdurchsagen, Schritte und die Räder von Koffern und Gepäckwagen. Auf dem Korridor, durch den sie gingen, gedämpfte Stimmen aus den Büros. Die meisten Türen waren geschlossen, und aus den wenigen, die offen standen, verfolgten sie neugierige Blicke. Als die Leute sahen, wie die Gruppe zusammengesetzt war, zwei mürrische Aufsichtsbeamte und zwei zerknirschte Putzfrauen, schienen sie die Situation zu verstehen. Cornelia war sich bewusst, dass sie sich das nur einbildete, und dennoch war es die erste erniedrigende Szene.

Die zweite war die Durchsuchung durch die Aufseherin. Während ihr Kollege draußen blieb, mussten sie sich ausziehen, damit sie kontrollieren konnte, ob sie entwendete Gegenstände bei sich hatten. Nicht einmal die dankbare Erinnerung an die mütterliche Warnung, immer saubere Unterwäsche zu tragen, »falls irgendwas geschieht«, minderte die Schmach, sich dem angewiderten Blick der Aufseherin ausgesetzt zu sehen. Iwanas Gesicht hatte sich mit roten Flecken überzogen, und die Röte hatte nicht nur ihr Gesicht gefärbt, sondern bildete ein Dreieck von den Schlüsselbeinen bis zum Kinn. Der Parfümgeruch war erstickend. Wie ein mahnender Zeigefinger stand das halbleere Fläschchen auf einem hohen Tisch, das Objekt der Begierde, die Ursache von Iwanas Fall – und offenbar ihres eigenen Falls.

»Zieht euch an. Der Chef erwartet euch. Und danach dürft ihr die frische Straßenluft kosten.«

Vier Wochen umsonst gearbeitet. Alle Vorsichtsmaßnahmen waren für die Katz gewesen, ihre bis dahin perfekte Tarnung durch fremdes Verschulden unbrauchbar geworden.

WEIL ICH ES SAGE

Die dritte Szene hätte erniedrigend sein sollen. Es war die in Lorenz Raschkes Büro. Er ließ sie eine gute Viertelstunde draußen warten, während der sie kein Wort sprachen. Dann öffnete Raschke die Tür.

»Ihr könnt reinkommen.«

Die Aufseherin blieb auf dem Korridor stehen.

Das Asketengesicht des Chefs der Reinigungsdienste zeigte einen missmutigen Ausdruck.

»Setzt euch.«

Mit einer knappen Kopfbewegung deutete er auf zwei Stühle vor seinem Schreibtisch. Sie gehorchten. Cornelia setzte sich rechts, Iwana links. Nachdem auch er wieder Platz genommen hatte, griff Raschke nach zwei länglichen Umschlägen in einer Plastikablage und schob jeder von ihnen einen hin.

»Das sind eure Kündigungsschreiben. Ihr könnt noch dankbar sein, dass ich den Grund nicht benannt habe, warum wir euch feuern. Ihr seid schon elend genug dran.«

Iwana begann zu weinen. Raschke schaute sie ausdruckslos an und sprach mürrisch weiter.

»Hoffentlich hat diese Erfahrung eine positive Wirkung und ist euch eine Lehre fürs Leben, damit ihr versteht, dass einer der schlimmsten Fehler, die man begehen kann, der Vertrauensmissbrauch ist. Vergesst nicht, die Schlüssel des Garderobenspindes zurückzugeben. Das wär's dann. Nehmt den Umschlag und verzieht euch.«

Mit zitternden Händen ergriff Iwana das Kuvert und stand auf. Cornelia blieb sitzen, die Hände im Schoß.

»Und du, was ist mit dir?«, fragte Raschke.

Iwana blieb neben ihrem Stuhl stehen.

»Ich habe nicht vor, den Umschlag zu nehmen«, sagte Cornelia.

Lorenz Raschke sah sie ungläubig an.

»Ich werde ihn nicht nehmen, weil ich nichts getan habe. Sie haben keinen Grund, mich rauszuwerfen. Übrigens auch nicht, mich zu duzen.«

»In diesem letzten Punkt haben Sie recht, Frau Lenz«, sagte er, deutlich um Fassung ringend. «Aber wie soll ich wissen, ob Sie auch im anderen recht haben?«

»Weil es stimmt. Weil ich es sage und weil ich, entschuldige, Iwana, niemals so blöd wäre, für ein Fläschchen Parfüm meine Stelle aufs Spiel zu setzen.«

»Keins der drei Argumente ist mehr wert als Ihr Wort.«

»Stimmt. Aber es ist mein Wort.«

Raschke schaute sie aufmerksam an. Er nahm es sich heraus, sie von oben bis unten zu mustern, ganz seine Position nutzend, die ihm dieses Recht zugestand. Auch sie schaute ihn an, ohne zu lächeln, ohne irgendwelche Anstalten zu machen, ihn für sich einzunehmen und sein Wohlwollen zu gewinnen.

Iwana, deren Part ausgespielt war, wandte sich zur Tür. Vorm Hinausgehen sagte sie mit hauchdünner Stimme:

»Was Cornelia sagt, stimmt.«

Der Rest ihrer Worte war unhörbar und jedenfalls unnötig. Raschke hatte bereits beschlossen, Cornelia Glauben zu schenken. Er zog eine Schreibtischschublade auf, nahm den Umschlag wieder, legte ihn hinein und schob sie hart zu.

»Man soll mir nicht nachsagen, ich sei ungerecht. Aber lassen Sie sich gesagt sein, Frau Lenz, dass ich Sie im Auge behalten werde und dass Sie, sollte sich ein weiterer Zwischenfall ereignen, ohne weitere Erklärungen das Entlassungsschreiben erhalten. Und jetzt können Sie gehen.«

Nachdem sie sich bedankt hatte, verließ sie sein Büro. Die Aufseherin stand schon nicht mehr vor der Tür. Sie musste Iwana weggebracht und sich vergewissert haben, dass sie die Kittel, Schlüssel und Erkennungsmarken für die Sicherheitskontrollen zurückgab. Cornelia schritt allein durch den Korridor bis zu dem Bereich, wo sie von den Aufsehern angehalten worden waren. Einer von ihnen sah sie aus der Ferne, deutete mit Zeige- und Mittelfinger auf seine Augen und dann auf sie: *I'm watching you.*

Okay. Offenbar hatten nun alle um sie herum beschlossen, sie zu beobachten.

Auch die Kolleginnen. Bei einem kurzfristig organisierten Abschiedstreffen in einer Kneipe am selben Abend hatte ihnen Iwana von dem Gespräch zwischen Cornelia und Raschke erzählt. Sie waren über zwanzig Personen, alle vom Flughafenreinigungsdienst. Sie hatten für die polnische Kollegin kleine Geschenke mitgebracht und übergaben sie ihr mit schwachen Aufmunterungsworten.

Cornelia unterhielt sich an einem Tisch mit mehreren Kolleginnen. Auf einmal sagte eine von ihnen, Elitsa, eine Bulgarin, mit der sie zweimal in derselben Gruppe gewesen war, in feierlichem Ton:

»Weil es stimmt.«

Danach fügte eine andere hinzu:

»Weil ich es sage.«

Die rothaarige Freya Brunner meldete sich ebenfalls zu Wort. Cornelia erwartete, sie würde den letzten Satz ihrer Unterhaltung mit Raschke wiederholen, aber möglicherweise war er zu lang gewesen, denn die Frau zerwühlte sich die Haare und imitierte eine Shampoowerbung:

»Weil ich es mir wert bin.«

Alle lachten.

Doch, sie konnte sicher sein, dass man sie von jetzt an im Auge behalten würde.

Am folgenden Dienstagabend rief Leopold sie an.

»Mach dir keine Illusionen«, sagte er in angestrengt scherzhaftem Ton, »ich will bloß über den Fall Bornhoff sprechen. Reiner sagt, das sei gut, damit du nicht einrostest.«

»Das sagt er?«

»Genau. Willst du wissen, was wir haben?«

Die Neugier war stärker als die Empfindlichkeit und die Unruhe, die Leopolds Anruf in ihr auslöste.

»Natürlich.«

»Wir haben die Archive der Klinik auf mögliche Fälle von Kunstfehlern hin durchgesehen – oder auf Fälle, die einen solchen Verdacht hätten aufkommen lassen.«

»Und habt ihr was gefunden?«

»Ein paar Dinge, bei denen Bornhoff angeblich einen Fehler machte. Einer ist eine Schilddrüsenoperation, bei der die Stimme des Patienten irreversibel in Mitleidenschaft gezogen wurde. Die Klinik hat eine Entschädigung bezahlt.«

»Gab es eine Anzeige?«

»Ja, aber es kam vor Prozessende zu einem außergerichtlichen Vergleich.«

»Gibt es noch andere ähnliche Fälle?«

»Nur noch einen mit juristischen Folgen. Und da gab es eine Entschädigung.«

»Und die anderen?«

»Zwei Patienten, die einen Anspruch erhoben, aber ihre Klage wurde als unbegründet abgewiesen.«

»Habt ihr das überprüft?«

Die aktuelle Hypothese ihrer Kollegen wies auf eine späte Rache hin. Wenn es sich um problematische medizinische Fälle handelte, mussten es diejenigen sein, die für die Betroffenen ungelöst geblieben waren. So waren Reiner und Leopold es angegangen.

»Aber wir stecken in einer Sackgasse.«

»Warum?«

»Einer dieser Patienten lebt seit zwanzig Jahren in Portugal. Zwei weitere sind schon lange tot.«

»Und die Angehörigen?«

»Es erstaunt mich nicht, dass Reiner sagt, immer wenn er mit dir spricht, habe er das Gefühl, in einer Prüfung zu sitzen ... Wir haben sie ausfindig gemacht und sind zum Schluss gekommen, dass es für sie ein Missgeschick aus der Vergangenheit ist, das sie bereits vergessen haben.«

»Darf ich noch was fragen? Oder fühlst du dich auch auf dem Prüfstand?«

»Frag, was immer du willst. Und was die Prüfung betrifft, das ist kein Problem, du prüfst mich, seit wir uns kennen.«

Sie zog es vor, im Augenblick nicht auf Leopolds Bemerkung einzugehen.

»Lebt denn von den unzufriedenen ehemaligen Patienten noch einer?«

»Wir haben mit dreien gesprochen, die wir ausfindig machen konnten. Zwei haben zugegeben, dass sie sich geirrt hatten, und der dritte ist ein Greis in einem Altersheim und leidet an beginnender seniler Demenz.«

»Hat Bornhoff je Drohbriefe bekommen?«

»Laut seiner Frau mehrmals, aber den letzten vor fast dreißig Jahren, und ihr Mann habe sie ignoriert. Bei einem Großreinemachen habe er sie weggeworfen. Na, kriegen wir eine gute Note?«

»Natürlich«, antwortete sie etwas geistesabwesend. »Ich dachte grade, dass ...«

Leopold unterbrach sie.

»Darf ich zu dir kommen?«

»Nein, besser nicht. Jemand könnte dich sehen.«

»Du zum Beispiel.«

»Ich denk eher an meine Nachbarn.«

»In diesem Block? Natürlich kann man mich sehen, aber in dem Block gibt's ja mindestens vierzig Wohnungen. Meinst du wirklich, jemand achtet drauf, wer da aus- oder eingeht?«

»Woher weißt du das alles?«

»Ich war zweimal da. Einmal habe ich dich sogar gesehen, aber ich wollte mich nicht zu erkennen geben. Der Proletarierlook steht dir gut. Darf ich dich besuchen?«

Es fiel ihr sehr schwer, aber sie lehnte den Vorschlag ab.

»Nein. Noch nicht.«

Leopold zögerte etwas mit der Reaktion. Er klang verletzt.

»Dann klammere ich mich eben ans Noch. Du wolltest sagen, es sei dir wegen Bornhoff noch was eingefallen.«

»Ich dachte, vielleicht sei die Problemstellung falsch, vielleicht lassen wir uns durch Vorurteile täuschen.«

»Wir? Und was für Vorurteile?«

Wie im größten Teil des Gesprächs ignorierte sie die eine von Leopolds Fragen und hielt sich an die objektivere.

»Franz-Dieter Bornhoff war ein alter Mann, und aus diesem Grund waren die Ermittlungen auf seine Vergangenheit ausgerichtet, als hätten Greise nicht auch eine Gegenwart.«

»Verstehe. Deine Idee ist es, wir sollten einen Blick auf seine jüngsten Aktivitäten werfen.«

»Darauf wollte ich hinaus.«

»Meinst du, er habe sich vielleicht neue Feinde geschaffen?«

»Genau.«

»Wir werden es überprüfen. Ich werde noch einmal mit seiner Frau sprechen.«

»Und erzählst mir dann, was ihr herausfindet?«

»Ja, klar. Vielleicht komm ich es dir auch persönlich sagen.« Er wartete ab, ob seine Worte Wirkung zeitigten, bevor er fortfuhr. »Keine Angst, es war bloß ein Scherz.«

Er hängte auf, ohne ihr Zeit für eine Antwort zu lassen.

Besser so, dachte sie. Hätte er sie noch einmal gefragt, ob sie sich sehen könnten, sie hätte ja gesagt.

SELIN HERZOG

Sie wurde eine immer bessere Beobachterin.

Mittlerweile hatte sie schon ziemlich viele Flugzeuge aus Südamerika saubergemacht. Am Anfang war ihr nie etwas Ungewöhnliches aufgefallen, vielleicht weil sich ihre Augen noch nicht an die üblichen Bewegungen gewöhnt hatten und sie also das Außerordentliche nicht vom Gewöhnlichen unterscheiden konnte. Um etwas als anders erkennen zu können, muss man den Normalzustand verinnerlicht haben, sagte sie sich.

In der fünften Arbeitswoche, während sie zwischen zwei Sitzreihen auf der linken Seite eines Flugzeugs aus Santiago de Chile zugange war, nahm sie in der Bewegungsabfolge Selin Herzogs, die auf Grund ihrer Erfahrung schon drei Reihen vor ihr die Sitze rechts säuberte, etwas Auffälliges wahr. Selin und Cornelia leerten die Netze auf der Rückseite der Sitze, um dann die Sicherheitsanweisungen und die Kotztüten zu platzieren. Beide bewegten sich beinahe synchron und wiederholten die gleichen Bewegungen. Mit der rechten Hand zog Cornelia an dem elastischen Netz, um mit der linken den Abfall der Passagiere herauszuholen. Sie musste sich bücken und einen Schritt tun, um zum Fenstersitz zu gelangen; aus diesem Grund sammelte sie zuerst den Müll des ersten ein, steckte ihn in die Tüte und befasste sich dann mit dem Fenstersitz. Selin machte es genau gleich, immer so effizient wie möglich.

Auch im Flugzeug aus Santiago. Reihe um Reihe. Am Netz ziehen, den Müll herausholen und in die Tüte stecken, sich strecken, um zum Fenstersitz zu gelangen. Cornelia nahm die rhythmischen Bewegungen ihrer

Kollegin wahr, vor allem den dunklen Pferdeschwanz, der sich im Takt bewegte. Sie waren durch die mittleren Viererreihen voneinander getrennt, die wie die Achse des Spiegelbildes der beiden Frauen im blauen Kittel waren, welche sich rhythmisch bückten und wieder erhoben.

Bis Selin Herzog zu Reihe 15 gelangte und ihr Körper ein Weilchen länger verborgen blieb. Aufmerksam geworden durch den plötzlichen Bruch im gemeinsamen Rhythmus, wandte Cornelia leicht den Kopf und bemerkte, dass ihre Kollegin etwas aus dem Netz zog, aber nicht in die Mülltüte warf. Der Pferdeschwanz bewegte sich nicht. Wegen der Sitzreihen zwischen ihnen konnte sie nicht erkennen, was Selins Hände taten, jedoch sah sie, dass sich die Schultern genau in umgekehrter Richtung als sonst bewegten. Selin steckte sich etwas in die Kitteltasche. Dann fuhr sie mit den nächsten Sitzen fort.

Cornelia beschleunigte ihren Rhythmus, um näher zu kommen. Zehn Reihen weiter lag sie nur noch eine hinter Selin zurück und nahm wieder dieselbe Veränderung in der Bewegung der Schultern wahr. Also zwei Pakete.

Beinahe gleichzeitig gelangten sie ans Ende der Fahrgastkabine, und sie nutzte die Enge des Gangs, um mit Selin zusammenzustoßen. In der Kitteltasche ihrer Kollegin spürte sie etwas Hartes.

»Endlich hab ich was«, erzählte sie Rossmann am Abend. »Ich habe gesehen, wie sie die Pakete aus dem Flugzeug rausholen. Zudem habe ich einen Namen, Selin Herzog.«

Selin Herzog war mehr als nur ein Name. Sie war, so hofften sie, die Tür, durch die sie den Weg zur Bande fände.

Aber warum ausgerechnet Selin? Sie hatte sie nie verdächtigt und auch nie Gesten, Blicke oder Sätze bemerkt, die sie auf eine solche Vermutung gebracht hätten. Sie hatte nicht einmal eine Intuition gehabt, an die sie anderseits sowieso nicht glaubte.

Es war eine Überraschung gewesen, eine unangenehme Überraschung, ja eine Enttäuschung. Warum musste es von allen Reinigungskräften gerade diejenige sein, die ihr am sympathischsten war? Warum Selin, die fröhliche, scharfzüngige Selin? Warum nicht Carolina mit ihrer ewigen Stinklaune? Oder Nuriye, die den lieben langen Tag brummelnd ihr Leben verfluchte?

»Das ist deiner nicht würdig«, rief sie sich die Worte ihres Vaters in Erinnerung, mit denen er ihr seine Enttäuschung gezeigt hatte, wenn sie beispielsweise mit schlechten Noten nach Haus gekommen war.

Das stimmte. Es war nicht nur ihrer, sondern mehr noch der Polizeikommissarin nicht würdig, die sie schließlich war. Wie viele nette Menschen hatte sie wegen Mordes verhaftet? Seit wann ließ sie sich bei der Arbeit von persönlichen Sympathien oder Antipathien leiten?

Aber Selin ist doch ...

Wenigstens die Traurigkeit, die das in ihr auslöste, durfte sie sich zugestehen. Das war nicht mehr als menschlich.

»Endlich haben wir was«, antwortete Wolfgang Rossmann. »Es geht los. Freu dich drüber.«

Sie freute sich. Allein und mit mehreren Flaschen Bier und dem Film *Die wunderbare Macht*, einem gewaltigen Melodrama von Douglas Sirk. Ihre Traurigkeit verbarg sie hinter der von Rock Hudson und Jane Wyman.

Sie hatte den Film sorgsam gewählt, und mit dem letzten Schluck Bier konnte sie doch noch aufs Happy End anstoßen. Denn jetzt hatten sie, wiederholte sie für sich, die Gewissheit, dass sie sich nicht geirrt hatten, dass die ganze Arbeit der vergangenen Wochen nicht umsonst gewesen war. Die Zweifel hatten sich verflüchtigt. Das war es, was sie so sehr benötigt hatten. Und es war eine doppelte Gewissheit, denn sie wusste auch, dass der bittersüße Geschmack dieser Entdeckung sie fortan während der ganzen Ermittlung begleiten und mit jedem Erfolg bitterer werden würde.

EIN SCHUBS

Zwar hatte sie jetzt Gewissheit, aber sie brauchte mehr Geduld.

Zwei Wochen, nachdem Iwana gefeuert worden, drei Tage, nachdem sie Selin Herzog auf die Schliche gekommen war, bewegte sich nichts. Wenn man sie, wie Lorenz Raschke angedroht hatte, im Auge behielt, dann geschah es sehr diskret. Was für einen Eindruck mochte man von ihr gewonnen haben? Den einer Frau unter vielen, die ihre Stunden abarbeiteten, in den Pausen ihr Mittagessen und ihren Kaffee zu sich nahmen, mit den Kolleginnen ein paar Zigaretten rauchten und nach Feierabend nach Hause gingen. Tag für Tag.

Das Risiko unerwünschter Begegnungen hielt sie in ihrer Wohnung fest wie in einem Gefängnis.

»Ich bringe dir die DVDs der *Tudors* zurück.«

»Wie fandest du die Serie denn?« Hamit Aktürk erwartete bereits ihren regelmäßigen Besuch, um die DVDs gegen andere zu tauschen.

»Viel Sex.«

»Was meinst du damit? Viel Sex, aber sie hat mir gefallen – oder viel Sex, und gerade darum hat sie mir gefallen?«

»Beides.«

Laut ihrer Nachbarin taten die Gespräche mit Cornelia ihrem Sohn sehr gut. Seit er jemanden hatte, mit dem er über Filme sprechen konnte, war er viel besserer Laune und motivierter, die Diät einzuhalten.

»Ich glaube, er ist ein wenig in dich verliebt.«

»So was sollst du nicht sagen«, ärgerte sich Cornelia.

Selbst wenn es so gewesen wäre, sie wollte es nicht

wissen. Sie unterhielt sich gern mit Hamit, sie schlugen beide die Zeit tot, indem sie Episoden, Figuren, Hochstapeleien kommentierten, und das machte die Monotonie der Tage etwas erträglicher.

Diesmal nahm sie zwei englische Krimiserien mit. Sie machte sich das Abendessen und hatte sich bereits damit abgefunden, erst nach der zweiten Episode der Serie einzuschlafen, die sie auswählen würde.

Es ist wie die Arbeit der Astronauten, dachte sie. Am schwierigsten ist es, die Leere der Tage zu ertragen.

Anrufe von Rossmann ohne etwas wesentlich Neues. Anrufe von Reiner, einem weiteren Schlaflosen mit den beiden Babys.

»Ich habe schon Pandaaugen«, sagte er einmal.

Kein Anruf von Leopold.

Zweimal hatte sie auch mit Manuel gesprochen. Ihr Bruder bemühte sich, sie hinsichtlich ihres Vaters zu beruhigen, obwohl er sie vermutlich belog.

Die Welt nahm ohne sie ihren Fortgang.

»Dieser Fall braucht einen Schubs«, sagte sie zu der Aubergine, die sie zum Braten in Scheiben schnitt. Während sie sie in die Pfanne legte, kam ihr die Idee. Als sie das Gemüse herausnahm, formulierte sie sie zum ersten Mal. Und da sie dringend mit Rossmann sprechen musste, ließ sie die Aubergine auf dem Teller zurück.

Das Kribbeln im Magen eine halbe Stunde später war nicht darauf zurückzuführen, dass das Essen kalt und gummiartig, sondern dass Rossmann einverstanden war und ihren Vorschlag gutgeheißen hatte. Sie wollten versuchen, dem Ganzen einen Schubs zu geben. In zwei Tagen, wenn Rossmann seine Leute vorbereitet hätte.

»Cornelia, bist du böse auf mich?«, fragte Selin zwei Tage später.

»Böse? Nein. Warum sollte ich?«

»Ich habe den Eindruck, du weichst mir aus.«

Cornelia Lenz' Geschichte kam ihr zu Hilfe.

»Nein. Ich mach mir bloß Sorgen. Hat mit meinem Ex zu tun.«

»Du kannst es mir erzählen, wenn du willst.«

Und ob, dachte sie. Und sie gestand ihr, dass sie weitere Geldforderungen bekommen habe für Schulden, die ihr Exmann in ihrem Namen gemacht hätte, erzählte ihr von ihrer Angst, diesen neuen Summen nicht gewachsen, zur Armut verdammt zu sein.

Jetzt, da sie wusste, dass Selin zu der Gruppe gehörte, die Drogen aus den Flugzeugen schaffte, musste sie ihre wirtschaftlichen Probleme und ihre Verzweiflung in buntesten Farben schildern, damit sie als Mitglied der Bande in Frage käme. Wenn sie denn überhaupt jemanden suchten. Einmal mehr wimmelte sie ihre Gewissensbisse ab. Die konnte sie genau jetzt nicht brauchen, wo eine Aktion ihrer Kollegen bevorstand. Also spielte sie ihre Rolle weiter:

»Drei Ehejahre und Schulden auf immer und ewig. Weißt du, was ich manchmal denke? Dass ich noch in der Schlange vor irgendeiner Kirchengemeinde lande, um zu essen zu kriegen.«

Selin schaute sie traurig an und umarmte sie.

»Du wirst schon sehen, es gibt eine Lösung. Da bin ich ganz sicher.«

War das eine Verheißung? Ein Angebot? Im Moment nahm sie es als das, was es war, der Versuch einer guten Kollegin, ihr Mut zu machen. Derselben Person, die Kokainpakete aus den Flugzeugen schaffte und der sie eine Falle stellen würde.

Wann?

Abermals hieß es warten. Rossmann hatte seine Leute bereits instruiert. Alles war bereit, aber es mussten mehrere Faktoren zusammenspielen, damit die Rakete gezündet werden konnte. Am ersten Tag arbeitete Selin nicht in Cornelias Gruppe, da sie für eine kranke Kollegin einspringen musste. Am zweiten Tag traf das Flugzeug aus Santiago de Chile mit so großer Verspätung ein, dass es von einer anderen Schicht sauber gemacht wurde. Am dritten war Selin zwar da und das Flugzeug kam pünktlich, doch es geschah nichts.

Vierter Tag. Der Flug aus Chile fiel in ihre Schicht, eine gemeinsame Schicht mit Selin. Wie bei den vorherigen Maschinen bewegten sich beide spiegelbildlich. Bis sie eine verräterische Bewegung entdeckte. Wenige Sekunden nachdem Selin das Paket in ihre Kitteltasche gesteckt hatte, griff Cornelia in der ihren nach dem Handy und gab ihren Kollegen das Signal.

Nur Minuten später postierten sich mehrere Zollbeamte bei den Flugzeugausgängen. Die beiden, die den Ausgang im Flugsteig kontrollierten, betraten die Kabine und sprachen mit der Gruppenchefin. Eine kurze Inszenierung, um von allen gesehen zu werden.

Selin warf einen panischen Blick auf die Uniformierten und wandte sich danach zur hinteren Gangway, doch unten standen zwei weitere Beamte. In diesem Augenblick kontrollierten sie eine Kollegin, die bereits fertig war und die Maschine verlassen hatte. Sie erstarrte am ganzen Leib und begann sich immer schneller nach rechts und links zu bewegen. Da trat Cornelia zu ihr und legte ihr eine Hand auf die Schulter. Selin zuckte zusammen.

»Gib es mir«, flüsterte ihr Cornelia zu.

»Was?«

»Was du hast – schnell.«

Selin schüttelte den Kopf.

»Ich hab dich gesehen, du brauchst es also nicht abzustreiten. Los.«

Selin gab nach. Sie zog das Paket aus der Tasche und reichte es Cornelia. Es hatte die Größe und das Format eines Buches und war in Geschenkpapier gehüllt.

»Was hast du vor?«

Cornelia trat in eine der Toiletten, öffnete mit einer Feile das Schränkchen, in dem die Reservepapierhandtücher aufbewahrt wurden, hob den Stapel an und legte das Paket darunter, mindestens ein Kilo gut gepresstes Koks.

»Hoffen wir, dass sich die Leute auf dem Rückflug nicht zu oft die Hände waschen. Und jetzt geh raus, sonst fällt es auf.«

Selin ging. Kurz danach verließ auch Cornelia das Flugzeug. Die Beamten durchsuchten sie genauso wie die übrigen Mitglieder des Teams und ließen sie gehen.

Danach hieß es warten. Einmal mehr.

SECHS

Warten. Ohne zu wissen, ob es sich auszahlen würde, noch wann und in welcher Form. Ob ihre vorgebliche Heldentat der zuständigen Person zu Ohren kommen würde und ob man ihr im Gegenzug anbot, in der Gruppe der Frauen zu arbeiten, die Drogen aus den Maschinen schafften. Sie hatten zwei Leute verloren, die Frau, die beim Sturz von der Gangway ums Leben gekommen war, und diejenige, die sie vermutlich mit einer Überdosis umgebracht hatten. Die Frage war, ob sie überhaupt einen Ersatz brauchten. Und wenn sie den bereits hatten?

Zwei Tage nach der Kontrolle im Flugzeug setzte sie sich, wie inzwischen üblich nach Feierabend, in ein Lokal im Terminal 1. Sie suchte sich einen etwas verborgenen Tisch aus, von dem aus sie die Gänge gut sehen konnte, und bestellte ein Bier. Sie hatte es keineswegs eilig, in ihre Wohnung in Neu-Isenburg zurückzukehren.

Die Kellnerin kannte sie schon. Immer wechselten sie ein paar Worte.

»Es ist schön, bekannte Gesichter zu sehen«, hatte sie am dritten Tag bemerkt, als sie ihr ungefragt das Bier hinstellte. »Das ist das einzig Störende an der Arbeit hier, alle sind auf der Durchreise. Darum freue ich mich über Stammkunden.«

Wie sie so dasaß und die Leute vorbeigehen sah, ohne selbst gesehen zu werden, fühlte sie sich richtig wie eine melancholische Replik der Großmütter aus Allariz, dem Dorf ihrer Mutter, die hinter den Fenstern oder in den Türen saßen und sich die Zeit mit dem Beobachten der

Passanten vertrieben. So erinnerte sie sich auch an ihre eigene Großmutter, ein weit zurückliegendes Bild – sie war gestorben, als Cornelia zwölf war. Immer dunkel gekleidet, das Haar säuberlich in einen Knoten gefasst, saß sie auf einem Korbgeflechtstuhl in der Haustür. Wenn eine Bekannte vorbeikam, lud sie sie ein, sich eine Weile auf einen immer bereitstehenden Stuhl neben sie zu setzen. An der Wand hinten wartete sogar ein dritter, falls sich noch jemand zu ihnen gesellte. Sie erinnerte sich an diese Galicisch sprechenden Stimmen, die Dinge sagten, von denen sie nur Bruchstücke verstand. Galicisch hatte sie nie gelernt. Als die Großmutter das ihrer Tochter vorwarf, antwortete Celsa, es reiche, dass die Kinder Spanisch sprächen, und für Horst wäre das zu viel, der habe sich schon genug ins Zeug gelegt, so gut Spanisch zu lernen. Viel besser als Celsa Deutsch. Horst Weber begnügte sich nie mit Halbheiten. Widerwillig gab die Großmutter ihrer Tochter recht und sprach also mit den Enkelkindern Spanisch – oder was immer sie darunter verstand.

Jedes Mal, wenn sie mit einer Nachbarin zusammensaß, rief die Großmutter sie herbei, damit man ihre deutsche Enkelin sähe:

»Corneliña, bring uns ein paar Plätzchen.«

Und ein paar Gläschen eines Likörs, den eine Nachbarin destillierte und der gut war gegen Kopfschmerzen, einen vollen Magen, Trübsinn und Niedergeschlagenheit oder was auch immer die Gesprächspartnerin auf die Frage »Wie geht's uns denn heute?« geantwortet hatte.

»Wenn du mich sehen könntest, Oma ...«, sagte Cornelia ganz leise auf Spanisch, bevor sie einen Schluck Bier trank. Sie brauchte sich keine Sorgen zu machen, dass man sie bei ihren Selbstgesprächen ertappte. Die meisten Gäste im Lokal waren in ihre Unterlagen vertiefte Reisende, und zwei weitere Tische waren von einsamen Trinkern besetzt, die schon da gewesen waren, als sie kam, und noch da säßen, wenn sie ging. Das wusste sie bereits von den anderen Tagen her – die Stammkunden, nach denen sich die Kellnerin so sehnte. Nun, jetzt hatte sie eine Stammkundin mehr.

Sie bestellte noch ein Bier.

Ihr Blick verlor sich in den Menschen, die an ihr vorbeizogen, Gepäckstücke hinter sich herziehend oder Wagen vor sich hinschiebend. Laut den Statistiken gingen bei der Lufthansa mit ihren fünfzig Millionen Passagieren jährlich rund hundertfünfzigtausend Koffer verloren, und dabei war das eine der Gesellschaften mit den geringsten Gepäckverlusten. Sie zog einen Kugelschreiber aus der Tasche und begann, auf dem Bierdeckel Berechnungen anzustellen. Zehn Minuten lang beobachtete sie die Passagiere und kalkulierte, dass eine Person durchschnittlich zwei Stück mithatte. Sie war zu müde, die Rechnung wollte nicht gelingen, und das Bier trug das Seine zu ihrem mathematischen Schiffbruch bei.

»Kleines Einmaleins«, brummelte sie.

Sie deckte den Untersetzer mit dem Glas zu und beschloss, es Pi mal Daumen zu machen. Von dreißig Passagieren, setzte sie fest, würde einer seinen Koffer verlieren. Sie begann sie abzuzählen bis dreißig. Eine Frau in blauer Bluse, die von rechts nach links vorüberging, bliebe kofferlos. Ebenso der müde aussehende Bärtige, der Ärmste. Und der Rucksacktourist, der dann das Recht einbüßte, sich so zu nennen. Sorry, mein Junge. Als sie eine Frau mit riesigen Brüsten vorbeigehen sah, hielt sie in ihrer sadistisch angehauchten Rechnung inne. Nicht ihr weiblicher Instinkt, sondern der der Polizistin war geweckt worden. Sie bezweifelte keinen Moment, dass die Frau etwas im BH verbarg. Die Euphorie über die Entdeckung erstickte vorzeitig – ihr waren die Hände gebunden. Nicht einmal die Zollfahndung konnte sie informieren, da die nichts von ihrer Anwesenheit auf dem Flughafen wusste. »Diskretion«, hatte Rossmann gesagt. Sie hatte das als Angst vor dem Durchsickern interpretiert. Oder als etwas Schlimmeres.

Ganz offensichtlich versteckte die Frau etwas. Ob sie das Land verließ oder eben eingereist war? Sie war von diesen Sechziger-Jahre-Pin-up-Brüsten so geblendet, dass sie gar nicht auf die Koffer geachtet hatte, ob sie Bag-Tags der Luftfahrtgesellschaft trugen, mit der sie gereist war, oder nicht. Was mochte sie im BH verbergen? Geld? Drogen? Schmuck? Sie würde es nie erfahren.

Da irrte sie sich.

Sie bestellte ein weiteres Bier, das letzte. Bevor die Kellnerin die Theke erreicht hatte, änderte sie die Bestellung in einen Milchkaffee. In letzter Zeit trank sie zu viel.

Unlustig rührte sie in einem Rest kalten Kaffees herum, als ihr jemand ins Licht trat. Sie schaute auf.

»Warum so niedergeschlagen, Cornelia?«

»Ich bin müde, Ramona.«

»Ja, heute war's anstrengend. Darf ich mich setzen?«

»Aber natürlich.«

Ramona nahm auf dem Stuhl ihr gegenüber Platz. Sie sah aus, als hätte sie eben gelacht.

»Hat man dir einen guten Witz erzählt?«, fragte Cornelia.

»Noch besser. Ich hab ihn eins zu eins erlebt.«

Nach der unerlässlichen dramatischen Pause fuhr sie fort:

»Vor zwei Minuten habe ich mit einigen der Mädchen in der Nähe der Kontrollen saubergemacht, weil ein Polizist, der für die Kollegen Kaffee geholt hatte, sämtliche Becher verschüttet hatte, und die Passagiere waren durch die Lache gelatscht, und der ganze Boden war verschmiert ...«

»Pfui Deibel.«

»Eben. Und auf einmal fängt eine Frau zu zetern an, man solle sofort die Hände wegnehmen, sie werde sexuell belästigt. Ich schau hin, und es war eine Frau mit riesigen Titten, Größe G oder H.«

»Das gibt es?«

»Und ob, bis J! Aber bei der da waren es von B bis G offensichtlich Fünfhunderterscheine.«

»War es eine Blonde mit türkisfarbener Bluse?«

»Ja. Woher weißt du das?«

»Ich hab sie vorbeigehen sehen und dachte mir schon, dass sie ausgestopft ist.«

»Jedenfalls haben sie sie geschnappt, die Arme.«

»Arm nicht, dumm. Wenn ich versuchen würde, Geld durchzuschleusen, aus was für Gründen immer, würde ich es diskreter tun. Hätte sie sich nicht Brüste wie Haubitzen vorgebaut, hätte sie's vielleicht geschafft.«

Ramona sah sie mit offenkundigem Interesse an. Cornelia fuhr fort:

»Entweder macht man etwas richtig, oder man lässt es bleiben.«

Das war ein Lieblingsspruch ihres Vaters.

»Du hast recht. Ich habe schon bemerkt, dass du immer sehr gut arbeitest, du vertrödelst keine Zeit, aber hinterlässt auch nichts Halbfertiges.«

Ramonas Stimme hatte sich verändert, war jetzt tiefer und feierlicher geworden.

Irgendetwas, Instinkt oder Erfahrung, sagte ihr, dass

sie die Kollegin jetzt nicht unterbrechen durfte, und so unterdrückte sie den typisch spanischen Impuls, die Schmeichelei abzuschwächen, und bedankte sich mit einem Lächeln.

Da senkte Ramona die Stimme:

»Neulich bei dem Zwischenfall im Flugzeug, als du Selin geholfen hast – da hat mich deine Kaltblütigkeit beeindruckt.«

Also wusste Ramona es? Nur Selin konnte es ihr erzählt haben. Und das konnte wiederum nur bedeuten, dass auch Ramona in der Drogengeschichte mit drinsteckte.

Mit einer Handbewegung spielte Cornelia den Vorfall herunter. Ramona ließ nicht locker:

»Ehrlich, du warst Selins Retterin in der Not.«

»Sie ist eine Kollegin. Da tut man so was.«

»Genau. Wenn wir es nicht tun, tut es keiner.«

Ramona trank einen Schluck Kaffee und studierte Cornelias zustimmenden Ausdruck. Dann sagte sie:

»Eigentlich sind wir hier ja wie eine Familie.«

Wieder nickte Cornelia.

»Was denkst du, was da neulich passiert ist, Cornelia?«

»Die Polizei hat fast eine Kollegin geschnappt, die etwas aus dem Flugzeug schaffen wollte, und diesmal war's kein Fläschchen Parfüm wie bei Iwana.«

»Die Arme! Wegen ein paar Tropfen Givenchy die Arbeit verlieren. Was glaubst du denn, was es bei Selin war?«

»Drogen.«

Bei diesen Worten näherte sie sich Ramona und sprach leise, aber überzeugt.

»Wie denkst du darüber? Hast du es jemandem erzählt?«

»Wem soll ich das erzählen? Meiner Mutter? Hältst du mich für bekloppt oder was?«

»Sei doch nicht gleich eingeschnappt. Ich wollte bloß wissen, ob du diskret bist.«

Cornelia reagierte nicht. Die Fortsetzung lag bei Ramona.

»Ich wollte dir nämlich was vorschlagen. Aber hier können wir nicht weiterreden.«

»Verstehe.«

Sie verließen die Cafeteria.

Wortlos durchschritten sie mehrere Korridore. Dann ließen sie das Terminal hinter sich zurück und wandten sich zu dem Bereich, wo sich die Verwaltungsgebäude der Firmen befanden, die auf dem Flughafen arbeiteten. Unterwegs grüßte Ramona ein paar Leute, sagte ihrer Begleiterin aber nicht, wer sie waren. Cornelia merkte, dass Ramonas Anspannung zunahm, je näher sie den Büros der Reinigungsfirma kamen.

Sie betraten ein leeres Zimmer. Tische, Stühle und niedrige Schränkchen in der hellgrauen Farbe der deutschen Büros. Zwischen zwei großen gerahmten Fotos mit grauen Flugzeugen, einem Airbus 380 und einer Boeing 747, hatte sich jemand einen Kalender mit einer roten Fokker Dr. I aufzuhängen erlaubt, der Maschine des Roten Barons. Anscheinend hatte dieser rote Fleck Gefallen gefunden, oder der Raum wurde wenig genutzt – der Kalender stammte aus dem Vorjahr.

»Nimm Platz.«

Cornelia setzte sich an eine Tischecke, Ramona sich an die gegenüberliegende. Sie schaute Cornelia an, als suchte sie nach irgendeinem Hinweis darauf, ob sie sprechen konnte oder nicht.

»Du hast das Wort«, sagte Cornelia angesichts ihrer offensichtlichen Unentschlossenheit.

»In der Zeit, die du hier bei uns bist, habe ich festgestellt, dass du eine ernsthafte, zuverlässige Person bist und vor allem eine gute Kollegin.«

»Danke noch einmal.«

»Und nach allem, was du erzählst, weiß ich auch, dass du wirtschaftliche Probleme hast, große Probleme.«

Cornelia senkte den Blick.

»Du brauchst dich nicht zu schämen. So was kann jedem passieren. Man merkt es nicht und steckt plötzlich bis über beide Ohren in Schulden.«

»Es war ja nicht mal meine Schuld.«

»Ich weiß. Dein elender Ex ...«

»Tut mir leid, wenn ich euch mit meinen Problemen die Ohren vollgeblasen habe«, unterbrach Cornelia sie und schaute zur Tür, als wollte sie gehen.

»Aber was redest du da für dummes Zeug! Wozu sind wir Kolleginnen denn da, wenn nicht, um uns zu helfen und zu unterstützen?«

Ramona rückte näher zu ihr.

»Darum wollte ich ja mit dir reden, Cornelia. Weil ich dir eine Möglichkeit bieten wollte, aus dieser Situation rauszukommen. Aber vorher hab ich eine Frage: Hast du je mit der Polizei zu tun gehabt?«

»Nein, nie.«

»Bestimmt nicht?«

»Wenn ich sage nie, dann ist es nie, okay?«

Ramona machte eine beschwichtigende Handbewegung.

Cornelias Puls war beschleunigt, sie wusste, was gleich geschehen würde, und fürchtete, eine falsche Bewegung würde alles zunichtemachen. Um das Zittern ihrer Hände zu verbergen, legte sie sie unter die Schenkel, was ihr einen hilflosen Ausdruck verlieh, als sie fragte:

»Was du mir vorschlagen willst, ist illegal, nicht wahr?«

»Ja. Bevor ich fortfahre und dich vielleicht in Gefahr bringe – ist das ein Problem für dich?«

»Kommt drauf an, worum es geht. Fügen wir jemandem Schaden zu?«

»Nein, im Prinzip nicht. Sie tun es selbst.«

»Worum handelt es sich?«

»Ab und zu etwas aus einem Flugzeug zu schaffen.«

Beide schwiegen. Ramona ließ ihr Zeit, damit sie den Vorfall in der Maschine mit ihrem Angebot in Verbindung bringen konnte. Bis dahin hatte sie noch kein allzu unmissverständliches Wort ausgesprochen, und auch Cornelia hatte noch Zeit, einen Rückzieher zu machen. Sie mochte keinen überstürzten Eindruck erwecken, aber auch nicht zu lange zögern, und so sagte sie nach einer kurzen Weile:

»Ich verstehe.«

»Ist das ein Problem?«, fragte Ramona noch einmal.

»Nein. Was ist konkret zu tun?«

Ramona erklärte, immer wenn eine Maschine mit »Päckchen« komme, erhielten sie Anweisungen, wo genau die sich befänden, damit diese Zone bei der Aufgabenverteilung der richtigen Person zugeteilt werden konnte.

»Und dann, je nach Größe und Anzahl der Pakete, steckst du sie in die Kitteltasche oder in Spezialtüten.«

»Spezialtüten?«

»Das sind Mülltüten, die eine weitere Tüte enthalten, in die die Ware gesteckt wird.«

»Und was kriegen wir dafür?«

»Wenn du gut arbeitest und keine Sendung danebengeht, kannst du pro Monat über fünftausend Euro zusätzlich kassieren. Schwarz natürlich.«

»Fünftausend Euro?« Ihre Überraschung war nicht gespielt. »Dafür würde ich das ganze Flugzeug entführen. Damit könnte ich ...«

»Ja, ja, ich weiß. Über Einzelheiten wirst du mit dem Boss sprechen. Meine Aufgabe ist es im Moment nur, abzuschätzen, ob du geeignet bist.«

»Der Boss?«

»Im gegebenen Moment wirst du mit ihm sprechen. Zuerst muss ich ihm erzählen, wie unser Gespräch verlaufen ist. Wollen wir eine rauchen gehn? Jetzt hab ich wirklich Lust auf eine Zigarette.«

Sie gingen in eine der Raucherzonen außerhalb des Gebäudes. Neben einem Betonascher mit Sand stehend, waren sie wieder zwei ganz normale Flughafenarbeiterinnen in der Rauchpause. Auch ihre Unterhaltung konnte sie nicht verraten, als Cornelia zwischen zwei Zügen fragte:

»Wie viele sind wir? Viele?«

»Mit dir sechs. Wenig. Alles Frauen. Sechs Frauen.«

»Eine gute Zahl.«

»Meine Glückszahl.«

»Die Sechs? Das ist ziemlich unüblich. Normalerweise ist es die Sieben.«

Das sagte sie, um nach einem folgenreichen Gespräch eine triviale Bemerkung zu machen, ohne daran zu denken, dass sie vor dem Tod von Fatma Celik und Sonia Raimondo in der Gruppe sieben gewesen sein mussten. Zum Glück spiegelte sich in ihrem Gesicht die Naivität, mit der sie das gesagt hatte.

»Meine jedenfalls ist die Sechs.«

Ramonas hartnäckiger Ton bewirkte, dass Cornelia

verstand, was sie dahergeredet hatte. Ihr gutes Gedächtnis für Belanglosigkeiten kam ihr zu Hilfe.

»Ich glaube, die Sechs ist auch in einigen östlichen Kulturen eine Glückszahl. Die Sieben dagegen ist neutral. Wie anders die Dinge von Kultur zu Kultur doch sind!«

Damit baute sie auch eine Brücke für Ramona:

»Das weiß ich sehr gut. Wir sind ja ein internationales Unternehmen.«

»Wer gehört denn dazu?«

»Das wirst du sehen. Im Moment sag ich dir nur, dass jede aus einem anderen Land kommt.«

Eigentlich fehlten ihr nur noch drei von den sechs Namen. Die andere Hälfte kannte sie: Ramona Althaus, Selin Herzog und Cornelia Lenz.

Sie drückten die Zigaretten aus und gingen wieder hinein.

DER BOSS

Liegt Frankfurt an einem Sonntagmorgen im Tiefschlaf, so sind die umliegenden Kleinstädte klinisch tot. Menschenleere Straßen mit nichts als geparkten Autos, den tappenden Schritten eines einsamen Joggers, einem Hund mit dösigem Frauchen im Schlepptau. Alle anderen schlafen hinter verschlossenen Fenstern den Schlaf der Gerechten. Der Flughafen dagegen gesteht sich nur ganz kurze Ruhemomente zu, einige wenige Stunden zwischen der letzten Landung und dem ersten Start, und auch dann schläft er nicht, sondern liegt bloß mit halb geschlossenen Augen da, während ihn im Bauch die Frachtarbeiter kitzeln, die die Sendungen für den nächsten Tag vorbereiten oder Last- und Lieferwagen leeren. Die Reinigungsangestellten streicheln die Flächen seiner fast leeren Terminals, und die Stimmen der Mechaniker, Spediteure, Postangestellten lullen ihn ein.

Als sich die Stadt am Sonntagmorgen um neun noch in der Lethargie befand, herrschte auf dem Flughafen bereits seit Stunden reges Treiben, war er angefüllt mit Schritten, Stimmen, Geräuschen, Menschen in Sälen und Gängen, auf Rolltreppen, in Fahrstühlen, in den Terminals und Personalbereichen. Das ganze Leben schien sich hier konzentriert zu haben. Als sie das Gelände betrat, nachdem der Bus leere Überlandstraßen hinter sich gebracht hatte, fühlte Cornelia einen Schauder. Im Tumult kam sie sich plötzlich verlassen vor. Das hatte Rossmann immer wieder gesagt, und es stimmte. Bei den Ermittlungen würde sie fast immer allein sein. Wie in diesem Moment, als sie endlich mit dem Boss sprechen sollte.

Zum dritten Mal, seit sie auf dem Flughafen zu arbeiten begonnen hatte, saß sie vor Lorenz Raschke. Am Sonntag. Sie hatte keine Wochenendschicht, doch Ramona hatte ihr mitgeteilt, der Boss wolle sie am Sonntagmorgen sehen. Bald sollte sie noch mehr Beispiele für die Schwäche dieser Gruppe für zeremonielle Handlungen bekommen.

»Das Paket, das Sie neulich zurückgeschickt haben, war aus Bolivien, zu fast 95 Prozent rein. Aus diesem einen Kilo gewinnen wir mindestens fünf. Wenn Sie das kurz hochrechnen bei den fünfundzwanzigtausend, die das Kilo kosten kann, zum Großhandelspreis – an den Einzelhandelspreis denke ich lieber gar nicht –, wissen Sie, wie viel Geld da einen Spazierflug durch die Wolken angetreten hat?«

Raschke hatte ihr kaum Zeit gelassen, sich zu setzen, ehe er sie mit dieser Frage überfiel. Die Rechnung war einfach, doch sie kam nicht zum Antworten, er war schneller.

»Rund hundertfünfundzwanzigtausend Euro. Anderseits – wenn man Selin Herzog geschnappt hätte, wäre nicht nur dieses Kilo verlorengegangen, sondern man hätte vielleicht am Faden gezogen, und dann hätten die Verluste ganz andere Dimensionen angenommen.«

»Manchmal muss man kleine Verluste in Kauf nehmen, um die großen Gewinne zu retten«, sagte Cornelia.

»Wer sagt das?«

»Meine Mutter.«

Auch Rossmann. Und auch der Staatsanwalt, der dafür eintrat, die Gelegenheit beim Schopf zu packen, und jedes einzelne Paket akzeptierte und akzeptieren würde, das sie durchbrächte.

»Sicherlich eine weise Frau.«

»Sie wissen gar nicht, wie sehr.«

Pause.

Raschke fummelte an mehreren Gegenständen auf seinem Tisch herum, verschob einen Stapel Papiere von rechts nach links und einen Hefter von links nach rechts. Er war nervös. Es war ein offenes Spiel, aber noch hatte er den definitiven Vorschlag nicht gemacht, noch war der Augenblick nicht gekommen, der ihm die Gewissheit gab, in Cornelia Lenz die Richtige gefunden zu haben. Erst musste er noch die Maus seines PCs in der Mitte des Mauspad platzieren, ehe er sagte:

»Ramona Althaus hat mir mitgeteilt, Sie wären daran interessiert, ins Unternehmen einzusteigen.«

Es war das erste Mal, dass sie in Bezug auf eine Drogenschmugglerbande dieses Wort hörte. Sie hielt es für einen Euphemismus, aber bald entdeckte sie, dass sich in dieser Bezeichnung Raschkes Verständnis seiner Aktivitäten widerspiegelte, nämlich als eines Geschäfts wie jedes andere, wenn auch mit den Einschränkungen, die seine Illegalität mit sich brachte.

»So ist es.«

»Ich freue mich. Wir brauchen mehr Leute, und wie ich bei Ihnen feststellen konnte, bringen Sie das nötige Profil mit.«

»Danke.«

»Bedanken Sie sich nicht voreilig. Ich biete Ihnen zwar die Möglichkeit, die Sie bedrängenden wirtschaftlichen Probleme zu lösen, aber schenken werde ich Ihnen nichts. Diese Arbeit birgt eine gewisse Gefahr in sich und erfordert von Ihnen das Einhalten einiger wichtiger Regeln, die sich in einer einzigen zusammenfassen lassen: Treue.«

»Ich verstehe.«

»Das bezweifle ich nicht. Sie haben einen klaren Kopf

und im Gegensatz zu Ihren Kolleginnen sogar das Abitur, aber ich möchte, dass Sie ganz genau wissen, dass wir uns weder Fehler noch Indiskretionen erlauben dürfen.«

»Selbstverständlich.«

»Unternehmen, die sich am Rande des Gesetzes bewegen wie wir, sind mehr Gefahren ausgesetzt als die normalen. Beispielsweise können wir Kriminellen zum Opfer fallen, die uns beseitigen wollen. Aber Sie haben keinerlei Kontakt zu Leuten, die sich illegal betätigen, nicht wahr?«

»Das habe ich schon Ramona gegenüber verneint, und ich sage es Ihnen gern noch einmal, wenn Sie wollen.«

»Eine andere Gefahrenquelle ist natürlich die Polizei. Haben Sie irgendwelchen Kontakt zur Polizei?«

»Nein«, antwortete sie im selben Tonfall wie auf die vorangegangene Frage, als fühlte sie sich beleidigt, wollte es aber nicht zeigen.

»Gut, gut. In unserem Unternehmen gibt es keine Verträge, es gibt keine schriftlichen Vermerke unserer Aktivitäten, aber das gegebene Wort ist bei uns verbindlich, verstehen Sie?«

»Ja. Und ich bin eine Frau des Wortes«, sagte sie feierlich.

Raschke schaute sie mit einem Lächeln auf den Lippen an. Mit einem etwas spöttischen Lächeln, das sich auch als Zeichen der Billigung erwies, wie Eltern manchmal über die noch ungeschickten, aber begreiflichen Versuche ihrer Kinder lächeln, die ersten komplexen Sätze zu bilden.

»Die Kollegin Althaus wird Ihnen die entsprechenden Anweisungen erteilen, wie sich Ihre Arbeit gestalten wird.«

Auch diese Worte des Bosses hörte sie zum zweiten Mal.

»Noch ein Letztes. Wie auch die anderen Mitarbeiterinnen des Unternehmens werden Sie ein Pfand hinterlegen müssen.«

»Ein Pfand?«

»Manchmal sind die Menschen fahrlässig, oder sie werden mit der Zeit nonchalant und vergessen die Grundregeln. Aus diesem Grund ist es wichtig, dass wir ein Pfand haben, das uns garantiert, dass so was nicht geschehen wird.«

»Ich verstehe nicht ganz.«

»Ramona hat Kinder, eine andere hat eine Mutter oder Angehörige, die sie sehr liebt ...«

»Geiseln?«

»Werden Sie nicht peinlich, Cornelia. Von Ihren Kolleginnen weiß ich, dass Sie keine Kinder haben, hingegen haben Sie Eltern und einen Bruder. Ihren dämlichen Ehemann akzeptiere ich nicht als Pfand.«

Er lachte auf.

Raschkes Witzelei bei den Worten, jemand aus ihrer Familie würde dafür büßen, wenn sie irgendeinen Fehler beginge, verwirrte sie. Ob er sich bewusst war, dass er die bedrohliche Wirkung noch verstärkte? Ja. Vielleicht hatte er das aus einem der Bücher gelernt, die die Regale füllten: Unternehmensleitung, Projektorganisation, Personalführung, Konfliktbewältigung ... Ob einer dieser Bände erklärte, wie sie ihren Konflikt lösen sollte?

Ihr erster Impuls war, jemanden zu erfinden. Zu riskant, sie würde sofort auffliegen. Es müsste auf jeden Fall jemand sein, den sie schon gegenüber den Kolleginnen erwähnt hatte. In ihrem Kopf begannen die Gespräche abzulaufen, die sie in den letzten Wochen geführt hatte, sehr schnell, als spulte sie eine Tonbandaufzeichnung ab. Entgegen Rossmanns Rat, sich möglichst genau an die Wirklichkeit zu halten, um sich nicht in Widersprüche zu verwickeln, hatte sie ihre Eltern mehr oder weniger als moderne Version der Eltern von Hänsel und Gretel geschildert, zwei Egoisten, denen es vollkommen egal war, welche Schwierigkeiten ihre Tochter hatte. Für die Mutter hatte sie sich von den Frauen inspirieren lassen, die in den Talkshows am frühen Nachmittag im Fernsehen zu sehen waren: alkohol- und tabakraue Stimmen, aufgeschwemmte Körper, ungewaschene Haare und schon im zweiten Satz für Beschimpfungen gut. Für den Vater die Feigheit und den Kleinmut, die sie bei einem Stammkunden der Trinkhalle bei ihr um die Ecke vermutete, einem Menschen, der, auf den vom Wirt improvisierten winzigen Tresen gestützt, stundenlang Bier in sich hineingoss, vielleicht auf der Flucht vor Haus, Herd und Familie. Dieser Vater hatte mit der Mutter die Schnapsstimme gemeinsam, doch sein Körper war ein Viertel oder ein Fünftel dessen ihrer Mutter.

Von ihrem Bruder hatte sie kaum etwas erzählt und wenn, dann nur Gutes. Das machte ihn als Pfand umso wertvoller.

Das alles wüsste Raschke schon über ihre Familie. Die Frage war eine erste Prüfung ihrer Loyalität. Sie beschloss, seine Erwartungen zu erfüllen.

»Mein Bruder.«

Der Boss nickte zustimmend.

»Sehr gut. Also überlassen Sie uns Ihren Bruder als Pfand. Schreiben Sie mir seinen Namen und die Adresse auf diesen Zettel.«

Es war ein Personalblatt, ein nichtssagendes Papier, das nie jemandem auffallen würde. Raschke hatte es ja gesagt, es gab keinen schriftlichen Beleg ihrer Abmachung.

»Manuel Weber?«

»Ich habe den Namen meines Ehemannes behalten.«

»Okay. Sie werden ja wissen, warum. Das wär's. Sie können gehen.«

Cornelia verließ das Büro zitternd. Sie hatte es geschafft – nach sechs Wochen Arbeit in der Reinigungstruppe war sie der Bande beigetreten. Trotzdem wollte sich keine Euphorie über den Erfolg einstellen. Brudermörderin, das war das Wort, das sie bremste.

Das Gespräch mit Rossmann vermochte weder ihrer Freude zum Durchbruch zu verhelfen, noch sie hinsichtlich Manuels zu beruhigen.

»Keine Sorge, wir werden ihn beschützen.«

Das hieß, dass sie ihn überwachen würden. Warum observierte ihn in ihrer Fantasie ausgerechnet ein dicker, ordinärer Polizist, der über ihn und seinen derzeitigen Freund Hassan Zoten reißen würde?

Die erste Arbeit ihres Lebens hatte darin bestanden, als große Schwester zu wirken, und diese Aufgabe hatte nie ein Ende genommen, obwohl ihr Bruder bereits reife siebenunddreißig Jahre alt war. Manuel wäre immer ihr kleiner Bruder. Nichts, was sie täte oder ließe, würde das Wort Brudermörderin aus ihrem Kopf tilgen können. Die einzige Lösung bestand darin, ihm einen Schalldämpfer aufzusetzen, die Überzeugung, dass das, was sie tat, einen Sinn hatte, sein musste.

In ihren Ermittlungen waren sie einen großen Schritt vorangekommen. Sie hatten Raschke, im Moment der oberste Kopf der Bande. Bald hätten sie auch die Namen aller anderen Mitglieder der Reinigungstruppe, die Drogen aus den Flugzeugen schafften.

Cornelia war so besessen davon gewesen, in die Bande aufgenommen zu werden, dass ihr erst nach dem Gespräch mit Rossmann wieder bewusst wurde, dass

Raschke und die Frauen nicht das Endziel waren, sondern ein Etappensieg. Sicher, sie hatten ihn wie einen harten Aufstieg auf einen Bergpass gebührend gefeiert, aber Rossmann hatte sofort die neuen Ziele im Blick: Wer könnte der Abnehmer von solchen Mengen sein?

»Jetzt ist es wichtig, herauszufinden, wie die Drogen aus dem Flughafen geschafft werden und zu den Kurieren gelangen.«

Für Ersteres war Cornelia zuständig, für Letzteres Rossmann und sein Team.

Die Ziele waren eingeschränkt durch die Grenzen des Flughafenareals. Jenseits war der Handlungsspielraum für eine Reinigungskraft eher gering. Ihr Gebiet war der Flughafen. Immer wach und aufmerksam bleiben. Vielleicht konnten schon eine Bemerkung, ein verändertes Benehmen, eine Nachlässigkeit wertvolle Informationen liefern.

Wie wurde den entsprechenden Frauen der Ort mitgeteilt, wo sich die Pakete befanden? Jemand, der einen Hauptschlüssel besaß, klebte die Angaben auf die Innenseite der Garderobenspinde. Wer war das? Wer gab ihm diese Informationen? War es Raschke?

»Die Ergebnisse der Telefonüberwachung sind eher mager«, hatte Oberkommissar Heiko Sulima auf eine Frage von Cornelia hin geantwortet. »Wenn du willst, schicke ich dir die Abschriften von Raschkes letzten Gesprächen.« Als sie sie las, konnte sie nichts Verdächtiges feststellen.

Viele weitere Fragen schlossen sich an. Wie gelangten die Drogen nach Spanien? Wer brachte sie in die Flugzeuge? Wie viele Leute arbeiteten im deutschen Netz? Wer waren die Käufer?

Je eher sie Antworten darauf fänden, desto schneller käme sie aus dieser Geschichte wieder heraus.

Die erste Unbekannte, die Namen der übrigen Kolleginnen, würde morgen geklärt. Am nächsten Tag sollte Ramona ihr die Frauen vorstellen. Nach der schmerzlichen Entdeckung, dass Selin eine von ihnen war, gingen ihr Namen, Gesichter, Stimmen von Kolleginnen durch den Kopf, einzelne Wörter, ganze Sätze, Verhaltensweisen, Gemütszustände. Sie interpretierte sie, indem sie in ihnen einen Sinn suchte, der in die eine oder andere Richtung weisen mochte. Die geröteten Augen Elitsas, der bulgarischen Kollegin; die zweitägige Krankheit der Kolumbianerin Diana; das konspirative Gespräch der beiden Türkinnen in der Garderobe ... Behandelte Ramona eine der Frauen bevorzugt? Mit wem verstand sich Selin am besten?

Cornelia legte mögliche Kandidatinnen fest und verwarf sie wieder. Sie hatte nur eine Gewissheit: Was sie am nächsten Tag erfahren sollte, würde ihr nicht gefallen.

RITUALE

»Komm schon, Cornelia, sei keine Spielverderberin.«

»Ich, äh ...«

»Was äh?« Trotz des scherzhaften Tons war eine gewisse Ungeduld nicht zu überhören.

Sie waren zu sechst. Die sechs Frauen. Auf karamellfarbenen Ledersofas um einen runden Glastisch sitzend, alle im gleichen Abstand voneinander, wie in einer Séance. Die Geister, die sie rufen wollten, steckten in den vor ihnen stehenden Gläschen. Sie hatten sich in einem der Räume der First Class Lounge der Lufthansa im Terminal 1 des Flughafens versammelt. Diese Räume schlossen fürs Publikum um 22.30 Uhr – Ramona und die anderen waren um 23.30 Uhr gekommen.

Ramona hatte die Gläschen sorgfältig platziert; auf ihrem Rand ruhten die seltsamen Löffelchen mit den Löchern und den Zuckerwürfeln wie Gefangene auf dem Schafott. Sie hatte sich auch versichert, dass alle Gläschen dieselbe Menge enthielten. Nachdem sich die Frauen von der gleichmäßigen Verteilung überzeugt hatten, nahmen sie Platz. Selin saß Cornelia genau gegenüber. In der Gruppe gab es kein Gesicht, das ihr neu gewesen wäre. Ramona hatte recht gehabt – alle waren unterschiedlicher Nationalität.

»Damit die gemeinsame Sprache notgedrungen das Deutsche ist«, hatte ihr Ramona erklärt. »Diese Idee hatte Raschke nicht von Anfang des Unternehmens an – er ist erst darauf gekommen, als er sah, dass sich die Türkinnen untereinander in ihrer Sprache unterhielten, und er mochte es nicht, wenn er nicht verstand, worum es ging. Darum war auch klar, dass er nach der Geschichte mit Fatma keine Türkin mehr nehmen würde.«

Das hatte sie ihr auf dem Weg zur First Class Lounge erzählt, wo die anderen vier sie schon erwarteten. Da hatte Cornelia die türkischen Kolleginnen bereits ausgeschlossen, obwohl sie in Nuriye Yildirim auf Grund ihrer wirtschaftlichen Probleme und der Vorstrafen ihres Mannes eigentlich immer ein Mitglied der Bande gesehen hatte.

Ramona interpretierte die kurze Nachdenklichkeit ihrer Begleiterin falsch:

»Aber das mit Fatma war ein Unfall. Ehrlich.«

»Das bezweifle ich nicht.« Cornelia hätte gern gefragt, ob sie Sonia Raimondos Tod ebenfalls für einen Unfall hielt.

Sie kamen in den Raum, wo sie die fehlenden Namen auf der Liste ergänzen konnte. Wenn Raschke für seine Putzfrauenbande eine Miniaturversion der Vereinten Nationen vorschwebte, dann war die Vertreterin der spanischsprachigen Welt nicht Cornelias Kandidatin, Diana, die junge Kolumbianerin, sondern Carolina, die fast dauernd übellaunige uruguayische Matrone, die ihr vorgeschlagen hatte, in einem Bordell sauberzumachen und noch andere Dienste anzubieten. Inmitten der anderen Frauen sitzend, kurz vor Beginn des Initiationsritus, begriff sie, dass dieses Gespräch eine Prüfung gewesen war, bevor man ihr angeboten hatte, dem »Unternehmen« beizutreten. Sie fragte sich, welch anderen Prüfungen man sie wohl noch unterzogen hatte, die sie ohne ihr Wissen bestanden hatte. Lorenz Raschke und Ramona Althaus hatten Fakten zusammengetragen, hatten jede Geste, jede Bemerkung, jede Information, die sie ihnen gegeben hatte, auf den Prüfstand gestellt, hatten alles Für und Wider abgewogen, bis sie zum Schluss gekommen waren, dass Cornelia Lenz die notwendigen Voraussetzungen mitbrachte, um Kokspakete aus den Flugzeugen zu schaffen. »Hochreiner bolivianischer« – diese Worte hatten in Raschkes Mund geklungen wie »ein hervorragender Jahrgang« im Mund eines Weinprüfers.

Angesichts von Raschkes Arbeitsweise glaubte sie zu verstehen, warum er keine kolumbianische Reinigungskraft auswählte – aus demselben Grund, warum es immer mehr blonde und deutsche Drogenschmugglerinnen gab.

Da war noch eine weitere Deutsche in der Bande, vielleicht die größte Überraschung für Cornelia. Freya, die Schauspielanwärterin. Sie war nicht blond, hatte aber die schneeweiße Haut der Rothaarigen.

Das Sextett wurde von der engelhaften Beata mit dem runden Kopf eines fünfzigjährigen Cherubs und den hellen Augen vervollständigt.

Jetzt waren die Blicke ihrer fünf Kolleginnen auf sie gerichtet; sie warteten darauf, dass sie ihren Part des Rituals spielte.

Cornelia schaute wieder die Gläschen, das Löffelchen, das Stück Zucker und die grüne Flüssigkeit an.

»Ich, äh, das habe ich noch nie getrunken«, stammelte sie.

Die Reaktionen der anderen teilten sich in mütterliches Wohlwollen gegenüber der Anfängerin und eine leicht spöttische Ungläubigkeit.

»Aber es ist ganz einfach«, sagte Freya. »Ramona fängt an, dann ist Cornelia als Letzte dran.«

Ramona nahm die Flasche, ließ einen Wasserfaden auf den Zucker fallen, der zerfiel, während sich das Grün des Absinths zu milchigem Weiß verfärbte.

»Rein mit dem Achtzigprozenter«, sagte sie, bevor sie die Flüssigkeit in einem Zug austrank.

Sie hustete kurz und stellte das Gläschen auf den Tisch zurück.

Im Uhrzeigersinn wiederholten alle das Ritual. Freya, Selin, Carolina, Beata. Einige gossen so viel Wasser dazu, dass das Glas beinahe voll war, andere weniger, so dass sich nur gerade das opalisierende Weiß bildete. Als Cornelia an der Reihe war, schaute sie übertrieben herausfordernd nach rechts und links, dann goss sie einen einzigen Tropfen Wasser dazu.

»Rein mit dem Hundertprozenter!« Und sie trank den reinen Absinth in einem Zug aus.

Der Applaus der Kolleginnen begleitete den Hustenanfall. Mit tränennassen Augen lächelte sie und formte mit beiden Händen das Siegeszeichen. Ramona klopfte ihr leicht auf den Rücken.

»Willkommen!«, rief eine von ihnen.

Sechs Frauen, alle in ihren blauen Kitteln in der First Class Lounge der Lufthansa sitzend. Ramona hatte sie durch dieses Nebengebäude geleitet, als wolle sie ihr ihr Gebiet vorführen. Das Stehcafé, das Restaurant, die Büros, wo die Fluggäste arbeiten konnten, Zimmer mit Betten, Sofas, Fernsehern, die Cigar Lounge, den Wellnessbereich. Vornehme Materialien, exklusive Produkte, Raum, viel Raum. Die typischen Merkmale von Luxus. Nur eines hatte Cornelia wirklich beeindruckt – die Reihe der gewölbten Sessel ohne Armlehnen vor einem großen Fenster, von wo aus man die Landungen und Starts der Flugzeuge betrachten konnte.

Wer hier saß, sah die Welt als etwas, was ihm gehörte, bewegte sich schwerelos in ihr, jedes startende Flugzeug war nur eine unter all den Möglichkeiten, die ihm offenstanden, und nicht eine Röhre voller Abfall, die so schnell wie möglich saubergemacht werden musste. Und sie von der Reinigungstruppe kassierten, auch wenn sie paketweise Kokain herausschafften, am Monatsende weniger, als das rechtmäßige Betreten dieser Zone kostete.

Ihr erster Auftrag kam drei Tage später. Sie fand eine kleine Notiz mit Flugnummer, Ankunftszeit und Sitzplatz.

Madrid?

Wieder studierte sie das Zettelchen mit der Angabe der Maschine, in der sie das Paket holen musste. Sie hatte richtig gelesen: ein Flug aus Madrid. Weder Caracas noch La Paz. Auch nicht Buenos Aires oder Santiago de Chile, die neuen Herkunftsorte, seit in Europa die »heißen« Flüge aus Venezuela, Kolumbien oder Bolivien minuziös kontrolliert wurden.

Das Flugzeug aus Madrid war das vierte an diesem Tag. Sie war Ramonas Truppe zugeteilt, die sie, nach ihren eigenen Worten, überwachen würde.

Sie betraten die Maschine wie immer, ganz rasch. Sie fuhren mit den feuchten Lappen über die Klapptische, klopften die Sitze aus, sammelten die Abfälle ein, ordneten den Inhalt der Netzchen. In demjenigen des Sitzes 21C fand sie das rechteckige Paket. Im Wissen, dass Ramona sie beobachtete, vermied sie es, sie anzuschauen, und steckte sich die Ware so gleichgültig in den Kittel wie ein Papiertaschentuch. Dann ging sie im selben Rhythmus zum nächsten Sitz. Das blieb ihrer Supervisorin nicht verborgen. Im Minibus auf dem Weg zur nächsten Maschine, nachdem Cornelia ihr das Päckchen zugesteckt hatte, tätschelte sie ihr das Knie.

»Sehr gut, sehr gut. Du bist ein Naturtalent.«

Die Ironie der Situation brachte sie zum Lächeln, bevor ihr mit zunehmender Entspannung zum Bewusstsein kam, dass sie, die Kommissarin Cornelia Weber-Tejedor, soeben ein Kilo Kokain aus einem Flugzeug geschafft hatte. Von nun an war sie an der Drogeneinfuhr nach Deutschland beteiligt. Ein Kilo. Dieses Kilo würde zu den Zwischenhändlern gelangen, die es en gros weiterverkaufen und die Droge, um das Gewicht beizubehalten, mit Laktose oder Talkum oder Borax verschneiden und ihr auch Zusatzstoffe wie Amphetamine oder Koffein beimischen würden, um die durch die Streckung abgeschwächte Wirkung zu simulieren. Oder vielleicht würde sie en détail verkauft, versetzt mit irgendeiner Schweinerei, solange sie nur weiß war. Je nach Reinheit des Materials, das sie aus dem Flugzeug geholt hatte, ergäben sich aus diesem ihrem ersten Paket vielleicht drei oder vier Kilo, die in Frankfurt oder einer anderen deutschen Stadt konsumiert würden. Mehrere hunderttausend Dosen Koks. Wie viele Pakete mochte sie bis zum Ende dieser Arbeit herausgeschafft haben? Wie viele würde sie herauskommen sehen, ohne etwas dagegen unternehmen zu können? Bevor diese Berechnungen sie noch mehr ängstigten, rief sie sich in Erinnerung, dass sie es ja aus einem bestimmten Grund tat, und fragte Ramona leise:

»Wohin geht das Paket nun?«

Ihre Kollegin tätschelte ihr erneut das Knie, aber ihr Ausdruck war streng, und die Stimme klang hart:

»Das geht dich nichts an. Es reicht, wenn du das weißt, was nötig ist. Mehr ist nicht gut.«

»Jetzt, wo du es hinter dir hast, wollen wir deine Premiere feiern.«

Selin und Freya hatten sich links und rechts neben sie auf eine Bank gesetzt. Drei Frauen in blauem Kittel, Ende Oktober in der milden Sonne rauchend.

»Alle?«, fragte Cornelia, die an ein weiteres Ritual wie das mit dem Absinth dachte.

»Nein.« Freya stieß den Rauch mit der schmachtenden Affektiertheit einer Greta Garbo aus. »Die anderen sind alle Heimchen am Herd. Am Feierabend ab nach Hause, weiter saubermachen.«

»Manchmal denke ich, sie sind auch ein wenig dumm. Wie die Beata. Rackert sich hier ab und riskiert Kopf und Kragen mit den Paketen, damit ihr Mann dann die ganze Knete in einer dieser Spielhöllen in der Nähe der Konsti durchbringt. Ich glaube, der verprügelt sie auch.«

»Woher weißt du das?«

»Das mit dem Spielen, weil ihr einmal der Absinth in den Kopf gestiegen ist und sie es erzählt hat. Und dass der Mann sie verprügelt, weil sie ein paarmal mit einem blauen Auge gekommen ist.«

»Und es waren nicht Raschkes Gorillas«, fügte Freya hinzu.

»Was denn für Gorillas?«

»Zwei Killertypen, die der Boss hat, um, wie er sagen würde, Ordnung und Disziplin im ›Unternehmen‹ aufrechtzuerhalten«, sagte Selin.

»Nein, er würde ›Moral und Disziplin‹ sagen. Die Ordnung fällt in die Zuständigkeit von Ramona, die ein wenig theatralisch ist. Die Gorillas lernt man besser gar nicht erst kennen«, sagte Freya.

»Du ...?«, fragte Cornelia.

»Ja, leider, aber jetzt reden wir von was anderem, ja?«

Abends um elf nach Schichtende zogen sie sich um und fuhren in Selins Auto zu einem Lokal in der Nähe des Frankfurter Hauptbahnhofs.

»Könnten wir nicht woanders hingehen?«, versuchte Cornelia dagegenzuhalten.

Diese Gegend war gefährlich für sie. Zu viele Leute kannten sie dort.

»Ich hab aber schon gesagt, dass wir kommen.«

»Das ist ein ganz besonderes Lokal«, sagte Freya. »Es wird dir gefallen. Ist ein wenig geheim.«

»Das Lokal von Freunden. In der Moselstraße.«

Moselstraße! Da wohnten mehrere Leute, mit denen sie bei der Ermittlung in einem Mordversuch Kontakt gehabt hatte. Würden sie sich an die Kommissarin erinnern, die sie vernommen hatte? Würden sie sie wiedererkennen mit der anderen Frisur, in den Ramschladenklamotten und unter der leicht übertriebenen Schminke wie die ihrer Kolleginnen?

Selin musste in einiger Entfernung von der Straße parken, fast beim Schauspielhaus. Sie spazierten die Münchener Straße hinunter. Cornelia gab sich ins Gespräch mit den anderen beiden vertieft, um jeden Sichtkontakt mit den Entgegenkommenden zu vermeiden, zu dieser späten Stunde glücklicherweise nicht mehr viele.

In der Nähe befand sich das Café von La Negra, einer ehemaligen kubanischen Prostituierten, der sie zu ihrer Zeit bei der Jugendkriminalität einmal geholfen hatte. Ein Glück, dass sie jetzt Kaffee servierte und nicht mehr auf der Straße arbeitete.

Aber wer weiß, wie viele Leute sie kannten, ohne dass sie es wusste.

»Schau mal, da geht dieses Miststück von Kommissarin, die mich eingebuchtet hat.«

»Siehst du die da? Die Blondine? Eine Bullin! Die hat Mehmet/Andreas/Sigrid/Regino/Iviza eingelocht.«

Oder vielleicht würde einer auch sagen:

»Die da hat den Mörder meines Vaters gefunden, Kommissarin Weber-Tejedor.«

Es war zweifellos unvorsichtig gewesen, die Einladung anzunehmen und sich ausgerechnet in dieser Gegend Frankfurts zu zeigen. Anderseits wäre es einfacher, von Selin und Freya Informationen zu bekommen als von den »Heimchen«.

Da waren sie. Das Lokal hieß La Cocotte, wie ein höchst diskreter Schriftzug verkündete, der auch über einer Zahnarztpraxis hätte stehen können. Ins Lokal gelangte man durch eine äußerst hässliche Tür, Aluminiumrahmen, mit einem Gittergeflecht verstärkte Scheibe. Selin tippte eine Zahlenkombination auf ein Display, das sich nach dem Klingeln erleuchtet hatte. Die Tür ging mit dem typischen Summen auf, das sich anhörte wie eine Schmeißfliege kurz vor dem Verenden. Sie gelangten in einen schmalen Flur, von dem eine enge Treppe ausging, deren Holzstufen so sauber gewienert waren, dass sie im Licht eines gläsernen Kronleuchters glänzten. Eine ledergepolsterte Tür rechts von ihnen ließ nur schwach die Musik dahinter durchsickern. Selin wiederholte den Zahlencode auf einem weiteren Display, und diesmal öffnete sich die Tür mit einem kaum wahrnehmbaren Zischen. Sie traten ein.

Es war wie die abrupte Landung nach einer Reise durch Raum und Zeit. Sie befanden sich im Paris der dreißiger Jahre.

Bistrotischchen mit Marmorplatten und Schmiedeeisenfüßen, Art-déco-Lampen, einige mit Silberfuß, andere aus Zinn, Spiegel, dichte Gewebe, die geschickt den Teil, in dem sie sich befanden, abtrennten; außer den Tischchen eine gewundene Theke und eine kleine Bühne. Die ganze Einrichtung war authentisch, die in Anzügen steckende Gästeschaft ein Anachronismus. An den Wänden Fotos von Stars der Zeit. Hervorstechend Josephine Baker, aber sie erkannte auch Marlene Dietrich, Hedy Lamarr und Carole Lombard nebst anderen Diven des goldenen Zeitalters.

Eine Frau in enganliegendem Atlaskleid und mit kurzer, auffällig gewellter Perücke mit Goldband darin trat auf sie zu:

»Selin, Liebste. Komm, komm rein.«

Sie umarmte Selin. Da sah Cornelia, dass das Kleid hinten so geschlitzt war, dass der von einem goldenen Tanga, passend zum Haarband, bedeckte Hintern zu sehen war.

Sie brachte sie zu einem der Tischchen. Nach einem kurzen Moment kam sie mit den Cornelia bereits bekannten Gläschen auf einem Tablett zurück und stellte sie mit den gelochten Löffelchen und einer silbernen Schale, in der sich die Zuckerwürfel befanden, neben zwei Kristallglasflaschen auf die Marmorplatte. Aus einer der Flaschen schenkte sie den Absinth ein.

»Willkommen«, sagte sie zu Cornelia, die sie als eine Neue eingestuft hatte. Dann wandte sie sich an Selin: »Ich werde Mirko sagen, dass du da bist.« Cornelia, Freya und Selin griffen eine nach der anderen nach der Wasserflasche, um den Absinth zu verdünnen.

»Du musst ihn nicht unbedingt wieder pur trinken, Cornelia«, sagte Selin.

»Und wenn ich will?«

»Deine Sache. Los, eins, zwei, drei!«

Sie tranken den Absinth in einem Zug aus. Diesmal hustete Cornelia nicht; die anderen beglückwünschten sie. Dann stand Selin auf.

»Ich geh mal eben den Chef begrüßen. Was soll ich für euch bestellen?«

Sie nahm ihre Tasche und verschwand für zehn Minuten im hinteren Teil des Lokals. Während sie auf sie warteten, kamen die Cocktails – die ersten einer langen Nacht der Drinks.

Stunden später erbot sich Selin, sie nach Hause zu fahren. In Cornelia erwachte für einen Moment nicht nur ihr Polizeigewissen aus dem Alkoholnebel, sondern auch der gesunde Menschenverstand.

»Und wenn wir ein Taxi nehmen?«

»Keine Bange.« Selins Stimme stieg belegt aus ihrer Kehle auf und gelangte noch breiiger an Cornelias Hirn. »Ich habe Übung. Ich werde langsam fahren. Um diese Zeit gibt's kaum Verkehr. In dieser Stadt ist ja nichts los.«

»Gut gesagt.« Freya artikulierte so mühsam, wie ihre Schritte unentschlossen waren. »Das ist ein Friedhof. Wo sind die ganzen Banker, die tagsüber die Straßen überschwemmen?«

»Im Puff!«, rief Selin.

»Wo sind die Werbefritzen?«, fuhr Freya fort.

»Im Puff!«, rief Selin wieder, sekundiert von Cornelia.

So spielten sie Beruf um Beruf durch, von den Busfahrern über die Polizisten bis zu den Anglern.

»Und da steht die Scheißkarre.«

Beim Einsteigen wurden alle drei vom selben Gekicher erfasst. Cornelia hatte ihre Vorsichtsmaßnahmen bereits vergessen, aber als sie auf dem Beifahrersitz Platz nahm, bemerkte sie Stiche im Magen, die Übelkeit stand unmittelbar bevor. Die Temperatur war gefallen, es war nach drei Uhr früh und Ende Oktober, aber trotzdem kurbelte sie die Scheibe hinunter und streckte den Kopf hinaus. Sie brauchte frische Luft. Aus dem Fond hörte sie Freyas Lachen und ihre Stimme:

»Schau nur, sie sieht aus wie ein Hündchen.«

Alle drei brachen in Gelächter aus. Die Erschütterung des Lachens gab Cornelias Magen den definitiven Schlag.

»Stopp, Selin, stopp.«

Selin verstand sogleich und peilte den Randstein an. Mit zittrigen Fingern öffnete Cornelia die Tür, und bevor sie auch nur aussteigen konnte, übergab sie sich auf den Bürgersteig.

»Schade um die schönen Drinks«, sagte Freya.

»Du bist vielleicht brutal«, antwortete Cornelia und reinigte sich mit einem Taschentuch. »Los, Selin.«

Von plötzlicher Müdigkeit gepackt, legten sie den restlichen Weg schweigend zurück.

»Zum Glück haben wir Nachmittagsschicht«, sagte Selin, als sie Cornelia vor ihrem Wohnblock absetzte.

Die Fahrt im Aufzug war eine Tortur. Wieder wurde ihr schlecht, und die Mischung aus Tabak-, Schweiß- und Essensgeruch besorgte den Rest. Sie stürzte aus dem Lift und nestelte in der Tasche nach dem Wohnungsschlüssel, schaffte es aber nicht mehr rechtzeitig hinein und erbrach sich draußen auf den Gang. Trotz der Konvulsionen hörte sie hinter sich eine Tür aufgehen. Eine Hand legte sich auf ihre Schulter.

»Keine Sorge, das bring ich in Ordnung.«

Gamze. Sie führte sie ins Schlafzimmer und war so mitfühlend, nirgends das Licht anzuknipsen. Sie zog Cornelia aus, legte sie aufs Bett und deckte sie mit der Daunendecke zu. Dann ging sie hinaus und kam nach einigen Minuten mit einem riesigen Glas Wasser zurück, in dem zwei Aspirin schäumten.

»Trink das.«

Cornelia gehorchte.

Bevor sie ging, kippte Gamze das Fenster. Cornelia hörte eben noch, wie sie sanft die Tür schloss.

Am nächsten Tag schienen zwar viele Erinnerungen an die Nacht vom Schlaf gelöscht, nicht aber die an die barmherzige Samariterin. Als der Kater etwas abgeflaut war, klingelte sie bei Gamze, um sich zu bedanken. Der

Treppenabsatz war sauber. Die Nachbarin spielte ihren nächtlichen Auftritt herunter.

»Da ist übrigens ein Typ um deine Tür herumgestrichen«, sagte sie.

Neulich hatte sie sogar zwei gesehen.

»Wie sah er aus?«

»Ich hab ihn kaum erkennen können. Er hat kein Licht angemacht, und dieser Teil des Gangs ist dunkel wie ein Affenarsch.«

»Mama! Ich hab dich gehört.«

Hamit hatte es darauf angelegt, die Ausdrucksweise seiner Mutter zu veredeln. Vielleicht der einzige Teil der Welt, den er verändern konnte.

»Ist ja gut«, brummte Gamze. »Es war dunkel wie, wie ... Also, jedenfalls war es sehr dunkel. Und jetzt, mein Junge, guck weiter deine Filme und hör auf, die eigene Mutter zu kontrollieren«, rief sie in die Wohnung hinein.

»Okay.«

Cornelia unterhielt sich noch eine weitere halbe Stunde mit Gamze.

Auf dem Weg zur Arbeit fiel ihr plötzlich auf, dass ihre Nachbarin sehr schnell zur Stelle gewesen war, um ihr zu helfen. Es war nach drei Uhr gewesen, der ganze Block schlafend. Jetzt wusste sie, dass im neunten Stock zwei Frauen unter Schlafstörungen litten.

Und dass man sie überwachte. Raschke hielt seine Leute an der kurzen Leine.

WISSEN

»Es reicht, wenn du das weißt, was nötig ist. Mehr ist nicht gut«, hatte Ramona gesagt.

Gut war es vielleicht nicht, aber sie brauchte dieses Wissen. Ihre Arbeit bestand im Wissen, in der Beschaffung immer detaillierterer Informationen über die beteiligten Personen und darüber, wie oft Pakete herausgeschafft wurden.

»Vier in einer Schicht.«

Oder über die ausgewählten Flüge. Mittlerweile schien klar, dass in den Maschinen aus Kolumbien, Venezuela oder Bolivien keine Pakete mitreisten, ebenso wenig aus Brasilien oder Uruguay. Auch der Lufthansa-Direktflug aus Buenos Aires schien sauber.

Bei vielen Flügen aus Lateinamerika musste man nach der Atlantiküberquerung in Madrid umsteigen. Aus Flügen aus Madrid hatte Cornelia schon Pakete herausgeschafft, das waren aber keine direkten Anschlussflüge gewesen. Weiterhin gelangte täglich ein Flug aus Santiago de Chile nach der Zwischenlandung in Madrid mit derselben Maschine nach Frankfurt. Von diesem Flug wussten sie ebenfalls, dass er Pakete mitführte.

»Einige der Frauen mögen die Flugzeuge nicht, sie haben Angst davor. Sie betreten auch die Piste nicht an der Stelle, wo Fatma Celik gelegen hat.«

Das hatte ihr Beata gesagt, die sich auch traurig beklagt hatte, dass man sie keine Blumen hatte hinlegen lassen.

»Das ist ganz klar«, sagte Rossmann, als er die Geschichte erfuhr. »In diesem Bereich werden die Flugzeuge geparkt.«

»Ja, natürlich.«

Die spanischen Kollegen versuchten herauszufinden, aus welchen Flügen die Droge stammte und wie sie hereingelangte.

»Wir machen Fortschritte. Es läuft gut.«

Sie hatte schon fünf Pakete herausgeschafft. Fünf Kilo. Es läuft gut. Wunderbar.

Wie Ramona gesagt hatte: »Sehr gut, Cornelia, du machst das wunderbar.«

»Entweder macht man etwas richtig, oder man lässt es bleiben«, hatte sie geantwortet, obwohl sie damit zum zweiten Mal den Satz ihres Vaters besudelte.

Zur körperlichen Ermüdung war nun auch die psychische Erschöpfung gekommen, ihre Rolle als Cornelia Lenz weiterzuspielen, jetzt, da sie wusste, wer zur Bande gehörte. Sie unterhielt sich mit ihren Kolleginnen über Nichtigkeiten oder persönliche Dinge und vermerkte im Geist jede Information, die für die Ermittlungen wichtig sein konnte. So waren Freyas Träume nicht einfach Träume, sondern der Grund, warum sie so viel Geld benötigte: für Kleider, Unterricht, Reisen, Fotos ... Beatas triste familiäre Situation mit ihrem gewalttätigen Zocker zu Hause, und die Last, die Carolinas Schultern krümmte, durften nicht ihr Mitleid erregen, sonst sähe sie plötzlich nicht mehr, dass die Polin ebenso wie die Uruguayerin schlichte Drogenschmugglerinnen waren. Weder Illusionen noch die Not, noch Familientragödien oder was immer sie soweit gebracht hatte, durften ihren Blick trüben.

Rossmann hatte recht, es war eine Drecksarbeit.

An diesem Abend schaute sie sich den Film *Donnie Brasco* an. Auf Johnny Depps Spuren, der sich in die New Yorker Mafia einschleuste, gestattete sie sich zum ersten Mal, ihrem Unmut lauthals Ausdruck zu verschaffen:

»So eine verdammte Scheiße! So eine verdammte Scheißarbeit!«

HERR LUPP

Kaum öffnete sie am nächsten Tag die Augen, merkte sie, dass das letzte Bier vom Vorabend eins über den Durst gewesen war.

»Ich brauche frische Luft.«

In den letzten Wochen hatte sich ihr Leben an geschlossenen Orten abgespielt: in der Wohnung, in Bussen, in den Flughafenterminals, im Minibus, in den Lokalen, die sie allein oder mit den anderen Frauen frequentierte. Sie hatte Nachmittagsschicht und keine Lust, die Stunden bis zum Arbeitsbeginn eingeschlossen zu verbringen.

Sie suchte auf dem Stadtplan die Gemeindegrenzen und beschloss, einen der grünen Flecken aufzusuchen, die wenn nicht Wald, so doch Feld verhießen. Zu spät entdeckte sie, dass der Stadtplan in ihrer Tasche schon fünf Jahre alt war, dass es zwar Grün gab, aber nur zwischen den Büroneubauten. Wo hatte sie nur diesen Plan her? Wenn sie sich richtig erinnerte, hatte ihn ihr Oberkommissar Sulima gegeben. War ihr Budget wirklich so knapp, dass sie sich keine neuen Stadtpläne leisten konnten? Sie lief weiter. Wenigstens waren die Kopfschmerzen verschwunden, während sich in ihrem Geist gleichzeitig ein Plan für weitere Ermittlungen abzeichnete, die den ganzen Prozess beschleunigen und sie somit früher aus dieser Situation erlösen konnten.

Endlich gelangte sie zum Anfang eines Waldstücks, und schon wusste sie, was sie zu tun hatte. Sie ging gar nicht erst in den Wald hinein, dazu hatte sie jetzt keine Zeit mehr. Auf dem Rückweg spielte sie die Idee noch einmal durch, abermals zwischen Bürohäusern und pausenlosem Verkehrslärm.

Als sie wieder im Stadtzentrum war und bei Grün eine Kreuzung überquerte, beschloss sie, es Rossmann nicht zu sagen. An der nächsten Ecke brachte das rote Männchen sie zum Stehen.

»Okay, ich werde darüber nachdenken«, sagte sie zu dem roten Männchen. Die Ampel wechselte auf Grün. »Aber tun werde ich es auf jeden Fall.«

Um sich weder mögliche Vorbehalte von ihm anhören noch ihre Schritte verteidigen zu müssen, teilte sie Rossmann nur deren Ergebnisse mit.

Sie sagte nicht: »Ich werde Ramona Althaus folgen, um herauszufinden, wo sie die Pakete hinbringt«, sondern: »Ich habe feststellen können, dass Ramona Althaus die Pakete in der Mülltüte herausschafft und sie dann in eine weitere Tüte mit alten Zeitungen und zerknüllten Papieren steckt.«

Ebenso wenig sagte sie: »Ich werde Ramona folgen, um herauszufinden, was sie mit dieser Tüte anstellt«, sondern: »Ich habe sehen können, dass Ramona die Tüte mit den Paketen in einem der Spinde in der Frauengarderobe deponiert.«

Und schon gar nicht sagte sie, dass sie diesen Spind in den nächsten Tagen überwachen wollte. Ihn zu finden, den Weg der Kokainpakete außerhalb der Flugzeuge zu verfolgen, das hatte sie über eine Woche Beschattung gekostet. Wie lange würde es dauern, bis sie herausbekäme, was danach geschah?

Jemand musste die Pakete abholen, und da sie wusste, dass Raschke mit klar abgegrenzten und verteilten Aufgaben operierte, war sie sich sicher, dass es niemand aus der Reinigungsbrigade sein konnte.

Ramona hinterlegte die Pakete im äußersten Spind

der hintersten Schrankreihe der Frauengarderobe, so dass die Person, die ihn öffnete, den Eingang genau kontrollieren und sich zudem vergewissern konnte, dass niemand sonst im Raum war. Dicht an der Wand befanden sich lange Holzbänke, wo die Angestellten bequem die Schuhe wechseln konnten. Um diesen Spind zu überwachen, musste sie also in einer von der Tür aus nicht sichtbaren Ecke warten und sich, sobald jemand hereinkam, zwischen den Schrankreihen so bewegen, dass sie immer unsichtbar blieb. Ging diese Person zum Bereich der Schränke, so müsste sie aufmerksam auf das Geräusch des Schlüssels, das Knarren des Türchens und schließlich das Knistern der Plastiktüte und der Papiere achten, zwischen denen Ramona die Tagesernte versteckt hatte.

Sie begann, mehrere Stunden täglich nach Feierabend Wache zu stehen, bis sie von der Müdigkeit übermannt wurde. Dabei behielt sie den Kittel an und versteckte das blonde Haar unter einem Kopftuch. Das Päckchen Zigaretten immer in der Hand, wurde Cornelia Zeugin des geheimen Lebens einer Frauengarderobe in Momenten, in denen sich niemand für die verschiedenen Schichten umzog. Zwar konnte sie nichts sehen, wohl aber hörte sie die unverwechselbaren Geräusche der Leute, die tranken, und sie brauchte nicht erst hinterherzuschnuppern, um zu wissen, dass es Alkohol war. Andere kamen, um zu essen. Einige vielleicht ohne Wissen der Vorgesetzten, mitten in der Arbeitszeit; Dritte möglicherweise, um sich während einer Diät vor sich selbst zu verstecken. Es gab welche, die einige Minuten ausruhten, ja ein Nickerchen machten oder auch nur schwatzten. Oft verstand sie die Sprache nicht, aber der Ton des Klatsches war sowieso universal. Einmal hatte sie den Eindruck, eine der Frauen gehe von Spind zu

Spind in der Hoffnung, einen nicht richtig abgeschlossenen zu finden.

Ein andermal störte sie mit einem nervösen Hustenanfall ein kurzes Liebesabenteuer. Das überrumpelte Paar verschwand mit Gekicher und Getuschel. Auf einer der Bänke leise vor sich hin lachend, wurde sie von einer rauen Stimme aufgeschreckt:

»Was hast du hier zu suchen?«

Mit auf der Brust verschränkten Armen betrachtete sie ein Aufseher, den sie nicht hatte kommen hören. Wie sie es für einen solchen Fall vorbereitet hatte, hob sie das Päckchen Zigaretten.

»Das ist verboten«, bellte der Aufseher.

»Und was haben Sie hier zu suchen?«, fragte sie. »Das ist eine Frauengarderobe.«

Der Mann trat etwas näher. Von seinen über Einsneunzig herab musste die kleine auf der Holzbank sitzende Reinigungskraft wie ein Nichts wirken.

»Das gilt nicht für die Aufseher. Und offenbar gibt es einen Grund, dass wir hier die Runde machen.« Er deutete auf das Zigarettenpäckchen. »Los, draußen rauchen.«

Ein gebieterischer Zeigefinger deutete auf die Tür, doch zuerst fiel Cornelias Blick auf das Namensschildchen an der linken Brusttasche seines Hemds. Helmut Lupp hieß der Aufseher, Helmut Lupp. Sie prägte sich den Namen ein, denn das musste derjenige sein, der die Pakete abholte. Helmut-das-gilt-nicht-für-die-Aufseher-Lupp.

»Los. Raus hier. Du kannst auf der Straße rauchen, hab ich gesagt.« Er war nicht ungeduldig, sondern nervös.

»Bis zur Raucherzone brauch ich länger als für diese Zigarette.«

»Das ist dein Problem.«

Ja, seine Stimme zitterte.

»Verdammt, nicht mal fünf Minuten lang hat man seine Ruhe ...«, knirschte sie.

Sie verließ die Garderobe.

Das Glück war auf ihrer Seite. Wenige Meter vor der Tür stand eine Gruppe Kolleginnen und unterhielt sich. Sie streifte das Kopftuch ab und gesellte sich zu ihnen. Kurz darauf sah sie den Aufseher herauskommen – in der Hand hatte er eine Plastiktüte aus einer Buchhandlung. Helmut-los-draußen-rauchen-Lupp entfernte sich in der entgegengesetzten Richtung; die Blondine inmitten all der blauen Kittel war für ihn genauso unsichtbar wie die anderen Frauen.

Zwei Stunden später rief sie von ihrer Wohnung aus Rossmann an.

»Die Pakete werden von einem Aufseher abgeholt, Helmut Lupp. Ich weiß nicht, ob er der Einzige ist oder ob es noch mehr gibt, die mit dieser Aufgabe betraut sind.«

Rossmann fragte nicht, wie sie zu dieser Information gekommen war. Spielverderber. Nach in Cornelias Augen so raffinierter Informationsbeschaffung kränkte sie diese mangelnde Neugier des Drogenkommissars in dem Moment, da sie auf der Welle des Erfolgs die Karten hätte auf den Tisch legen können.

»Helmut Lupp. Wir werden dem nachgehen.«

Die Nachforschungen ergaben, dass Lupp natürlich sauber war, wie alle, die für Raschke auf dem Flughafen arbeiteten. Der Aufseher Lupp war sauber, hatte aber astronomische Schulden.

»Nicht einmal seine eigenen. Seine Eltern haben eine

Metzgerei in Heilbronn und wollten sie um einen Schnellimbiss erweitern.«

Den Rest hätte sie sich auch ohne Rossmann ausmalen können, allein auf Grund der Ermittlungen zur Finanzlage der Familie Lupp. Es war wie Malen nach Zahlen. Eins gleich Gelb, zwei gleich Orange, drei gleich Rot ... Eins: Die Eltern kaufen das an die Metzgerei angrenzende Lokal. Zwei: Sie renovieren es und nehmen für den Umbau einen Kredit auf. Drei: Sie nehmen einen weiteren Kredit auf für das Mobiliar und einen dritten für die Apparate. Vier: Schwarz. Nach wenigen Wochen merken sie, dass es mit Papas oder Mamas Kochkünsten, die von den Angehörigen über den grünen Klee gelobt worden waren, nicht so weit her ist. Das verschafft ihnen die erhellende, aber traurige Offenbarung, dass Verwandte und Freunde entweder übertreiben oder lügen. Unangenehm, aber überwindbar. Wenn es nur das wäre. Denn da ist eine Schuld, die die Banken einfordern. Der Leiter der Sparkassenfiliale grüßt sie nicht mehr wie vorher, und die Eltern haben den Eindruck, seinen gierigen Blick auf die Metzgerei und die Wohnung zu sehen, die sie für den Kredit mit einer Hypothek belastet haben. Aber seit ihnen Helmut regelmäßig Geld überweist, zahlen sie die Darlehen ab und ebenso die Zinsen. Die Leute grüßen sie wieder.

»Gute Arbeit, Cornelia. Wir kommen voran.«

»Habt ihr sonst noch was?«

»Im Moment kontrollieren wir die Mails, die wir gefunden haben. Sie sind sehr zurückhaltend, aber wir sind zuversichtlich, bald auf die Käufer zu stoßen. Und da ist noch eine gute Nachricht: Wir haben herausfinden können, welche Anrufe Lorenz Raschke aus Spanien bekommt.«

»Wie?«

»Uns sind ein paar sehr kurze Telefonate aufgefallen. Theoretisch kamen sie aus England, aber der Gesprächspartner hatte einen eindeutig spanischen Akzent.«

Das geringe Interesse ihrer Halb-Landsleute, sich auch nur ein wenig dem Akzent der Sprache anzunähern, die sie lernten, hatte auch seine Vorteile, dachte sie.

»Die Techniker haben gesehen«, fuhr Rossmann fort, »dass die Anrufe von einem Online-Telefonanbieter kamen, und dachten, vielleicht haben sie das Proxy des Rechners geändert. Das ist ein gängiger Trick der Computerpiraten, um ihren Standort zu verbergen, und es gibt auch welche, die ihn benutzen, um an die Online-Fernsehprogramme anderer Länder zu kommen.«

Cornelia kannte den Trick. Jan nutzte ihn ebenfalls, um die BBC-Reportagen zu sehen. Rossmann sagte:

»Wir haben sein Proxy gesucht und auf einer der Listen gefunden, die im Internet stehen. Das hat uns bestätigt, dass die vorgeblich aus England stammenden Anrufe aus anderen Ländern kommen können, vermutlich aus Spanien. Ich bezweifle nicht, dass die Techniker das bald raushaben. Wir haben dir eine Kopie der Aufnahmen auf dem Server der Ermittlungsgruppe hinterlassen. Schau mal drauf, vielleicht verstehst du deine Landsleute.«

»Warum?«

»Es sind völlig unsinnige Gespräche. Kurz und unsinnig.«

»Verschlüsselt?«

»Natürlich, aber wir haben nicht die geringste Vorstellung vom Code.«

»Das werd ich morgen tun. Jetzt wollte ich mich schlafen legen, ich bin vollkommen erledigt.«

Rossmann erhob keinerlei Einwand. Sie verabschiedeten sich.

Fünf Minuten später fuhr Cornelia im Lift hinunter. Vor dem Haus warteten Selin und Freya auf sie.

»Wohin gehen wir heute?«

WIE EINE FAMILIE

»Ich weiß nicht, was schlimmer ist.«

Die ersten Wochen waren von hartnäckiger Schlaflosigkeit begleitet gewesen, dazwischen einige Nächte tiefen, aber ungenügenden Schlafes. Seit einigen Tagen, seit sie ins »Unternehmen« eingetreten war, hatte die Schlaflosigkeit dem Kater Platz gemacht. Beide hatten eines gemeinsam: Das Erste, was sie beim Aufwachen spürte, waren Kopfschmerzen. Allerdings waren es zwei verschiedene Arten von Schmerz. Der Schlaflosigkeitsschmerz war diffuser, sie konnte nicht genau sagen, aus welcher Hirngegend er kam. Er war ein Metallkügelchen, das sich durch die Hirnwindungen bewegte, einmal rollend, ein andermal, was schlimmer war, aufspringend und abprallend. Der Katerschmerz dagegen war ganz genau lokalisierbar – auf der Stirn und in den Schläfen.

Auch die linke Hand tat ihr weh.

Sie nahm das Radio vom Küchentisch und ging damit ins Bad. Das kalte Wasser linderte ein wenig die Stiche im Kopf. Wieder hatte sie zu viel getrunken. Sie vertrug es nicht mehr wie früher und hatte auch nicht das Durchhaltevermögen ihrer jüngeren Kolleginnen. Selin war vierzehn, Freya sechzehn Jahre jünger. Den von dieser Feststellung ausgelösten Unmut büßte das Radio, das es gewagt hatte, in ebendiesem Moment *I Will Survive* zu bringen.

»Was für ein dämlicher Song!«

I Will Survive, die Hymne der Verlassenen, insbesondere der verlassenen Frauen, die sich einzureden versuchen, dass man es allein besser habe, sich aber wie besessen aufs klingelnde Telefon stürzen.

Das Gerät erlitt den zweiten Sturz in seinem kurzen aktiven Leben. Erneut ging der von Jan reparierte Deckel zu Bruch.

»Verdammte Symbolik!«

Nach einem frugalen Frühstück beschloss sie, nicht den Bus zu nehmen, sondern zu Fuß zum S-Bahnhof zu gehen.

Auf dem Weg hellte sich ihre Stimmung ein wenig auf. Eines hatte der nächtliche Ausgang gebracht. Selin, die immer besser informiert schien als Freya, hatte ihr einige »Indiskretionen« über Cornelias Beitritt zur Bande anvertraut. Raschke hatte mehrere Frauen unter Beobachtung. Er hatte immer weitere Kandidatinnen aussortiert, bis nur noch Cornelia und Tatjana blieben, eine Bulgarin.

»Aber bei den Bulgarinnen besteht immer die Gefahr, dass sie Russisch sprechen, obwohl sie es abstreiten, und eine Polin haben wir auch schon. Dich fand ich immer besser.«

»Nicht immer«, präzisierte Freya.

Cornelia hatte schon festgestellt, dass Freya einen Hang zur Aufrichtigkeit hatte, der oft zum Petzen führte. Eins der Ingredienzien, die, zusammen mit anderen wie Karrieresucht oder Angst, den Nährboden der Verräter bilden.

»Am Anfang hättest du lieber Tatjana gehabt«, fuhr Freya fort, ohne Selins ärgerliches Gesicht zu bemerken, »aber schließlich warst du doch eher für Cornelia. Vor allem nachdem sie sich von Carolina hatte anschnauzen lassen, ohne zu mucksen. So war es doch, oder? Weißt du nicht mehr?«

»So war es«, antwortete Selin schneidend und starrte verloren auf die Theke. Sie hatte sie wieder ins La Cocotte mitgenommen. Der Inhaber des Lokals hatte ihnen zwei Runden spendiert. Es waren weder die ersten noch die letzten.

»Natürlich erinnere ich mich ...«

Einmal mehr hatte Freya nichts gemerkt. Sie wandte sich an Cornelia:

»Was sprichst du denn noch außer Deutsch?«

»Englisch, also Schulenglisch, und ein bisschen Italienisch.«

»Wir hatten eine italienische Kollegin«, ging Freya auf ihrem Kamikazeabstieg weiter.

»Es gibt viele Italienerinnen auf dem Flughafen«, fiel ihr Selin ins Wort.

»Ich meine, bei uns.«

Verschwörerisch hatte sie sich Cornelia genähert, und mit dem rechten Zeigefinger zeichnete sie einen kleinen verbindenden Kreis in die Luft, »wir«. Sie hatte ziemlich getrunken, und der Kreis bekam eine eher seltsame Form. Selin verdrehte die Augen.

»Ist sie gegangen?«, fragte Cornelia.

»Nein. Sonia ist gestorben.«

»Ach, das tut mir aber leid. War sie noch sehr jung?«

»Wie du, um die Vierzig,«

»Was ist denn passiert? Ist es die, die an einer Überdosis gestorben ist?«

»Es war ein Unfall.«

»Es war kein Unfall, Freya. Hattest du nicht so viel Lust, über Sonia zu reden? Warum erzählst du Cornelia nicht, woran sie gestorben ist?«

Freya hatte ihre ganze Aufmerksamkeit darauf konzentriert, mit dem Strohhalm die Zitronenscheibe in ihrem Drink aufzuspießen.

»Na? Keine Lust mehr, Freya? Weißt du, woran Sonia gestorben ist, Cornelia?«

Diese schüttelte den Kopf.

»An einer unbeabsichtigten Überdosis Heroin«, beharrte Freya. »Das hat die Polizei gesagt.«

»Und wir tun so, als glaubten wir das, stimmt's? Wir wissen ganz genau, dass Sonia keine Drogen genommen hat. Sie haben Sonia auf dem Gewissen.«

»Red doch keinen Stuss, Selin. Du erschreckst Cornelia noch.«

»Umso besser für sie. Uns haben sie schon genug eingeschüchtert, und es ist nur recht und billig, dass Cornelia erfährt, mit was für Leuten sie es zu tun hat. Sonia haben sie umgebracht, weil sie Angst hatten, sie würde singen.«

Dann erzählte ihr Selin eine Geschichte, die sie gut kannte, die vom Unfall beim Flugzeug und von dem Paket, das von der Kitteltasche einer sterbenden Putzfrau in die einer Kollegin gewandert war, welche kurz darauf sterben sollte.

»Sie war das Paket zwar schon losgeworden, aber die Polizei hat sie trotzdem zum Verhör mitgenommen«, sagte Selin schließlich.

»Vielleicht nur wegen des Sturzes.« Freyas Stimme wurde immer belegter.

»Vielleicht haben sie auch etwas gemerkt. Jedenfalls hat Raschke sie aus dem Weg geschafft, bevor sie was erzählen konnte.«

»Woher weißt du das?«, fragte Cornelia.

»Sie weiß es nicht, sie stellt es sich so vor«, sagte Freya.

»Stimmt das, Selin? Oder weißt du etwas?«

»Es ist doch ganz offensichtlich.«

»Siehst du, Cornelia? Alles reine Spekulationen von ihr. Wenn Ramona erfährt, dass du solches Zeug rumerzählst, kannst du was erleben.«

»Und was glaubst du, was mir zustoßen wird? Werde ich vielleicht an einer Überdosis sterben?«

Freya stand schwankend auf.

»Ich geh nach Hause. Ich hab für heute die Nase voll von der Miesmacherei. Du hast mir den Abend versaut.«

Sie ging.

»Ich glaube, wir gehen besser auch«, sagte Selin.

Sie erbot sich, sie nach Hause zu bringen. Obwohl sie volltrunken war, nahm Cornelia das Angebot an in der Hoffnung, noch mehr zu erfahren. Doch Selin war in tiefes Schweigen versunken. Auch diesmal hatten sie in der Nähe des Schauspiels geparkt. Schweigend schritten sie dahin, nur begleitet vom regelmäßigen Absatzgeklapper. Die Münchener Straße war beinahe menschenleer – der feuchtkalte Wind schien die Nachtvögel weggefegt zu haben. Eine fast unbesetzte Straßenbahn in Richtung Willy-Brandt-Platz überholte sie mit dem Rumpeln von hohlem Schwermetall. Angezogen vom Licht in den Fenstern, blickten beide nach links, und als sie wieder geradeaus schauten, sahen sie einen großen, schlaksigen Typ in einer Hose, die ihm um die Beine schlotterte. Er stellte sich ihnen in den Weg. Sie blieben stehen, und er schaute sie abwechselnd an, als müsste er sich sehr anstrengen, um mitzukriegen, wie viele sie waren.

»Hallo, ihr Süßen. Habt ihr vielleicht einen Euro für mich?«

Seine Stimme zitterte wie sein ganzer Körper. In der Art, wie er sich auf die eine Seite neigte, lag eine Mischung aus Flehen und Drohung; er streckte eine Hand aus, während die andere etwas in der Hosentasche zu suchen schien.

Wortlos versuchten sie ihm auszuweichen, Cornelia links, Selin rechts. Da machte der Mann den Fehler, die Blonde am Arm zu packen. Als sie den Druck der klauenhaften Finger spürte, schnellte Cornelia herum und versetzte ihm noch mit dem Schwung dieser Bewegung einen linken Haken auf Nase und Mund des Mannes – eine reine Reflexhandlung. Sogleich ließ der Druck nach, und der Körper sackte in sich zusammen.

»Mensch, Cornelia!«, sagte Selin bewundernd. Sie warf einen flüchtigen Blick auf den bewusstlosen Mann am Boden. Dann starrte sie auf Cornelias linke Hand.

»Du blutest ja!«

Mit nervösen Händen zog sie ein Taschentuch hervor und reichte es ihr.

»Das ist von dem Typ da. Pfui Teufel. Der hat sicher auch noch Aids. Mach dich gründlich sauber.«

Cornelia befolgte ihre Anweisungen, aber sie konnte den Blick nicht von dem Bewusstlosen abwenden.

»Wir müssen einen Krankenwagen rufen.«

»Für diesen Scheißjunkie? Lass mal deine Hand sehen. Gott sei Dank, du hast keinen Kratzer, aber es ist doch besser, wir desinfizieren sie.«

Sie zog ein Fläschchen aus der Tasche. Ein Prada-Parfüm. Bevor Cornelia etwas sagen konnte, erklärte sie:

»Ich hab es aus keinem Flugzeug mitgehen lassen. Mit dem, was wir verdienen, können wir uns so was leisten, findest du nicht?«

Sie besprayte Cornelias Hand. Ein schneidender Geruch drehte ihr den Magen um. Sie musste sich auf Selin stützen.

»Hör mal, werd mir ja nicht ohnmächtig. Wir müssen abhauen.«

»Ja, aber wir werden einen Krankenwagen für ihn rufen.«

»Wenn du meinst ...«

Mit der aufsteigenden Übelkeit kämpfend, rief Cornelia den Notruf an. Als sie die Stimme am anderen Ende hörte, wäre sie für eine Sekunde beinahe in den Polizeijargon verfallen. Sie beherrschte sich rechtzeitig, erläuterte die Situation, wie es jeder Passant getan hätte, und weigerte sich, ihren Namen zu nennen. Bevor sie ihm den Rücken zuwandte und mit Cornelia weiterging, warf Selin einen letzten Blick auf den Mann.

»Mach dir keine Sorgen. Du hast ihm sogar noch einen Gefallen getan. Heute Nacht wird das arme Schwein mit einem Dach überm Kopf schlafen.«

»Du bist eine Zynikerin, Selin.«

»Aber sicher. Du im Grunde auch. Und sonst wirst du's noch.«

Wieder in Schweigen versunken, gelangten sie zum Wagen.

Als Selin sie in ihrer Straße absetzte, bat Cornelia sie:

»Ich würde gern vergessen, was heute Nacht passiert ist, ja? Erzähl keinem die Geschichte mit dem Junkie.«

»Mit welchem Junkie?«

Cornelia lächelte Selin zu, stieg aus und ging leicht schwankend auf ihren Hauseingang zu.

Oben legte sie die Hand in kaltes Wasser und versuchte den Parfümgeruch loszuwerden.

»Das wird weh tun«, sagte sie zu ihrem Spiegelbild.

Nach dieser Nacht tat ihr der Morgenspaziergang gut, die Kopfschmerzen waren verschwunden. Nicht jedoch die Benommenheit vom Schlafmangel. Die Hand schmerzte weniger als erwartet. Es war nur eine dumpfe Erinnerung an den Vorfall.

Als sie zum Bahnhof kam, war gerade ein Zug abfahrbereit. Sie betrat den Wagen, erblickte einen freien Platz und setzte sich, ohne um sich zu schauen. Sowie sich der Zug in Bewegung setzte, starrte sie auf das Fenster zu ihrer Rechten. Da es draußen noch dunkel war, konnte sie die Fahrgäste im Spiegelbild studieren und ließ gleichzeitig die Bilder jenseits der schmutzigen Fensterscheibe an sich vorüberziehen. Auf der Konstablerwache stieg sie um. Die Geräusche der anderen Fahrgäste erreichten sie gedämpft, als hätte sie Watte in den Ohren. Die Bässe eines MP3-Players, das Lachen einiger Frauen, das unentschlossene Weinen eines Babys ... Eine tiefe, alkoholgeraute Stimme hinten im Wagen wiederholte obsessiv wie eine Litanei unverständliche Worte. Eine Station vor dem Flughafen, Sportplatz, verlor die Litanei ihren Rhythmus. Diese Veränderung zwang sie, den Ursprung der Stimme zu suchen, die jetzt wiederholte:

»Fass mich nicht an, fass mich nicht an.«

Es war ein großgewachsener Mann mit einer wirren schwarzen Mähne. Er trug einen zu großen Pullover und zu kurze Hosen, aus denen seine in Sandalen steckenden Füße herauslugten. Er sprach mit zwei Kontrolleuren, die in Niederrad eingestiegen waren und ihn mit ihren uniformierten Körpern umstellten.

»Fass mich nicht an, ich mag es nicht, wenn man mich anfasst. Nimm deine Pfoten weg!«

Einer der Kontrolleure hielt den Mann am rechten Arm fest, um ihn zu zwingen, sich umzudrehen. Der Mann wand sich und reagierte auf die Kraftanwendung der Kontrolleure mit immer wilderen Bewegungen. Mit dem freien Arm fuchtelte er in der Luft herum, während der zweite Kontrolleur diesen Bewegungen im Takt folgte, als wollte er mit bloßen Händen einen Fisch fangen.

»Fass mich nicht an.«

Die Situation eskalierte unbarmherzig.

Sofort reagierte die Polizei-Cornelia – sie stand auf

und näherte sich der rangelnden Gruppe. Begleitet wurde sie von der Cornelia, die sich von ihrer nächtlichen Affekthandlung erlösen musste. Der Gestank des Mannes mit dem wirren Haar hatte schon die Wagenmitte erreicht. Sie blieb einen Meter von den drei Männern entfernt stehen, hielt sich an der Stange fest und sagte zu den Kontrolleuren:

»Lassen Sie ihn los. Lassen Sie ihn los, und er wird sich beruhigen.«

Einer der Kontrolleure wandte sich um, ohne den Arm des Mannes loszulassen. Sie schaute ihm in die Augen und wiederholte:

»Lassen Sie ihn los, sage ich!«

Die Autorität, die sie ihrer Stimme verlieh, überlagerte sich dem Bild, das der Aufseher aufgeschnappt hatte, das einer Blondine mit verschlafenem Gesicht in himmelblauem T-Shirt. Er ließ den Arm des Mannes los. Nun spürte sein Kollege dessen ganzen Widerstand auf sich.

»Was machst du?«, schrie er seinen Kollegen an.

»Lassen Sie ihn los!«, sagte Cornelia leiser.

»Lass ihn los!«, wiederholte der andere Kontrolleur.

Sobald er spürte, dass der Kontakt mit den Kontrolleuren verschwand, hörte der Mann auf zu zetern und lehnte sich schwer atmend, aber ruhig an die Tür.

Die beiden Kontrolleure wandten sich Cornelia zu. Die Blicke der Fahrgäste wanderten vom Bettler zu den Kontrolleuren und von diesen zu der Frau.

Cornelia sprach als Erste.

»Er erträgt es nicht, wenn man ihn berührt.«

»Woher wollen Sie das wissen?«, fragte einer der Kontrolleure halb ungläubig, halb verächtlich.

»Er hat es Ihnen mehrmals gesagt. Was wollen Sie von ihm?«

»Sehen, ob er eine Fahrkarte hat.«

Der Mann nestelte eine Monatskarte aus der Hosentasche.

»Die wird er gestohlen haben«, sagte ein Kontrolleur.

Cornelia warf ihm einen wütenden Blick zu.

»Ist sie gültig?«, fragte sie.

Der andere nickte.

»Dann ist ja wohl alles klar«, sagte sie und ging zu ihrem Platz zurück. Sie setzte sich nicht mehr hin, da sie schon in den Flughafentunnel einfuhren. Alle Fahrgäste schauten sie an. Das sah beim Aussteigen auch ihre Kollegin Beata, die im selben Zug gefahren war. Beata wartete auf Cornelia, und gemeinsam gingen sie zum internen Bereich des Flughafens.

Beata war kein gesprächiger Mensch. Bei den Unterhaltungen begnügte sie sich normalerweise mit einem Nicken zu allem, was gesagt wurde. Auch wenn gar niemand sprach, bewegte sich ihr Kopf, als hieße sie gut, was eine von ihnen gerade gedacht haben mochte.

An diesem Morgen schien sie jedoch von einem regelrechten Quasselgeist gepackt. Cornelia konnte nur nicken oder kurz ja sagen. Es war ein aufgeregtes Geschwätz, und sie musste an ihre spanischen Landsleute denken, die die Stille nicht ertrugen und deshalb immer laut redeten. Warum war Beata so nervös?

»Diskretion ist das A und das O.«

Das war doch die Treue gewesen, dachte sie, enthielt sich aber eines Kommentars. Das war nicht der Moment zum Sprechen, sondern den Mund zu halten und zerknirscht aus der Wäsche zu gucken.

Nach Feierabend hatte Ramona gesagt, Raschke wolle sie sehen. Den Grund hatte sie nicht nennen wollen.

Auf dem Weg zu Raschkes Büro zerbrach sie sich den Kopf. Das Letzte, was ihr in den Sinn kam, war, dass sie wegen des Zwischenfalls in der S-Bahn zitiert würde. Den hatte sie schon fast vergessen, aber ganz offensichtlich war er Raschke zu Ohren gekommen, so dass er sie nun vorgeladen hatte, und zwar nicht, um sie zu beglückwünschen.

Gebieterisch hieß er sie Platz nehmen, wie damals, als er Iwana gefeuert hatte. Mehrere Sekunden lang schaute er sie an und schüttelte dabei langsam den Kopf, als suchte und verwürfe er die Worte, die er an sie richten wollte. Als er endlich zu sprechen begann, tat er es mit Donnerstimme.

»Wie kannst du nur so unbedacht sein?«

Cornelia musste nicht die Überraschte spielen – sie hatte keine Ahnung, wovon Raschke sprach.

»Was hast du dich in diese Angelegenheit einzumischen? Hast du diesen Kerl vielleicht gekannt? Bestimmt hat er sich nicht mal bedankt für deine Hilfe.«

»Was habe ich denn getan?«

»Was du getan hast? Öffentliches Aufsehen hast du erregt!«

»Wann?«

»Wann? Heute Morgen, meine Hübsche. Als du beschlossen hast, Robin Hood zu spielen.«

Sie kam sich etwas schwer von Begriff vor, als ihr endlich aufging, was er meinte.

»Aber ich ...«

»Nichts aber ich! Das Letzte, was wir wollen, ist Aufsehen erregen. Für eure Umgebung habt ihr unsichtbar und austauschbar zu sein.« Und dann sagte er den Satz: »Diskretion ist das A und das O.«

Und ihr war klar, dass sie weiterhin den Mund halten musste.

Zwei, drei Sätze später fand Raschke offenbar, er habe seine Angestellte nun genug abgekanzelt, ging zum nächsten Satz über und siezte sie wieder.

»Cornelia, Sie sollen wissen, dass mir von Anfang an Ihre Entschlossenheit und Courage aufgefallen ist, zwei Eigenschaften, die Sie ehren und die, wie ich sehe, mit einem ausgeprägten Gerechtigkeitssinn einhergehen. Das ist an sich sehr lobenswert. Aber jetzt gehören Sie zu einem komplexen Unternehmen, und es ist wichtig, dass Sie begreifen und sich zu eigen machen, was man heute Unternehmensphilosophie nennt.«

»Ich wusste ja nicht ...«

»Natürlich konnten Sie es nicht wissen, armes Ding. In diesem Punkt nehme ich meinen Anteil an Schuld auf mich, weil ich Sie nicht genügend informiert habe.«

War er vom drohenden Ton zu süßlicher Herablassung übergegangen, so war jetzt der Moment für den paternalistischen Unternehmer alter Schule gekommen.

»Die Eckpfeiler dieses Unternehmens sind Treue, Diskretion und ... Kontrolle.«

»Kontrolle?«

»Das ist ein anderes Wort für Vertrauen, aber nachgewiesenes Vertrauen. Wenn ich das Personal aussuche, folge ich ganz klaren Kriterien und bin zugegebenermaßen unbeugsam. Sie alle habe ich ausgesucht, weil Sie rechtschaffene Frauen sind.«

Er legte eine Pause ein, vielleicht weil er eine Frage von ihr erwartete, doch sie war ganz hingerissen von seinen Worten.

»Ich erkläre es Ihnen. Was wir da machen, ist ganz offensichtlich illegal – kriminell, könnte man sagen. Das heißt, alle, die wir daran beteiligt sind, sind Kriminelle.«

Er sagte nichts, was sie in diesen Tagen nicht selbst schon gedacht hatte, aber Raschkes Unternehmersachlichkeit machte es auf fast schmerzliche Art und Weise deutlich.

»Aus diesem Grund bin ich als Organisator dieses Unternehmens ein Opfer dessen, was einige Soziologen als ›Paradox des Bösen‹ bezeichnen. Das heißt, einerseits muss ich mit Leuten arbeiten, die bereit sind, eine Straftat zu begehen, aber auf der anderen Seite bin ich mir bewusst, dass es sich naturgemäß um wenig vertrauenswürdige Personen handelt, und das zwingt mich, misstrauisch zu sein. Können Sie mir folgen?«

»Absolut.«

»Gut. Aus diesem Grund nehme ich zu gegebener Zeit nur Leute, die von Natur aus rechtschaffen und sauber sind. Menschen, die bloß von den Umständen dazu gebracht worden sind, gegen das Gesetz zu verstoßen. Damit Sie es besser verstehen, nenne ich Ihnen das Beispiel einer Frau, die ich nie als Mitarbeiterin ausgesucht hätte, Ihre unglückliche Kollegin Iwana Jablowski.«

»Warum nicht?«

»Weil sie eine Diebin war.«

»Und das wussten Sie schon vor dem Zwischenfall mit dem Parfüm? Wie denn?«

»Indem ich die Leute beobachten lasse, die ich ins Unternehmen aufnehmen könnte. Die Person, die Iwana einige Tage folgte, hat gesehen, dass sie in der Drogerie und auch in einem Kaufhaus Dinge entwendet hat. Und so, wie sie vorging, schien sie eine lange Praxis zu haben.«

»Und mich?«

»Auch Ihnen sind wir einige Tage gefolgt. Aber schauen Sie mich bitte nicht mit diesem Gesicht an, der Bericht ist sehr positiv ausgefallen. Sonst würden wir uns jetzt nicht hier unterhalten.«

Wie eine Miniversion dessen, was angeblich im Augenblick des Todes geschieht, ließ Cornelia mit großer Geschwindigkeit ihre Tage seit Arbeitsbeginn auf dem Flughafen Revue passieren. Was mochte die Person gesehen haben, die sie überwachte? Ein monotones Einsiedlerleben. Die langen Busfahrten und die kurzen Gänge im Viertel zum Supermarkt, zu einer Pizzeria, zum Türken an der Ecke, zum Chinesen zwei Straßen weiter unten. Ob sie sich daran gestört hatten, dass sie mit niemandem wegging, dass sie keinen Besuch empfing? Offensichtlich nicht.

Ihr vollkommenes Aufgehen in Cornelia Lenz' Rolle hatte sich gelohnt.

»Wir bewegen uns auf sehr gefährlichem Gebiet, und jeder Fehler kann fatale Folgen haben. Es ist sehr schwierig, vertrauenswürdige Leute zu finden. Ich würde sogar sagen, das ist der schwierigste Teil meiner Arbeit, sehr viel schwieriger als bei gewöhnlichen Geschäften, wo ein Fehlgriff bei der Personalanstellung mit einer rechtzeitigen Kündigung korrigiert werden kann. Hier, in unserem Unternehmen, können wir es uns nicht leisten, jemanden zu entlassen. Es ist im Grunde wie bei einer Familie, gehört man einmal dazu, so gehört man für immer dazu. Verstehen Sie mich?«

»Selbstverständlich.«

Sie verstand auch, dass in dieser Prinzipienerklärung eine implizite Drohung steckte. Aus diesem Unternehmen gab es keinen Ausweg. Sonia Raimondo war das Beispiel.

»Welchen Sinn hat der Familienzusammenschluss? Vor allem den Schutz ihrer Mitglieder, was eine gemeinsame Verantwortung ist. Aus diesem Grund ist auch das gute Funktionieren des Unternehmens eine Verantwortung aller. Da die Kontrolle der Zuverlässigkeit der Kollegen entscheidend ist und da Sie jetzt seit einigen Tagen zum Unternehmen gehören und sich, wie ich glaube, darüber im Klaren sind, was das bedeutet, ist der Moment gekommen, dass Sie Ihre Aufgaben hundertprozentig wahrnehmen und also darauf achten, dass Ihre Kolleginnen ein tadelloses Verhalten an den Tag legen.«

»Was heißt hier ›tadellos‹?«

Raschke schnurrte die Gebote wie aus dem Katechismus herunter:

»Diskretion. Es ist nicht erlaubt, über das Unternehmen zu sprechen oder sich mit seinem Einkommen zu brüsten. Mäßigung. Jeglicher Drogenkonsum ist verboten, ausgenommen Alkohol, bei dem es sich um eine gesellschaftlich akzeptierte Droge handelt. Vorsicht. Es ist nicht die geringste Gesetzesübertretung erlaubt, die die Polizei auf jemanden des Unternehmens aufmerksam machen könnte. Wachsamkeit. Über jede Abirrung von Seiten eines Unternehmensangehörigen muss der unmittelbar vorgesetzten Person Bericht erstattet werden. In Ihrem Fall Frau Althaus.«

Er machte eine kleine Pause, damit Cornelia seine Worte verinnerlichen konnte, ehe er ihr präzisere Anweisungen gab.

»Jede Einzelne von Ihnen steht unter der Beobachtung aller anderen und beobachtet diese ihrerseits, aber insbesondere ist jede Einzelne von Ihnen für eine andere verantwortlich. Dabei gibt es eine Grundregel: Es ist absolut verboten, dass die Person, für die man verantwortlich ist, dies weiß.«

»Also werde ich Sie nicht fragen, wer die Person ist, die mich überwacht. Aber wen soll ich überwachen?«

Raschke wechselte vom priesterlichen zu einem süßlichen Ton:

»In vielen Kulturen sagt man, wenn man jemandem

das Leben rette, sei man für den Rest seiner Tage für ihn verantwortlich. Als Sie dafür sorgten, dass man Selin Herzog bei der Polizeikontrolle nicht erwischte, haben Sie ihr sozusagen das Leben gerettet, und jetzt ist sie Ihre Schutzbefohlene, Ihre Verantwortung. Ist das klar?«

»Absolut klar.«

Sie verließ Raschkes Büro als vollkommenes Mitglied der Bande, was auch bedeutete, dass sie die Aufgabe hatte, sich an dem Denunziationssystem zu beteiligen, das Raschke aufgebaut hatte, um alles unter Kontrolle zu haben. Ob er um die nächtlichen Sauftouren seiner Frauen wusste? Vielleicht hatte er mit seiner Bemerkung über den Alkohol indirekt sagen wollen, dass er auf dem Laufenden war, es aber duldete.

Eigentlich hatte sie nicht die geringste Absicht, Selin für Raschke zu überwachen, obwohl sie ihr die Möglichkeit dazu auf dem Silbertablett präsentierte. Als sie sich, nur einen Tag nach dem Gespräch mit dem Boss, umzog, um nach Hause zu gehen, trat Selin zu ihr. Das Pendeln des schwarzen Pferdeschwanzes erinnerte sie ans rhythmische Schwanzwedeln eines Hundes, wenn er spielen wollte.

»Cornelia, ich habe mich bei dir immer noch nicht richtig bedankt.«

»Wofür denn?«

»Dass du mir neulich bei der Kontrolle aus der Patsche geholfen hast.«

»Mach dir deswegen kein Sorge.«

»Ich mach mir keine Sorgen, ich will es einfach. Ich möchte dich gern zu einem Abendessen bei meiner Familie einladen. So lernst du auch meinen Bruder Faruk kennen.«

Während sie auf die Antwort wartete, hatten die auf Cornelia gerichteten Augen den Ausdruck gewechselt.

War es Misstrauen? Alle wussten sich überwacht. Auch für Cornelia war die den Neulingen zugestandene Gnadenfrist vorüber. Ahnte Selin, dass Cornelia die Person war, die auf sie angesetzt war? Falls dem so war, hatte sie sich für die Flucht nach vorn entschieden.

Selin wohnte in Langen.

»Im selben Viertel wie mein Bruder und seine Frau. Wir werden mit ihnen essen.«

Der Zweck heiligt die Mittel.

»Lüge.«

Wenn diese Arbeit einmal abgeschlossen wäre, hätten sie der Hydra nur einen einzigen Kopf abgeschlagen. War es denn tatsächlich so entscheidend, sie mit Stumpf und Stiel auszurotten?

Sie öffnete ein weiteres Bier und ging damit ins Wohnzimmer.

Der Zweck heiligt die Mittel. So hatte sie am Anfang geglaubt, aber sie hatte sich selbst betrogen. Man hatte sie betrogen. Alle hatten sie betrogen, Rossmann, Ockenfeld und der Staatsanwalt – wie hieß er noch? –, der ihr Vorgehen mit seiner Unterschrift und dem Prinzip des Die-Gelegenheit-beim-Schopf-Packen abgesegnet hatte. Man müsse bis zur Wurzel des Übels vordringen. Warum denn? Nach kurzer Zeit würden andere diesen Platz einnehmen. Andere Gesichter, andere Hände, andere Stimmen, aber dieselben Ziele. Alle betrogen sich und hatten sie betrogen. Rossmann, Ockenfeld, der Staatsanwalt, an dessen Namen sie sich noch immer nicht erinnerte. Und Reiner und Leo. Alle, die ihr sagten, es habe Sinn, was sie da mache.

»Was bin ich für eine Jammertante! Ich habe zu viel getrunken.« Sie korrigierte sich. »Ich habe noch nicht genug getrunken.«

Sie holte ein weiteres Bier aus dem Kühlschrank, legte sich auf das Monstersofa, zog einige DVDs aus einer der Schachteln und ordnete sie fächerförmig an wie Spielkarten, so dass sie die Titel nicht sehen konnte.

»Na, was haben wir denn heute für ein Programm ... Eins, zwei, drei, du bist dran.« Uff! *Dark Victory* mit Bette Davis, die an einem Gehirntumor stirbt. Nein, der nicht. Eins, zwei, drei, du bist dran.

Die Nacht ist mein Feind, ein englischer Streifen mit Dirk Bogarde und Olivia de Havilland. Den kannte sie nicht, aber allein Bogarde zu sehen lohnte sich.

»Hoffentlich ist er nicht allzu romantisch. Sonst bin ich imstande und ruf Leo an. Oberkommissar Leopold Müller, melden Sie sich unverzüglich zur Stelle, um Ihrer Vorgesetzten zu Diensten zu stehen, die diese dringend benötigt.«

Sie lachte.

»Was für ein Lachen. Kaninchenlachen.«

Woher kam das mit dem Kaninchenlachen? Ernie und Bert. Welcher von beiden hatte ein Kaninchenlachen? Welcher war Ernie? Welcher war Bert? Sie konnte sich nicht mehr erinnern.

»Ich werde Reiner fragen. Jetzt, mit den Kindern, weiß er es ganz bestimmt.«

Sie vermisste »ihre« Jungs. Für den Moment tröstete sie sich mit dem Gedanken, wie sie Reiner überraschen würde mit ihren Kenntnissen von Fernsehserien, die sie Hamit zu verdanken hatte. Sie würde sie einander vorstellen müssen. Falls denn Hamit und Gamze überhaupt noch mit ihr sprächen, wenn sie erführen, dass Cornelia Lenz eine Täuschung gewesen war.

Etwas benommen stand sie auf und schob den Film in den Rechner. Es war kein romantischer Film, aber trotzdem hätte sie beinahe Leopold angerufen. Drei Viertel

Stunden später hatte ihr das Bier einen schweren, unruhigen, aber endlich langen Schlaf beschert.

DIE HEILIGE AURORITA

»Und die da?«, fragte die Frau, die ihnen die Tür geöffnet hatte.

Ihre schätzungsweise dreißig Jahre waren in enganliegende Kleider gezwängt, die sie so natürlich trug, als fühlte sie sich mit ihrem ausladenden Hintern ebenso wohl wie mit den Fleischwülsten, die die Gummizüge von Hose und BH bildeten. Ihr Deutsch hatte einen ausgeprägt spanischen Akzent, dessen Herkunft Cornelia aber nicht feststellen konnte.

»Cornelia. Eine Kollegin von mir. Sie ist vertrauenswürdig, ehrlich.«

Selin erzählte ihrer Schwägerin, Cornelia sei vor kurzem ins Unternehmen eingetreten. Dieses Wort betonte sie auffällig, gleichsam in Anführungsstrichen, woraus Cornelia schloss, dass die Schwägerin haargenau wusste, wovon die Rede war.

Wie lautete doch Raschkes erstes Gebot? Diskretion. Es war verboten, vom Unternehmen zu sprechen. Das hatte Selin bereits übertreten, und es schien ihr kein Problem zu sein, dass Cornelia es mitbekam.

»Sie hat mir aus einer argen Patsche geholfen«, sagte sie zu der Frau, um diese Geschichte abzuschließen.

Trotzdem schaute Selins Schwägerin Cornelia nach wie vor argwöhnisch an.

»*Hola*«, sagte Cornelia auf Spanisch mit dem ebenso ausgeprägt deutschen Akzent und den typischen Fehlern einer Anfängerin, *»me llamo Cornelia y estoy de Offenbach.«*

Das Bemühen, sie in ihrer Muttersprache anzusprechen, zeitigte einen spontanen Erfolg – die Frau lächelte und reichte ihr die Hand.

»*Hola, soy Raquel, de Medellín, en Colombia. Bienvenida.*«

Sie sprach sehr langsam und sehr laut. Cornelia nickte. Dann erging sich die Kolumbianerin in Entschuldigungen über ihre anfängliche Unhöflichkeit.

»*Solo hablo poquita español.*« Cornelia wiederholte den Satz, mit dem ihr Mann von der ersten Spanischstunde zurückgekommen war. Sogleich wechselte Raquel die Sprache, wenn auch nicht den Akzent.

»Wo ist Faruk?«, fragte Selin.

»Wahrscheinlich in seinem Zimmer. Kannst ja mal nachschauen.«

Selin verschwand rechts in einem Gang. Man hörte eine Tür aufgehen und dann eine Männerstimme. Sie unterhielten sich auf Türkisch.

»Sie sprechen immer Türkisch miteinander, obwohl sie deutscher sind als eine Bratwurst. Ihr Vater war Deutscher, drum heißen sie Herzog, und die Mutter ist Türkin, aber sie wohnt in Offenbach, seit ihrem zweiten Lebensjahr. Damit du siehst, wie erzdeutsch sie sind, nenn ich dir ein Beispiel. Einmal, vor drei Jahren, haben wir Urlaub gemacht. Weißt du, wohin er mit mir gefahren ist? Rat mal.«

»Nach Mallorca?«

»Genau. Das sagt ja alles. Die beiden sind hier geboren, und von den Türken haben sie genau das behalten, was ihnen in den Kram passt.«

Cornelia nickte. Sie kannte die Auswirkungen des Sich-fremd-Fühlens gut, selbst in dem Land, wo man geboren ist.

»So was kommt eben vor«, sagte sie.

»Wenn ich Zeit hätte, würde ich heimlich Türkisch lernen, um zu erfahren, wovon verflixt noch mal sie reden. Aber sie verstehen mich ja auch nicht, wenn ich mit meinen Freundinnen Spanisch spreche. Obwohl, gerade in Frankfurt weiß man nie. Eine ungefährliche Sprache gibt es nicht. Möchtest du einen Kaffee?«

Da Cornelia zögerte, fügte Raquel hinzu:

»Es ist kolumbianischer, du brauchst keine Angst zu haben, dass ich dir diese süße Schweinerei vorsetze, die die Türken trinken.«

Sie lachte auf und verschwand in der Küche, und Cornelia blieb im Wohnzimmer allein. Von rechts kamen Selins Stimme und die ihres Bruders; von links Geschirrgeklapper und kurz darauf das Schnauben einer Kaffeemaschine. Sie schaute sich um. Die Möbel von Faruk Herzog und seiner Frau unterschieden sich kaum von denen ihrer Eltern. Der einzige Unterschied bestand darin, dass es in dieser Wohnung keine Bücher gab. Hingegen die gleichen konventionellen Möbel, dunkel und massig, die Stühle mit Brokatimitation bezogen, die Sofas sperrig, die Kissen fein säuberlich an den von Häkeldeckchen geschützten Armstützen aufgereiht. Selbst die Pflanzen glichen sich und standen an vergleichbaren Orten.

In der Wohnung ihrer Eltern gab es jedoch keinen Altar, wie sie ihn hier an der Wand neben der Tür sah. Sie stand auf, um ihn von nahem zu betrachten. Das Foto einer Frau in vergoldetem Zierrahmen war die Kultfigur; zu ihren Füßen, auf einer Kommode, ein ebenfalls vergoldetes kleines Tablett mit einem Rosenkranz. Beidseits Kerzenständer mit rosafarbenen Kerzen und ein kleiner Krug mit Blumen. Sie berührte sie – Seide. Die Frau auf dem Foto mochte etwa dreißig sein und zeigte unter einer blonden Lockenwolke ein stark geschminktes Lächeln. Augen und Brauen waren tiefschwarz.

»Aurorita«, sagte Raquel hinter ihr. Sie stellte das Tablett mit den Tassen und der Kaffeekanne auf den Tisch. »Faruks erste Frau.«

»Ist sie gestorben?«, fragte Cornelia und deutete auf den Trauerflor auf der einen Ecke des Rahmens.

»Sie ist umgebracht worden. Bei einer Schießerei.«

»Bei einer Schießerei? Was ist denn geschehen?«

»Bandenkriege beim Bahnhof«, lautete Raquels vage Antwort.

»Ist das lange her?«

»Fünf oder sechs Jahre. Hinter dem Bahnhof, in der Nähe des Parkplatzes mit den polnischen Bussen. Eine andere junge Frau wurde verletzt, und Aurorita ist tot liegen geblieben.«

Cornelia erinnerte sich vage an den Fall. War damit nicht ihr Kollege Juncker befasst gewesen? Sie war nicht sicher. Sie warf einen letzten Blick auf Auroritas Altar. Beim Kaffeeeinschenken erzählte Raquel weiter:

»Sie war ebenfalls Kolumbianerin, aber aus einem Dorf im Landesinnern.«

Jetzt erschien Faruk Herzog im Esszimmer, vielleicht angezogen vom Kaffeeduft, vielleicht weil er den Namen seiner ersten Frau gehört hatte. Er war Selins älterer Bruder, was nicht zu übersehen war: länglicher Kopf, dicke Oberlippe, die den Mund herzförmig erscheinen ließ, die gleichen großen, leicht verschlafenen Augen – Faruks waren von einem sehr hellen Braun, fast gelblich –, und der gleiche sehnige Körper, bei der Schwester schlank, bei Faruk geradezu dürr.

Obwohl Raquel ihren Mann natürlich hatte hereinkommen hören, wandte sie ihm weiterhin den Rücken zu, als hätte sie nichts bemerkt, und sagte zu Cornelia:

»Er macht mich krank mit seiner Aurorita – eine Heilige, der ich nie auch nur das Wasser reichen kann. Dabei war sie genau so eine Nutte wie ich.«

Faruk Herzog trat zu ihr und hob die Hand wie zum Schlag. Raquel schnellte herum.

»Wag es, mich anzufassen, und ich kratz dir die Augen aus!«

»Die Nächste wird eine Türkin oder Marokkanerin sein, die sind folgsamer.«

»Was heißt da die Nächste? Welche Nächste? Dich halbe Portion überleb ich noch lange.«

Die letzten Worte hätten eine Beschimpfung sein können, hätte nicht echte Besorgnis um ihren Mann mitgeschwungen.

»Es gibt viele Arten, sich zu lieben.« Cornelia erinnerte sich an diese Worte ihrer Mutter.

»Faruk, das ist Cornelia, die Kollegin, von der ich dir erzählt habe«, sagte Selin ungerührt. Diese Szenen waren ihr offenbar nicht unbekannt.

»Du bist also die Neue im Unternehmen«, begrüßte er sie.

Noch einer, der Bescheid wusste. Anscheinend war es für Selin klar, dass Cornelia Raschkes Denunzierungsspiel nicht mitspielte.

Unterdessen war Raquel wieder in der Küche verschwunden, aus der sie später ein türkisch-kolumbianisches Fusion-Menü bringen sollte. In der Zwischenzeit zeigte Selin Cornelia weitere gerahmte Fotos, die die Regale eines von einem riesigen Fernseher mit Plasmabildschirm dominierten Möbelstücks füllten.

Kinderfotos. Die älteren davon zweifellos Bilder ihrer Gastgeber in ihrer Kindheit, die neueren von einer Reihe Nichten und Neffen Raquels, Kinder von Brüdern und Schwestern, Cousins und Cousinen oder anderer Verwandte unterschiedlichen Grades. Familie im weitesten Sinn des Wortes. Bilder von jungen Mädchen auf mehr oder weniger stürmischen Partys. Auf einem erkannte Cornelia das Lokal, in das Selin sie geführt hatte. Sie zeigte darauf:

»Das ist doch La Cocotte, wo wir ein paarmal mit Freya waren, nicht wahr?«

Sie nahm das Bild, um die Gesichter der Gruppe Leute besser zu erkennen, die mit Papierhütchen voll bunten Lamettas in die Kamera lachten. Zwei Gesichter erkannte sie.

»Das ist Raquel. Die da mit dem roten Hütchen – ist das nicht Aurorita?«, fragte sie Selin.

»Doch. Ihr letzter Silvesterabend. Nur drei Monate später wurde sie umgebracht. Und da haben wir alle angestoßen und den ganzen Stuss mit den guten Vorsätzen hergebetet. Und das Dummchen hatte sich vorgenommen, das Rauchen aufzugeben.«

»Bist du auch dabei?«

»Ja, aber in meiner blonden Phase.«

Unter einer Weihnachtsmannmütze, der lange blonde Haare entquollen, lächelte Selins Gesicht in die Kamera.

»Und das ist Faruk.« Cornelia zeigte auf einen jungen Mann mit Schnurrbart neben einem anderen Mann unter einem riesigen Fantasieturban, dessen Körper von einem Akkordeon halb verdeckt wurde.

»Das ist Mirko, unser Taufpate.«

»Der Besitzer? Der ist euer Taufpate? Seid ihr denn getauft?«

Ihr Erstaunen war echt.

Selin warf einen raschen Blick auf Faruk, bevor sie antwortete.

»In übertragenem Sinn.«

Da erschien Raquel mit einer Schale Hummus.

»Die da und Christen? Die sind doch total ungläubig. Aber bevor der Vater das Weite suchte, hat er was Gutes getan – sie getauft.«

»Du willst es heute offenbar drauf ankommen lassen, Raquel«, sagte Faruk, seinen Teller fixierend.

»Wenn ich etwas sage, was nicht stimmt, dann korrigier mich.«

»Wir wissen doch, dass du dich niemals mit einem Muslim eingelassen hättest, Raquelita«, sagte Selin scherzhaft.

»Niemals!«

»Von denen verlangt sie sogar einen Zuschlag«, erklärte Selin Cornelia.

Sie begannen zu essen. Im Verlauf des Abends ereigneten sich noch mehrere solche Szenen. Wellen, die sich bedrohlich aufbäumten und dann als Schaum an den liebenswürdigen Kanten von Selins Ironie abperlten.

»Da, probier das mal. Es wird dir schmecken.«

»Was ist es, Mama?«

»Ein Mitbringsel vom Flughafen.«

»Wie nimmt man es?«

»Das weißt du nicht? Was bringt man euch denn in der Schule bei?«

Ihr Sohn schaut sie an und versucht, herauszufinden, ob Cornelia scherzt oder mit ihm schimpft. Er ist auf einmal keine sechzehn mehr wie eben, als die Mutter das kleine Paket mit dem weißen Pulver aus der Tasche gezogen hat, er ist geschrumpft, jetzt ist er erst sieben und schaut sie mit verzückten Augen an, wie ein Junge dieses Alters seine Mutter anschaut. Bis er das ironische Lächeln auf ihren Lippen entdeckt, während sie das Kopftuch abzieht, das bei der Arbeit die Haare vor dem Staub schützt, und die blonde Mähne schüttelt. Wieder ein Jugendlicher, setzt er sich mit ihr vor einen Tisch wie die in der First Class Lounge des Flughafens.

»Hast du es gestohlen, Mama?«

»Nein, man hat es mir geschenkt. Es ist eine Prämie, weil ich sehr gut arbeite.«

»Du bist die Beste«, sagt der Junge stolz.

Allmählich empfindet sie ein Unwohlsein, einen Druck in der Brust, so dass sie die Lungen nicht mit Luft füllen kann und die Herzschläge an den Rippen spürt.

»Ja, ich bin ein Naturtalent«, antwortet sie mit stockendem Atem.

»Zeig mir, wie man es macht.«

Cornelia zieht einen Fünf-Euro-Schein aus dem Geldbeutel und rollt ihn ein.

»Normalerweise nimmt man große Noten, aber heute ist es ein Proletariersniff.«

»Was du alles weißt!«

Auf dem Tisch zieht sie eine Linie Koks. Dann nähert sie die Nase und steckt sich das Röllchen in eines der Löcher. Atmet ein. Doch wegen ihrer abnehmenden Lungenkapazität kriegt sie nur eben die Hälfte der Linie herein.

Der faszinierte Blick ihres Sohns hat ihn noch kleiner gemacht, zu einem Fünfjährigen. Er imitiert ihre sämtlichen Gesten, und bevor sie es verhindern kann, hat er eine ellenlange Linie gesnifft, zehn, fünfzehn, zwanzig, fünfundzwanzig Zentimeter Koks sind in seiner Nase verschwunden. Entsetzt schaut sie ihn an. Ihre weitaufgerissenen Augen sind ein Abglanz derjenigen ihres Sohnes, aber seine sind verdreht, sind vom gleichen Weiß wie der Schaum, der ihm nun aus dem Mund tritt. Sie möchte um Hilfe rufen, aber ihre Lungen sind schon so klein, dass nur ein Krächzer wie von einem Vögelchen zu hören ist. Zuckend fällt der Junge zu Boden.

Cornelia erwachte.

Sie spürte, dass sie nicht atmen konnte, ihre winzigen Lungen bewegten sich nicht. Sie war zu verwirrt und zugleich so erschrocken, dass sie ihre Atmung gar nicht wahrnahm. Sie stieg aus dem Bett, ging ins Wohnzimmer, öffnete das Fenster. Noch immer spürte sie ihren Atem nicht. Ein Impuls trieb sie wie ein erstickendes Tier auf der Suche nach einem Ausweg zur Wohnungstür. Auf der Flucht im Dunkeln stieß der linke Fuß ans Tischbein, der plötzliche Schmerz stoppte sie und entriss ihr ein »Scheiße!« Als sie ihr eigene Stimme hörte, merkte sie unversehens, dass sich ihre Lungen wieder mit Luft gefüllt hatten. Sie ließ sich zu Boden fallen und rieb sich energisch die gestauchten Zehen.

»Nicht der Rede wert, nicht der Rede wert.«

Das sagte sie, als tröstete sie ein Kind, das gestürzt ist.

Nach Feierabend kam Selin zu ihr.

»Du siehst sehr schlecht aus. Da müssen wir doch was unternehmen, was meinst du, Freya?«

»Ich habe da eine Idee.«

»Ah ja?«

Der Dialog war so gekünstelt, als stammte er aus einem Sprachlehrgang.

Cornelia beschloss mitzuspielen.

»Aha. Was machen wir also?«

»Wir gehen in eine Karaokebar«, verkündete Selin triumphierend. »Warum machst du denn so ein Gesicht, Cornelia?«

»Da war ich noch nie ...«

»Dann ist es heute Abend eben das erste Mal, und Freya bekommt ein wenig Erfahrung auf der Bühne.«

»Ich habe zwei Songs vorbereitet, die werde ich singen.«

Hoffentlich singst du besser, als du schauspielerst, dachte Cornelia angesichts der Provinzschmiere, mit der sie das Gespräch eingeleitet hatten.

Der nächtliche Alptraum hatte sich den ganzen Tag mit einem körperlichen Unwohlsein bemerkbar gemacht, und manchmal glaubte sie zu ersticken, als verlöre sie den Atemrhythmus. Aus dem Flug von Madrid hatte sie zwei Pakete herausgeschafft. Seit drei Tagen waren es täglich zwei. Wie viele mochten es bei den anderen sein?

Vielleicht konnte sie es die beiden bei ihrem abendlichen Ausflug fragen.

Es fiel ihr leichter, die Einladung unter diesem beruflichen Aspekt anzunehmen, so musste sie sich nicht rechtfertigen, dass sie große Lust hatte, an diesem Abend auszugehen und das Unwohlsein mit einigen Flaschen Bier oder Drinks wegzuspülen.

Sie begannen gleich mit den Drinks. Das Lokal hatte Freya gewählt. Der Grund war offensichtlich: die Bühne. Sie sah aus wie eine richtige Bühne; die Prompter, von denen die jeweiligen Sänger die Songtexte ablasen, waren fürs Publikum unsichtbar hinter zwei Aufbauten verborgen, die die alten Souffleurkästen imitierten.

»Das könnte ein Theater für besonders vergessliche Schauspieler gewesen sein«, sagte Cornelia.

Das Geschrei, mit dem ein Mann in den Fünfzigern seine Wiedergabe von *My Way* krönte, hinderte sie daran, Selins Antwort zu verstehen, aber von ihren Lippen glaubte sie das Wort »Alzheimer« abzulesen und belachte den geschmacklosen Witz höflich. Ein spöttischer Applaus, heftiger auf der linken Seite, wo die Begleiter des Sängers saßen, beschloss den Auftritt. Verschwitzt und glücklich trat der Mann ab. Während er auf den Holzstufen von der Bühne herunterstieg, zog er die Krawatte aus, die er beim Singen theatralisch gelockert hatte.

Nach dem zweiten Cocktail, einem geheulten *New York, New York*, einem eher gelachten als gesungenen *It's Raining Men*, einem nahezu geweinten, verliebtbetrunkenen *Stand By Your Man* und einem zuerst geflüsterten, dann herausgebrüllten *Bridge Over Troubled Water* erinnerten sie Freya daran, dass auch sie hatte singen wollen.

»Gleich.«

Aber sie mussten bis zum vierten Drink warten.

Beim dritten, ehe der Alkohol Cornelia Lenz die Zunge und den Verstand allzu sehr lähmte, ließ Cornelia Webers Polizeiinstinkt sie den Satz sagen:

»Darf ich euch was Indiskretes fragen?«

»Reden wir jetzt über Männer?«, sagte Selin.

Freya war ein wenig geistesabwesend und schaute auf die Bühne wie auf ein Objekt der Begierde, ebenso ersehnt wie gefürchtet.

»Nein, es hat mit der Arbeit zu tun.«

»Ach, dann ist es uninteressant.«

»Nur ganz schnell. Seit einigen Tagen muss ich nämlich immer zwei Pakete aus den Flugzeugen holen.«

»Das war's auch schon?«, sagte Selin verdrießlich. »Na so was. Ich auch. Und du, Freya?«

»Ich auch. Aber wir wollen doch nicht über die Arbeit reden. Und wie ihr wisst, ist es auch verboten.«

»Nicht unter uns«, sagte Selin.

»Du musst einfach immer widersprechen.« Freya war sichtlich nervös. »Ramona würde es nicht gern hören, dass wir in der Öffentlichkeit übers Unternehmen reden.«

»Aber du wirst es ihr nicht erzählen, oder?«, fragte Cornelia.

»Wir wollen der guten Ramona doch keinen Kummer bereiten«, fügte Selin ironisch hinzu.

Freya lallte:

»Ich bin keine Petze.«

»Umso besser für dich«, antwortete Selin und wechselte das Thema. »Los, sag ihnen schon, was du singen willst, damit man dich noch vor Mitternacht auf die Bühne holt.«

Gehorsam ging Freya nach vorn, um ihre Songs anzumelden.

»Weißt du, was sie singen wird?«, fragte Cornelia Selin.

»Keine Ahung. Wir bestellen besser noch einen Drink – man weiß nie.«

Mit dem Mojito stießen sie auf Freya an, als diese endlich auf die Bühne ging. Wohl wissend, welche Wirkung das hervorrief, löste sie ihre rote Haarflut und stellte sich hinters Mikrophon, kerzengerade, und rührte sich nicht mehr, bis die ersten Akkorde von *I Will Always Love You* erklangen.

Als Cornelia den Song erkannte, trank sie ihr Glas in einem Zug aus und gab der Kellnerin ein Zeichen, ihr noch einen Cocktail zu bringen, und zwar möglichst rasch.

Im Vorfeld hatte sie sich für Freya geschämt, jetzt aber wurde sie Lügen gestraft – ihre Kollegin sang gut. Was ihr an Stimme fehlte, kompensierte sie mit einer feurigen Darbietung und dem Alkohol, den sie im Körper angesammelt hatte. Sie war ihnen zwei Gläser voraus, aber während ihrer Darbietung holte Cornelia auf.

Einen weiteren Mojito und eine Margarita später stand Cornelia selbst auf der Bühne. Sie konnte sich nicht mehr erinnern, wie sie es da hinauf geschafft hatte. Es waren nur fünf Stufen, aber sie waren ihr fast senkrecht vorgekommen. Das Licht blendete sie und nahm die empfindliche Reaktion aufs Licht vorweg, die ihr der Kater am nächsten Tag unerbittlich bescheren würde. Mit der Linken ergriff sie das Mikrophon, als bereits die ersten Akkorde des Songs erklangen, um den sie gebeten hatte: *Baby Love* der Supremes.

»Na los, Blondie«, hörte sie aus dem Publikum.

Leider filmte sie keiner, so dass es kein Zeugnis ihrer, in Selins Worten, denkwürdigen Darbietung gab.

KAFFEE MIT DEM BOSS

Zwei Tage später, als sie sich für die Arbeit umziehen wollte, fand sie die Notiz. Sie war mit Tesafilm an die Rückseite ihrer Spindtür geklebt. Die Abholer hatten einen Hauptschlüssel.

»Büro Lorenz Raschke nach Feierabend.«

Selten waren ihr die acht Stunden Arbeit – acht auf dem Papier, eigentlich waren es neun – so lang vorgekommen. Immer wieder ließ sie die letzten Tage an sich vorüberziehen. Immer pünktlich, immer schnell, immer effizient. Sie war die perfekte Reinigungskraft. Ebenso die ideale Schmugglerin. Ein Naturtalent, wie Ramona sie genannt hatte. Geistesgegenwärtig, diskret, tüchtig. Schon zehn Pakete hatte sie in dieser Woche herausgeschafft. Jedes einzelne hatte sich ihr eingeprägt wie die Kerben im Gewehrkolben eines Schützen. Und das Gewehr zielte auf ihr Gesicht.

Es gab keinen Grund zur Klage über sie. Kein Paket war ihr entglitten wie Beata letzte Woche in einem Flugzeug aus Chile. Sie hatte die Ware Ramona nicht ausgerechnet in dem Moment übergeben, als ein Flugbegleiter hereinkam, um sie zur Eile zu mahnen. Nie hatte sie irgendeinen Fehler begangen, und der Zwischenfall in der Garderobe, als Aufseher Lupp sie beim vorgeblichen Rauchen ertappte, lag schon zu weit zurück, als dass er jetzt noch Konsequenzen haben konnte. So hoffte sie wenigstens.

Ob die Vorladung bei Raschke mit den Blutergüssen in Freyas Gesicht zu tun hatte, die sie unter der Schminke zu verstecken versucht hatte? Cornelia hatte es in der Pause bemerkt. Bei der Arbeit und auf den Fahrten im

Minibus und unterwegs in den Gängen war Freya vollkommen stumm geblieben. Sie trug ein Kopftuch, nicht wie die Musliminnen, sondern wie viele Putzfrauen, mit zwei kleinen Knoten auf der Stirn wie eben sprießende Hörner. Andere Kolleginnen schützten so ihr Haar, auch Cornelia hatte es einige Male getan. Nie jedoch Freya, stolz auf ihre rote Lockenpracht.

Sie aß nicht mit ihnen und verschwand, als die anderen zum Rauchen hinausgingen. Cornelia fragte Ramona, doch die schüttelte den Kopf, sie wollte nicht über Freya sprechen. Trotzdem sagte sie, während sie sich eine Zigarette anzündete:

»Einige richtet das Marihuana zugrunde, andere kann die Neugier zugrunde richten.«

Aber warum sie ins Gesicht schlagen? Und soweit sie hatte feststellen können, ausschließlich ins Gesicht. Es machte nicht den Eindruck, als schmerzten sie der Rücken, die Rippen oder der Unterleib. Cornelia war klar, dass es nichts damit zu tun hatte, ihr dort Schmerzen zuzufügen, es gab empfindlichere Körpergegenden als diese. Die waren aber weniger sichtbar. Die Schauspielanwärterin hatte die Hiebe an der exponiertesten Stelle ihres Körpers einstecken müssen, hatte eine Strafe bekommen, nach der es mit dem Traum, für den sie in dieses schmutzige Geschäft eingestiegen war, radikal hätte aus sein können.

»Kommen Sie herein, Cornelia.« Raschkes Stimme verströmte Herzlichkeit. »Wie – Sie sind im Arbeitskittel gekommen!«

»Die Notiz besagte, ich solle nach der Arbeit kommen, und deshalb ...«

»Einmal mehr haben Sie vollkommen recht. Aber ich

habe Sie kommen lassen, um zu fragen, ob Sie Lust haben, ein Bierchen mit mir zu trinken.«

»Aber selbstverständlich. Natürlich.«

»Dann ziehen Sie sich um, und danach sehen wir uns.«

»Wo denn?«

»Im Terminal 1 gibt es ein sehr angenehmes Lokal. Eigentlich würde ich Sie gern an einen eleganteren Ort einladen, aber wenn uns jemand sähe, könnte es ein Gerede geben. Der Chef und die Angestellte, die außerhalb der Arbeitszeit zusammen etwas trinken. Sind wir dagegen für alle sichtbar, verstecken wir uns also offensichtlich nicht, so werden die Leute darin nichts anderes sehen als das, was es ist, ein freundschaftliches Gespräch unter Kollegen.«

Sie ging in die Garderobe zurück, zog sich um und schminkte sich ein wenig. Dann machte sie sich auf zum vereinbarten Ort.

Die Baustelle im Terminal 1 hatte sich etwa zweihundert Meter verschoben. Wo sie tagelang reklamebeklebte Stellwände gesehen hatte, waren nun mehrere neue Boutiquen erschienen; jetzt war ein anderer Teil, an dessen Aussehen sie sich nicht erinnern konnte, hinter neuen Stellwänden und neuen Reklamen verschwunden. Die Werbung auf dem Flughafen, auf den Flughäfen, war immer auf Englisch. Hatte auf der früheren Baustelle das Wort *World* dominiert, so beherrschte jetzt das traditionellere *Business* die Szene. Sie ging um die Werbeflächen herum; noch zwei weitere. *Change* hatte sich ebenfalls einen Spitzenplatz unter den Slogans erobert.

Wenige Meter von der Baustelle entfernt befand sich das Lokal. Raschke erwartete sie bereits an einem der Tischchen an der Wand, einer dieser als Provisorium entstandenen Mauern aus leichten Materialien, die in den Innenräumen der Terminals Solidität vortäuschten.

Raschke wartete, bis der Kellner mit krankhafter Pedanterie die Bierdeckel und -gläser angeordnet hatte. Nachdem er sich hinter die Theke zurückgezogen hatte, wo er Gläser auf Hochglanz zu polieren begann, hob Raschke das seine auf ihr Wohlsein, ohne dass sich die Gläser berührten. Er vermied jeglichen Körperkontakt, und sei es auch nur via Bierglas.

»Cornelia, Sie wissen gar nicht, wie dankbar ich Ihnen bin, dass Sie ein bisschen von Ihrer wohlverdienten Freizeit opfern, um ein paar Minuten mit mir zu plaudern und sich meine Überlegungen anzuhören.«

Sie lächelte bloß. Sie mochte nicht mit irgendeiner Bemerkung die Richtung beeinflussen, die Raschke einschlagen wollte.

»Ich denke nämlich oft, ja eigentlich immer ans Geschäft. Ich beschränke mich nicht darauf, es zu führen, sondern versuche auch, ihm durch Lektüre und Studium eine solide theoretische Grundlage zu geben.«

Raschke trank einen großen Schluck Bier.

»Noch bevor ich anfing, habe ich gründlich analysiert, warum diese Art Geschäft immer schiefgeht, und da habe ich mehrere zusammentreffende Faktoren gefunden. Zuerst einmal die fehlende Eignung der Leute für die Aufgaben, die sie zu erfüllen haben. Zweitens die geringe Disziplin. Der dritte Faktor ist die wirtschaftliche Entschädigung, die nicht dem Risiko entspricht, das sie auf sich nehmen. Darum habe ich versucht, diese Fehler zu vermeiden, indem ich die Hauptursache angegangen bin, und die hat einen Namen: Geldgier.«

»Geldgier?«

»Geldgier ist nicht an sich schlecht, muss aber wie alles andere auch im Rahmen bleiben. Ohne Geldgier könnten keine Geschäfte gemacht werden, aber wenn sie einen blendet, wenn man ohne solide Grundlagen allzu schnell ans große Geld kommen will, schafft man instabile Strukturen, die schließlich zerbröckeln.«

»Das heißt, Sie möchten eigentlich die Prinzipien eines mittelständischen Unternehmens auf unser Geschäft übertragen.«

Raschke schaute sie bewundernd an wie ein Lehrer einen begabten Schüler.

»Sehr gut, sehr gut. Die Verleumder unseres Schulsystems mögen sagen, was sie wollen, das deutsche Abitur ist eben immer noch etwas ganz Besonderes. Meine anderen Angestellten hätten nicht zu dieser Schlussfolgerung gelangen können.«

Sie versuchte seine Worte abzuschwächen:

»Nun, ich ..., also ich ...«

»Sie brauchen sich nicht unbehaglich zu fühlen. Ich meine nicht, dass die anderen dumm sind. Ganz im Gegenteil, einige von ihnen, etwa Ramona Althaus, sind hochintelligente Personen, aber ihrer Intelligenz fehlt der Schliff der Bildung.«

Nach einer Pause schaute er sie melancholisch an.

»Manchmal fühle ich mich bei alledem sehr allein, wissen Sie. Deshalb bin ich so dankbar, eine Gesprächspartnerin gefunden zu haben, mit der ich meine Überlegungen teilen kann. Sie können sich nicht vorstellen, wie schwer es ist, ein Doppelleben zu führen. Das Unternehmen bewegt sich auf einem höchst gefährlichen Terrain. Hier gibt es keine Gentlemen's Agreements und kein Leben-und-Lebenlassen. Hier herrscht das machiavellische Prinzip, dass das eigene Unternehmen nur an die Spitze gelangen kann, wenn es die Konkurrenz zerstört oder auffrisst.«

»Vermutlich ist sie groß.«

»Größer, als man es sich von außen vorstellt. Es sind nicht mehr nur die direkten Konkurrenten, andere, die mit Koks handeln, es sind auch verwandte Unternehmen, wie etwa die Banden, die Heroin einführen, zu denen dann noch die kommen, die Medikamente und andere Waren schmuggeln. Sie alle sehen einander gegenseitig und auch uns als Konkurrenten. Als gäbe es nicht genügend Nachfrage und Märkte für alle!«

Raschke war ehrlich entrüstet, ja beleidigt.

»Der Frankfurter Flughafen ist ein riesiges Tor, durch das wir alle gehen könnten, wenn wir nur die elementarsten Höflichkeitsgebote beachten würden: ›Bitte sehr, Sie zuerst‹, ›Nach Ihnen‹.«

Dieses wahnwitzige Bild musste sie ihren Kollegen vom Zoll beschreiben, obwohl sie sicher war, dass sie es nicht sehr amüsant fänden. Zu Raschke sagte sie:

»Aber unser Unternehmen ist anders ...«

»So ist es. Darum sind wir erfolgreicher. Wir funktionieren seit über einem Jahr. Wir sind gewachsen und haben den Kundenkreis vergrößert, wir arbeiten nicht mehr nur mit Einzelhändlern, sondern sind seit zwei Wochen auch mit einem bedeutenden Großhändler im Kontakt, einem großen Käufer. Das Geschäft gedeiht.«

»Klingt sehr gut.«

Sie gab sich Mühe, bewundernd und nicht neugierig zu klingen.

»So ist es«, sagte Raschke angeberisch.

Aber er sprach nicht weiter über das Thema, und sie getraute sich nicht nachzuhaken.

»Um auf das zurückzukommen, was ich vorhin sagte – es gibt viele offene Fronten, beispielsweise die Gefahr, eine Beute der Konkurrenz zu werden. Oder Verrat. Daher ist es nötig, eine eiserne innere Disziplin zu wahren. Wie Sie sich vorstellen können, will ich mich nicht jeden Tag und jede Stunde um die Loyalität meiner Leute sorgen.«

Schwerlich ließ sich ein Possessivum mit mehr Besitzanspruch aussprechen.

»Andererseits muss ich sicher sein können, dass absolut alle im Unternehmen loyal sind. Und ich stehe vor dem folgenden Zweifel: Was kann Untreue wirkungsvoller verhindern, Belohnung oder Strafe?«

»Nun ..., ich würde sagen ...«

»Sprechen Sie nicht weiter. Ich wollte Sie nicht in ein moralisches Dilemma stürzen, sondern nur, dass Sie sich in meine Lage versetzen, um die Konflikte zu verstehen, die meine Arbeit mit sich bringt.«

Selten zuvor war sie zwischen Faszination und Verachtung so hin- und hergerissen gewesen. Dieser Mann mit einem wie von Zurbarán gemalten asketischen Körper und Gesicht, der von einem »Unternehmen« sprach, das nichts anderes war als eine kriminelle Organisation, wollte sich mit ihr als wohlwollender Gesprächspartnerin über seine ethischen Probleme unterhalten. Weder konnte noch durfte sie ignorieren, dass er mit Strafe die blauen Flecken in Freyas Gesicht meinte und, so wie sie und Rossmann vermuteten, auch den Tod der Reinigungskraft Sonia Raimondo mit den einstichübersäten Armen. Das war derselbe Mann, der ihr stolz mitteilte, wie gut er seine Arbeit machte, dass er die Angestellten pünktlich auszahlte und immer die mit den Kunden vereinbarten Lieferfristen einhielt. Die Kunden, die »Einzelhändler«, die die Droge im ganzen Land verteilten. Und jetzt dieser »bedeutende Großhändler«, der »Käufer«. Das erklärte vielleicht auch die Zunahme von Paketen in den letzten Tagen.

Sie trank einen Schluck Bier, um den Ausdruck von Ekel zu verstecken, der ihr ins Gesicht trat. Sie war nicht schnell genug, Raschke bemerkte es.

»Ist irgendwas?«

»Das Bier ist warm geworden«, improvisierte sie mit übertrieben widerwilliger Miene.

Raschke machte eine Handbewegung, um eine weitere Runde zu bestellen. Wieder warteten sie schweigend, bis der Kellner die leeren Gläser abgeräumt und bedächtig die vollen auf ebenfalls neue Untersetzer gestellt hatte. Diesmal begann Cornelia.

»Haben Sie das schon immer gemacht?«, fragte sie zögernd.

»Nein, nein.«

Raschke klopfte auf den Tisch, wenige Zentimeter von Cornelias Arm entfernt, aber ohne sie zu berühren. Sie nahm die Vibration und die Nähe wahr. Nur mit Mühe konnte sie sich beherrschen, den Arm zurückzuziehen. Statt dessen beugte sie sich in erwartungsvoller Haltung noch etwas mehr vor. Raschkes Selbstdarstellungssucht war unersättlich.

»Vor etwa drei Jahren habe ich hier als Beauftragter des Flughafenreinigungsdienstes angefangen, also in derselben Position, die ich auch jetzt bekleide. Um die Arbeit zu optimieren, habe ich angefangen, das interne Funktionieren zu studieren, sozusagen die Eingeweide des Flughafens. Und dabei entdeckte ich, dass es hier viele Leute gab, die seltsame Geschäfte tätigten. Illegale, meine ich. Ehrlich gesagt war mir das ziemlich egal, aber sie machten es so schlecht, dass es in den Augen schmerzte. Da habe ich mir gesagt: Was wäre, wenn sich jemand, der eine Ahnung davon hat, wie man ein Geschäft gut führt, in dieser Art Aktivitäten versuchte? Ich nahm mir Zeit zum Beobachten und Studieren, etwas, was diese Art Leute nicht tun, immer wollen sie möglichst schnell Geld verdienen. Und ich bin zum Schluss gekommen, dass Kokain das Einträglichste wäre. Dann habe ich einen guten Unternehmensplan entwickelt – wie in diese Kreise von Warenumschlag gelangen, wie viele Leute sind nötig, welches Profil müssen sie aufweisen, mit welchen minimalen Mengen wäre es rentabel und wie groß dürfen sie sein, um keine Aufmerksamkeit zu erregen. Kontakte aufzubauen war wahrscheinlich das Schwierigste, das tut man ja nicht mit einer Zeitungsannonce.«

»Wie haben Sie es geschafft?«

»Indem ich an eine der menschlichen Schwächen appelliert habe – an die Eitelkeit.«

Raschke war sich der Ironie nicht bewusst, dass er von seiner eigenen Schwachstelle sprach.

»Bei meinen Beobachtungen habe ich herausgefunden, wer der Chef einer Gruppe von Flughafenarbeitern war, die die Gepäckstücke zur Ausgabe brachten und ab und zu eins verschwinden ließen aus Flugzeugen, die via Madrid aus Lateinamerika kamen. Ich nahm Kontakt mit ihm auf und ging ihm ordentlich um den Bart, es sei doch eine Schande, dass jemand mit seinen Fähigkeiten bloß gelegentlich in irgendwelche Machenschaften verwickelt war. Was auch zum guten Teil stimmte, wie ich präzisieren muss. Ich arbeite nur mit qualifizierten Leuten. Ich habe ihn davon überzeugt, dass es sich nicht lohnt, mit einer chaotischen Gruppe von Schiebern zu arbeiten, habe ihm meine Idee vorgestellt und dann sozusagen sein Geschäft geschluckt, da er mir seine Kontakte mit Spanien gab. Und weil der Mann sowie auswandern wollte, leistet er jetzt die Arbeit in Spanien. Nun funktioniert dieser Teil eher wie eine deutsche Vertretung, natürlich absolut vertrauenswürdig und mit Entscheidungsbefugnis, so, wie es die Agenten in den glorreichen Zeiten der Hanse taten. Um diesen Teil des Geschäfts brauche ich mich also nicht mehr zu kümmern. Damit ein so geartetes Gefüge funktionieren kann, sind Leitung und Bewahrung einer Unternehmensphilosophie und -moral entscheidend. So ist es mir beigebracht worden.«

»Wo?«

»Meine Eltern hatten eine Bäckerei in Plochingen. Dort habe ich die Grundlagen des Geschäfts kennengelernt: mit den Kunden umzugehen, ihre Wünsche zu respektieren und vorauszusehen, die Ehrlichkeit beim Abwiegen und Herausgeben. Einmal hat mich mein Vater schrecklich vermöbelt, weil ich mich bei einer wichtigen Kundin mit dem Wechselgeld geirrt hatte. ›Wenn es irrtümlich geschehen ist, wirst du mir verzeihen. Wenn es aus Habsucht geschehen ist, hättest du noch mehr verdient‹, sagte er.«

»Eine Lehre fürs ganze Leben.«

»So ist es«, seufzte Raschke. »Der man noch das Bewusstsein hinzufügen muss, dass die Arbeit Arbeit nach sich zieht. Aus diesem Grund muss ich leider auch schon wieder gehen. Entschuldigen Sie, dass ich Ihnen nicht anbiete, Sie nach Hause zu fahren. Sie wissen ja: das Gerede ...«

Sie verabschiedeten sich mit einem förmlichen Händedruck. Cornelia wartete, bis Raschke sich in die Gegenrichtung aufmachte. Sie brauchte einen Moment Ruhe und musste dringend aufschreiben, was er ihr erzählt hatte. Sie suchte die nächste Toilette auf und trat in eine Kabine. Dort klappte sie den Deckel runter, setzte sich, zog den Notizblock hervor und begann zu schreiben. Ab und zu lenkten sie die Stimmen der Frauen ab, die hereinkamen. Eine Gruppe älterer Deutscher, dann zwei Slawinnen. Russinnen? Eine, die die Tür öffnete und den Namen der anderen rief. Die Kabinen um sie herum gingen auf und zu. Die äußerst menschlichen

Geräusche der Toiletten hatten etwas Entspannendes nach den Gefühlen, die das Gespräch mit Raschke bei ihr hinterlassen hatte.

Sie ging hinaus, als sie das Gefühl hatte, es sei niemand da. Sie wusste nicht mehr, wie viel Zeit sie da eingeschlossen verbracht hatte. Plötzlich fühlte sie sich entsetzlich müde. Sie klatschte sich Wasser ins Gesicht und verließ die Toilette, ohne sich abzutrocknen, damit die Kälte sie ein wenig wecke.

An der Bushaltestelle war sie allein, und so beschloss sie, mit dem Anruf bei Rossmann nicht bis zum vereinbarten Zeitpunkt zu warten.

»Das ist großartig! Bist du sicher bei dieser Geschichte mit dem Grossisten?« Rossmann klang aufgeregt.

»Warum hätte er mich belügen sollen?«

»Hat er nichts gesagt, woraus man schließen könnte, ob es jemand aus Frankfurt ist?«

»Nein.«

»Hast du nicht weiterfragen können?«

»Das wäre riskant gewesen.«

»Schade.«

»Allzu große Neugier hätte weder in die Situation noch zu meiner Person gepasst.« Sie hatte das Gefühl, sich rechtfertigen zu müssen, und das ärgerte sie.

»Dieser Raschke scheint sehr daran interessiert zu sein, dich zu beeindrucken. Ich glaube, da hast du einen großen Verehrer. Hättest du ihn nicht noch ein wenig bezirzen können?«

Diese Bemerkung brachte sie zum Explodieren.

»Hast du das Gefühl, ich unternehme zu wenig?«

»Nein, nein. Nur ...«

»Nur was? Kritisiere ich etwa eure Art zu arbeiten? Habe ich euch je vorgeworfen, dass alles so langsam läuft, dass ihr so übervorsichtig seid? Was würdet ihr sagen, wenn ich jeden Tag anriefe, weil ich Neuigkeiten erwarte?«

»Aber wir haben doch ... Wir haben doch nie ... Die Anrufe ... Das ist ungerecht. Du glaubst also, wir sind zu langsam?«

Sie musste mit der Antwort warten, bis ein Passant außer Hörweite war.

»Nein, das ist es nicht.«

»Aber genau das hast du gesagt.«

»Wolfgang, ich bin sehr müde.«

Rossmann schien zu verstehen.

»Das mit dem Grossisten, dem ›Käufer‹, das ist eine wichtige Information, Cornelia.«

»Ja, natürlich. Danke.«

»Wir werden unsere ganze Energie aufbieten, um mehr herauszufinden.«

»Okay, okay. Danke.«

Warum bedankte sie sich dafür, dass er seine Arbeit tat? Die Müdigkeit war einer der schlimmsten Feinde des logischen Denkens. Höchste Zeit, dieses schiefgelaufene Gespräch zu beenden. In einer letzten Anstrengung rekapitulierte sie die Unterhaltung mit Raschke. Sie stand noch immer allein an der Haltestelle.

Zwei Minuten später kam der Bus. Sie stieg ein und ließ sich auf den Sitz fallen, lehnte den Kopf an die Scheibe und schloss die Augen.

EIFERSUCHT

»Du solltest dich beeilen, Cornelia«, sagte Selin, als sie in die Arbeitskittel schlüpften.

»Warum denn? Wir sind früh dran.«

»Ramona ist total sauer. Sie hat nach dir gefragt, kurz bevor du gekommen bist.«

Cornelia schaute auf die Uhr. Wie immer war sie pünktlich da gewesen.

»Was wollte sie denn?«

»Wissen, ob du schon da bist.«

»Und sonst hat sie nichts gesagt?«

Selin schloss die Tür ihres Spinds und schaute sich um. Die Kolleginnen wechselten von den Straßen- in die Turnschuhe. Seit Fatma Celiks Unfall banden sich alle die Schnürsenkel sehr gewissenhaft. An aufgegangenen Senkeln zu sterben stand ganz oben auf der Liste der absurden Todesarten. Kommissar Heiko Sulima, großer Opernfreund, hatte Cornelia erzählt, so sei der mythische Tenor Fritz Wunderlich ums Leben gekommen.

»Er ist in der Jagdhütte von Freunden eine Treppe runtergegangen und über seine Schnürsenkel gestolpert. Am nächsten Tag ist er gestorben, wenige Wochen, bevor er in der New Yorker Met den endgültigen Durchbruch geschafft hätte.«

Mit den gleichen Worten hatte Cornelia es Selin und Freya beim Absinth pur erzählt. Jede Einzelne hatte ihre eigenen Schleifen und Knoten entwickelt, um sicherzugehen, dass die Schnürsenkel bis zum Feierabend nicht aufgehen würden.

Selin trat zu Cornelia. Das Geschnatter der anderen Frauen schützte sie vor indiskreten Ohren.

»Es geht nicht darum, was sie gesagt hat, sondern wie sie es gesagt hat.« Selin schaute sie besorgt an. »Hast du was auf dem Kerbholz? Du hast doch nicht etwa genascht, oder? Sie haben Freya dabei erwischt, und einer von Raschkes Schlägern hat sie grün und blau vermöbelt. Hast du was angestellt?«

Cornelia schüttelte den Kopf.

»Ich weiß auch nicht, warum, aber Ramona will dir an den Kragen. Hör mal, wenn du was ausgefressen hast, mir kannst du's ruhig sagen.«

»Ich hab dir schon gesagt, da ist nichts.«

»Stell dich bloß nicht so an. Ich hatte schon vergessen, dass du Frau ›Weil ich es sage‹ bist.«

Sie ging davon. An diesem Tag entdeckte Cornelia, dass selbst die Art, die Kittelknöpfe zu schließen, Verärgerung spiegeln kann.

Sie hatte keine Ahnung, was Ramona von ihr wollte. Es war ihr nicht bewusst, in den letzten Tagen etwas falsch gemacht zu haben, ganz im Gegenteil. Beim Reinigen war sie ebenso schnell wie die Altgedienten oder noch schneller, ja sogar sorgfältiger, sagte sie sich in einer Anwandlung von Berufsstolz. Sie war pünktlich. Sie war immer sauber, ganz besonders sauber, da der morgendliche Kater sie stets länger unter dem wohltuenden Strahl der Dusche hielt. War es wegen der abendlichen Ausgänge? Nein, dann hätte sie auch zu Selin und Freya etwas gesagt. Ihre Gedanken wanderten zu den Blutergüssen im Gesicht der Rothaarigen. Bestraft, weil sie gegen eine der goldenen Regeln des Geschäfts verstoßen hatte, »Der Dealer konsumiert nicht«. Selin hatte einen der Schlägertypen erwähnt – wer mochten sie sein? Sie fragte sich, ob die Person, die ihre Nachbarin im Wohnblock hatte umherstreichen sehen, einer von ihnen war. Und ob Raschke in seiner Politik der Aufgabenteilung für jede Funktion bestimmte Leute hatte: einige zur Überwachung, andere zum Prügeln, Leute, um die Pakete herauszuschaffen, welche zum Töten ... Die Frage war, ob diese Person etwas entdeckt hatte. Genaugenommen war die Frage, ob man *sie* entdeckt hatte.

Sie verließ die Garderobe und ging zu dem Treffpunkt, von wo aus sie den ersten Dienst des Tages antreten würden. Sie ging allein durch einen der innenliegenden Gänge. Da erblickte sie Ramona. Auch Ramona hatte sie gesehen. Sie wandte ihr den Rücken zu.

Cornelia beeilte sich, um nicht zu spät zum Minibus zu kommen, wo sie von doppeltem Schweigen empfangen wurde, dem Ramonas und dem Selins. Sie trat die Flucht nach vorn an:

»Du hast mich gesucht, Ramona?«

»Wir reden später.«

»Wie du willst.«

In den ersten Arbeitsstunden hörte sie geistesabwesend einige von Beatas Anekdoten von zu Hause und Carolinas ewiges Gejammer. Sie hatte den Eindruck, man wolle sie ablenken, bis Ramona den Moment für gekommen hielte, das Wort an sie zu richten. Seit Beata sie bei Raschke verpetzt hatte, hütete sie sich sehr, ihnen irgendwelche Fragen zu stellen.

»Ich habe dich gestern mit Raschke im Lokal des Terminals gesehen.«

In der Cafeteria sprach Ramona sie endlich an. Sie trat mit der Tasse an den Tisch, an den sich Cornelia in der Pause mit einem Sandwich gesetzt hatte, und warf einen verächtlichen Blick auf die Zeitung, die auf der Auslandseite aufgeschlagen war. Cornelia zuckte die Schultern.

»Worüber habt ihr gesprochen?«

»Über nichts Bestimmtes, über dies und das.«

»Habt ihr über mich gesprochen?«

»Warum hätten wir das tun sollen?«

Ramona hatte keine Antwort, und wenn sie eine hatte, konnte sie es nicht offen sagen. Sie starrte abwesend in die Kaffeetasse.

»Was liest du da?«

»Das siehst du doch«, antwortete Cornelia ausweichend. Ramona hatte die Frage mit übermäßiger, unverständlicher Aggressivität gestellt.

»Was geht da vor? Glaubst du etwa, ich verstehe nicht?«

»Wie kommst du denn auf so was? Was hast du nur?«, sagte Cornelia in versöhnlichem Ton.

Doch Ramona ließ sich nicht bremsen.

»Natürlich, Frau Lenz mit Abitur glaubt, sie ist was Besonderes.«

Nachdem die Wutexplosion, deren Beute ihre Kollegin geworden war, einmal in Gang war, würde nichts, was Cornelia täte oder sagte, sie beschwichtigen können. Bloß schweigen – vielleicht würde das ihren Zorn ebenso ersticken wie der Sauerstoffmangel eine Flamme.

»Seit Anfang des Unternehmens habe ich an seiner Seite gestanden. Ich habe Leute gesucht, mit denen es immer gutgegangen ist. Ich habe ihm Ideen gegeben. Ich habe Doppelschichten gemacht, wenn ein Flugzeug, auf das wir warteten, Verspätung hatte, ich habe die Schicht übernommen, wenn eine von euch aus irgendwelchen Gründen an einem Schlüsseltag nicht da war. Aber der Herr will sich lieber mit Cornelia unterhalten, denn Frau Lenz hat ja Abitur. Natürlich, er fühlt sich intellektuell abgeholt.«

Eine kurze Pause, bevor sie zur nächsten Phase des Vulkanausbruchs gelangte. Nach der glühenden Lava ihrer Beschimpfungen würde nun die Asche aufs Haupt ihrer Gesprächspartnerin fallen.

»Natürlich, Cornelia, Frau Fehlerlos. Immer pünktlich, immer schnell …« Sämtliche Worte, die Ramona einst zu ihrem Lob gebraucht hatte, wurden nun zu Wurfgeschossen gegen sie. »Aber damit du es nur weißt«, sie rümpfte die Nase, »wie sehr du auch versuchst, sie mit Kaugummi und Kaffee zu übertünchen, man riecht deine Alkoholfahne. Auch wenn dich Raschke zu einem Bierchen einlädt, er wird es nicht lustig finden, eine Alkoholikerin im Unternehmen zu wissen. Und dann wird Schluss sein mit ›Frau Lenz da und Frau Lenz dort‹.«

»Ach, da drückt dich der Schuh?« Cornelia hatte die selbstauferlegte Passivität satt. »Hörst du dir eigentlich beim Sprechen zu? Ist dir bewusst, wie absurd es klingt, was du da sagst?«

»Aber …«

»Pass auf, Ramona, ob ich mehr oder weniger trinke, ist meine Sache.«

»Solange du keinen Fehler machst …«

»Hast du diesbezüglich Klagen? Du hast es eben selbst verneint. Also lass mich in Frieden. Und wenn du mit Raschke Probleme hast, dann trag sie besser mit ihm selber aus und häng sie nicht den anderen an. Ich geh noch einen Kaffee holen, willst du auch?«

»Ich hab keine Zeit.«

»Dann hol ich dir einen zum Mitnehmen.«

Gleich darauf ging Ramona mit dem Pappbecher in der Hand davon. Cornelia folgte ihr mit dem Blick durch den langen Gang. Zweimal blieb sie stehen, um einen Schluck zu trinken, wenige Meter später warf sie den Becher in einen Papierkorb. Vielleicht hatte sie ihn ausgetrunken, vielleicht hatte er ihr auch nicht geschmeckt. Vielleicht konnte sie jetzt, da sie sie zu hassen begonnen hatte, damit nicht mehr aufhören.

Als sie abends nach Hause kam, öffnete sie wie immer den Briefkasten. Es war eine rein mechanische Handlung – sie erwartete keine Post –, gehörte aber zu Cornelia Lenz' Ritualen.

Der Eingangsbereich ihres Wohnblocks war L-förmig. Im kurzen Teil, dem bei der Tür, befanden sich die drei langen Reihen Briefkästen. Der andere Teil führte zu den beiden Aufzügen und zur Treppe.

Unversehens merkte sie, dass sie nicht allein war. Sie schaute nach links und rechts und konnte eben noch einen Kopf hinter der Ecke verschwinden sehen. Sie stopfte den ganzen Papierkram aus dem Briefkasten in die Handtasche und ging auf die bewusste Ecke zu. Dort hörte sie, wie die Tür zum Treppenhaus zufiel. Sie folgte dem Geräusch und öffnete die Tür. Im Treppenhaus hörte man eilige Schritte hinaufsteigen. Sie schaute empor, doch die Person war vorsichtig genug, sich dicht an der Wand zu bewegen. Im vierten oder fünften Stock strauchelte sie; da erspähte Cornelia eine Hand. Eine Sekunde lang zeigte sich ein Kopf, aber im Gegenlicht waren die Gesichtszüge nicht zu erkennen. Auf Grund der schwerfälligen Schritte und der Frisur musste es sich um einen Mann handeln.

Das metallene Geländer bildete eine enge, verwinkelte Spirale, die Neonbeleuchtung erlaubte keine dunklen Winkel, und doch hatte sie genau da, in dieser überbeleuchteten Röhre, zum ersten Mal Angst. Noch immer waren die Schritte des Mannes zu hören, weniger schnell als zu Beginn. Plötzlich hielten sie inne. Sie hörte, wie die Tür zu einem der Stockwerke geöffnet wurde.

Zu welchem? Dann wurde eine Tür zugeschlagen, und als gehorchten die Gesetze des Hauses der anderen Person, ging im selben Moment das Licht aus. Draußen war es seit mehreren Stunden dunkel, die Oberlichter waren ebenso nutzlos wie die horizontalen Fenster auf jedem Treppenabsatz. Das stille, dunkle Treppenhaus schien sich um sie herum zusammenzuziehen. Mit beiden Händen tastete sie sich auf der Suche nach dem Lichtschalter die Wand entlang. Sie trat auf etwas Weiches und zuckte zurück, während sie erschreckt den Fuß hob. In kleinen Schrittchen bewegte sie sich auf die Tür zu, in ihrer Erinnerung konnte sie nicht sehr weit sein. An den Fingerspitzen spürte sie den groben Verputz, während sie sehnsüchtig die Sicherheit des Plastikschalters suchten.

Endlich fand sie ihn. Mit einer Abfolge von Stockwerk um Stockwerk heraufsteigender Knackser der Neonröhren wurde das Treppenhaus hell. Sie stand wenige Meter von der Tür entfernt.

Sie ließ das unnützerweise beleuchtete einsame Treppenhaus und einen Teil der Angst hinter sich zurück. Der andere Teil begleitete sie im Lift über die neun Stockwerke zusammen mit der Befürchtung, ihr Verfolger könnte sie oben erwarten.

Die Tür des Fahrstuhls ging nach links auf. Vor ihr nur die hellblaue Wand des Gangs. Beim Verlassen des Lifts schaute sie nach rechts und links, um je nach Situation anzugreifen oder zu fliehen. Rasch ging sie auf ihre Wohnung zu. Durch eine andere Tür waren Stimmen aus dem Fernseher und aus einer weiteren die Geräusche von jemandem zu vernehmen, der kochte oder Geschirr spülte – eine Normalität, die sie überhörte, um in ihrer Wachsamkeit nicht nachzulassen.

Sie war bei ihrer Tür angelangt und legte das Ohr

aufs Holz. Es war nichts zu hören. Sie drückte das Türblatt kraftvoll auf Höhe des Schlosses und konstatierte die Unnachgiebigkeit einer doppelt abgeschlossenen Tür, so, wie sie sie am Morgen zurückgelassen hatte. Es bestand keine Gefahr.

Sie trat ein und ließ eine weitere Portion Angst draußen, aber nicht die ganze. Ein Teil davon sollte sie in den nächsten Tagen nicht mehr verlassen.

UNTERIRDISCHES GROLLEN

»Hast du Lust auf einen Kaffee?«

Große Lust hatte sie nicht, aber Gamze brauchte offensichtlich Gesellschaft. Und sie vielleicht auch.

Sie schloss ihre Wohnungstür ab und ging über den Hausflur zu ihrer Nachbarin. Aus seinem Zimmer heraus sagte Hamit:

»Weißt du, was ich jetzt gern essen würde?«

»Was denn?«, fragte Gamze ironisch.

Sie traten in die Küche.

»Ein Brathähnchen.«

»Da bist du aber auf dem falschen Dampfer.«

»Wie böse du bist.« Hamit sprach mit Kinderstimme. »Böse, böse, böse. Cornelia, hast du mir ein Brathähnchen mitgebracht?«

»Gleich zwei werde ich dir bringen.«

Gamze wandte sich zu Cornelia um:

»Jetzt kann er sogar übers Essen witzeln. Weißt du, dass er schon zwanzig Kilo abgenommen hat?«

Cornelia beglückwünschte sie, stellte aber fest, dass sie ein wenig abwesend auf ihre Worte reagierte. Sie verließ die Küche und trat in Hamits Zimmer.

»Herzlichen Glückwunsch. Jetzt fehlt nicht mehr so viel.«

»Eben. Wenn ich mir dann eine Freundin zulege, werde ich ihr nicht mehr den Rücken verbiegen. So wie mein Cousin Murat – seine Freundin muss sich wie ein großes C krümmen, wenn sie ihn umarmt. Das hat mich drauf gebracht, mich operieren zu lassen.«

»Hamit!«

»Ist doch ein Scherz. Ich habe mich dazu entschlossen, als ich im Fernsehen gesehen habe, wie eine Feuerwehrmannschaft mit einem Kran die Leiche eines dreihundert Kilo schweren Mannes aus seiner Wohnung geschafft hat. So wie dieser Typ mag ich nicht enden – er hat in der Luft gebaumelt wie ein gestrandeter Wal.«

Lachend ging Cornelia in die Küche zurück. Gamze stand noch genauso da wie zuvor, den Kaffeefilter zwischen die Finger geklemmt wie eine tote Riesenmotte, und stützte sich mit der anderen Hand aufs Marmorimitat. Cornelias Erscheinen setzte sie wieder in Bewegung.

Während der Kaffee durchlief, stellten sie zwei Tassen auf einen niedrigen Wohnzimmertisch. Aus Hamits Zimmer war kein Laut zu vernehmen. Er musste sich die Kopfhörer aufgesetzt haben. Oder vielleicht döste er vor sich hin und träumte von einem Brathähnchen wie die Figur eines Comics, den sie und Manuel als Kinder bei der Großmutter in Allariz gelesen hatten, wo ein Männchen in einer Art Frack mit steifem Kragen, Fliege und schäbigem Hut die ganze Folge hindurch etwas zu essen aufzutreiben versuchte. Immer träumte er von riesigen Brathähnchen. Weder sie noch Manuel, beide Wohlstandskinder, fanden die schrecklichen Situationen lustig, in die sich das Männchen stürzte, bloß um etwas Essen zu bekommen. Wohl aber lachten ihre Mutter und die Großmutter über diese Geschichten – sie wussten, was Hungerleiden war. Wie hieß doch noch das Männchen? Carpanta – Mordshunger!

Gamze bemerkte ihr Lächeln.

»Was amüsiert dich?«

»Nichts. Etwas Dummes, was mir durch den Kopf gegangen ist. Sag mal, Hamits Fettleibigkeit, ist die eigentlich vererbt?«

»Nein. Man könnte sagen, sie kommt von der Frustration. Die Schuld hatte mein Mann.«

»Hat er euch verlassen?«

»Nein. Er hat sich umgebracht, der Idiot. Besoffen im Auto. Mich hat er hängen lassen, und dieser arme Kerl da, er war fünfzehn, hat zu fressen begonnen.«

Damals arbeitete Gamze in einer Industriebäckerei. Jeden Tag kam sie mit Törtchen, Gebäck und Brötchen nach Hause, die, weil schlecht geraten oder zu leicht, nicht verkauft werden konnten, aber absolut genießbar waren. Tag für Tag vertilgte Hamit sie. Creme-, Nuss-, Sahnetörtchen, mit oder ohne Schokolade, gefülltes Hefegebäck, Hörnchen ...

»Als ich es endlich merkte, konnte ich schon nichts mehr dagegen unternehmen. Sein einziges Interesse war das Essen, er hatte weder Freunde noch Hobbys. Und ich hatte nicht die Kraft, ihm das Essen zu verbieten. Ich bin seine Mutter.«

Sie kam nicht dazu weiterzuerzählen. Jemand klingelte an der Tür. Gamze war wie gelähmt.

»Machst du nicht auf?«

Sie hielt einen Finger an die Lippen und schüttelte den Kopf. Wieder klingelte es.

Gamze stand auf und ging auf Zehenspitzen zur Tür von Hamits Zimmer. Auf der Schwelle gab sie ihm dasselbe Zeichen wie Cornelia. Dann wandte sie sich um und lehnte sich an die Wand.

Es klingelte zum dritten Mal. Zugleich wurde heftig an die Tür geklopft.

»Frau Aktürk? Sind Sie zu Hause?« Es war eine knappe, entschlossene Männerstimme. »Frau Aktürk? Ich komme vom Gericht. Ich bin der Vollstreckungsbeamte.«

Ein Vollstreckungsbeamter des Gerichts. Das konnte nur bedeuten, dass Gamze offene Schulden hatte und dass einer ihrer Gläubiger versuchte, einen Teil des

Geldes durch die Pfändung versteigerbaren Eigentums wiederzubekommen. Wenn sie sich so das Mobiliar dieser Wohnung ansah, bezweifelte Cornelia, dass der Beamte etwas von Wert fände. Eigentlich gab es überhaupt nur einen Gegenstand, der ihn interessieren konnte – Hamits PC.

Der Gerichtsbeamte klopfte noch einmal, als nähme er hinter dieser dünnen Tür das dreifache verhaltene Atmen wahr. Er wartete noch einen Augenblick. Dann hörten sie ihn davonschlurfen. Cornelia stellte sich vor, wie er sich beim Gehen knurrend überlegte, ob er herumschnellen und die Tür eintreten sollte.

Gamze trat zum Fenster, das zur Straße hinausging.

»Er kann noch nicht unten sein«, sagte Cornelia leise.

Ebenso leise sagte Gamze:

»Ich will ihn das Haus verlassen sehen.«

Cornelia stand auf, ging in die Küche und kam mit dem Kaffeekanne zurück. Sie füllte die beiden Tassen, bevor sie fragte:

»Du wusstest, dass er heute kommen würde, nicht wahr?«

Gamze setzte sich ihr gegenüber aufs Sofa. Sie schaute in die dampfende Tasse.

»Möchtest du Milch, Cornelia?«

»Du wusstest es, nicht wahr?«

»Ja. Ich habe den Bescheid erhalten.«

»Hast du mich deswegen geholt?«

»Ich hätte es dir gesagt, ich wollte es dir erklären, aber der Mann ist mir zuvorgekommen. So was kann man nicht Pünktlichkeit nennen, findest du nicht auch? Schon vorher kommen ist nicht pünktlich sein.«

Da sie keine Antwort bekam, sprach Gamze weiter.

»Ich wollte einfach nicht allein sein, wenn er klingelt.« Sie deutete mit den Augen auf Hamits Zimmer.

»Wie du dir vorstellen kannst, ist er keine große Hilfe. Wäre ich allein gewesen, so hätte ich vermutlich zu schreien angefangen, und dann hätte er gemerkt, dass ich zu Hause bin.«

»Ist ja gut. Aber es ist dir bewusst, dass du ihm früher oder später die Tür wirst öffnen müssen?«

»Ja, aber nicht heute.«

»Und was, glaubst du, ist morgen anders?«

Gamze nahm die Tasse und trank einen Schluck.

»Nichts. Aber es wird ein anderer Tag sein. Trinkst du deinen Kaffee nicht? Er wird ja kalt.«

»Da geht irgendwas vor. Seit zwei Tagen kommen keine Pakete mehr.«

»Hat man euch eine Erklärung gegeben?«

Cornelia hatte Ramona gefragt. Die Antwort war so schneidend gewesen wie ihr ganzes Verhalten, seit die Eifersucht von ihr Besitz ergriffen hatte.

»Warum willst du immer so viel wissen? Wenn Pakete kommen, werden sie geholt. Und wenn keine kommen, wartet man und hält den Mund.«

Sie fragte auch Selin. Die wusste ebenfalls nichts, wagte aber eine Vermutung:

»Wahrscheinlich schnüffelt die Polizei herum.«

»Schnüffeln wir herum, Wolfgang?«

Am nächsten Tag gab ihr Rossmann eine Antwort.

»Da bewegt sich was bei denen vom Zoll.«

Es war eine erfolgreiche Woche für die Kollegen. Zuerst mehrere Container mit in Italien gefälschten italienischen Markenschuhen. Aber überdies, so erzählte Rossmann, gab es eine sehr heiße Spur, die sie zu einer türkischen Bande führte, welche von Chile, Brasilien und Argentinien aus Koks schickte. Nicht wie Raschkes Gruppe in Paketen, sondern mit Kurieren.

»Ohne das Verdienst der Kollegen schmälern zu wollen, aber es ist doch merkwürdig, dass diese Erfolge mit einer Unterbrechung in Raschkes Aktivitäten zusammenfallen«, sagte Cornelia.

»Was meinst du damit?«

»Dass es aussieht, als hätte er es gewusst und aus diesem Grund in den letzten Wochen größere Mengen herbeigeschafft. Um Reserven zu haben. Ich würde vielleicht sogar noch weitergehen. Könnte es sein, dass Raschke persönlich hinter den Erfolgen der Kollegen vom Zoll steht?«

Unter anderen Umständen wäre sie taktvoller gewesen. Unter anderen Umständen und wenn sie nicht getrunken hätte, hätte sie sich daran erinnert, dass Rossmann jahrelang beim Zoll gearbeitet hatte und mit vielen der ehemaligen Kollegen befreundet war. Unter anderen Umständen hätte sie sich daran erinnert, dass Rossmann einmal wöchentlich mit ihnen Fußball spielte, dass sie ihn einmal nach der Arbeit im Mannschaftstrikot gesehen hatte. Und sie hätte sich daran erinnert, dass die Mannschaft »FC Auf Bewährung« hieß und dass sie beim Lesen gedacht hatte, das sei ein typisches Beispiel für Polizeihumor. All das wäre unter anderen Umständen so gewesen.

Doch an diesem Abend war nach dem zweiten Bier die Einsamkeit ihrer Wohnung über sie hereingebrochen, und Rossmann hatte sie beim vierten angerufen. Aus diesem Grund ließ sie ihrem Kollegen keine Zeit, die Bedeutung ihrer Vermutung zu verstehen, sondern schleuderte sie ihm mit der Selbstgefälligkeit eines Hércule Poirot in der Schlussszene eines Falls entgegen.

»Wie wir wissen, bereitet Raschke etwas Großes vor, er wird mit diesem großen ›Käufer‹ in Beziehung treten und will dafür freie Bahn haben. Daher schiebt er den

Zöllnern ein paar schöne Lockvögel unter, und so werden die Polizisten, satt und zufrieden, in den nächsten Wochen in ihrer Wachsamkeit nachlassen.«

Am anderen Ende der Leitung erklang nicht der erhoffte Applaus, aber weit davon entfernt, ihren Irrtum einzusehen, verstieg sie sich zu noch gewagteren Spekulationen:

»Wer weiß, ob unter seinem Personal nicht auch jemand vom Zoll ist.«

Eine Handvoll Wörter. Jedes einzelne zu viel. Vielleicht wären es sogar mehr geworden, wäre Rossmann da nicht explodiert:

»Was erzählst du da für einen Unsinn? Wie kannst du es wagen, die Integrität der Kollegen anzuzweifeln? Oder ist es wieder einmal die Müdigkeit, wie du danach sagen wirst? Diesmal lass ich dir das nicht als Entschuldigung durchgehen – was du da gesagt hast, ist zu stark.«

»Es ist eine Vermutung, nichts weiter.«

»Es ist eine Beleidigung, das ist es. Statt dich über die Erfolge der anderen zu freuen, beschmutzt du sie mit unsinnigen Hypothesen.«

»Viele der Hypothesen, die wir in einem Fall durchspielen, erweisen sich am Ende als unsinnig.«

»Erteilst du mir jetzt Unterricht in Polizeiarbeit? Darf man wissen, worauf du hinaus willst?«

Beide schwiegen. Bis sie vorschlug:

»Was hältst du davon, wenn wir das Gespräch hier beenden, uns beruhigen und es in einer halben Stunde nochmal versuchen?«

Mit einem Grunzen legte Rossmann auf.

Immer bin ich es, die nachgibt, dachte sie, im Grunde wütend auf sich selbst wegen ihrer offensichtlichen Taktlosigkeit. Dann goss sie den Rest Bier ins Spülbecken. Der schmutzige Geschirrberg der letzten Tage bot ihr einen willkommenen Zeitvertreib während des Wartens. Jedes einzelne Stück, das sie in den von ihrer Vorgängerin geerbten Geschirrständer stellte, war wie das Blütenblatt eines Gänseblümchens, das ihr bei der anstehenden Entscheidung half. Ein Glas, ich ruf an. Ein Teller, er soll anrufen. Noch ein Teller, ich ruf an. Eine Gabel, er soll anrufen. Eine Tasse, ich ruf an.

Nach exakt einer halben Stunde rief er an. Die Teller, die nicht das Glück hatten, an ihrem fruchtlosen Entscheidungsprozess teilzuhaben, würden einige weitere Tage im Spülbecken ausharren müssen.

»Wir wollen vergessen, was du gesagt hast.« Der Ton war kategorisch, und er hatte nicht gegrüßt. »Besser gesagt, wir wollen das zweite vergessen«, korrigierte sich Rossmann, ohne an Schärfe zu verlieren. »Die erste Hypothese erscheint mir plausibel.«

»Was meinst du?«

»Dass Raschke die Aufmerksamkeit der Zollkollegen ablenkt.«

Sie bekundete ihr Einverständnis mit den gutturalen Lauten, die beim Telefonieren das Nicken ersetzen.

»Ich werde versuchen herauszufinden, wie der Weg der Kollegen bis zu diesen Funden verlaufen ist.«

»Vielleicht hat da einer, von Raschke manipuliert, was ausgeplaudert.«

»Eben.«

Das Gespräch war zwar alles andere als herzlich, aber wenigstens professionell. Zum Teil war die Ordnung wiederhergestellt, aber Cornelia musste noch ihr Fett abkriegen:

»Hast du schon in die Aufnahmen von Raschkes Telefongesprächen reingehört? Wir haben dir auch die letzten auf den Server geladen.«

Ganz offensichtlich wusste er, dass sie es nicht getan hatte. Sie nahm die Bemerkung als angemessene Strafe hin.

»Noch nicht. Aber ich werde es gleich heute Abend tun.«

Rossmann labte sich noch ein wenig an seinem Rachefeldzug:

»Ich glaube nicht, dass du was findest, wir haben es ja schon kontrolliert, aber es wäre gut, wenn du reinhörtest.«

In diesem Moment hätte sie ihn zum Teufel schicken können, aber sie wollte die Situation nicht noch mehr komplizieren.

»Ich mach mich gleich dran. Wir sprechen uns morgen.«

Sie verabschiedeten sich.

Welchen Sinn hatte es, diese Abhöraufnahmen zu entziffern? Die Mechanismen verstehen, mit denen das Netz funktionierte. Gut. Aber wozu? Sie wussten ja bereits, wie die Gruppe auf dem Flughafen operierte. Sie hatten Raschke, und er schien eindeutig der Kopf in Deutschland zu sein. Sie hatten die Frauen, sie hatten Lupp. Rossmanns Team würde die Karte der äußeren Struktur zeichnen, die Verteiler, einige der Kunden. Nach dem ursprünglichen Plan hätte sie ihre Arbeit bereits für abgeschlossen erklären können. Aber es war ein weiteres Objekt der Begierde aufgetaucht, der neue große Kunde.

Da gab es außerdem Spanien, dachte sie widerwillig. Sie hatte den Eindruck, dass sich die Drogenkollegen mitreißen ließen von einer Mischung aus der Faszination, das Vorgehen der Dealer bis ins Detail kennenzulernen, und dem Ehrgeiz, cleverer zu sein als sie.

Sie zog die DVD mit dem für diesen Abend vorgesehenen Film aus dem Rechner. Die Stunde von Jack Lemmon und Sherley MacLaine und ihr Appartement würde später kommen. Sie loggte sich in den Server des Ermittlungsteams ein, suchte die Tonarchive und stülpte sich die Kopfhörer über. Es würde eine lange Nacht werden.

»Man wird wohl auf den Frühling warten müssen.«

»In den Nachrichten hieß es, gestern sei ein Löwe aus einem Zirkus ausgebrochen.«

»Als Hauptgericht gab es Hähnchen.«

»Bring ihr ein paar Nelken von mir.«

»Kinder mögen Karottenkuchen.«

Das waren einige der absurden Sätze, die sie in dieser Nacht zu hören bekam. Sie klangen wie aus trivialen Gesprächen über Alltagsthemen – Familie, Nachrichten, Sport, Essen. Aber da fiel etwas auf. Wie oft hatte sie denn in den letzten Monaten mit jemandem über Nelken gesprochen? Und da waren sie wieder, die Nelken. Ein anderer von Raschkes Gesprächspartnern sagte:

»Er steckte sich eine Blume ins Knopfloch, eine Nelke, wie früher.«

Vermutlich unterhielten sie sich über jemandes Hochzeit, und es war nicht unwahrscheinlich, dass sich jemand eine Nelke ins Jackettknopfloch steckte, aber da gab es eine dritte Nelke:

»Ich hab ihm einen Strauß mit Tulpen und Nelken ins Krankenhaus gebracht.«

Abgesehen davon, dass das ein eher seltsamer Strauß wäre, erschienen in den Gesprächen allzu viele Nelken.

Einer der Kollegen vom Abhördienst hatte eine Liste der Substantive erstellt, die in den Sätzen auftauchten, und dabei entdeckt, dass sich außer den Nelken auch die Löwen wiederholten, dass dafür, dass es Herbst war, zu oft vom Frühjahr die Rede war und dass es auch eine Fixierung auf Gitarren, den heiligen Josef, Schiffe und Melonen gab. Dieses letzte Wort verschaffte ihr den Schlüssel – die Lotterie!

Sie erinnerte sich, dass sie einmal gehört hatte, wie sich ihre Mutter mit einer Freundin über die Weihnachtslotterie unterhielt und sagte, sie hätten dieses Jahr auf Melone gesetzt, also auf die Endziffern 23, Melone genannt.

Im Internet fand sie eine Liste mit den volkstümlichen Bezeichnungen der Zahlen von 0 bis 100. Welches war die Nelke? Die 11. Das Frühjahr war die 21, das Hähnchen die 26, der heilige Josef – natürlich! – die 19. Das Schiff war die 17. Alles niedrige Zahlen.

Sie fand heraus, dass nur einer der Gesprächspartner Schlüsselwörter für höhere Zahlen benutzte. Das musste derjenige sein, der die Sitznummern des einzigen Direktfluges aus Südamerika durchgab, einer großen Maschine mit vielen Sitzreihen.

Sie begann im Zimmer umherzuhüpfen. Sie war so aufgeregt, dass sie Rossmann anrief, um es ihm zu erzählen, obwohl es drei Uhr früh war.

»Jetzt haben wir was«, sagte sie zur Begrüßung und zum Abschied.

»Jetzt haben wir was«, sagte auch Leopold am nächsten Abend.

Er erzählte ihr, sie hätten ermittelt, dass Bornhoff in den Monaten vor seinem Tod zu mehreren Treffen ehemaliger Fußballer gegangen sei.

»War er Fußballer gewesen?«

Die einzigen Bilder, die ihr von diesem Mann geblieben waren, zeigten eine vom Formol entstellte Leiche.

»Vor vielen Jahren, Ender der Vierziger, spielte er in der Mannschaft vom Dornbusch, als sie noch in höheren Ligen rangierte als heute. Weißt du, dass sie es bis in die Zweite schafften?«

»Nein, keine Ahnung.«

»Na, heute spielen sie in der Dritten Regionalliga. Dieses Jahr feiert der Klub sein Hundertjähriges. Die Leitung hat ein Jubiläumsprogramm auf die Beine gestellt, und man hat Leute gesucht, die in verschiedenen Epochen in der Mannschaft mitgespielt haben. Bornhoff war einer der ältesten Veteranen.«

Die Sirene eines Krankenwagens vor dem Fenster übertönte Leopolds Stimme. Cornelia schloss das Fenster. Das Geräusch wurde nur unwesentlich leiser.

»Wie bitte?«

»Ich sagte, von seinem Jahrgang gibt es nur noch sehr wenige, und seine Frau hat mir erzählt, er habe sich sehr darüber gefreut, die ehemaligen Kollegen wiederzutreffen, und über die Hommage, die man ihnen vor dem Spiel des Klubs gegen die Eintracht erwiesen hätte.«

»Eintracht – von der Bundesliga?«

»Ja. Früher einmal haben beide Mannschaften in derselben Liga gespielt. Frau Bornhoff hat mir erzählt, danach habe sich ihr Mann mehrmals mit zwei der Veteranen in einer Kneipe seines Viertels zum Apfelwein getroffen. Und, das scheint mir noch interessanter, sie haben ihn auch zu Hause besucht. Bornhoff hatte Mühe mit dem Gehen.«

»Habt ihr mit ihnen gesprochen?«

»Heute Morgen. Einer, Uwe Niesbach, wohnt in Dietzenbach, der andere, Ralf Dudek, in einem Altersheim im Zentrum von Frankfurt, in der Nähe der Konstablerwache. Vorher wohnte er aber ebenfalls im Viertel. Er hatte in denselben Jahren in der Mannschaft gespielt wie Bornhoff. Die Witwe hat mir Fotos gezeigt, wie sie im Mannschaftstrikot in Reih und Glied standen. Laut Frau Bornhoff war Dudek ein sehr attraktiver Mann, anscheinend ein regelrechter Don Juan. Sie hat durchblicken lassen, dass er eine Zeitlang hinter ihr her war.«

Es stimmte, was Reiner immer sagte – Leopold hatte etwas an sich, was ihn das Vertrauen der Frauen gewinnen ließ. Sicherlich hätte die Witwe Bornhoff Reiner das alles nicht erzählt, und möglicherweise auch ihr selbst nicht, obwohl sie eine Frau war. Aber Leopold hatte sie es vielleicht mit einem komplizenhaft-koketten Blick geschildert.

Sie hatte ihm noch mehr gesagt:

»Von allen, die damals in der Mannschaft mitspielten, war Dudek der Einzige, der eine Berufsspielerlaufbahn einschlug. Er spielte schließlich in zwei Zweitligamannschaften.«

»Damals wird er wohl nicht sehr viel verdient haben.«

»Das glaube ich auch nicht, aber im Vergleich zu den übrigen war das ein Erfolg.«

»Und der andere? Wie hieß er noch?«

»Niesbach. Das ist der, der in Dietzenbach wohnt. Er hat nicht bei Dornbusch gespielt, sondern bei Eintracht Frankfurt.«

»Ist er bekannt?«

»Nein. Wie Bornhoff hat er um 1950 zu spielen aufgehört, aber wegen einer Verletzung. Frau Bornhoff, die einen etwas eigenen Sinn für Humor hat, hat mir erzählt, es sei lustig gewesen, ihren Mann mit diesem anderen zu sehen, denn er habe mit dem rechten Bein gehinkt und Niesbach mit dem linken. Manchmal, sagt Frau Bornhoff, habe es je nach dem Rhythmus ihrer

Schritte ausgesehen, als würden sie mit den Köpfen zusammenstoßen.«

Cornelia musste lachen, als sie sich das vorstellte.

»Ja, diese Frau hat wirklich einen eigenen Sinn für Humor.«

»Du auch, wie ich höre.«

»Wie spielten sie?«

»Was meinst du?«

»In welcher Position sie spielten.«

»Niesbach, der mit dem linken Bein hinkt, als Stürmer.«

»Und Dudek?«

»Ebenfalls.«

»Und Bornhoff?«

»In der Verteidigung.«

»Leo, du zwingst mich, dir viele Fragen zu stellen. Ich kenne dich doch. Was weißt du?«

»Rat mal, wer für die Verletzung verantwortlich war, die Niesbach zum Hinkebein machte?«

»Wie soll ich das wissen?«

»Denk doch mal ein wenig nach.«

»Der Verteidiger?«

»Genau.«

»Bornhoff also. Woher weißt du das?«

»Niesbach hat es mir heute Morgen selbst erzählt.«

»Und wie hat er geklungen? Nachtragend?«

»Nein. Entschuldige, wenn es kitschig klingt, aber eher wie jemand, dem alles egal ist, weil er sich keine Illusionen mehr macht. Er hat sehr langsam gesprochen, müde, als wäre jedes Wort sein letztes.«

»Also haben wir Niesbach, einen Spieler, den Bornhoff als junger Mann verletzt hat, und Dudek, einen ehemaligen Verehrer seiner Frau.«

»Jawohl. Wart mal, da kommt noch ein Krankenwagen.« Er machte eine kurze Pause, bis die Sirene verklungen war. »Okay. Da beide Motive über ein halbes Jahrhundert alt sind, stehen sie auf mehr als schwachen Füßen. Und wenn wir noch bedenken, dass wir uns auf die Gegenwart des Opfers konzentrieren wollten ...«

Cornelia erinnerte sich an das Gespräch, das sie mit Leopold geführt hatte – dass man sich nicht vom Gedanken leiten lassen sollte, dass ältere Leute bloß noch eine Vergangenheit haben. Doch die Nachforschungen ihrer Kollegen in Bornhoffs Gegenwart hatten sie um fünfzig Jahre zurückkatapultiert.

»Aber diese Namen habt ihr nur gefunden, weil ihr euch auf die letzten Monate seines Lebens konzentriert habt. Das könnte bedeuten, dass der Katalysator die Wiederbegegnung der alten Fußballer war.«

»Dudeks Wiederbegegnung mit einem alten Rivalen, der ihm seine große Liebe weggeschnappt hatte ...«

»Jetzt wirst du aber wirklich kitschig.«

»Was willst du. Es lässt sich nicht vermeiden, dass man den eigenen Seelenzustand projiziert«, scherzte Leopold. »Im Fall Niesbach ginge es ums Ende seiner Profilaufbahn nach der Verletzung.«

»Ich weiß auch nicht, warum, aber ich würde auf den hinkenden Stürmer setzen.«

»Wie unromantisch du bist! Aber na gut, da es deine Wahl ist, Julia, werde ich morgen noch einmal mit ihm sprechen.«

Sie unterhielten sich noch einige Minuten. Ein seltsamer Austausch abschließender Sätze, die das Gespräch doch nicht beenden konnten. Als sie schließlich auflegte, hatte sie den Eindruck, Leopold hätte gern noch etwas mehr gesagt.

Sie setzte sich aufs Sofa und nahm die Zeitung. Zwei Minuten später merkte sie, dass sie keine einzige Zeile hatte lesen können. »Da kommt noch ein Krankenwagen«, hatte er gesagt. Und er hatte sie »Julia« genannt.

Sie sprang auf, knipste sämtliche Lichter im Wohnzimmer an und wandte sich zum Schlafzimmer, das sie im Dunkeln ließ. Beide Räume gingen auf die Straße hinaus. Sie schloss die Schlafzimmertür, damit der Widerschein aus dem Wohnzimmer sie nicht verriete. Durchs Fenster des dunklen Raums wagte sie einen Blick auf die Straße. Da war er. Saß auf einer Bank des Gehwegs gegenüber, in die Lederjacke eingemummelt. Die Temperatur war gesunken, sogar aus der Ferne konnte sie sehen, dass ihm kalt war. Sie legte die Hand auf die Scheibe. Wenn er herschaut, sage ich ihm, er soll raufkommen. Doch Leopold hatte schon zu lange raufgeschaut; er stand auf und ging davon.

Besser so, dachte sie.

Aber das stimmte nicht.

LOGISTIK

Die Ebbe ging zu Ende.

Am Sonntagabend hatte Ramona alle in einen weiteren Erster-Klasse-Salon einberufen. Sie lud sie ein, Platz zu nehmen, als wäre es ihre eigene Wohnung, doch ihr Gastgebergehabe in diesen Räumen, in denen auch sie ein Eindringling war, wirkte ebenso gezwungen wie ihre Redeweise.

Die sechs Frauen saßen in niedrigen Sesselchen um einen ovalen Tisch herum. Der Raum lag im Halbdunkel, nur von den in dieser Ecke über fünf Tischchen hängenden Lampen beleuchtet.

Aufmerksamkeit fordernd, klopfte Ramona auf die Tischplatte.

»Ich habe euch herbestellt, um euch für die Arbeit der kommenden Woche vorzubereiten, einer Woche, die den Beginn einer neuen Etappe im Unternehmen markiert.«

Sie legte eine dramaturgische Pause ein und trank einen letzten Schluck aus ihrem Glas verdünntem Absinth.

»Von morgen, Montag, an wird sich das Eintreffen der Pakete verdichten. Ihr werdet in jeder Schicht vier oder fünf herausschaffen.«

Cornelia hätte sich nicht gewundert, wenn plötzlich die Beleuchtung gewechselt hätte und Raschke neben Ramona erschienen wäre, die Hand auf ihrem Rücken wie ein Bauchredner bei seiner Puppe.

»Warum mehr Pakete?«, fragte Selin.

»Das Gesetz von Angebot und Nachfrage.«

»Und wenn du es so erklären würdest, dass es auch ein Normalsterblicher versteht?«, insistierte Selin.

Rechts neben Cornelia erklang Beatas Kichern. Es erstarb auf der Stelle – ein niederschmetternder Blick Ramonas hatte die Polin getroffen, die den Rest ihres Kicherns mit einem Gläschen Wasser und einigen Tropfen Absinth herunterschluckte.

»Ich habe den Eindruck, euch sind Ernst und Bedeutung des Augenblicks nicht bewusst.«

Wenn sie nervös war, benahm sich Ramona ganz besonders theatralisch.

»Wenn du uns zum Beispiel sagen würdest, warum plötzlich so viele Pakete kommen …«, meldete sich Cornelia zu Wort. Sie wusste natürlich, dass sich der Senderhythmus beschleunigen würde. Seit sie das Liefersystem dechiffrieren konnten, hatten sie den Verkehr genau unter Kontrolle.

»Immer willst du zu viel wissen, Cornelia.«

»Und du willst dich immer wichtig machen.«

Das war Freya. Noch waren unter dem Make-up die Spuren der Schläge zu sehen.

Ganz offensichtlich hatte Ramona keinerlei Widerstand vonseiten ihrer Frauen erwartet. Neben Beata sitzend, nutzte Freya ihr verdutztes Schweigen:

»Was heißt denn, es kommen mehr Pakete?«

»Das kann ich euch nicht sagen. Das ist eine Frage der Logistik.«

»Du verstehst mich nicht, Ramona. Es interessiert mich einen feuchten Staub, was mit den Paketen geschieht. Ich will wissen, was das für uns bedeutet. Ihr werdet uns etwas geben müssen, meine ich, eine Prämie, dafür, dass wir sie rausschaffen. Mehr Pakete, höheres Risiko, mehr Geld.«

»Sehr richtig. Freya hat recht.« Zum ersten Mal war Carolinas Stimme zu vernehmen.

Die anderen unterstützten sie, auch Cornelia, obwohl

ihr dieser Verlauf der Diskussion nicht passte. Freya hatte von der Information abgelenkt, die sie am meisten interessierte. Zu ihrer Überraschung wiederholte Selin die Frage, die zur ganzen Kontroverse geführt hatte:

»Warum kommen denn jetzt so viele Pakete?«

Das Ganze überforderte Ramona. Sie entschloss sich, die Frauen zufriedenzustellen, indem sie mit einem kleinen bisschen Information rausrückte.

»Wir haben einen großen Kunden. Das ist alles, was ich euch sagen kann. Und damit basta.«

»Und was ist mit den Prämien?«, fragte Beata.

»Ich werde mit Raschke sprechen.«

»Solange das mit den Prämien nicht bestätigt ist, schaffe ich kein einziges Zusatzpaket raus.« Herausfordernd hob Freya das Kinn.

»Das wird Raschke nicht gefallen ...«, setzte Ramona an.

»Nun, dann ...«, versuchte Freya sie zu unterbrechen, aber Ramona war schon wieder Herrin der Lage.

»... aber dir wird es noch weniger gefallen.«

Auf eine Handbewegung von ihr erschien der Aufseher Mani. Er hatte sich in einem der angrenzenden Räume verborgen gehalten. Mit einigen raschen Schritten baute er sich vor Freya auf. Obwohl diese instinktiv die Arme hob, um sich zu schützen, konnte sie der Hand nicht ausweichen. Der Schlag ins Gesicht warf sie beinahe vom Stuhl. Carolina neben ihr musste sie festhalten, damit sie nicht zu Boden stürzte.

Für einige Sekunden, und zum Glück nur für einige Sekunden, vergaß Cornelia, dass sie Polizistin war. In diesem kurzen Augenblick wehrte sie sich als Freyas Freundin gegen die unmäßige Brutalität des »Unternehmens«, das verkörpert wurde durch Raschkes sprechende Marionette Ramona. Aus ihrem Innern stieg eine glühende Wut auf, sie bekam ein rotes Gesicht, ballte die Fäuste. Sie hätte sich auf den Mann gestürzt, wenn nicht eine Hand sie am linken Arm wie eine Klaue umklammert und zurückgehalten hätte. Selin.

Mani versetzte Freya einen weiteren Schlag. Selins Finger gruben sich in Cornelias Fleisch. Aber es war nicht dieser Druck, der sie daran hinderte, der Kollegin zu helfen, sondern das wiedererlangte Bewusstsein, dass sie sich aus einem anderen Grund hier befand und eine Einmischung alles zunichtemachen würde.

Den dritten Schlag hörte sie nur noch, sie hatte das Gesicht abgewandt. Auch Selin merkte, dass ihr Widerstand nachgelassen hatte – sie lockerte den Druck um ihren Arm.

»Es ist gut, Mani«, befahl Ramona.

Cornelia schaute Freya an. Sie saß zurückgelehnt da. Vielleicht um einen weiteren Schlag zu vermeiden, vielleicht um sich vom Becken des Aufsehers fernzuhalten, das sich auf Gesichtshöhe befand. Die Arme in die Seite gestemmt, wartete Mani auf weitere Anweisungen. Noch eine Marionette. Die Marionette der Marionette, nur noch primitiver, eine reine Reaktionsmaschine.

Mit zitternder Hand reichte Carolina Freya ein Papiertaschentuch für die Tränen und die blutende Nase.

Ramona suhlte sich im eingeschüchterten Schweigen der fünf Putzfrauen.

»Möchte sonst noch jemand über Prämien diskutieren?«

Zwei Köpfe wurden geschüttelt, zwei senkten sich, der fünfte konnte die Augen nicht von Freya abwenden in der Hoffnung, ihren Blick aufzufangen, um sich für die Passivität zu entschuldigen.

Die Vorgesetzte war noch nicht zufrieden:

»Oder möchte jemand wissen, warum es mehr Pakete gibt? Du, Selin? Oder vielleicht du, Cornelia?«

Der Aufseher hatte sich mit auf der Brust verschränkten Händen und finsterem Grinsen hinter Ramona gestellt. Die Linie des Lichts teilte sein Gesicht unter der Nase, so dass die Augen nicht zu sehen waren.

»Und die Damen?«, wandte sich Ramona jetzt an Carolina und Beata. »Haben Sie vielleicht irgendeine Forderung? Haben Sie sich schon bei der neuen Gewerkschaft eingeschrieben?«

»Es reicht, Ramona. Wir haben es gecheckt, du brauchst dich nicht so anzustellen.«

»Da sieh einer an! Gerade du, Selin ... Es interessiert mich einen Dreck, ob ihr's gecheckt habt oder nicht. Ich rede, bis ich es satt habe.«

Aber sie hatte nichts mehr zu sagen.

In der letzten Stunde der Sitzung bekamen sie neue Anweisungen. Sie merkten sie sich schweigend, und schweigend verließen sie am Ende auch den Erster-Klasse-Raum.

Am nächsten Tag war sie um fünf zu Hause, aber der Schlafmangel gab ihr das Gefühl, es sei zehn oder elf Uhr abends. Ihre Beine waren schwer, wie voller Wasser, und sie war einerseits abgestumpft und anderseits merkwürdig lärmempfindlich. Die Stimmen einer Gruppe Jugendlicher, die an ihr vorbeizogen, bohrten sich ihr in die Schläfen. Hoch und schrill die der Mädchen, kehlig und brüchig die der Jungs. Dann kamen die Bässe eines Autoradios näher und ließen die Luft erzittern, bevor sie sich wieder entfernten, das hysterische Gekläff eines Köters, eine durchdringende Handymelodie hinter ihr, die Naben eines alten Fahrrads.

Sie beschloss, durch eine Parallelstraße zu gehen. Während der ersten Meter begleitete sie ein Auto, das dann beschleunigte und weiterfuhr, so dass sie wieder allein war, allerdings nur für kurze Zeit. Nach der nächsten Ecke vernahm sie Schritte hinter sich, noch fern, aber genau im Takt mit den ihren. Turnschuhe. Sie wandte sich nicht um. Wenn es nichts war, sondern bloß Einbildung, wäre es lächerlich gewesen. Wenn es wirklich war, wenn ihr jemand folgte, warnte sie ihn, indem sie sich umdrehte. Sie schritt etwas schneller aus. Die Füße hinter ihr ebenfalls. Sie überquerte die Straße. Desgleichen die Turnschuhe. Zwar noch mehrere Meter entfernt, kamen sie näher. Sie ging weiter, konzentrierte sich auf den Moment, wo sie sich umdrehen und ihrem Verfolger stellen müsste. Ihre eigenen Füße schienen zu Pflastersteinen geworden zu sein, aber wenigstens gehorchten sie ihr.

Eine weitere Ecke. Vor einem Zebrastreifen blieb sie stehen. Ihr Verfolger war genau hinter ihr. Er provozierte sie. Sie konnte sich nicht länger beherrschen und schoss herum, bereit, es mit ihm aufzunehmen. Da sah sie sich dem erschrockenen Blick eines etwa zehnjährigen Mädchens in rosafarbenem Trainingsanzug und dazu passenden Basketballschuhen gegenüber. Bei Cornelias brüsker Bewegung sprang das Mädchen zurück und zog den Kopfhörerstöpsel aus dem linken Ohr.

»Hör mal, hat man dir nicht beigebracht, dass du niemandem nachlaufen sollst?«

Mit verängstigtem Gesicht sagte die Kleine:

»Ich bin Ihnen nicht nachgelaufen.«

»Was hast du denn die ganze Zeit so dicht hinter mir gemacht?«

Am Rande der Tränen antwortete sie:

»Ich war nicht dicht hinter Ihnen. Ich wohne in dieser Straße. *Sie* waren auf einmal vor mir, als ich um die Ecke gebogen bin«, schnüffelte sie, »ich wollte Sie überholen, aber Sie sind immer schneller gegangen.«

Sie hatte recht, und Cornelia kam sich so lächerlich vor, dass sie der Kleinen beinahe eine runtergehauen hätte.

»Ist ja gut, entschuldige«, sagte sie.

Sie ging schnell davon und in eine weitere Parallelstraße, falls die Kleine auf die Idee kommen sollte, die Eltern zu verständigen.

Sie hatte eben Zeit, aus der Jacke zu schlüpfen, als ihr Handy klingelte. Manuel.

»Was gibt's denn?«

»Ich glaube, du solltest mal bei den Eltern vorbeigehen, Cornelia.«

»Warum?«, fragte sie erschrocken. »Ist Papa was passiert?«

»Nein, aber irgendwie geht es ihm nicht gut, er ist sehr verwirrt, und ich würde gern wissen, was dein Eindruck ist.«

»Aber es ist nichts Konkretes vorgefallen, nichts Ernstes?«

»Nein, aber die Situation überfordert mich ein bisschen.«

»Welche Situation?«

»Die eben. Papas Aussetzer, seine Stimmungsschwankungen ...«

»Das ist alles? Das überfordert dich schon?«

»Ich dachte, du könntest mir helfen. Du weißt immer, was zu tun ist.«

»Ich fürchte, in den nächsten Tagen wirst du allein zurechtkommen müssen.«

»Aber ich ...«

»Lolo, ich bin müde, und wenn man müde ist, so müde, wie ich mich heute fühle, dann hat man nicht mehr die Kraft, die ältere Schwester zu spielen. Das tue ich seit vierunddreißig Jahren, seit du auf der Welt bist.«

»Aber Cornelia, ich …«

»Nein, Lolo. Bitte vergiss ein einziges Mal in deinem Leben, dass es mich gibt, und werd allein damit fertig.«

»Es sind deine Eltern.«

»Genauso wie deine.«

Manuel legte auf. Er rief nicht noch einmal an wie sonst immer, wenn sie sich stritten. Er brauchte die Harmonie. Diesmal nicht.

Sie setzte sich mit einem Bier aufs Sofa und bemühte sich, das schlechte Gewissen zu bekämpfen.

»Ich habe jetzt keine Zeit für euch.«

Sie brauchte noch zwei Bier, um es zu schaffen.

DIE OHREN DES WOLFS

»Reden Sie nicht mehr mit mir, Frau Lenz?«

Lorenz Raschkes ernstes Gesicht kam ihr an der Ecke eines Gangs im Terminal 1 entgegen, als sie am Feierabend gewohnheitsmäßig die Cafeteria aufsuchte.

»Warum fragen Sie das?«

»Hat Ihnen Ramona meine Nachricht nicht überbracht?«

»Nein, offensichtlich nicht.« Anscheinend hatte die Kollegin beschlossen, sie zu boykottieren. Aber sie würde nicht in die Falle gehen und sie beim Boss anschwärzen. »Sie wird es vergessen haben. Wir hatten einen sehr anstrengenden Tag ...«

»Wie auch immer. Ich habe Sie ja grade noch rechtzeitig erwischt. Hoffentlich. Haben Sie ein Momentchen Zeit?«

Der Diminutiv täuschte nicht darüber hinweg, dass es keine Frage war. Schweigend gingen sie zum selben Lokal wie beim vorigen Mal.

Auch der Kellner war derselbe, aber diesmal mochte Raschke nicht abwarten, bis er beim Servieren der beiden Biere die nötigen Rituale absolviert hatte, sondern begann gleich zu sprechen, als die Gläser kamen:

»Heute bloß eins, wir wollen ja nicht übertreiben mit dem Alkohol, nicht wahr?«

»Selbstverständlich.«

»Mir sind etwas besorgniserregende Informationen über Ihre Gepflogenheiten zu Ohren gekommen, Frau Lenz.«

Offenbar hatte ihm Ramona brühwarm erzählt, dass Cornelia viel trank.

Raschkes Stimme klang salbungsvoll, als hätte sich das bisschen Fett seines mageren Körpers in den Stimmbändern konzentriert. So mussten die Inquisitoren zu Prozessbeginn mit den Angeklagten gesprochen haben, der gute und der böse Polizist in Personalunion. Der Gedanke daran, an die Ironie, sich dieses Mal auf der anderen Seite eines Verhörs zu befinden, verschaffte ihr eine gewisse Distanz; trotzdem fürchtete sie sich vor dem Moment, in dem Raschke sein anderes Gesicht zeigen könnte. Wie in einem Horrorfilm wurde die Spannung dadurch erzeugt, dass man zwar wusste, dass irgendwann die Tür aufgehen würde, hinter der sich das Ungeheuer verbarg, aber nicht, wann.

Sie hätte Unwissen – »Ich weiß nicht, was Sie meinen« – oder Empörung – »Wie können Sie es wagen, so etwas von mir zu sagen?« – vorspielen können. Sie hätte auch gemein sein und andere mit hineinziehen können – »Ich bin nicht allein, und Ramona denunziert mich aus Eifersucht«. Drei Fehler, die sie nicht beging. Sie trank einen lächerlich kleinen Schluck Bier wie eine gezierte Dame und sagte:

»Vielleicht, aber außerhalb der Arbeitszeit.«

Damit entwaffnete sie Raschke, dem ein Lächeln entwischte.

»Ich hoffe nur, dass Sie es unter Kontrolle haben und mich nicht enttäuschen.«

»So ist es. Oder haben Sie an meiner Arbeit irgendetwas auszusetzen?«

»Im Gegenteil. Jetzt, da das Unternehmen zu wachsen begonnen hat, warten auf jemanden wie Sie große Aufstiegsmöglichkeiten. Ich kann Sie mir in einer verantwortungsvolleren Position vorstellen. Sie wollen ja wohl nicht Ihr Leben lang saubermachen, oder?«

»Und Ramona?«

»Ramona ist eine treue Person, sie hat mir sehr geholfen, ist loyal gewesen. Loyalität muss immer belohnt werden, aber Ramona stößt an ihre Grenzen. Sie, Frau Lenz, haben ein ungeheures Potential, wenn Sie es nicht verschleudern. Mäßigen Sie sich, und verlieren Sie nicht die Kontrolle über Ihre Gepflogenheiten, das ist das Einzige, worum ich Sie bitte. Bald werde ich jemand Starkes neben mir brauchen. Das ist ein hartes Geschäft, Cornelia, und es gibt Momente, wo es schrecklich aufreibend ist.«

»Warum? Ist irgendwas geschehen?«

»Nein, aber es hätte geschehen können. Um es zu verhindern, habe ich mich gezwungen gesehen, gewisse Bewegungen zu stoppen.«

Sie vermutete, es gehe um den Aufstandsversuch, den Ramona und Mani niedergeschlagen hatten, indem Freya öffentlich geohrfeigt wurde. Sie wusste nicht, ob Ramona Raschke erzählt hatte, dass seine Frauen nicht so unterwürfig waren, wie er annahm. Vielleicht war es ihm so oder so zu Ohren gekommen, und deshalb fühlte er Cornelia hinsichtlich einer Ramona-Nachfolge auf den Zahn. Sie fragte ihn zweideutig:

»Sind Sie mit unserer Arbeit oder mit einer von uns nicht zufrieden?«

»Nein, nein. Alle leisten Hervorragendes. Die draußen bereiten mir Kopfzerbrechen.«

»Die draußen?«

»Die mit dem Heroin.«

Bei diesen Worten seufzte Raschke. Im Gegensatz zu vorherigen Unterhaltungen, in denen er sich des langen und breiten über die Vortrefflichkeit seiner Organisation ausgelassen hatte, musste man ihm diesmal, wo es um wirkliche Schwierigkeiten ging, die Würmer aus der Nase ziehen.

»Was ist mit ihnen? Wer sind sie?«

»Es sind viele, aber vor allem eine Gruppe, die ebenfalls vom Flughafen aus operiert hatte, hat mir Sorgen gemacht. Eine kleine, aber sehr aggressive Gruppe. Sie kommen nicht damit zurecht, dass sich das Heroin auf dem absteigenden Ast befindet, und wollten anscheinend das Geschäft ausbauen und ins Koks einsteigen.«

Er schwieg. Mit einem großen Zug trank er das Bier aus. Zögernd schaute er das leere Glas an. Als er Cornelias mit seinem Restchen Bier sah, gab er dem Kellner ein Zeichen, während er sie fragte:

»Was halten Sie davon, wenn wir etwas Gehaltvolleres trinken?«

»Wenn das nicht bedeutet, dass Sie nachher schlecht von mir denken ...«

Raschke lachte auf.

»Sehr schlagfertig, Frau Lenz. Ganz im Gegenteil, Sie werden mir gute Gesellschaft leisten.«

Er bestellte einen Cognac, sie einen Whisky. Sie tranken die Gläser fast in einem Zug aus.

»Traditionellerweise hat sich das Heroin in den Händen der Türken befunden und das Koks in denen der Kolumbianer. In einigen Fällen ist es sozusagen etwas wie ein Familienunternehmen, und die Kinder haben das Geschäft der Eltern weitergeführt. In einem Unternehmen ist Tradition von unschätzbarem Wert. So entstehen die großen Mythen, die großen Dynastien wie die der Krupp oder Thyssen, die sich gegenseitig immer respektiert haben, obwohl bekanntlich beide sowohl mit Haushaltgeräten gehandelt wie den Nazis Waffen verkauft haben.«

Cornelia hob das leere Glas, um beim Kellner noch einen Whisky zu bestellen. Raschke wollte einen weiteren Cognac und tat es ihr gleich. Der Alkohol machte ihn etwas redseliger. Sie beruhigte er.

»Aber jetzt wird alles durcheinandergebracht, und einige fangen an, in Bereiche einzudringen, die ihnen nicht zustehen. Ich habe erfahren, dass sie Körperschmugglerinnen für Koks kaufen und dass sie, gut beraten, die heißen Flüge vermeiden wie wir auch.«

»Woher wissen Sie das alles?«

»Die Industriespionage ist nicht von den Informatikern erfunden worden. Sicherlich ist der erste Höhlenbewohner, dem es gelungen ist, Feuer zu machen, von einem anderen umgelegt worden, der ihm damit die Erfindung stahl. Nach der Prostitution muss der Ideenklau eines der ältesten Gewerbe der Welt sein.«

Bei diesen Worten hätte man den Eindruck gewinnen können, Alkohol übe auf Asketen eine überraschende Wirkung aus, doch der bitterernste Ton, mit dem Raschke gesprochen hatte, und das zwanghafte Zittern des rechten Mundwinkels zeigten, dass die Komik unfreiwillig war. Er war sehr nervös. Er trank einen Schluck und sprach weiter, als müsste er sich sehr anstrengen:

»Aber einmal mehr sieht man, dass sich die Menschen von der Habgier mitreißen lassen – sie benutzen billige Körperschmugglerinnen.«

Obwohl sie sich danach verzehrte, trank Cornelia keinen einzigen Schluck Whisky mehr, sondern schaute bloß mit durstiger Traurigkeit zu, wie sich die Eiswürfelchen auflösten.

»Was meinen Sie mit billige Körperschmugglerinnen?«

»Verzeihen Sie, immer wieder entwischen mir solche Fachausdrücke. Sie nutzen den Umstand, dass die Leute in Ländern wie Chile oder Argentinien, obwohl die jetzt dazulernen, nicht über dasselbe Wissen verfügen wie in traditionsreicheren Ländern, Kolumbien oder Venezuela etwa. Die Chilenen kennen die Tarife nicht und machen die Transporte für ein Butterbrot. Man bezahlt ihnen tausend Euro für einen Transport von Santiago nach Madrid.«

»Und das ist nicht korrekt?« Cornelia zog ihre Rolle durch.

»Natürlich nicht. Da gibt es Tarife. Korrekt ist ein Betrag zwischen drei- und fünftausend Euro für ein in Pillen transportiertes Kilo. So viel muss man zahlen. Und Leute suchen, die es gut machen.«

»Sie sind ein Mann mit Prinzipien.«

»So ist es. Und das zeitigt hervorragende Ergebnisse, aber diese Anfänger machen zu viele Fehler und damit die Polizei auf sich aufmerksam, und das wiederum heißt, es gibt mehr Kontrollen, und auch Ihre Gruppe kann kontrolliert werden.«

»Das wäre eine Katastrophe.«

Er schaute sie ein wenig verwirrt an. Das war nicht das Wort, das er erwartet hatte, aber Cornelia war es entschlüpft angesichts der Möglichkeit, dass eine Aktion der Zollkollegen die ganze Arbeit ihres Teams zunichtemachte – das wäre, als würde sie in einem Feuergefecht von Freundeshand erschossen. Raschke interpretierte es offensichtlich als eine Äußerung der Angst.

»Machen Sie sich keine Sorgen. Die Aktivitäten dieser Gruppe haben ein Ende genommen. Ich habe auf eigene Faust Nachforschungen angestellt und entsprechende Maßnahmen ergriffen. Mehr kann ich Ihnen nicht sagen.«

Das war auch nicht nötig. Sie wusste, wovon er sprach.

Das Gesagte bestätigte, was sie treffsicher, aber ziemlich taktlos Rossmann mitgeteilt hatte. Der Blick, den ihr Raschke zuwarf, bestätigte seinerseits, was Rossmann ihr ebenfalls reichlich taktlos angedeutet hatte. Genau das, was Ramona so befürchtete: Raschke interessierte sich sehr für sie, er wollte sie beeindrucken.

Wie schon bei den vorigen Malen war er es, der den Schlusspunkt unter das Gespräch setzte. Er verlangte die Rechnung, aber vor dem Aufstehen zog er ein Schächtelchen aus der Jacketttasche.

»Ein kleines Geschenk. Für Ihre Liebenswürdigkeit, mir zuzuhören.«

Er deponierte es auf dem Tisch.

»Aber ..., warum denn? Das ist doch nicht nötig.«

»Nehmen Sie es, bitte. Sie wissen gar nicht, wie gut mir diese kurzen Gespräche tun.«

Er gab ihr die Hand so scheu wie ein Jugendlicher, der sich einen ersten Körperkontakt herausnimmt. Dann ging er, offenbar ein wenig verwirrt, davon.

Sie blieb zwei Minuten sitzen, bevor sie sich dazu durchrang, die Schachtel zu öffnen. Der Kellner trat mit einem weiteren Whisky an den Tisch:

»Auf Einladung des Herrn.«

Sie trank einen Schluck und machte die kleine Schachtel auf. Sorgfältig angeordnet, strahlten sie samten acht Godiva-Pralinen an. Sie schloss die Schachtel, steckte sie in die Handtasche und ging zur Bushaltestelle.

Kurz danach saß sie im Bus neben einer Lufthansa-Stewardess in Uniform und rekapitulierte das Gespräch. Raschke hatte ihre These bestätigt. Er war dabei, den Boden für hochkarätigere Geschäfte zu bestellen. Zuerst hatte er an den Tagen, als pro Flugzeug zwei Pakete eintrafen, Material gehortet, um bei seinen Kunden, getreu seinem Motto der Zuverlässigkeit, auf die er so stolz war, sein Wort zu halten, wenn während einiger Tage, in denen die Polizei besonders wachsam war, keine Ware einträfe. Raschke selbst hatte also die Informationen weitergegeben, die seine Konkurrenten bei der Polizei hatten auffliegen lassen. Das Geschäft, das er jetzt abzuwickeln im Begriff war, musste gewaltige Dimensionen haben. Er war angespannt. Während ihres Gesprächs hatte sie beobachtet, dass der Tic um den Mund zwar leicht, aber anhaltend war. Die nächsten Tage würden schwierig werden. Sie war bereits Zeugin gewesen, was die Nervosität des Bosses für Konsequenzen hatte. Wie ein Kolben, der nach unten drückte. Raschkes Anspannung spiegelte sich in Ramonas niederträchtigem Verhalten.

Sie steckte die Hand in die Tasche im Bemühen, dadurch die Stewardess neben sich nicht zu stören, die eingeschlafen war. Sie öffnete die Schachtel, entnahm ihr eine Praline und steckte sie sich mit einer raschen Bewegung in den Mund.

Ein Wort, das er ein paarmal wiederholt hatte, kam ihr immer wieder in den Sinn, »Loyalität«. Auf einmal erschienen bestimmte Wörter im Leben einer Person und wurden während einiger Tage zu einem Motiv, zum musikalischen Thema. »Loyalität«. Vor kurzem hatte jemand das Wort in einem anderen Zusammenhang verwendet.

Leo!

Sie fuhr in ihrem Sitz hoch. Die Stewardess schreckte auf.

»Ein Schlagloch«, sagte Cornelia.

Die Frau schloss wieder die Augen.

Leopold hatte von Loyalität gesprochen. Dieses Wort hatte er zur Erklärung angeführt, warum er bei seiner Freundin blieb:

»Aus Loyalität.« Das war nach einer ihrer letzten Hoteleskapaden gewesen. »Sie hat mir in schwierigen Momenten beigestanden und mich unterstützt. Als mein

Vater krank wurde, vor drei Jahren, hat sie ihn gepflegt wie ihren eigenen. Wir sind schon viele Jahre zusammen und haben auch gute Momente gehabt.«

»Aber liebst du sie denn?«

»Was meinst du damit?«

»Stell dich nicht so dumm, Leo.«

Die Antwort kam im Ton gezwungener Entschlossenheit:

»Ich habe sie gern.«

Es brannte sie auf der Zunge, zu sagen, auch sie habe viele Leute gern. Auch viele Dinge. Beispielsweise das eine oder andere Buch, das Jan mitgenommen hatte.

»Wie alt bist du, Leo?«

»Das weißt du doch, einunddreißig.«

»Du redest, als wärst du einundsiebzig.«

Er schaute sie beleidigt an, stieg aus dem Bett, zog sich an und verließ wortlos das Zimmer.

Sie musste die Stewardess ein wenig rütteln, um sie zu wecken.

»Lassen Sie mich bitte durch?«

»Wo sind wir denn?«

»In Neu-Isenburg.«

»Mist! Schon wieder die Haltestelle verschlafen.«

Beide stiegen aus, sprachen aber nicht miteinander. Die Stewardess schaute sich nach der Haltestelle in der Gegenrichtung um. Cornelia rang mit sich, ob sie Leopold anrufen sollte oder eher Rossmann, um ihm von ihrem Gespräch mit Raschke zu erzählen. Sie beschloss, zuerst in einer Kneipe in der Nähe ein Bier zu trinken.

Madrid – 15A. Ihr nächstes Paket.

Sie fuhren im Minibus hin. Das Flugzeug stand nicht am Fingerdock, sondern auf der Piste. Auf der Fahrt sprach Ramona kein Wort mit ihr – schon den ganzen Vormittag hatte sie nicht mit ihr gesprochen. Wenn sie ihr, wie Cornelia befürchtete, nachspionierte, dann dürfte sie sie mit Raschke gesehen haben. Hingegen glaubte sie nicht, dass die Eifersucht sie dazu gebracht hatte, ihr auch im eigenen Viertel hinterherzuschnüffeln. Also hatte sie nicht gesehen, dass sie nach zwei Stunden betrunken aus der Kneipe gekommen war.

In ihrer Wohnung hatte sie sich aufs Bett und dort in einen schweren Alkoholschlaf fallen lassen. Nicht einmal das Handy hatte sie gehört. Erst an diesem Morgen nach dem Duschen konnte sie Rossmanns verpassten Anruf erwidern. Ihr Kollege grollte noch immer, kam aber nicht umhin, den Scharfsinn zu loben, mit dem sie Raschkes Absichten erraten hatte. Trotzdem war es ein kurzes Gespräch.

Danach Ramonas mürrisches Schweigen, übertüncht durch das Geschnatter der beiden anderen Kolleginnen, mit denen sie wenige Minuten später die Maschine aus Madrid saubermachen mussten.

In der fünfzehnten Reihe griff sie ins Netz von Sitz A und zog das Paket heraus. Die Handgriffe waren ihr so vertraut, dass sie sofort bemerkte, dass diesmal etwas anders war.

Die Form des Pakets war nicht wie sonst. Im Prinzip war es zwar rechteckig, aber eine der Ecken schien angeschnitten, und da ragten zwei Spitzen heraus, wie die zweier Blätter. Instinktiv ergriff sie das Paket so, dass die beiden Spitzen oben waren. Warum kam ihr diese Form, obwohl seltsam, vertraut vor? Sie schloss die Augen und strich mit den Fingern die Kanten entlang. Auf der Grundseite abgerundete rechte Winkel; oben eine sanfte Kurve, die zu einer der Spitzen anstieg. Und wieder herunter, bis sie zu einer leicht gewölbten, zwei Zentimeter langen Geraden gelangte und dann zum Ansatz des anderen Blattes. Nein, es waren keine Blätter, es war ein Tierkopf. Jetzt wusste sie, woher sie die Form kannte!

Rasch steckte sie das Paket in die vorbereitete Tüte. Sie hoffte, keine der Kolleginnen habe sie gesehen. Sie dürfte sich nicht länger als zehn Sekunden damit aufgehalten haben, vielleicht sogar weniger, aber immerhin. Sie kratzte sich zum Schein am Rücken, um sich umzuschauen. Niemand beachtete sie. Sie nahm ihre Arbeit wieder auf.

Beim Verlassen des Flugzeugs deponierte sie die Tüte im vorgesehenen Behälter. Als sie sich im Bus hinsetzte, konnte sie die Begeisterung über ihre Entdeckung nicht im Zaum halten und ließ ein Kichern hören.

»Worüber lachst du?«, fragte Beata neben ihr.

»Nichts. Uninteressant für dich.«

Es waren Ohren, die spitzen Formen waren Ohren, die Ohren des Wolfs. Des Wolfs aus *Rotkäppchen* oder aus den *Sieben Geißlein*?

»Gestanzt?«

Wolfgang Rossmann wiederholte die Frage zum dritten Mal.

»Ja, gestanzte Märchenbücher.«

Cornelia sagte es zum vierten Mal.

»Hattest du denn keine gestanzten Kinderbücher, als du klein warst? Mit den Konturen von Bambis Kopf oder dem Dach der Hexenhütte aus *Hänsel und Gretel* oder dem Kopf des bösen Wolfs ...?«

»Doch, schon möglich. Aber das ist viele Jahre her. Ich weiß nicht mal mehr, wie sie aussahen.«

»Ich erinnere mich sehr wohl daran. Außerdem werden sie noch immer hergestellt. Ich bin überzeugt, sie haben das Stanzwerkzeug einer Druckerei benutzt, um die Droge zu pressen.«

»Aber warum denn?«

»Das werden wir sie fragen, wenn wir sie haben. Im Augenblick sollten die spanischen Kollegen herausfinden, welche Firma diese Stanzarbeit hergestellt hat. Sobald sie ein Buch mit der Form finden, die ich dir geschickt habe, sollen sie es fotografieren, und du schickst es mir. Wenn wir das Buch haben, gelangen wir auch zur Druckerei. Der Schlüssel sind die Ohren des Wolfs.«

»Wie kannst du so sicher sein, dass es die Ohren eines Wolfs sind? Und wenn es, was weiß ich, ein Hase war?«

»Dann sollen sie auch Märchen suchen, in denen ein Hase vorkommt, aber ich bin überzeugt, dass es ein Wolf war.«

Sie verstand, dass sich Rossmann sträubte. Sie konnte sich vorstellen, dass sich der deutsche Kommissar ein wenig schämte, die spanische Polizei darum zu bitten, gestanzte Märchenbücher zu suchen, und ihr zu erklären, warum.

»So können wir herauskriegen, wie sie die Sendungen vorbereiten.«

Sie hatten bereits eine klare Theorie, wie die Bande in Spanien funktionierte: Die Droge kam aus verschiedenen lateinamerikanischen Ländern nach Madrid, reiste aber nicht sofort nach Frankfurt weiter, sondern wurde zwischengelagert und dann in »harmlose« Flugzeuge verteilt – Direktflüge Madrid–Frankfurt oder Anschlussflüge von solchen aus den Vereinigten Staaten. Die spanische Polizei überwachte in Madrid bereits mehrere Personen, darunter einen leitenden Angestellten der Flughafenlogistik. Die Ware schien auf ähnliche Weise in Madrid einzutreffen, als Pakete, die von der

Reinigungskolonne herausgeschafft wurden, aber sie wussten noch nicht, ob das der einzige Weg war oder wie viele Leute darin verwickelt waren.

»Wir haben nichts zu verlieren«, beharrte sie.

»Außer dem guten Namen, den wir uns in jahrelanger Zusammenarbeit erworben haben.«

»Wenn es nur das ist, kann ich anrufen. Ich kann es auf Spanisch erklären.«

Das saß.

»Nein, ich mach das schon. Wir verstehen uns gut auf Englisch.«

Als Cornelia am nächsten Tag nach Feierabend heimkehrte, überflog sie im Kopf die Liste der Filme, die sie noch nicht gesehen hatte, für den Fall, dass sie noch einen Moment bei Hamit vorbeiging. Sie kam zum Schluss, dass ihr noch genug blieben für zwei Abende.

Beim Öffnen der Tür hatte sie ein vages Déjà-vu-Gefühl. Es kam daher, dass die Tür nicht doppelt abgeschlossen war, aber das war ihr nicht bewusst. Der Eindruck, eine Szene wiederhole sich, bestätigte sich, als sie laut sagte: »Vielleicht schlafe ich diese Nacht gut« und eine Stimme drinnen antwortete: »Führst du Selbstgespräche?«

Diesmal war es Leopolds Stimme, die sie erschreckte, und was zu Boden fiel, war kein Radiogerät. Während sie die Schlüssel aufhob, sah sie ihn auf der Schwelle der winzigen Diele erscheinen, die zum Wohnzimmer führte. Es wurde schon dunkel, und seine Silhouette hob sich im Gegenlicht ab.

»Hab ich dich erschreckt?«

Sie richtete sich auf und schüttelte den Kopf. Sie ließ die Schlüssel in die Handtasche und dann die Tasche zu Boden fallen.

Sein Gesicht konnte sie nicht sehen, nur den hochaufgeschossenen Körper, die langen, leicht gespreizten Beine, den an die Wand gestützten rechten Arm, den Schimmer der blonden Haare um den Kopf. Als sie ihn so nahe hatte, wurde ihr klar, wie sehr sie ihn vermisst hatte. Sie tat einen Schritt, und dann verloren sich ihre Hände unter seinem Pullover. Trotzdem wollte ihr Kopf wissen.

»Wie bist du reingekommen?«

Noch im Gang zog er ihr das Jackett aus und begann ihr die Bluse aufzuknöpfen.

»Mit einer Karte.«

Cornelia zog ihm den Pullover über den Kopf.

»Unmöglich. Ich drehe den Schlüssel immer zweimal um.«

Das letzte Wort sprach sie bereits in seinem Mund aus, während sie ihn nach links zum Schlafzimmer drängte. Sozusagen in einer einzigen Bewegung zog er einen Dietrich aus der Jeanstasche und half Cornelia, seinen Gürtel aufzuschnallen.

»So also hast du's angestellt?«

Zwischen den Brüsten spürte sie sein Nicken.

Sie schob ihn aufs Bett. Er fiel auf den Rücken und blieb heftig atmend liegen, während er sie aus leuchtenden Augen ansah. In diesem Blick lag so viel Begehren, dass sie merkte, wie eine Hitzewelle ihr Gesicht entzündete.

»Warum hast du das nicht schon vorher getan?«, fragte sie und setzte sich rittlings auf ihn.

»Weil ich keinen triftigen Vorwand hatte, bei dir einzudringen.«

Er nahm ihren Kopf zwischen beide Hände, um an ihren Mund zu gelangen.

Sie vergaß, nach dem Vorwand zu fragen.

Zwei Stunden später sollte sie ihn erfahren. Es war bereits stockdunkel, und sie waren vom Bett in die winzige Küche gekommen, um stehend etwas zu essen. Beim Verlassen des Schlafzimmers warfen sie einen Blick auf die am Boden verstreuten Kleider.

»Darf ich die Nacht über bei dir bleiben?«, fragte er.

»Bleib diese Nacht hier, bitte«, sagte sie im selben Augenblick.

Sie fühlte sich plötzlich sehr schläfrig, die Lider waren schwer. Sie wusste, dass das ein trügerischer Zustand war, dass sie, wenn sie überhaupt einschlafen konnte, kurz darauf vielleicht wieder erwachen und stundenlang den Schlaf herbeisehnen würde. Aber falls dem so war, wäre er bei ihr.

Eng umschlungen traten sie ins Schlafzimmer, aber Leopold blieb stehen, suchte die Lederjacke auf dem Sofa, steckte die Hand in eine der Taschen und zog einen MP3-Player heraus.

»Das war mein Vorwand, dich aufzusuchen.«

»Was ist es?«

»Das Ende des Falls Bornhoff.«

Verständnislos sah sie ihn an.

»Das ist eine Kopie der Aufnahme der Vernehmung. Reiner hat sie gemacht. Wir haben gedacht, da du uns schon angehört und beraten hast, wolltest du es vielleicht hören.«

Er reichte ihr das Gerät.

»Kann ich das auch im Bett tun?«

»Warum nicht?«

Sie stiegen ins Bett. Leopold legte ihr einen Arm um die Schulter, sie kuschelte sich an ihn und schaltete den Player ein. Es dauerte einen Augenblick, bis sie sich die Ohrhörer richtig eingesteckt hatte. Die Vernehmung hatte bereits begonnen.

»›Wissen Sie, ich hätte jemand sein können. Ja, ich hätte Teil einer Legende sein können. Als Bornhoff mir das Knie zerschmetterte, war ich neunzehn.‹

›1950‹, sagte Reiner.«

Cornelia drückte auf den Pausenknopf.

»Dann war es also Niesbach, der Stürmer der Eintracht?«

»Ja.«

Sie hörte weiter.

»›Genau. Im Jahr der Weltmeisterschaft in Brasilien, die Uruguay gewonnen hat. An dieser WM hatte Deutschland nicht teilgenommen, aber an der folgenden.‹

›Und wir haben sie gewonnen.‹

›Und ich hätte dabei sein können. Ich war eine der großen Hoffnungen, in vier Jahren wär ich einer der Großen geworden. Ich war, das heißt: ich bin Linksfüßler, so wie Pelé, wie Maradona, wie heute Messi, vor allem aber wie Puskás.‹

›War das nicht der Kapitän der ungarischen Nationalmannschaft?‹

›So ist es. Ich hätte gegen Puskás gespielt, ein Linksfüßler gegen einen anderen. Ich hätte gegen Kocsis gespielt. Wissen Sie, dass auch bei dem sein Schicksal von seinem linken Fuß geprägt war?‹

›Nein, aber erzählen Sie doch.‹«

Reiners Stimme verriet ehrliches Interesse.

»›Am Ende seines Lebens war er sehr krank, er hatte Leukämie und Magenkrebs, er war ruiniert, aber das Schlimmste war, dass man ihm wegen der Krankheit den linken Fuß amputiert hatte.‹

›War er denn ebenfalls Linksfüßler?‹

›Nein. Aber er war wie ich Fußballer bis ins Mark. Dem Torschützenkönig der 1954er-WM hatte man einen Fuß abgenommen. Was ist ein einfüßiger Fußballer? Niemand. Nichts. Im März 1979 lag er in Barcelona im Krankenhaus und stürzte sich dort aus dem Fenster des vierten Stocks.‹

›In gewisser Weise sind auch Sie ein Fußballer mit nur einem Fuß.‹

›So ist es, und das heißt nichts anderes, als dass ich ebenfalls ein Niemand geworden bin. Denn ich war, ich bin Fußballer, so wie andere Künstler, Priester oder Polizisten sind, und so fühle ich mich.‹

›Aber kein Mensch hat nur eine einzige Seite.‹

›Vielleicht, aber eines ist das Wichtigste, weil es der Kern ist. Ich bin in meinem Kern Fußballer – ich bin nicht Mechaniker, obwohl ich mein Brot mit dieser Arbeit verdient habe. Verstehen Sie, worauf ich hinauswill? Die Verletzung war das Ende. Der Rest meines Lebens war dadurch geprägt, ich war ein gebrochener Mann.‹

›Haben Sie es Bornhoff nie verziehen?‹

›Nein.‹

›Dann haben Sie also jahrelang geplant, ihn umzubringen?‹

›Nein, nein. Sie irren sich. Ich habe Bornhoff jahrelang gehasst, von dem Moment an, in dem er mich verletzt hat, bis heute, jeden Tag. Aber als ich den Brief mit der Ankündigung der Jubiläumsfeier seines Klubs bekam, dachte ich, jetzt reicht es mit dem ganzen Groll, jetzt ist der Moment des Verzeihens gekommen.‹

›Und was hat Sie Ihre Meinung ändern lassen?‹

›Warten Sie doch ab, Mann. Ich erzähle Ihnen ja alles. Er hat mich dazu gebracht, meine Meinung zu ändern, als er zu mir sagte, für ihn sei der Fußball überhaupt nicht wichtig gewesen, und wenn er jetzt an dieser Feier teilnehme, dann nur, weil er sich zu Hause langweile.‹

›Und was ist daran nicht in Ordnung?‹

›Jetzt wollen Sie mich wohl ein klein wenig provozieren, Herr Kommissar.‹«

Reiner hüstelte. Niesbach erzählte weiter.

»›Diese Worte waren eine Beleidigung. Da ist also meine Profikarriere zu Ende, weil mich jemand verletzt, den es einen Scheißdreck interessiert, was wir machen, mit Verlaub. Ein verwöhntes Bürschchen, für das der Fußball ein vorübergehendes Hobby war, eine Ablenkung während des Studiums des künftigen Professors und Chirurgen, des Dr. Franz-Dieter Bornhoff. Hören Sie das? Herr Professor Dr. Franz-Dieter Bornhoff! Man gibt ihnen schon entsprechende Namen, damit sie im Leben wer sind. Denn es war ja klar, dass er studieren und dann in irgendeinem Krankenhaus arbeiten würde, einen Lehrstuhl bekäme, Geld verdiente, geachtet würde ... Das wurde nie angezweifelt, es stand ihm einfach zu. Ich habe im Krieg meinen Vater verloren, 1940, mit neun Jahren. Er war Mechaniker, wie ich später auch. Aber in meinem Fall wurde ich es nicht, um voller Stolz eine Familientradition weiterzuführen, sondern weil mir nichts anderes übrigblieb. Wegen des Herrensöhnchens Bornhoff. Wissen Sie, selbst mit achtzig war er noch ein Herrensöhnchen.‹

›Wie haben Sie ihn umgebracht? Was haben Sie ihm gespritzt?‹

›Insulin.‹

›Und wie haben Sie es gemacht?‹

›Eines Tages, bei ihm zu Hause, habe ich ihm ein Beruhigungsmittel in den Tee gegeben, damit er einschlief, und dann habe ich ihm das Insulin in den Nacken gespritzt.‹

›Man hat drei Einstiche gefunden ...‹

›Das erste Mal habe ich nicht richtig gestochen, und

die Hälfte ist danebengegangen. Ich war sehr nervös, und zudem musste ich noch diese lächerlichen Haare wegschieben, die er sich im Nacken wachsen ließ. Das zweite Mal war schon besser.‹

›Und das dritte?‹

›Das war am schlimmsten. Er war nämlich nicht eingeschlafen und sagte, ich hätte ihm nicht genug gespritzt, wenn ich ihn umbringen wolle, müsse ich noch ein wenig dazugeben.‹

›Bornhoff wusste also, was Sie beabsichtigten?‹

›Ich glaube, er hat etwas geahnt, und im Grunde hat er es sich gewünscht. Dieser Dreckskerl hat mir sogar die Rache versaut.‹«

Den Rest bekam Cornelia an diesem Abend nicht mehr mit. Sie war schon eingeschlafen. In einem bestimmten Moment musste ihr Leopold die Ohrhörer herausgenommen und den Apparat auf den Boden gelegt haben. So sanft, dass er die zerbrechliche Blase ihres Schlafes nicht einmal berührte.

ABWESENHEITEN

Irgendetwas ging da vor.

Das erste Anzeichen war so belanglos, dass man es kaum wahrnahm. Zwei Tage, nachdem Cornelia das gestanzte Paket herausgeschafft hatte, erschien Selin nicht zur Arbeit.

Ein weiteres Anzeichen, nur von den wenigen Frauen der Reinigungstruppe wahrgenommen, die es interpretieren konnten, war das Verhalten Ramonas, mürrisch in ihren Anweisungen und schroff zwischen Flugzeug und Flugzeug. Mitten am Vormittag verschwand sie, ohne eine Stellvertreterin bestimmt zu haben. Als sie den ganzen Tag nicht mehr auftauchte, war Cornelia klar, dass etwas Außergewöhnliches vorging. Vergeblich hielt sie in den üblichen Gängen, in der Personalcafeteria, in den Büros nach ihr Ausschau. Seit der Vormittagspause war sie von niemandem mehr gesehen worden.

Cornelia wollte Raschke in seinem Büro aufsuchen, doch auch der Boss war nicht da.

Bis Feierabend sah sie weder Selin noch Ramona.

Irgendetwas ging da vor. Auch in Spanien.

Abends startete sie den Rechner. Sie hatte eine Mail von Rossmann und loggte sich in den Server ein. Es gab Neuigkeiten von der spanischen Polizei – die Suche nach den Stanzarbeiten hatte sich ausgezahlt. Die spanischen Kollegen hatten ein gestanztes Märchenbuch mit der von Cornelia beschriebenen Form auftreiben können. Als sie las, dass es eine Ausgabe von *Rotkäppchen* war, erschien ein triumphierendes Lächeln auf ihrem Gesicht. Der Verlag existierte nicht mehr.

Die Meldung teilte mit, derzeit versuchten sie herauszufinden, wo die Märchen dieses Verlags damals gedruckt und gestanzt wurden. Sie waren nahe an etwas dran, sie wusste es.

Auch am nächsten Tag kam Selin nicht zur Arbeit.

Ramona tauchte wieder auf, war aber ein für die Frauen unerreichbares Gespenst geworden. Ihre Augen waren gerötet wie von stundenlangem Weinen – dieselben Stunden, die ihr, aus den lila Augenringen zu schließen, an Schlaf fehlten. Sie arbeitete schweigend, außer wenn sie ihre Anweisungen bellte.

Cornelias zweimaliger Versuch, sie anzusprechen und nach Selin zu fragen, prallte an der doppelten Mauer ab, welche die Eifersucht und die Sorge errichtet hatten, die ganz offensichtlich an ihr nagten.

Auch Freya wollte sich nach Selin erkundigen. Die Art, wie Ramona sie anschrie, bestätigte den Verdacht, dass ihre Anspannung mit Selins Abwesenheit zu tun hatte.

Nach Feierabend versuchte sie es erneut bei Raschke. Die Bürotür war geschlossen, im Innern jedoch war seine Stimme zu hören. Er telefonierte. Sie postierte sich neben der Tür, um einzutreten, sobald er fertig wäre.

»Was hast du hier zu suchen?«, tönte es vom Ende des Gangs her. Sogleich erkannte sie den Uniformierten. Es war einer der beiden Aufseher, die Iwana mit dem Parfüm erwischt hatten, derjenige, der nicht Mani hieß. Er näherte sich mit langen Schritten und pflanzte sich dicht vor ihr auf, so dass sie von seinem Körper an die Wand gedrängt wurde. Wo hatten sie so was gelernt?

»Ich warte, um mit Herrn Raschke zu sprechen.«

»Er ist sehr beschäftigt. Ich glaube nicht, dass er Zeit hat für dich.«

Sie konnte es nicht vermeiden – es war die Wirkung dieses Du.

»Woher weißt du das? Führst du seinen Terminkalender?«

Sie merkte, dass er sie am liebsten geohrfeigt hätte, die Spannung, die durch seinen linken Arm lief, die Finger, die sich zweimal öffneten und wieder schlossen. Unzweideutige Zeichen, ebenso wie die Heftpflaster auf seinen Knöcheln.

Der Aufseher, dessen Namen sie immer noch nicht kannte, klopfte kräftig an die Tür, vielleicht das Ventil für den Schlag, den er dieser unverschämten Putze nicht hatte geben können, und ohne Federlesens schob er sie hinein.

»Was zum Teufel soll das? Seht ihr nicht, dass ich telefoniere?«

Raschke deckte den Hörer mit der Hand zu. Dann sagte er zu seinem Gesprächspartner:

»Entschuldige, ich ruf in einigen Minuten zurück.«

Er legte auf und sah die beiden an. Der Aufseher fühlte sich durch das Schweigen angesprochen.

»Sie hat da neben der Tür gestanden. Ich weiß auch nicht, was sie da zu suchen hatte.«

»Ich habe gewartet. Was soll ich wohl sonst getan haben? Gewartet, um eintreten zu können, ohne zu stören.«

Er sah sie wütend an. Hätten sie nicht vor Raschke gestanden, wäre ihm die Hand diesmal vielleicht wirklich ausgerutscht.

»In Ordnung, Sigmund.«

Sigmund! Hieß doch der Kerl auch noch Sigmund.

Für solche Namen brauchte sie kein Notizbuch. Auch Rossmann würde es nicht schwerfallen, ihn auf der Personalliste zu finden, um Recherchen anzustellen.

»Was wollen Sie, Cornelia?«

»Ich bin einfach ein wenig in Sorge, weil die Kollegin Selin Herzog seit zwei Tagen nicht da ist und niemand weiß, ob sie krank ist. Auch Ramona Althaus sagt uns nichts. Ich wollte bloß wissen, ob alles in Ordnung ist.«

Raschke verengte die Augen, als er sie ansah, dann warf er einen raschen Blick auf den Aufseher Sigmund, der neben Cornelia stand, die Beine gespreizt und beide Hände übereinander vor den Genitalien wie ein Schild. Ein Rausschmeißer – der Kerl hatte als Rausschmeißer gearbeitet, das war vollkommen klar. Als er Raschkes Blick auffing, deutete er ein Grinsen an, wie Cornelia aus dem Augenwinkel erspähte. Ein beidhändig tauglicher Schlägertyp, der hoch im Kurs stehen musste.

»Ramona hat keine Zeit gehabt, sich mit dem Thema zu befassen«, sagte Raschke jetzt. »Die Abwesenheit der Kollegin Herzog hat uns großen Stress verursacht.«

»Ist sie denn krank?«

»Selin Herzog arbeitet nicht mehr im Unternehmen, sie ist keine Vertrauensperson mehr, damit Sie es verstehen, aber die Einzelheiten wird Ihnen dann Ramona Althaus erzählen. Und jetzt gehen Sie.«

Mit der einen Hand winkte er Cornelia hinaus, dann fächelte er mit der anderen auch Sigmund weg.

»Sie auch, gehen Sie.«

Beide verließen das Büro. Der Aufseher trollte sich, ohne sie noch eines Blickes zu würdigen. Vorher glitten Cornelias Augen nochmal über seine Hände. Mit ihnen hatte er kurz zuvor jemanden geschlagen. Und es war auch klar, wen.

Irgendetwas war da vorgegangen.

In der Garderobe klebte eine Notiz an der Tür ihres Spindes. Ramona zitierte sie alle zu einer Sitzung. Nicht in eine der First Class Lounges, sondern in ein Büro des Verwaltungstrakts.

Carolina, Freya und Beata waren schon da. Ebenso Mani, der mit auf der Brust verschränkten Armen neben Ramona saß, die als Einzige stand.

»Na, Frau Lenz scheint einen Umweg gegangen zu sein.«

Sie deutete auf einen Stuhl und wartete mit übertriebener Ungeduld, bis sich Cornelia gesetzt hatte. Dann verkündete sie ihnen ohne weitere Vorrede, da ihre Abwesenheit offensichtlich war, dass Selin nicht mehr kommen würde.

»Sie hat gegen eine der Grundregeln des Unternehmens verstoßen.«

»Gegen welche?«, fragte Freya.

Mani räusperte sich und rückte auf seinem Stuhl hin und her. Freya verstand die Drohung.

»Auf Grund dieses Verstoßes hat das Unternehmen Maßnahmen ergriffen.

»Und was für Maßnahmen?«, fragte Carolina.

»Die, die man für nötig hielt«, antwortete Ramona.

Aber Carolina insistierte, ohne Mani und seine Bewegungen zu beachten:

»Was hat sie denn getan?«

»Darüber spreche ich lieber nicht.«

»Ich will es wissen.«

Mani sprang auf und versetzte ihr einen Schlag ins Gesicht. Er blieb einen Moment mit erhobener Hand vor ihr stehen und setzte sich dann affektiert langsam wieder hin.

Carolina berührte die Stelle, an der sie getroffen worden war, und wiederholte:

»Ich will es wissen.«

»Und ich wiederhole, dass ich darüber nicht sprechen werde.«

»Erlaubt es dir vielleicht der Gebieter nicht?«, meldete sich Beata zu Wort, die schweigsame Beata, die kaum je den Mund aufmachte. Diesmal waren ihr die Worte wie unter einem ungeheuren inneren Druck herausgekommen, der ihre übliche Wortkargheit außer Gefecht setzte.

»Was hat man mit ihr angestellt?« Carolina gab nicht nach.

»Und warum?«, fügte Cornelia hinzu.

Angesichts dieser bei »ihren Mädels« ganz unüblichen Renitenz schaute Ramona alle überrascht an – und auch, weil sich mit Ausnahme Freyas keine durch die Anwesenheit des Schlägers einschüchtern ließ, den sie mit der linken Hand zurückhielt. Sie wirkte sehr müde, ihre Augen waren noch geschwollener und von Äderchen durchzogen, die Ringe darum größer und die Haut aschfarben geworden.

Auf einmal explodierte Freya. Noch waren die Spuren der vom Make-up halb verdeckten violetten Flecken nicht aus ihrem Gesicht verschwunden. Sie stand auf, stützte sich mit den Handflächen auf den Tisch und blickte Ramona fest in die Augen. Die rote Mähne schien zu glühen.

»Hat Raschke einen seiner Hunde zu ihr geschickt, wie er es bei mir getan hat? So entwischen ihm die Schäfchen nie von der Weide. Da haben wir« – sie deutete auf Ramona – »den Hirtenhund, aber wenn eines ein wenig vom Weg abkommt, hetzt er die Dobermanns auf, wie den da. Und? Wirst du mich wieder schlagen? Und dann alle anderen? Was ist, wenn wir es eines Tages satt haben? Was wird er mit uns anstellen? Uns den Kopf abreißen?«

Ramona verlor die Beherrschung:

»Ja, wenn es nötig ist.«

Freya war wie gelähmt. Sie schaute nach links und rechts und suchte die Augen der Kolleginnen, fand aber nur die Cornelias. Beata und Carolina hatten den Blick gesenkt. Beata weinte still vor sich hin.

»Also haben sie Selin umgelegt?«

»Nein, wenn dich das tröstet, aber sie und ihr Bruder werden nur noch geringe Lust haben zu stehlen. Und zu reden. Ihre Mutter könnte höchst unangenehmen Besuch bekommen ...«

Die Mutter – Selins Pfand.

DIE GESCHWISTER HERZOG WOHNEN NICHT MEHR HIER

»Die gewählte Rufnummer ist zur Zeit nicht erreichbar oder außer Betrieb.«

Seit Selin nicht mehr am Flughafen erschienen war, hörte sie immer wieder die Mitteilung dieser Frauenstimme. Bei ihren ersten Versuchen, sie zu finden, war ihr das noch normal erschienen: Eine Kranke braucht Ruhe. Seit sie jedoch Sigmunds Hände gesehen und Ramonas Worte gehört hatte, schwangen in der Automatenstimme unheilvolle Untertöne mit.

In ihrer Rolle gefangen, konnte sie nur zwei Dinge tun: erstens Selin auf ihrem Handy anrufen, zweitens die Kollegen informieren.

Rossmanns Leute gingen sowohl zu Faruks als auch zu Selins Wohnung.

»Da war keiner«, berichtete Rossmann am Telefon.

Während des Gesprächs tigerte Cornelia in ihrer Wohnung umher wie ein Tier in seinem Käfig.

»In der Wohnung deiner Kollegin Selin Herzog haben wir nichts Verdächtiges gefunden, die übliche Alltagsunordnung, aber bei ihrem Bruder war es anders. Da scheint tatsächlich ein Kampf stattgefunden zu haben.«

Heiko Sulimas Stimme mischte sich ein:

»Und zudem waren im Schlafzimmer mehrere Schubladen einer Kommode mit Damenwäsche aufgezogen, und in demjenigen Teil des Schranks mit den Frauenkleidern waren einige Bügel leer. Als wären Koffer gepackt worden.«

»Und Selin?«

»Ebenfalls verschwunden«, antwortete Rossmann.

»Übrigens haben wir Faruk Herzog identifiziert. Er ist vorbestraft wegen Dealens. Er hat zweimal im Gefängnis gesessen, zwei relativ kurze Aufenthalte. Einmal neun Monate für Handel mit Hasch und einmal anderthalb Jahre für Heroin.«

Wieder meldete sich Sulima:

»Es ist eine im Grunde sehr romantische Geschichte – seine erste Frau hat mit ihm die Strafe während der Haschgeschichte geteilt, die zweite beim Heroin.«

Cornelia konnte nicht in den Spott ihrer Kollegen einstimmen.

»Es überrascht mich«, sagte sie, »dass Raschke sie angesichts dieser familiären Vorgeschichte in die Bande aufgenommen hat.«

»Sicherlich war sie ihm nicht bekannt«, antwortete Rossmann. »In seinen Kreisen kennt man Faruk Herzog als Zebra.«

»Zebra?«

»Obwohl er nicht sehr groß ist, schoss er anscheinend sehr schnell auf und hat davon Striemen am Rücken und in den Kniekehlen. Daher der Name. Ich bezweifle, dass seine Kunden wissen, dass er eigentlich Faruk heißt.«

»Aber in letzter Zeit scheint er nicht aktiv gewesen zu sein«, fügte Sulima hinzu.

»Oder er ist klüger geworden und lässt sich nicht mehr so leicht schnappen«, sagte Rossmann.

Wie Raschke sagen würde: »Ausgerüstet mit dem Staatsexamen der Gefängnisuniversität.«

Ihre Kollegen suchten Selin, Faruk und Raquel. Sie probierte es weiterhin auf dem Handy.

»Die gewählte Rufnummer ist zur Zeit nicht erreichbar oder außer Betrieb.«

»Die gewählte Rufnummer ist zur Zeit.«
»Die gewählte Rufnummer.«
»Die gewählte.«
»Die.«
Immer wieder. Am Ende hasste sie sogar den bestimmten Artikel. Als ihr endlich statt des verfluchten »die« ihr eigener Name entgegentönte, hätte sie beinahe wieder aufgelegt:
»Cornelia?«
Selins Stimme.
»Wo bist du?«
»In meinem Auto.«
»Aber wo?«
»In einer Autobahnraststätte in der Nähe von Wiesbaden. Ich musste mal aufs Klo.«
»Was ist denn passiert?«
»Man hat uns zusammengeschlagen, Cornelia, Faruk und mich.«
Das sagte sie im weinerlichen Ton eines Kindes, das aus der Schule zurückkommt und es ihrer Mutter erzählt. Dann begann sie tatsächlich zu weinen.
»Bist du verletzt? Hat dich ein Arzt untersucht?«
»Nein, so schlimm ist es nicht.«
»Aber du kannst doch die Nacht nicht in einer Autobahnraststätte verbringen. Komm zu mir.«
»Und wenn sie mich sehen?«
»Wer?«
»Die, die mich geschlagen haben, Raschkes Leute.«
»Hier werden sie dich nicht suchen.«
»Ich werde auffallen, mein Gesicht sieht grässlich aus, und die Kleider sind zerrissen.«
»Wenn du in der Nähe bist, suchst du einen Parkplatz und rufst du mich an, dann hol ich dich dort ab. Ich bring dir eine Mütze und einen Mantel mit. Außerdem ist die Straße nicht sehr hell beleuchtet.«

Eine halbe Stunde später erwartete Selin sie im Auto in einer schmalen Seitenstraße. Ihr Gesicht sah schlimmer aus, als Cornelia es sich vorgestellt hatte: Sie hatten hart und mehrmals zugeschlagen. Das linke Auge konnte sie nicht richtig öffnen, das rechte guckte durch einen dunkelvioletten Spalt. Die Lippen waren schorfbedeckt und die Wangen geschwollen. Trotz des spärlichen Lichts erkannte sie die Spuren eines Schlagrings.

Nachdem sie sich die Mütze aufgesetzt hatte, stieg Selin aus und warf sich den Mantel über, dann gingen sie zu Cornelia.

»Komm auf die andere Seite, auf dieser kann ich dich nicht sehen«, sagte sie in einem Versuch zu scherzen. Cornelia lächelte und ging auf die rechte Seite.

Unterwegs begegneten sie gerade mal zwei Passanten, die in der beißenden Kälte von Ende November schnellen Schrittes unterwegs waren und sie nicht beachteten. Trotzdem drehte Selin beide Male den Kopf weg.

Sie betraten das Haus und fuhren in den neunten Stock hoch, ohne jemanden zu sehen. Selin machte keine Bemerkung über die Unordnung in der Wohnung, weder über die Zeitungsberge noch über die leeren Bierflaschen auf dem Sofatischchen, noch über das schmutzige Geschirr im Spülbecken.

»Duschen oder essen?«

»Duschen *und* essen.«

Selin ging ins Badezimmer. Cornelia brachte ihr Wäsche und ein großes Handtuch.

»Darf ich reinkommen?«

Da sah sie, dass Selin auch auf den Armen, an den Handgelenken, am Rücken blaue Flecken hatte. Dieser schmächtige Körper voller Male weckte in ihr einen spontanen Beschützerinstinkt, der noch stärker wurde, als die Kollegin angezogen wieder herauskam, die

Kleider etwas zu groß für sie und das offene schwarze Haar nass auf ein Tuch über den Schultern fallend. Ohne den lebhaften Pferdeschwanz, der immer alles betonte, was Selin tat oder sagte, wirkte sie noch zerbrechlicher.

»Hübsch geduscht und desodoriert, wie es dieses Miststück von Ramona will«, sagte Selin, bevor sie sich auf den Teller Makkaroni stürzte, die ihr Cornelia hingestellt hatte. Zwei Tage lang hatte sie kaum etwas gegessen. Sie war Raschkes Schlägern mit dem, was sie auf dem Leibe trug, und dem bisschen Geld in der Tasche entwischt.

Cornelia ließ sie zunächst den Hunger stillen. Das Kauen fiel ihr schwer, ihr Gesicht spiegelte bei jedem Bissen den Schmerz, und sie schluckte die Makkaroni fast unzerkaut herunter. Als die Geschwindigkeit, mit der sie sich die vollen Gabeln hereinschob, sichtlich langsamer wurde, fragte Cornelia:

»Was ist passiert?«

Selin starrte auf den Teller und begann zu sprechen.

»Raschkes zwei Schläger haben mich zu Hause heimgesucht.«

Sie spießte zwei Makkaroni auf die Gabel, steckte sie in den Mund und kaute sehr bedächtig.

»Sie haben mich gezwungen, sie in meinem Auto zu Faruk zu fahren. Anscheinend ahnte der etwas, als ich bei ihm klingelte – er kam mit einem Messer heraus. Aber das hat ihm nichts geholfen, Mani hat es ihm mit einem Fußtritt aus der Hand geschlagen. Dann haben sie uns mit angelegter Pistole ins Auto verfrachtet und sind mit uns zu einem Waldgebiet in der Nähe von Langen gefahren.«

Eine halbe Stunde lang schlugen sie die Geschwister abwechselnd, so dass einer immer die Schläge sehen musste, die der andere einsteckte. Selin wurde im Rhythmus des Wortes »Loyalität« geohrfeigt.

»Immer wenn Sigmund die Silbe ›-tät‹ sagte, verpassten sie mir einen Schlag ins Gesicht. Loyali-tät, Schlag rechts. Loyali-tät, Schlag links. Immer wieder.«

Bei der Erinnerung an die Szene bewegte sich ihr Kopf von einer zur anderen Seite. Plötzlich unterbrach sie die Bewegung:

»Einmal, als sie gerade nicht aufpassten, konnte sich Faruk losreißen, und während er ihnen entgegentrat, rief er mir zu, ich solle abhauen. Ich wollte erst nicht, aber er bat mich auf Türkisch, Raquel anzurufen, damit sie rechtzeitig fliehen könnte. Darum bin ich losgerannt. Die beiden Gorillas haben nicht schnell genug reagiert, und so habe ich es bis zum Auto geschafft. Dann habe ich Raquel angerufen, und sie sagte, sie werde untertauchen, ich solle auf keinen Fall zu ihnen kommen. Ich bat sie, meine Mutter anzurufen, damit sie sich ebenfalls verstecken könnte. Dann bin ich rumgefahren. Später bin ich wieder zu dem Waldstück zurück, aber Faruk war nicht mehr dort. Ich trau mich nicht, nach Hause zu fahren, falls mich dort die Typen erwarten. Ich weiß nicht, was sie mit meinem Bruder gemacht haben, und auch nicht, wo er ist.«

Selin schloss die Augen. Als sie das rechte wieder öffnete, rann ihr ein Tränenfaden über die Wange.

»Ich will nicht weinen – es brennt.«

»Lass mich machen.«

Mit der Spitze eines Papiertaschentuchs trocknete ihr Cornelia sacht die Tränen.

»Warum hat man euch geschlagen?«

»Das kann ich dir nicht sagen.«

»Warum nicht?«

»Es wird dir nicht gefallen.«

»Noch weniger gefällt es mir, dich so zu sehen.«

Selin schien nicht bereit zu sprechen. Cornelia räumte den Teller ab.

»Möchtest du noch?«

»Wenn noch was da ist ...«

Sie ging in die Küche und wärmte die restlichen Makkaroni in der Mikrowelle auf. Aus der Küche fragte sie Selin:

»Warum glauben sie, dass du nicht loyal warst?«

»Weil es stimmt.«

Fast gleichzeitig hörte man das Bing der Mikrowelle.

»Was hast du denn getan?«, fragte Cornelia, während sie den vollen Teller vor sie stellte. Der Nachschlag schien Selin gesprächig zu machen:

»Ab und zu habe ich kleine Mengen aus den Paketen abgezweigt. Da es so rein war, hat Faruk es verschnitten und an die Kunden des Bordells verkauft, wo Raquel arbeitet. Ein ›Familienunternehmen‹, wie du siehst.« »Unternehmen« sprach sie mit spöttischer Verachtung aus, und so fuhr sie auch fort: »So clever, wie Raschke sich vorkommt, und diese ganze Zeit über hat er nicht gemerkt, dass er eine beherbergt, die sich eingeschleust hat.«

Cornelia fiel der Flaschenöffner aus der Hand. Selin schaute sie befriedigt an.

»Wie? Was?«, stotterte Cornelia.

»Das hast du nicht erwartet, was?«

»Eigentlich nicht.«

»Ja, ja, die kleine Selin, immer so gut drauf, immer so fleißig, aber eher für die eigene Kasse ...«

»Du meinst nicht ...?«

Plötzlich verstummte Selin. Dann sagte sie:

»Ich habe schon zu viel erzählt, ich will dich da nicht mit reinziehen, du hast damit ja gar nichts zu tun.«

Sie schaute auf einen unbestimmten Punkt an der Wand, irgendwo zwischen den kitschigen Bildchen, die Cornelia nicht abgehängt hatte. Die Erleichterung, die Cornelia verspürte, als ihr bewusst wurde, dass mit der Eingeschleusten nicht sie gemeint war, hielt nicht lange an. Der Moment war gekommen, die Maske abzulegen und Selin festzunehmen. Sie wollte etwas sagen, doch Selin kam ihr mit den einzigen Worten zuvor, die sie in diesem Moment bremsen konnten:

»Du bist in Ordnung, Cornelia, eine Freundin. Und deine Makkaroni sind die besten scheußlichen Makkaroni, die ich je gegessen habe.« Wieder mündete der Versuch zu scherzen in Tränen.

Cornelia umarmte sie, bis Selin sich beruhigte.

»Ich bin todmüde, ich muss ein paar Stunden schlafen.«

»Ich mach dir das Sofa zurecht. Pyjama hab ich keinen frischen.«

»Ein T-Shirt tut's auch.«

Cornelia zog das erstbeste aus dem Schrank. Als Selin es bereits angezogen hatte, sah sie, dass es das von Leopold mit dem *Space Invader* war. Es war ihr viel zu groß.

»Klasse Shirt.«

»Dann kannst du's behalten.«

Selin warf sich aufs Sofa. Cornelia ging ins Schlafzimmer, legte sich ins Bett, machte sich aber viel zu viele Gedanken, um einschlafen zu können. Welche Rolle spielte es für ihre Ermittlungen, dass Raschke Selin entdeckt hatte? Würde er die anderen nun noch sorgfältiger überwachen? Sie fragte sich, ob er hinsichtlich des Verkaufs, den er vorbereitete, größere Vorsichtsmaßnahmen ergreifen würde oder in der Angelegenheit von Selin und ihrem Bruder einen unbedeutenderen Zwischenfall sah. Und sie und ihr Team? Rossmann und seine Kollegen lagen schon auf der Lauer und warteten gespannt, um über die ganze Organisation herzufallen. Noch einige Tage, und sie würden nicht nur das ganze Netz zerschlagen, sondern auch noch einen Grossisten angeln können, den Hauptgewinn neben Raschke. Zwei gute zweite Preise, die Schlägertypen Mani und Sigmund, mutmaßliche Schuldige an Sonia Raimondos Tod. Der Rest waren Nebengewinne: Lupp, der die Drogen aus dem Flughafen schaffte, und die Frauen.

Die Frauen; einige von ihnen hielten sie sogar für eine Freundin. Im angrenzenden Zimmer schlief Selin und erholte sich von einer brutalen Abreibung, sie wähnte sich in Sicherheit, bei einer Freundin. Wie würde sie reagieren? Wie würde sie sich nach dem Verrat fühlen, wenn sie erführe, dass die vermeintliche Freundin eine Polizeikommissarin war, die ihr eine erholsame Nacht gewährte, bevor sie sie verhaftete? Das hatte sie soeben beschlossen.

Zum ersten Mal, seit sie diese Arbeit aufgenommen hatte, konnte sie die Tränen nicht unterdrücken. Danach schlief sie ein.

Sie würde es nie jemandem eingestehen, konnte es kaum sich selbst eingestehen, dass das Erste, was sie am Morgen angesichts des leeren Sofas empfand, Erleichterung war. Selin war gegangen. Es war kurz nach fünf. Das Sofa war noch warm, sie war erst vor kurzem aufgebrochen. Das T-Shirt mit dem *Space Invader* hatte sie säuberlich zusammengefaltet auf die Sofalehne gelegt. Darauf lag eine Notiz: »Vielen Dank. Du bist eine Freundin. Darum will ich dich nicht in noch größere Schwierigkeiten bringen. Pass gut auf dich auf, und räum mal die Wohnung auf.« Die Unterschrift war mit kleinen Windmühlenflügeln verziert, die Küsse symbolisierten.

Es waren diese Kreuzchen, ihre kindliche Sentimentalität, die sie wieder in die Wirklichkeit zurückbrachten.

Für diese Frauen waren die Massaker bei den Kämpfen zwischen Drogenhändlerbanden in Ciudad Juárez Nachrichten, die sich mit den langweiligen, unverständlichen Börsenberichten und der Wettervorhersage vermischten. Kolumbien war das Land Shakiras und der Drogenkartelle, etwas, was woanders stattfand. In ihrer Welt nahm das so wenig Raum ein, wie die Frauen in derjenigen des Mannes, der in einem verborgenen Urwaldlaboratorium arbeitete, oder in der des Dealers, der in einer Straße in Mexiko bei der Verteidigung seines Territoriums jemanden erschoss oder selbst erschossen wurde, oder in der des jungen Mädchens, das mit dem Körper voller Kokskügelchen über den Atlantik flog. Und dennoch waren sie alle Glieder derselben Kette.

HAUSFRIEDENSBRUCH

Sie musste Rossmann alles erzählen, aber wie? Nach der Dusche und dem Kaffee würde sie ihn anrufen und ihm zuerst von Selins Aktivitäten berichten und dass Raschkes Männer sie und Faruk zusammengeschlagen hatten.

Zweitens ...

Sie schaltete das Radio aus – die Musik störte sie beim Nachdenken.

»Zweitens: Ich erzähle beziehungsweise gestehe Rossmann, dass Selin die Nacht hier verbracht hat und mir dann entwischt ist.«

Sie drehte den Warmwasserhahn zu, und der plötzliche Temperaturwechsel beschleunigte ihren Herzrhythmus. Eigentlich war sie jetzt schon bereit.

Bis zum Morgengrauen dauerte es noch fast zwei Stunden. Was spielte das für eine Rolle, ein grauer Regentag zeichnete sich ab, so wie es der Vortag gewesen war und wie es der nächste Tag sein würde.

Nachdem sie sich angezogen und ein Tuch um das feuchte Haar geschlungen hatte, machte sie sich das Frühstück. Sie schaltete das Radio wieder ein; vor den Nachrichten kam Werbung. Genau in dem Moment, als die Eröffnungsmelodie der Sechs-Uhr-Nachrichten erklang, hörte sie etwas. Jemand klopfte an die Tür. Warum klingelte er nicht? Sie trocknete sich die Hände an einem Küchentuch ab. Vielleicht war es Gamze. Wieder das Klopfen. Mitten im Wohnzimmer blieb sie stehen. Die Art, wie geklopft wurde, hatte etwas Bedrohliches, als klopfte nicht eine Hand, sondern schlüge ein Rammbock an die Tür. Vielleicht war es wieder der Vollstreckungsbeamte des Gerichts, der Gamze nicht vorfand und die Nachbarn befragen wollte. Um sechs Uhr früh? Und warum sagte er nichts?

Sie rührte sich nicht, machte kein Geräusch. Auf der anderen Seite der Tür spürte sie etwas, etwas Feindliches. Das Rascheln von Kleidern, Schritte. Wusste der Mann vor der Tür, dass sie zu Hause war? Aus der Küche hörte sie die Stimme der Nachrichtensprecherin.

Auf einmal Stille. Dann drei kurze, entschlossene Schritte. Ein harter Schlag, dem der Lärm des zersplitternden Schlosses und der Aufprall der Tür an der Wand folgten. Zwei Männer in schwarzen Jeans, Lederjacke und Gesichtsmaske erschienen auf der Schwelle.

»Wo ist Selin Herzog?«, fragte der rechts, größer und massiger als der linke.

Mit diesen Worten stürmten sie in die Wohnung und stürzten sich auf Cornelia Lenz.

Auf die Aggression reagierte aber nicht Cornelia Lenz, sondern Cornelia Weber. Sie konnte sich dem Mann, der sie festhalten wollte, entwinden und dem zweiten einen Schlag versetzen. Der klappte zusammen und hielt sich den Magen. Sie musste unbedingt aus der Wohnung kommen und versuchte, sich der aus den Angeln geratenen Tür zu nähern. Ein Faustschlag traf sie ins Gesicht, sie spürte, wie die Unterlippe platzte, Blutgeschmack füllte ihr den Mund. Den zweiten Schlag konnte sie parieren, indem sie das Handgelenk des Mannes packte. Sie überwältigte ihn mit einem Ringergriff, nachdem er sie zuerst noch mit der freien Hand in die Rippen geschlagen hatte, so dass es ihr fast gänzlich den Atem nahm. Der zweite Mann hatte sich wieder aufgerappelt und nutzte den Moment, um ihr einen Fausthieb auf die Schläfe zu verpassen. Sie ließ den Arm des anderen los. Der Schläfentreffer versetzte ihren Kopf in eine Bogenbewegung. Das ganze Zimmer zog an ihren Augen vorbei, beleuchtet von intensivem weißen Licht, das die Umrisse von Möbeln, Gegenständen, den beiden Männern verschwimmen ließ. Dann fiel sie nach hinten.

Bevor sie die Besinnung verlor, sah sie als Letztes einen großen blauen Fleck auf der Schwelle der Eingangstür. Eine Stimme schrie etwas, was sie nicht verstand.

Sie kam im Treppenhaus wieder zum Bewusstsein, als die Krankenpfleger die Trage auf den Boden stellten, da sie unmöglich in den engen Aufzug passte. Cornelia wollte aufstehen, war aber mit Riemen festgezurrt. Einer der Pfleger bemerkte es und kniete sich neben ihr nieder.

»Wie geht es Ihnen, Frau Lenz?«

»Lenz?«, fragte sie benommen.

»Wissen Sie, wie Sie heißen? Können Sie sich daran erinnern?«

Wenige Zentimeter über dem Boden sah sie den von Neonröhren erleuchteten Gang, links und rechts aneinandergereihte Türen, niedrige dunkle Holztüren, in denen das Glas der Spione blitzte, andere geöffnet mit unbekannten Gesichtern, die sie sensationslüstern oder mitleidig betrachteten. Sie wusste nicht, wo sie sich befand. Bis der riesige blaue Fleck erschien.

»Hamit! Du bist aufgestanden!«

»Das habe ich mir für dich aufgespart. Es sollte eine Überraschung sein, aber du konntest offenbar nicht warten.«

Sie lächelte ihm zu und wandte sich dann an den Krankenpfleger:

»Ich heiße Cornelia Lenz. Ich möchte aufstehen.«

»Das ist nicht zu empfehlen. Vielleicht haben Sie eine Gehirnerschütterung. Wir müssen Sie ins Krankenhaus bringen.«

»Aber so können Sie mich ja auch nicht transportieren.«

Nach einigem Hin und Her und da sie das Krankenhaus nicht rundweg ausschlug, beschlossen sie, sie auf einem Stuhl sitzend hinunterzubringen. Die Pfleger holten in ihrer Wohnung einen Stuhl, so dass sie einen Augenblick mit Hamit allein war.

»Übrigens – ich habe deinen Vater angerufen.«

»Wie bitte??«

»Ich habe dein Handy genommen und die Nummer gewählt, wo steht ›Papa‹.«

»Und was hat er gesagt?«

»Er wollte sofort kommen, aber ich habe gesagt, nein, der Krankenwagen sei unterwegs und auch die Polizei. Da, nimm das Handy, damit du Bescheid sagen kannst, in welches Krankenhaus du gebracht wirst.«

»Danke, Hamit.«

Die Pfleger kamen mit einem Stuhl zurück, stellten ihn in den Aufzug und halfen Cornelia, sich zu setzen. Bevor die Tür zuging, machte sie Hamit trotz der Schmerzen das Siegeszeichen. Er erwiderte es.

IM KRANKENHAUS

»Wohin bringen Sie mich?«

»Ins Krankenhaus Dreieich.«

Sie schickte Rossmann eine SMS und legte sich dann endlich auf der Trage hin. In den folgenden zwei Stunden überließ sie sich den Arzthänden, ließ sich abtasten und abhorchen, Blut entnehmen und Röntgenaufnahmen machen, Schmerz- und Beruhigungsmittel verabreichen. Das war nicht das erste Mal, dass sie Schläge eingesteckt hatte, aber richtig zusammengeschlagen worden war sie bisher noch nie.

»Wird mir das helfen zu schlafen?«

»Wahrscheinlich. Sie werden die Nacht unter Beobachtung bleiben müssen, wegen der Gehirnerschütterung.«

Die Ärztin verließ das Zimmer. Cornelia schloss die Augen und riss sie eine halbe Stunde später erschrocken wieder auf, als sie leise Schritte hörte.

»Ich habe dich erschreckt. Tut mir leid.«

Am Fußende des Betts schaute Rossmann sie besorgt an; offenbar getraute er sich nicht näher zu treten.

»Wie geht's dir?«

»Es tut weh, aber nichts Schlimmes. Morgen bin ich hier wieder raus. Das Gute ist, dass sie auf dem Flughafen nichts merken werden, weil ich heute frei habe.«

»Egal, du wirst eh nicht mehr hingehen. Damit ist Schluss.«

»Was sagst du da?«

Er gab keine Antwort, wenigstens keine direkte.

»Das war meine Schuld. Ich hätte nicht so nachgiebig sein dürfen und dich das machen lassen. Ich hatte von

Anfang an ein ungutes Gefühl, seit du die Idee hattest, in diesem Fall mitzumischen. Aber du und Heiko, ihr habt mich überredet.«

»Heiko?«, fragte sie mit schwacher Stimme.

Immer hatte sie gedacht, Heiko sei dagegen, sei gegen sie.

»Er schätzt dich sehr. Er hat gern mit dir zusammengearbeitet in der Sache Nicole Eulenberg, und er war es auch, der mich überredet hat, es zu versuchen. Ich hätte vorsichtiger sein müssen mit eurem Vorschlag.«

»Aber wir haben doch Erfolg.«

»Erfolg? Ja, das schon, aber um welchen Preis.«

»Wir kennen die Struktur, sind kurz davor, einen großen Kunden zu schnappen, sind kurz davor, die Leute in Spanien zu schnappen ...«

»Und du liegst mit geprellten Rippen, einer Gehirnerschütterung, einer geplatzten Lippe und Quetschungen am ganzen Leib im Krankenhaus. Weißt du, dass sie weiter auf dich eingetreten haben, als du schon bewusstlos warst? Erfolg? Fehlt nur noch, dass du sagst, nur die Mission zählt. Anscheinend siehst du zu viele Filme.«

»Ich sehe zu viele Filme«, lachte sie.

Das Lachen löste einen Hustenanfall aus. Vor Schmerz verlor sie beinahe die Besinnung. Auch den Anfang von Rossmanns Satz bekam sie nicht mit. Später, als er bereits wieder gegangen war, versuchte sie ihn auf verschiedene Art zu rekonstruieren. Am wahrscheinlichsten kam ihr die Version »Nur in einem Punkt liegst du falsch, Cornelia« vor, worauf dann folgte: »Wir sind nicht nahe daran, die Leute in Spanien zu schnappen – wir haben sie bereits.«

»Die Stanzarbeiten?«

»Ja. Die Kollegen haben die Firma ausfindig gemacht, die diese Bücher gestanzt hat. Sie befand sich in einem Industriegebiet in der Nähe von Madrid, in Chetafé.«

»Getafe?«

»Sag ich doch. In dem Gebäude war eine Druckerei, die vor zwei Jahren Bankrott ging. Ein Teil des Maschinenparks ist noch dort. Ein ehemaliger Mitarbeiter gehört zur Bande. Da die Halle leer steht und etwas abseits von den übrigen Betrieben liegt, hat niemand auf ihre Aktivitäten geachtet.«

»Sind es viele?«

»Im Moment werden drei überwacht, die offenbar die Drogen aus dem Flughafen schaffen, sie verschneiden, wieder pressen und verpacken.«

»Sie verschneiden sie?«

»Nur einen kleinen Teil, der vermutlich für den Konsum in Spanien bestimmt ist. Der Rest ist für den Weiterversand auf dem Flughafen. Dieses Koks wird rein neu verpackt und für die Flüge nach Deutschland vorbereitet.«

»Warum so umständlich?«

»Man sieht, dass du noch nicht lange mit Drogenhändlern zu tun hast. Bestimmt hat es beim ersten Mal so geklappt. Und wenn etwas klappt, dann ändert man nichts, selbst wenn man nicht versteht, wie es funktioniert.«

Das genaue Gegenteil von Raschkes perfekt durchdachten Prinzipien.

»Was haben sie sonst noch erreicht?«

Sie klang begierig.

»Sie haben die Putzmänner identifiziert, die die Drogen aus den Flugzeugen geschafft haben.«

»Männer?«

»Ja.«

»Merkwürdig. Sonst noch was?«

»Auch zwei Polizisten, die für die Organisation gearbeitet haben. Einen Mann und eine Frau. Jetzt sagst du nicht ›merkwürdig‹?«

Rossmann hatte ihr noch nicht vergeben, dass sie eine solche Möglichkeit bei den deutschen Zollbeamten in Betracht gezogen hatte.

»Bitte, lass es nicht an mir aus. Dass es korrupte Kollegen gibt, kotzt mich genauso an wie dich.«

Rossmann wandte den Blick ab. Unruhig suchten seine Augen einen Fixpunkt, bis sie am Kopfende des leeren Betts neben Cornelia hängen blieben, einem hellgrauen Rechteck, von dem er beim Weitersprechen den Text abzulesen schien wie von einem Teleprompter.

»Zwei Beamte der Guardia Civil, die unsere Doubles sein könnten. Er ist in meinem Alter und sie in deinem. Vermutlich. Vierzig. Nun, äh, vielleicht hätte ich das nicht sagen sollen. Diese Dinge sagt man nicht zu Frauen, oder?«

Das erste Mal, als sie Rossmann gesehen hatte, war er ihr vorgekommen wie ein Herzensbrecher aus einem Vierziger-Jahre-Film. Und jetzt redete er wie ein Mann aus den vierziger Jahren. Sie befreite ihren Kollegen aus dem Treibsand, in den er geraten war, und setzte zu ihrer Beichte an.

Sie erzählte ihm, wie sie Selin Herzog gefunden hatte, was ihr und ihrem Bruder passiert war und warum; und auch, dass sie Selin bei sich aufgenommen und an diesem Morgen wieder verloren hatte. Dank den Beruhigungsmittel nahm sie die Vorwürfe ihres Kollegen relativ stoisch auf. Sie verteidigte sich nicht und rechtfertigte sich nicht. Ihre Argumente waren zu persönlich und daher lächerlich und in einer polizeilichen Ermittlung fehl am Platz. Rossmanns Vorwürfe waren Adrenalinstöße, die ihr zugleich halfen, die Lider offen zu halten.

»Wir müssen die Suche verstärken«, sagte sie, als sie das Gefühl hatte, genug eingesteckt zu haben.

In den folgenden Minuten machte Rossmann mehrere Anrufe. Die Geschwister Herzog und Raquel Solís zu finden war vorrangig.

»Danach werde ich den Haftbefehl für Raschke beantragen. Jetzt, da er dich offenbar entdeckt hat, können wir nicht weitermachen.«

Sowohl die Art, wie er es sagte, als auch sein Gesichtsausdruck spiegelten deutlich seine Frustration, dass ihm Raschkes wichtiger Kunde durch die Lappen gehen würde. Sie verstand es, denn sie empfand die gleiche Enttäuschung, der Jagdinstinkt sagte ihnen, dass eine große Beute wenige Zentimeter vor der Flinte stand, doch durch eine Finte war sie ihnen entwischt. Die Ausbeute war gut und reichlich, konnte man behaupten. Aber sie wussten, dass sie nicht vollständig war.

Aber obwohl alles darauf hindeutete, dass sie am Ende der Ermittlungen angelangt waren, konnte Cornelia es einfach nicht akzeptieren. Es war nicht der Versuch, um jeden Preis weiterzumachen, und es war auch nicht die Auswirkung des Medikamentencocktails in ihrem Körper.

»Können wir Raschkes Verhaftung noch ein wenig hinauszögern?«

»Warum denn das?«

»In dieser ganzen Situation gibt es etwas ...«

»Wenn er weiß, was du bist, wenn er weiß, dass sich in seiner Bande eine verdeckte Ermittlerin befindet, wird er sie zerschlagen und fliehen.«

»Ihr habt ihn doch unter Überwachung, nicht wahr? Wo ist er denn? Was tut er?«

Rossmann rief die beauftragten Beamten an.

»Er ist in seinem Büro. Die vom Abhördienst sagen, es seien neue Anweisungen aus Spanien gekommen.«

»Siehst du? Er bekommt weiterhin Pakete mit reinstem Koks. Er bereitet immer noch den großen Deal vor.

Wenn er wüsste, dass sich in der Gruppe eine verdeckte Ermittlerin befindet, wäre er längst über alle Berge.«

»Oder hätte dich umbringen lassen.«

»Genau, und danach wäre er geflohen.«

Wieder witterte Rossmanns Jägerinstinkt die Beute.

»Aber warum sollten dich seine Killertypen denn sonst zusammengeschlagen haben?«

»Vielleicht weil sie entdeckt hatten, dass ich Selin versteckt habe. Vielleicht dachten sie sogar, auch ich würde kleine Mengen Drogen aus den Paketen entwenden.«

Sie konnte beinahe zusehen, wie sich ihrem Kollegen die Schneidezähne schärften. Einem Wolf hätten die Augen angesichts eines saftigen Hirschs nicht heller leuchten können.

»Dann machen wir also weiter?«, fragte sie.

»Wir machen weiter. Du nicht. Du hast schon genug getan.«

Wieder die Duplizität dieses Pronomens. Es war Scheinheiligkeit. Es war ein »Ich liebe dich, ich liebe dich nicht«, wie es sich gerade ergab. Eigentlich waren es zwei Pronomen, das Wirmitdir und das Wirohnedich. Doch die misshandelte, gequetschte, ja ruhiggestellte Cornelia würde sich nicht wegen eines Pronomens beiseiteschieben lassen. Sie war ein Substantiv, ein Vorname mit zwei Familiennamen, Weber und Lenz. »Vergiss das Tejedor nicht, mein Kind.« Drei Familiennamen.

»Vergiss es, Wolfgang. Ich mach auch weiter.«

»Hast du denn noch nicht genug abbekommen?«

Cornelia deutete auf ihre gesprungene Lippe, die Blutergüsse im Gesicht und auf den Armen.

»Davon mehr als genug. Aber damit es einen Sinn bekommt, muss ich es bis zum Ende durchziehen.«

»Sieh es doch wie einen Staffellauf – nicht alle Läufer müssen die Ziellinie überqueren. Du kommst bis hierher. Aber das Team gewinnt. Egal, warum Raschke dich hat zusammenschlagen lassen, du kannst nicht zurück. Die Arbeit auf dem Flughafen ist für dich zu Ende. Jetzt musst du ausruhen. Wir haben noch viel zu tun. Übrigens, um Indiskretionen zu vermeiden, habe ich mit deiner Ärztin gesprochen. Sie weiß zum Teil, was geschehen ist, aber wir haben vereinbart, dass die Version, die das restliche Personal zu hören bekommt, ein Fall von häuslicher Gewalt ist. Das Traurigste ist, dass sie mir gesagt hat, angesichts deines Zustands sei das auch die plausibelste Erklärung.«

»Verstehe.«

Rossmann ging.

Die Beruhigungsmittel zeitigten Wirkung. Die Pronomen verfluchend, schlief Cornelia ein.

BLAU

Drei Stunden schlief sie tief. Sie erwachte nicht einmal, als jemand ein Tablett mit Essen hinstellte, das, als es irgendwann wieder geholt wurde, einen leichten Geruch hinterließ. Einen Augenblick lauschte sie reglos und mit geschlossenen Augen den gedämpften Geräuschen des Krankenhausalltags, Schritten, Stimmen, Rädern, die durch die Gänge rollten.

»Nein. So nicht«, sagte sie ins leere Zimmer hinein.

Sie mochte nicht untätig daliegen. Sie klingelte, und sofort erschien eine Krankenschwester, eine junge Frau mit Pferdeschwanz, der sie, obwohl blond, schmerzlich an Selin erinnerte.

»Ich will nach Hause.«

Als der Schwester klarwurde, dass ihre Argumente die Patientin nicht beeindruckten, wollte sie die Ärztin holen.

»Entfernen Sie bitte vorher den Tropf. Keine Sorge, ich haue nicht ab, aber er ist mir lästig.«

Die Schwester tat ihr den Gefallen.

Kurz darauf kam sie mit der Ärztin zurück. Auch die widersetzte sich zu Beginn, gab dann aber schneller nach, vielleicht weil sie im Gegensatz zur Krankenschwester wusste, wer die Patientin wirklich war. Nachdem Cornelia ein Papier unterschrieben hatte, das das Krankenhaus jeder Verantwortung enthob, händigte man ihr einige Schmerzmittel aus und entließ sie.

Mühsam, aber ohne Hilfe zog sie sich an. Als sie schon vor dem Aufzug stand, kam die Schwester auf sie zu.

»Ihr Partner – Sie gehen doch nicht zu ihm zurück?«

»Nein, nein.«

»Wenn Sie nicht wissen, wohin, da haben Sie die Adresse eines Frauenhauses.« Sie reichte ihr eine Karte. »Sie haben Anzeige erstattet, nicht wahr?«

»Natürlich.«

Sie fühlte sich immer unbehaglicher. Ihre Lügenkapazität war längst überschritten.

»Passen Sie gut auf sich auf.«

»Tu ich, keine Sorge. Vielen Dank.«

Der Fahrstuhl entfernte sie aus dieser peinlichen Situation.

Auf dem Nachhauseweg im Taxi schmerzte sie jedes Holpern.

Unterwegs schweifte ihr Blick über die nahe gelegenen Waldgebiete, die wahrscheinlich dem Ort glichen, wohin Sigmund und Mani die beiden Geschwister gebracht hatten, um sie zu schlagen. Es waren keine dichten Wälder, aber man brauchte sich nur ein wenig von den Wegen zu entfernen, um für Spaziergänger oder Radfahrer unsichtbar zu sein. Die Welt war voll von Orten, wo man jemandem weh tun konnte. Man brauchte sich nicht in dem verlassenen Turm hinter dem Frankfurter Hauptbahnhof zu verstecken oder bei dem Teil des Brückenpfeilers, der den Passanten völlig verborgen bleibt, auch nicht in einem der verlassenen Container einer unvollendeten Baustelle. Im eigenen Keller konnte jemand einem anderen Schaden zufügen. Die Fälle, die in den letzten Jahren bekannt geworden waren, zeigten, dass die Orte, vor denen man immer gewarnt worden war, nicht immer auch die schlimmsten waren. Der böse Wolf lauerte einem nicht unbedingt im Wald auf.

Für sie lauerte der Wolf nur im Wald, wenn sie ihn spanisch benannte, »bosque«. Wenn sie das deutsche Wort benutzte, war der Ort voller Romantik. Der spanische »bosque« dagegen war der galicische Wald ihrer Mutter, voller bedrohlicher Wesen, wo auch der Werwolf hauste. Im deutschen Wald gibt es keine Werwölfe, nur Eichhörnchen, Hirsche und manchmal Wildschweine.

Im Wald in der Nähe von Langen dagegen gab es tatsächlich Wölfe, zweibeinige Wölfe, die Selin und Faruk geschlagen hatten.

Sie kamen in Neu-Isenburg an.

»Soll ich Sie begleiten?«, fragte der Taxifahrer, als er sah, wie mühsam sie ausstieg.

»Nur bis zum Hauseingang, dafür wäre ich Ihnen dankbar.«

Dort fragte er noch einmal.

»Sind Sie sicher?«

Sie nickte. Der Mann schaute ihr nach, bis sie im Aufzug war. Den hatte sie nicht als solchen Rüttelkasten in Erinnerung.

An ihrer Tür klebte ein Zettel mit dem Hinweis, der Schlüssel des neuen Schlosses befinde sich bei ihrer Nachbarin Gamze Aktürk. Sie klingelte. Stille.

»Gamze. Hamit. Ich bin's. Cornelia. Ich komm den Schlüssel holen.«

Da hörte sie ein Geräusch auf der anderen Seite der Tür. Sie presste das Ohr ans Holz, langsame Pantoffelschritte schlurften ihr entgegen. Gleich darauf machte Hamit auf.

»Hat man dich schon nach Hause entlassen?«

»Nein, ich bin einfach gegangen. Ich erhole mich lieber hier.«

»Komm rein, ich geb dir den neuen Schlüssel.«

Als sie aus dem Halbdunkel des Gangs trat, waren die blauen Flecken und der Schorf auf der gespaltenen Lippe zu sehen. Hamit brach in Tränen aus.

»Was hast du denn?«

»Ich konnte nichts tun, um dir zu helfen«, sagte er stockend. »Bis ich diesen Walfischkörper mit seinem Riesenarsch bewegen und zur Tür kommen konnte, hatten dich die Schweine schon zusammengeschlagen.«

Sie ergriff zärtlich seine Hand.

»Hamit, was du getan hast, war tollkühn. Die Typen hätten dich umlegen können. Außerdem hast du sie in die Flucht geschlagen.«

»Woher weißt du das?«

»Ich hab dich grade noch erkennen können, bevor ich das Bewusstsein verloren habe.«

»Ein schöner Anblick.«

»Sei doch nicht so negativ!« Cornelia fasste sich an die Nase. »Schade, dass sie nicht hierher geschlagen haben – vielleicht hätten sie sie mir grade gebogen.«

»Du bist vielleicht doof! Weißt du, dass es Türken waren?«

»Türken?«

»Ich war so nervös, dass ich sie auf Türkisch angeschrien habe, und als sie abhauten, hat mich einer ebenfalls auf Türkisch bedroht.«

Das änderte alles.

Sie musste mit Rossmann sprechen. Während sie wartete, bis er sich meldete, erinnerte sie sich an seine Worte im Krankenhaus: »Wir machen weiter. Du nicht.«

»Wir machen weiter. Ich auch«, sagte sie genau in dem Moment zum Apparat, als Rossmann sich meldete.

»Cornelia? Was hast du gesagt? Wo bist du?«

»Zu Hause.«

»Aber ... Warum hast du das Krankenhaus verlassen? Du stehst doch unter Beobachtung ...«

»Das ist jetzt unwichtig. Hör zu.«

Sie erzählte ihm, was Hamit gesagt hatte.

»Verstehst du, was das bedeutet?«

Natürlich verstand er es. Es bedeutete, dass die Leute, die sie zusammengeschlagen hatten, nicht Raschkes Männer waren. Sie mussten mit Faruk und seinen Geschäften zu tun haben. Ob sie Freunde oder Feinde der Herzogs waren, konnte sie nicht erraten.

»Raschke hat nichts mit dem zu tun, was sie mit mir gemacht haben, davon bin ich immer überzeugter.«

Und Rossmann wollte es auch sein, das stellte Cornelia an seinem geringen Widerstand fest, als sie vorschlug:

»Morgen könnte ich wieder auf den Flughafen gehen. Vielleicht komme ich an mehr Informationen über den Verkauf.«

»Ich weiß nicht. Konkrete Informationen haben wir in der Tat weiterhin nicht.«

Sie sah ihn nicht, und doch spürte sie die Spannung bei ihm, stellte ihn sich vor wie eine im Gestrüpp lauernde Katze, den Blick unverwandt auf die Beute gerichtet, den Kopf reglos, den Körper Muskel um Muskel, Sehne um Sehne angespannt bis hin zur Pfotenspitze. Raschkes Kunde stand kurz davor, die Bühne zu betreten.

»Okay. Vielleicht kannst du herausfinden, wann es losgehen soll.«

Erst jetzt schien sich Rossmann wieder daran zu erinnern, dass Cornelia das Krankenhaus verlassen hatte und zu Hause war.

»Brauchst du etwas? Sollen wir dir irgendwas bringen?«

»Das Einzige, was ich brauche, ist Ruhe.«

»Kann jemand kommen und dir helfen?«

»Niemand weiß, wo ich bin.«

»Einer deiner Kollegen?«

»Nur Reiner.«

Keinesfalls kam es ihr in den Sinn, Leopold zu erwähnen.

»Ich werde mit ihm sprechen, damit er vorbeikommt.«

»Das ist gefährlich, vielleicht überwacht man mich.«

»Spielt keine Rolle. Die ganze Nachbarschaft weiß, dass man dich überfallen hat. Sollte jemand argwöhnen, dass Reiner Polizist ist, wird er es nicht seltsam finden.«

»Von Reiner argwöhnt keiner, dass er Polizist ist, dem sieht man es von weitem an. Das Einzige, was ihm noch fehlt, ist ein Blaulicht auf dem Kopf.«

»Umso besser. Dann glaubst du also, du bist in der Lage weiterzumachen?«

»Aber selbstverständlich. Ich muss weitermachen.«

»Ich ruf dich später noch mal an, um zu sehen, wie es dir geht.«

Sie nahm eine Flasche Bier aus dem Kühlschrank und machte es sich vor dem Fernseher bequem. Dass es keine so gute Idee war, Bier mit Schmerzmitteln zu mischen, ging ihr auf, als es klingelte. Sie hatte Mühe aufzustehen. Sie tat einige benommene Schritte und blieb dann wie gelähmt vor der Tür stehen. Mit der provisorischen Instandsetzung durch den Schlosser wirkte die Tür noch zerbrechlicher als vor dem Ansturm der beiden Killer.

Die Person auf der anderen Seite klopfte. Cornelia schaute nach links und rechts. Unter den von der Vormieterin zurückgelassenen Gegenständen befand sich auch die kitschige Statuette eines lachenden Clowns. Sie hatte ihn der Wand zugedreht – sie hasste Clowns. Jetzt versuchte sie, die Figur mit der rechten Hand zu ergreifen, ohne die Tür aus den Augen zu lassen. Ihre Bewegung war ungelenk, und sie stieß den Clown mit dem Handrücken um, worauf er am Boden zerschellte.

Auf diesen Lärm hin klopfte es noch dreimal. Sie spannte sich. Voller Anspannung hielt sie wieder nach einem Verteidigungsgegenstand Ausschau. Sie war so in Panik, dass sie die Stimme zuerst nicht erkannte.

»Cornelia, geht's dir gut? Warum machst du nicht auf?«

Reiner. Sie hatte vergessen, dass Rossmann ihn anrufen wollte.

Sie schaute sich in der Wohnung um. Der Anblick, der sich Reiner böte, entsetzte sie: Kleider, schmutzige und saubere, auf dem Sofa und den Stühlen, Bierflaschen, DVDs ohne Hülle, Hüllen ohne DVD und Schachteln mit Junkfood, Muster all der Lokale, wo sie in den letzten Tagen Essen gekauft hatte – flache quadratische Pizzakartons mit einem dicken, beschnauzten Koch und einem italienischen Fähnchen, Styroporverpackungen mit ausgetrockneten Resten thailändischer Nudeln, Kartonteller mit der rechteckigen Spur des Börek vom Türken an der Ecke, mit Pagoden geschmückte Kästchen, aus denen hölzerne Wegwerfstäbchen des Chinesen neben der Bushaltestelle herausschauten. Schmutz. Und Bierflaschen.

»Wart einen Moment. Ich muss mich erst anziehen.«

Ohne auf den Schmerz zu achten, den ihr jede Bewegung verursachte, lief sie ins Schlafzimmer, riss das Laken vom Bett, warf es auf den Wohnzimmerboden, packte sämtliche Bierflaschen hinein, ergriff es an den Ecken, verknüpfte es wie eine Riesentüte, schleifte es ins Schlafzimmer und schloss die Tür. Eine Feuchtigkeitsspur verriet sie, aber die undefinierbare Farbe des Teppichbodens verbündete sich mit ihr und saugte das Nass in Sekundenschnelle auf, so dass nur eine feine Linie übrigblieb.

Sie schloss auch die Badezimmer- und die Küchentür und riss das Wohnzimmerfenster auf, ehe sie endlich öffnete.

»Reiner? Was machst du denn hier?«

Rasch bat sie ihn herein und schloss die Tür wieder hinter ihm.

»Ich wollte dich sehen. Wie geht's dir?«

»Setz dich doch. Rossmann hat dir erzählt, was passiert ist, und dir gesagt, dass ich zu Hause bin, nicht wahr?«

Vor lauter Scham redete sie belangloses Zeug. Der missbilligende Blick ihres Kollegen entging ihr nicht. Sie nahm einige Kleidungsstücke vom Sofa, machte ein Bündel draus, öffnete die Schlafzimmertür einen Spaltbreit und warf es aufs Bett. Das Laken mit den Flaschen blieb Reiners Blicken verborgen. Ein wenig befangen setzte er sich.

»Du weißt aber, dass das nicht dein Zuhause ist?«

»Ist es aber beinahe geworden.«

»Rossmann hat mich angerufen, und ich bin sofort gekommen. Das heißt, zuerst bin ich ins Krankenhaus gefahren, weil sie Wolfgang mitgeteilt haben, du hättest das da vergessen.« Er zeigte ihr ein Fläschchen mit Schmerztabletten. »Aber ich weiß nicht, ob ich sie dir geben soll.«

»Warum denn?«

»Ich rieche eine Bierfahne.«

»Ich habe eins getrunken wegen der Nervosität.«

Reiner schüttelte den Kopf.

»Ich habe mit der Ärztin gesprochen.«

»Wozu?«

»Um zu erfahren, in was für einem Zustand du bist.«

»Das hast du getan?« Sie ahnte, was Reiner herausgefunden haben konnte, und versuchte ihm mit einem Scherz zu begegnen. »Hast du sie mit einem schönen Augenaufschlag geblendet?«

»Nicht nur Leo kann charmant sein, wenn es darum geht, an Informationen zu kommen.«

Reiner senkte den Blick. Nicht, um sie zu blenden, sondern weil er ihr etwas Heikles zu sagen hatte.

»Sie hat mir unter anderem gesagt, dass deine Untersuchungsergebnisse zeigen, dass du viel trinkst.«

»Meine Untersuchungsergebnisse sind Privatsache! Wie können sie es wagen, sie irgendeinem Dahergelaufenen zu geben?«

»Zunächst einmal bin ich nicht irgendein Dahergelaufener, und zweitens antworte nicht mit Ausflüchten. Du trinkst zu viel, und wenn ich mir deine Wohnung ansehe, ist es klar, dass es dir nicht gutgeht. Oder täusche ich mich?«

Auch sie schaute sich um und begann unzusammenhängende Sätze zu stammeln.

»Ich hab schon den Überblick verloren, wie viele Kilo Koks ich rausgeschafft habe. Aber diese Frauen sind keine schlechten Menschen ... Einmal bin ich mit ihnen zu einem Karaoke gegangen ... Man schlägt uns ... Ich bin sehr müde ... Es ist sehr schwierig, diese Farce durchzuziehen, manchmal denke ich, Cornelia Lenz hat ganz von mir Besitz ergriffen.«

»Red kein Blech. Du hast einen elementaren Fehler begangen – du hast während der Ermittlungen mit dem Feind Freundschaft geschlossen.«

»Dem Feind? Du glaubst also, diese Frauen sind der Feind?«

»Sie sind Drogenschmugglerinnen, Cornelia.«

»Es sind doch nur Putzfrauen, denen das Wasser bis zum Hals steht. Meine Kolleginnen ...«

»Sie sind nicht deine Kolleginnen. Vergiss das nicht. Warum verteidigst du sie so?«

»Ich weiß nicht, eine Art Beschützerinstinkt. Meine Kolleginnen haben sich auf etwas eingelassen und jetzt kommen sie da nicht mehr raus ... Wenn sie nicht enden wollen wie Sonia Raimondo oder Selin.«

»Drei Dinge: Den Beschützerinstinkt solltest du besser vergessen – sobald der Moment gekommen ist, werden wir alle festnehmen müssen. Zweitens: Deine Kollegen sind wir, ich, Leo, Rossmann und die anderen.«

Er schwieg.

»Und drittens?«

»In unserer Arbeit geht es darum, wer gewinnt, nicht um moralische Fragen. Und gewinnen müssen wir, denn wir sind die Guten im Film.«

Sie schaute ihn verwundert an.

»Das ist nicht auf meinem Mist gewachsen«, sagte Reiner. »Das ist aus einer Fernsehserie. Fernsehserien vermitteln vielleicht keine Bildung, wohl aber gute Sprüche.«

Wie so oft brachte er sie zum Lachen, und sie stellte fest, wie sehr sie ihn vermisst hatte. Ihr Lachen ging in Weinen über. Reiner rückte zu ihr hin und umarmte sie, ganz sanft, um ihr nicht weh zu tun. Sie legte den Kopf an seine Schulter und weinte, sich an ihrem Kollegen festhaltend. Sie beweinte sich selbst, weil sie Cornelia Weber in diesen Sturz hereingezogen hatte, sie beweinte Selin, Freya. Beweinte Beata, Carolina, sogar Ramona, die alle in wenigen Tagen verhaftet werden würden. Sie weinte still, ohne sich beherrschen oder aufhören zu wollen. Das war das zweite Mal, dass sie in dieser Sache weinte, und es sollte das letzte Mal sein. Reiner strich ihr über den Rücken.

»Ganz ruhig, da kommst du wieder raus. Du wirst schon sehen.«

Gleich darauf versiegten die Tränen schlagartig, als hätte sie sich ausgeleert. Sie nahm den Kopf von Reiners Schulter.

»Ich hab dir ja den ganzen Pullover nass gemacht.«

»In letzter Zeit habe ich mit den Kleinen die Schultern von schlimmeren Dingen nass. Da, nimm das Taschentuch.«

In diesem Augenblick klingelte es. Beide schauten zur Tür. Reiner sprang auf und holte den Halfter, den er auf den Tisch gelegt hatte, zog die Pistole heraus und bedeutete ihr mit einem Handzeichen, sich nicht zu rühren. Lautlos trat er zur Tür. Cornelia stand ebenfalls auf, der Schmerz von den Schlägen und die Mischung aus Medikamenten und Alkohol verlangsamten ihre Reaktionen, aber trotzdem erwog sie die Möglichkeit, in der Küche ein Messer zu holen, um ihrem Kollegen Deckung zu geben. Reiner trat zum Spion. Sogleich ließ er die Waffe sinken und riss die Tür auf.

Das Erste, was sie sah, war ein riesiger Strauß weiße Rosen. Sie konnte nicht sehen, von wessen Händen er festgehalten wurde, da Reiners Rücken die kleine Öffnung fast ganz ausfüllte.

»Tut mir leid, Leo, heute gibt' kein Willkommensküsschen, aber vielen Dank für die Blumen. Komm nur rein.«

Etwas in seinem Ton warnte Cornelia. Ein Gewitter war im Anzug. Aber Leopold kannte ihn nicht so gut wie sie und trat vertrauensselig ein wie ein Partygast. Im Bemühen, den Strauß zwischen der Wand und Reiners Körper vorbeizumanövrieren, hatte er sie noch gar nicht gesehen.

»Hol eine Vase, Leo, so machen die Rosen in der Wohnung noch mehr her.«

Dieser absurde Satz in Reiners Mund zeigte Leopold, dass sein Kollege wütend war. Zu spät.

»Wie ich sehe, kennst du den Weg hierher offenbar gut.«

»Aber woher weißt du ...?«, meldete sich erstmals Cornelia zu Wort.

Leo schaute an Reiner vorbei und sah die Spuren der Schläge in ihrem Gesicht. Er versuchte, zu ihr zu gelangen, doch der Oberkommissar drückte ihm seine flache Hand vor die Brust und hielt ihn zurück. Er übernahm es auch, Cornelias Frage zu beantworten.

»Leopold hat mir gesagt, wozu er eine Kopie von Niesbachs Geständnis wollte.«

Er wandte sich wieder Leopold zu und nahm ihm die Blumen aus den Händen. Fast schien es, als würde er sie gleich auf den Boden werfen, doch dann überlegte er es sich offenbar anders und ging damit in die Küche. Cornelia und Leopold waren wie gelähmt, Opernsänger beim Applaus, nur dass die Arie als Wutstück des Baritons weiterging.

»Leo, du bist wirklich der leichtsinnigste Mensch, den es gibt. Hast du denn gar nichts kapiert? Überhaupt nichts mitbekommen?«

»Verdammt, Reiner. Ich war bloß eine einzige Nacht hier, und ...«

» ...und hättest Besseres zu tun gehabt. Blind wie ein brünstiger Hirsch.«

»Geh nicht zu weit, Reiner«, sagte Cornelia.

Aber weder der eine noch der andere beachteten sie. Leopold war Reiner in die Küche gefolgt.

»Sag mal, für wen hältst du dich eigentlich? Für meinen Vater? Wie kannst du es wagen, mir Vorwürfe zu machen? Diese ganzen Tage war sie hier allein, und dich hat es einen Dreck gekümmert, wie es ihr ging.«

»Ach ja? Ich hab sie alle drei oder vier Tage angerufen.«

»Und hast nichts bemerkt?«, kehrte Leopold den Spieß um. »Du, der du sie seit Jahren kennst, hast ihr nichts angemerkt. Oder hast du dich einfach taub gestellt?«

Cornelia erschien auf der Schwelle zur Küche. Sie wankte gefährlich.

»Ich glaube, mir wird übel«, brachte sie noch heraus, ehe sie schwarze Punkte vor den Augen sah.

Leopold konnte sie eben noch festhalten. Reiner kam ihm zu Hilfe.

»Bringen wir sie ins Schlafzimmer.«

Das Chaos, das sie dort vorfanden, nahm ihnen die Worte. Das Bett ungemacht, die Bierflaschen in ein biernasses Laken gewickelt. Sie verließen das Zimmer und legten sie aufs Sofa. Dann brachten sie schweigend, als hätten sie ihr Leben lang nichts anderes getan, in Minutenschnelle das Schlafzimmer und Cornelias Bett in Ordnung. Sie verfolgte die Bewegungen der beiden Männer aus einem Dämmerzustand heraus, total fasziniert von der Choreographie der beiden Polizisten. Dann halfen sie ihr gemeinsam zum Bett.

Ihre letzte Erinnerung war, wie sie den Kopf auf das Kissen legte und das Gewicht der Decke auf dem Körper spürte.

Einige Stunden später wurde sie von Reiners und Leopolds Stimmen geweckt. Sie unterhielten sich leise, die Bitterkeit des Streits zuvor war verschwunden.

»Ich muss ins Präsidium zurück. Grüß sie von mir.«

»Keine Sorge.«

»Benimm dich, Leo.«

Sanft fiel die Wohnungstür ins Schloss.

Sie hörte gedämpfte Geräusche in der Küche, konnte aber nicht sagen, zu welcher Tätigkeit sie gehörten. Kurz danach ging die Schlafzimmertür auf, und Leopold kam herein.

»Bist du wach?«

Sie nickte.

»Brauchst du was?«

»Wasser und eine Dusche.«

Während sie sich duschte, blieb er im Bad, da er befürchtete, es könnte ihr wieder schwindelig werden. Danach hüllte er sie in ein Badetuch und begleitete sie wieder zum Bett.

»Wenn du willst, bleibe ich die Nacht über hier«, sagte er.

»Aber mach dir keine Illusionen. Du hast ja gehört, was Reiner gesagt hat.«

»Ich dachte, ich würde auf dem Sofa schlafen.«

»Nein, hier, bei mir.«

»Aber zuerst musst du eine Kleinigkeit essen. Ich hab uns was gemacht.«

»Ich hoffe, dein Essen ist besser als dein Kaffee.«

»Bisher habe ich keine Klagen gehört.«

Leopold blickte zu Boden, als er sich bewusst wurde, wie unangebracht diese Bemerkung war.

»Und was wird sie zu Abend essen?«

»Ich weiß es nicht. Sie ist vor einer Woche ausgezogen. Wir haben uns getrennt.«

»Ich weiß nicht, was ich sagen soll.«

»Du brauchst nichts zu sagen. Trotz der gespaltenen Lippe hast du von einem Ohr bis zum anderen gegrinst. Aber jetzt ist wohl nicht der passende Moment, um darüber zu sprechen. Ich geh das Essen holen.«

»Und ich steh besser auf.«

Sie aßen am kleinen Küchentisch. Die weißen Rosen ließen kaum Raum für die Teller, aber Cornelia beharrte darauf, dass sie stehen blieben. Reiner und Leopold hatten die ganze Wohnung aufgeräumt und saubergemacht.

»Sie ist in besserem Zustand als an dem Tag, an dem ich eingezogen bin.«

»Also perfekt für die Schlüsselübergabe. Es ist Zeit, dass du zurückkommst, findest du nicht?«

»Ich hab noch ein paar Dinge zu erledigen.«

»Verstehe.«

Nach dem Essen half er ihr ins Bett. Kurz darauf klingelte ihr Handy, und Leopold brachte es ihr ins Schlafzimmer. Es war Rossmann. Keine Neuigkeiten.

Sie schlief ein. Igendwann nahm sie wahr, dass Leopold ins Bett kam; er bemühte sich so sehr, sie nicht zu wecken, dass sie lachen musste. Auch er lachte. Dann umarmte er sie von hinten und hüllte sie in seinen Körper.

ROT

Wie der Muskelkater, so schmerzen auch Schläge am nächsten Tag noch mehr. Jedes Holpern des Busses bestätigte es ihr. Die Schlaglöcher, normalerweise kaum wahrnehmbar, waren jetzt zu Folterinstrumenten geworden, sadistisch gehandhabt von einem als Busfahrer verkleideten Henker.

Sie fuhr wieder zum Flughafen. Zum ersten Mal würde sie zu spät kommen – sie hatte nicht mit der durch die Schmerzen und Medikamente bedingten Langsamkeit ihrer Bewegungen gerechnet. Die Tabletten dämpften den Schmerz nur teilweise, wie auch ihr Make-up die Blutergüsse nur zum Teil verdeckte.

Im letzten Moment beschloss der Busfahrer, die Ampel nicht bei Rot zu überfahren, und bremste brüsk. Die Proteste mehrerer Fahrgäste übertönten Cornelias Schmerzensschrei, als sie sich Rippen und Rücken anschlug.

»So ein Idiot!«

»Wie fährt der denn!«

»Als hätte er Vieh geladen.«

»Wäre es Ihnen vielleicht lieber gewesen, ich wäre bei Rot drübergefahren?«, verteidigte sich der Fahrer.

Ja, dachte sie, als sie wieder zu Atem kam. Sie hoffte, mit ihrer Rückkehr an die Arbeit nichts falsch zu machen. Sie waren dem Ziel schon so nahe, es fehlte nur noch so wenig, dass sie sich ein Aussteigen weder gestatten konnte noch wollte. Sie würden alle schnappen. Alle? Auch alle Frauen? Alle. Rossmann freute sich ganz besonders auf den Käufer. Sie auch, aber mehr noch darauf, Raschke zur Strecke zu bringen. Mit seiner paternalistischen Politik der harten Hand und der gerechten Löhne. Der gerechten Löhne und nötigenfalls der Morde. Raschke würde sehr bald fallen. Umsonst wären seine Analysen der Welt des Drogenhandels, umsonst sein Organisationsgenie, die Anwendung preußischer Tugenden aufs »Unternehmen« – Fleiß, Loyalität, Gehorsam, Disziplin, Pflichtbewusstsein, Pünktlichkeit, Höflichkeit ... Sein vollkommenes Gebäude würde zusammenkrachen durch den zufälligen Sturz einer Reinigungskraft. Ein Unfall würde dem »Unternehmen« ein Ende setzen. Ein Unfall und die langen Ohren des Wolfs aus *Rotkäppchen*. Sie musste lächeln.

Es fehlte nur noch wenig. Höchstens eine Arbeitswoche. Weitermachen lohnte sich.

Doch je näher sie dem Flughafen kam, desto mehr nagten die Zweifel, obwohl sie sie zum Verstummen bringen wollte. Konnte sie tatsächlich sicher sein, dass die Männer, die sie zusammengeschlagen hatten, nicht Raschkes Leute waren? Zwar kannten sie zu einem guten Teil die Mitarbeiter des »Unternehmens«, aber kannten sie sie ganz? Sie wiederholte für sich die Argumente, mit denen sie ihre Kollegen überzeugt hatte, vermochte sich selbst aber nicht restlos zu überzeugen.

Obwohl sie wusste, dass sie dadurch noch später zur Arbeit kam, beschloss sie, sich auch andernorts zu zeigen, als könnte sie, wenn sie Spuren hinterließ, die Gefahr bannen. Sie war noch in Straßenkleidung, noch nicht unsichtbar im blauen Kittel, ging zur Buchhandlung und tippte auf den erstbesten Bestseller. Sie begann mit der Buchhändlerin ein Gespräch:

»Ist der gut?«

»Kommt drauf an.« Die Verkäuferin schaute ihr in die Augen, um sich nicht anmerken zu lassen, dass sie die Spuren der Schläge gesehen hatte. »Wenn Sie etwas gefühlsbeladene Geschichten mögen ...«

»Nicht übermäßig. Ich wollte etwas Unterhaltsames, aber ehrlich gesagt mag ich nicht unbedingt Bücher, die mehr als vierhundert Seiten brauchen, um etwas zu erzählen.«

»Sehr richtig.«

Sie ging mit einem Roman von weniger als dreihundert Seiten davon. Auch die Cafeteria, wo man sie kannte, suchte sie auf, um mit der Kellnerin zu sprechen, während sie ihren Kaffee trank.

»Was ist denn mit dir passiert?«

»Ich bin vom Rad gefallen.«

Cornelia sah es ihr an, dass sie ihr nicht glaubte, aber entscheidend war, dass sie wahrgenommen wurde.

Auch bei der Sicherheitskontrolle scherzte sie erstmals mit einem der Kontrolleure. Er beachtete sie nicht weiter, sicherlich hörten sie dieselben nervösen Scherze täglich ein Dutzend Mal, aber die kleinen Scharten, die sie in der Erinnerung der Leute zu hinterlassen hoffte, beruhigten sie, ohne dass sie genau sagen konnte, warum.

Dann ging sie durch die Gänge des Personaltrakts zur Frauengarderobe. Die schien leer zu sein – es war niemand zu sehen, kein Laut zu hören. Und doch hatte sie das Gefühl, nicht allein zu sein. Sie gelangte zu ihrem Spind, schloss ihn auf und verwahrte die Handtasche darin. Da spürte sie jemanden hinter sich. Es traf sie wie ein Stich im Nacken, als sie hörte:

»Wie nett! Frau Lenz kommt zu spät.«

Sie schnellte herum und hatte Sigmunds unheilschwangeres Grinsen wenige Zentimeter vor dem Gesicht. Vom Eingang der Garderobe her kam eine zweite Stimme:

»Ganz schlecht. Hier wird Unpünktlichkeit nicht geschätzt.«

Mani.

»Was machen wir mit unpünktlichen Leuten?«

»Weiß nicht. Man wird mit dem Boss sprechen müssen.«

Das Bedrohlichste war dieser Ton theatralischer Förmlichkeit. Sie senkte den Blick auf Sigmunds über der Brust verschränkte Arme. Seine Knöchel waren immer noch mit Heftpflastern bedeckt. Ihr Herz hämmerte, und zwei absurde Gedanken gingen ihr durch den Kopf: dass die Schläge so vielleicht weniger schmerzhaft waren und dass ihr Make-up die Heftpflaster schmutzig machen würde. Dann wurde die latente Bedrohung einer zweiten Tracht Prügel verdrängt von der Gewissheit, dass das nicht das Schlimmste war, was ihr bevorstand. Wenn diese beiden da waren, bedeutete das, dass man sie entdeckt hatte.

Da sie schwieg, beschloss Sigmund, sie in Bewegung zu setzen:

»Schließ den Spind. Wir werden erwartet.«

Sie tat wie geheißen. Sigmund packte sie brutal am linken Arm und zog sie zur Tür, die Mani mit einer spöttischen Verbeugung für sie aufhielt. Der Gang war menschenleer, niemand konnte sehen, wie die beiden sie behände zu einer provisorischen Tür schleiften, hinter der sich eine der vielen Baustellen des Flughafens befand. Sie kam sich unglaublich dumm vor. Wozu hatte ihre absurde Wallfahrt gedient, auf der sie sich den Leuten gezeigt hatte? Da, wo man sie jetzt hingebracht hatte, war keiner, es gab auch keine Kameras zur Kontrolle dieses staubigen Raums aus halb aufgezogenen Wänden und von falschen Decken hängenden Kabeln. Sie wurde zwischen Metallarmierungen, Zementsäcken und Zwischenwänden hindurchgezogen, die ein Labyrinth aus Gängen bildeten, in denen sich die beiden Männer so sicher bewegten wie Ratten in vertrauten Kloaken. Zwischen ihnen eine Frau, die vor Schmerzen und Angst weiß im Gesicht war.

Die Angst war jetzt voll da. Keine Zweifel, keine Befürchtungen, nackte Angst. Raschke hatte sie entdeckt. Diesmal würde er sich nicht damit zufriedengeben, sie zusammenschlagen zu lassen. Sie hatten bereits getötet, und in diesem Augenblick war sie den beiden Schlägern ausgeliefert. Auf der Baustelle wurde nicht gearbeitet, der perfekte Ort, sie umzubringen und ihre Leiche liegen zu lassen. Oder würde sie auch von Spritzen durchlöchert in einer leeren Wohnung enden? Wenn sie doch nur an das Handy in ihrer Jackentasche gelangen und Rossmann das vereinbarte Signal schicken könnte. Die beiden Männer klemmten sie zwischen ihren Körpern ein, Sigmunds Finger gruben sich ihr ins Fleisch. Ihre linke Hand schlief ein, da das Blut nicht richtig zirkulieren konnte. Sie machte eine heftige Bewegung, um sich zu lösen, doch die Klaue gab nicht nach, sondern presste noch mehr. Bei seinem Bemühen, sie festzuhalten, versetzte ihr die Aufseherhand einen Schlag in die misshandelten Rippen. Cornelia krümmte sich mit schmerzverzerrtem Gesicht.

»Hier geht's ja Schlag auf Schlag«, sagte Sigmund.

Sie kämpfte um Luft. War das Überraschung oder Ironie?

Sigmund wollte sie weiterzerren, aber eine Stimme hielt ihn zurück:

»Warte, bis sie wieder Luft kriegt.«

Sie waren am anderen Ende der Baustelle angelangt, und Ramona erwartete sie vor einer Sperrholztür so dünn wie die Wändchen, die die ganze Zone einfassten, sie aber vor den Blicken möglicher Zeugen so sicher schützten wie eine hundertjährige Umfassungsmauer.

Cornelia atmete einige Male tief durch, bis sie spürte, dass sie sich wieder aufrichten konnte. Eine Zigarette zwischen den Lippen, beobachtete Ramona die Szene aus einigem Abstand.

»Was hat das zu bedeuten?«, fragte Cornelia.

»Kannst du dir das nicht vorstellen?«

Da Cornelia den Kopf schüttelte, grinste Ramona spöttisch.

»Und zu allem hält sie uns auch noch für blöd und spielt die Unschuldige.«

»Aber ich ...«, stammelte Cornelia.

»Mir brauchst du nichts zu erklären«, unterbrach Ramona sie mit einer ungeduldigen Geste. Sie warf die Zigarette zu Boden und trat sie wütend aus. »Was du zu erzählen hast, kannst du Lorenz Raschke erzählen. Los, gehen wir.«

Sigmunds Pranke drückte sie wieder kräftig. Der Aufseher stank nach Schweiß, ein säuerlicher Geruch, der von den dunkeln Flecken unter den Achseln ausging. Sie verspürte den irrationalen Impuls, Ramona unter die Nase zu reiben, dass ausgerechnet sie, immer besessen von der Hygiene ihrer Frauen, sich mit jemandem verbündet hatte, der nach Schweiß stank.

Sie öffneten die Tür und gelangten auf einen leeren Gang, der noch nach Gips und Farbe roch. Cornelia wusste nicht, wo sie sich befand, aber nach einigen Richtungswechseln erkannte sie ein Treppenhaus. Es war das des Bürogebäudes, wo Raschke arbeitete. Während sie die zwei Stockwerke hinaufstiegen, ging ihnen Ramona voraus und gab ihnen ein Zeichen, aus der Deckung zu kommen, als sie sah, dass die Luft rein war.

Sie kamen zu Raschkes Tür. Sigmund ließ Cornelia nicht los. Mani, auf der rechten Seite, ergriff ihren Arm mit etwas weniger Leidenschaft.

Ramona hatte ihren Auftritt offensichtlich einstudiert. Sie stellte sich vor ihnen an die Tür, klopfte zweimal entschlossen an, riss die Tür auf, trat ein und sogleich beiseite, damit Raschke die von den beiden Aufsehern eingerahmte Cornelia sähe.

Falls sie für ihren triumphalen Auftritt auch eine Rede vorbereitet hatte, kam sie nicht dazu, sie aufzusagen – und Raschke nicht, sie sich anzuhören.

Er war tot.

Das sah Ramona, das sah Cornelia, das sahen die Aufseher. Er lag vor seinem Schreibtisch auf dem Rücken in einer Blutlache. Die geöffneten Augen starrten auf die Wand, wo der Schichtplan seiner Reinigungsbrigade hing, der schmächtige Asketenkörper leicht seitlich in dieselbe Richtung gedreht, als hätte er in seinen letzten Sekunden eine letzte Anstrengung unternommen, sein Meisterwerk zu betrachten, das Bild des Neuronensystems des »Unternehmens«.

Einige Sekunden hielten die vier Personen den Atem an. Das war die einzige gemeinsame Reaktion, dann gab es vier verschiedene Bewegungen. Sigmund ließ Cornelias Arm los und rannte durch den Gang davon. Mani blieb wie versteinert vor der Tür stehen. Ramona begann zu schreien und wollte zu der Leiche treten. Das verhinderte Cornelia, die sich dazwischenstellte und dann mit ihr rang, bis sie sie aus dem Büro gedrängt hatte. Sie schloss die Tür mit dem Schlüssel ab. Ramona schrie weiter und hämmerte an die Tür. Im Gang hörte man die Schritte und Stimmen anderer Menschen.

Cornelia brauchte einige Sekunden, um sich von der Anstrengung zu erholen, die es sie gekostet hatte, Ramona hinauszuwerfen. Sie hielt sich mit der einen Hand die schmerzende Seite, während sie mit der anderen das Handy aus der Tasche zog und ihre Kollegen anrief.

Mit Lorenz Raschke war auch Cornelia Lenz gestorben.

TIMING

Drei Stunden später war Raschkes Leiche schon ins Gerichtsmedizinische Institut übergeführt worden, und im Polizeipräsidium setzte sich ein Ermittlungsteam zusammen. Cornelia hatte das Gebäude seit Beginn ihrer Arbeit auf dem Flughafen nicht mehr betreten. Obwohl inzwischen zehn Wochen vergangen waren, hatte sich, wie nicht anders zu erwarten, kaum etwas verändert. An den schwarzen Brettern hingen andere Zettel. In einem Gang war eine Pflanze gewachsen, und zwei waren verschwunden, Opfer fehlenden oder übermäßigen Eifers eines Kollegen. Sonst war alles noch beim Alten. Wie mochte es ihren Pflanzen gehen? Diese Nacht würde sie endlich wieder zu Hause schlafen. Sie musste Iris anrufen. Reiners Stimme holte sie in die Sitzung zurück.

»Wir haben die Leute in den benachbarten Büros befragt – anscheinend waren keine Schläge oder Kampfgeräusche zu hören gewesen.«

»Und es hat auch niemand verdächtige Bewegungen im Haus bemerkt?«

Cornelia konnte nicht sehen, wer das fragte, sie konnte den Kopf nicht schnell genug drehen. Aber als sie sich umwandte, stellte sie fest, dass die Augen mehrerer Anwesender auf ihr ruhten. Die Zeichen der Schläge waren offensichtlich, und unschwer konnte man ihr ansehen, wie sie sich fühlte. Vierzehn Personen saßen im Sitzungssaal um einen großen ovalen Tisch herum. In den drei unbekannten Gesichtern vermutete sie Leute vom Drogendezernat. Die Übrigen, ihr alle bekannt, arbeiteten im Morddezernat, darunter Reiner und Leopold, ihre »Jungs«. In diesen Monaten waren sie nicht schlecht zurechtgekommen ohne sie.

Nachdem sie die Leiche gefunden hatte, war alles sehr schnell gegangen. Einige Minuten nach ihrem Anruf waren die Kollegen von der Flughafenpolizei erschienen. Weniger als eine Stunde später hatten sie bereits Ramona, Sigmund und Mani verhaftet. Nur Sigmund hatte Widerstand geleistet. Die Haftbefehle für alle anderen folgten sehr rasch. Carolina und Beata fielen ihnen als Erste in die Hände. Dann kam Freya, die an diesem Tag frei hatte und zu Hause festgenommen wurde. Schließlich folgte Lupp, der die Drogen aus dem Flughafen schaffte.

Und von Lupp aus würden wie Dominosteine alle fallen, die außerhalb des Flughafens arbeiteten: Verteiler in Frankfurt, Verteiler, die die Drogen in andere Städte brachten, Dealer und Käufer. Der von Rossmann entwickelte Plan wurde eher umgesetzt als vorgesehen, aber mit derselben Unerbittlichkeit. Danach käme Spanien an die Reihe.

Rossmann zählte die Liste der Festgenommenen und derjenigen auf, die zur Festnahme ausgeschrieben waren. Als er geendet hatte, klopften die Kollegen zum Zeichen des Beifalls auf den Tisch.

»Leider haben wir Lorenz Raschke verloren, das Gehirn des sogenannten ›Unternehmens‹. Schlechtes Timing«, sagte Rossmann.

»Schlechtes Timing?«, fragte Reiner.

»Wolfgang meint, wenn sie ihn schon umbringen mussten, hätten sie wenigstens eine Woche warten können«, erklärte Cornelia.

Reiner schaute zuerst Rossmann, dann Cornelia wie Außerirdische an – anders, faszinierend und ein wenig abstoßend.

»Weil uns jetzt nämlich der ›Kunde‹ durch die Lappen gegangen ist«, schloss Rossmann.

Und einmal mehr kämpfte Cornelia gegen das Pronomen der ersten Person Plural, das »uns«, von dem sie sich ausnehmen wollte. Natürlich war auch ihr dieser berühmt-berüchtigte Käufer durch die Lappen gegangen, aber sehr viel mehr beschäftigte sie Raschkes Tod. Dafür, dass sie ihn hätte verhindern können, hätte sie zehn ebenso potente oder noch potentere Kunden entkommen lassen. Das hätte sie in diesem Moment gern gesagt, aber sie fand die Worte nicht. Viele kamen ihr in den Sinn, aber sie waren zu pathetisch und zu hochtrabend wie aus einer schlechten Fernsehserie. Wo waren die bedeutenden Sätze, die Reiner gelobt hatte? Da lag das Problem – es waren bedeutende, also alltagsuntaugliche Sätze.

»Cornelia?«

»Cornelia? Geht's dir gut?«

Rossmann und Leopold winkten.

»Ein wenig müde.«

Sie fühlte sich, als wäre ihr Kopf mit Putzwolle vollgestopft. Wie viel Wasser sie auch trank, der Mund blieb ausgetrocknet. Eigentlich hätte sie jetzt am liebsten ein Bier getrunken, aber um nichts auf der Welt würde sie es tun. Sie versuchte, den Blick auf Reiner zu richten, dessen Stimme sich wie durch Watte hindurch anhörte:

»Ich sagte eben, es gibt eine sehr wichtige Angabe vonseiten der Kollegen vom Erkennungsdienst. Eine der blutigen Spuren, die wir auf dem Boden sahen, stammt vom Opfer selbst.«

Der sie einhüllende Dunst löste sich teilweise auf. Sie konzentrierte sich auf Reiners Worte.

»Es gab auch blutige Spuren von Raschkes Hand an einem Tischbein, auf der Seite mit dem Telefon. Seine rechte Hand war blutverschmiert, wir nehmen an, er hielt sie sich an den Hals, als er den Messerstich bekam.«

»Das könnte bedeuten, dass er schwer verwundet aufgestanden ist und ans Telefon gelangen wollte, um nach Hilfe zu rufen«, sagte sie.

»So ist es. Morgen früh werden wir den Obduktionsbericht haben.«

Obduktionsbericht. Gerichtsmedizinisches Institut Sachsenhausen, auf der anderen Seite des Flusses. Der Fluss. Rudern. Ob die Mädels des Klubs sie ersetzt hatten? Natürlich, sie würden bestimmt nicht zu dritt in einem Vierer rudern. Was wäre, wenn sie zurückkäme? Würde dann die Neue wieder gehen müssen? Vielleicht würden sie sagen, es tue ihnen leid, aber ihr Platz werde jetzt von einer anderen eingenommen.

Etwas erheischte wieder ihre Aufmerksamkeit. Ihr Name. Sie hatten ihren Namen ausgesprochen. Jetzt waren sämtliche Blicke auf sie gerichtet.

»Wie?«, fragte sie ertappt.

»Ich habe gesagt, Cornelia, es sei ein Fehler gewesen, dich wieder auf den Flughafen zurückgehen zu lassen. Es sieht so aus, als hätten sie wirklich entdeckt, wer du bist.«

«Aber es waren doch Türken, die mich zusammengeschlagen haben.«

»Ich frage mich«, sagte Rossmann, »ob wir nicht vielleicht zu ernst genommen haben, was dein Nachbar gesagt hat, dieser Türke. Wie sehr können wir uns auf seine Aussage verlassen? Können wir sicher sein, dass dich Türken zusammengeschlagen haben?«

»Er ist absolut glaubwürdig«, sagte sie trotz des wattigen Zustands ihres Gehirns kategorisch.

»Raschke könnte ja auch türkische Schläger beschäftigen, nicht wahr?«

Leopold sprach auf der anderen Seite, so dass sie wieder den Kopf drehen musste, wie in einem Tennismatch. Taten sie das absichtlich?

»Stimmt«, sagte Rossmann.

Cornelia wandte sich nicht zu ihm um.

»All das haben wir vorher schon ausgeschlossen«, sagte sie, ohne die Müdigkeit in ihrer Stimme überspielen zu können. »Wenn Raschke das gewusst hätte, hätte er als Erstes sofort die ganze Übung abgeblasen. Und zweitens vielleicht mich umgebracht.«

»Das wollten sie ja jetzt tun, oder?«, sagte Reiner.

»Können wir nicht wissen«, antwortete Rossmann. »Alles reine Spekulationen. Oder ließen sie irgendwas verlauten, als sie dich zu ihm brachten, Cornelia?«

»Nein ..., nein. Zuerst dachte ich ja, aber ich weiß es wirklich nicht.«

»Warum wollten sie dich denn nun zu Raschke bringen?«, fragte Leopold.

»Vielleicht hatte Raschke auch entdeckt, dass Cornelia Selin Herzog bei sich versteckt hatte.«

»Aber warum hat mich Ramona Althaus in einen Hinterhalt gelockt, nachdem sie mich bereits geschlagen hatten? Was wollte sie von mir? Ich sehe keinen Sinn darin. Außerdem hatte ich das Gefühl, aber ich kann mich ja irren, dass Raschkes Typen überrascht waren, als sie mich so zugerichtet sahen. Was hat sich von einem Tag auf den anderen geändert?«

Das war keine rhetorische Frage, aber es hatte auch niemand eine Antwort.

»Ich glaube, am besten frage ich Althaus gleich selbst.«

»Fühlst du dich denn dazu in der Lage?«

Nein. Aber sie musste es tun.

»Ja. Außerdem müssen wir ihren Schock wegen des Mordes an Raschke ausnutzen.«

Das klang brutal, aber so zeigte sie ihren Kollegen, dass sie wieder da war.

»Nach der Sitzung sprechen wir mit ihr«, sagte Rossmann.

»Übrigens – weiß man was über den Verbleib der Herzog-Geschwister?«, fragte Cornelia.

Es fiel ihr schwer, sie so zu nennen, aber das war die beste Art, Distanz zu wahren und ihre Sorge zu verbergen.

»Sie sind weder in ihren Wohnungen noch an den übrigen Orten aufgetaucht, wo sie verkehrt haben. Wir haben einen Vertrauensmann unter den Dealern der Bahnhofsgegend, der Faruk kennt. Wie er sagt, waren seine Kunden richtiggehend verzweifelt, weil er nicht mehr kam«, sagte jemand von den Drogenleuten.

»Die Verzweiflung wird nicht lange anhalten. Bestimmt haben alle schon eine neue Quelle gefunden«, meinte Sulima.

»Natürlich. In dieser Welt gibt es so was wie Kundenbindung nicht.«

Weder Kundenbindung noch die verdammte Loyalität, die Raschke so wichtig gewesen war. Sie hätte es ihm gern ins Gesicht geschleudert. Doch jetzt war er tot.

Rossmann und Reiner fassten zusammen, was sie im Augenblick hatten. Sie hatten Raschkes Bande aufgelöst, aber das war in den Hintergrund gerückt. Jetzt hatten sie zwei Ziele, und die verteilten sich auf die beiden anwesenden Dezernate: Priorität des Morddezernats wäre es, herauszufinden, wer ihn umgebracht hatte und warum. Allem zum Trotz den großen Kunden ausfindig zu machen war das Wichtigste für Rossmann und seine Leute. Cornelia war in ihre Beobachterinnenmuschel zurückgekehrt und nahm aus der Ferne die Aufgabenverteilung wahr, die ihre Kollegen vornahmen. Sie war bereits dabei, sich auf die Begegnung mit Ramona Althaus vorzubereiten.

ÜBERRASCHUNGEN

Hätte sie an Vorahnungen geglaubt, so wäre es diesmal gerechtfertigt gewesen, denn anders konnte sie es sich nicht erklären, warum sie Leopold bat, sie nicht in den Verhörraum zu begleiten, wo Ramona saß.

Dazu nahm sie Reiner mit. Leopold würde die Vernehmung aus einem angrenzenden Raum verfolgen.

Ramona riss weit die Augen auf, als sie sie erblickte.

»Na, da schau her, sie haben auch Frau Fehlerlos geschnappt. Vermutlich nützt dir dein Polizistengspusi jetzt wenig. Cornelia, die clevere, die mit einem Gesetzeshüter ausgeht, während sie Kokspakete aus den Flugzeugen schafft. Ha! Da staunst du, was? Wusstest du etwa nicht, dass der Blondschopf Polizist ist?«

»Welcher Blondschopf?«

Das war kein Kniff, sondern durch Müdigkeit und Medikamente bedingte Langsamkeit.

»Raschke hatte ja befürchtet, dass die Polizei hinter uns her war. Er war nicht blöd, wie du genau weißt, aber von dir hat er sich blenden lassen. Zum Glück habe ich beschlossen, dich auf eigene Faust zu kontrollieren.«

Ausgerechnet Ramonas ebenso krankhafte wie grundlose Eifersucht.

»Und wir haben gesehen, wie der Blonde mit Blumen hineinging, und siehe da – Mani kannte ihn, weil dein Freund auf dem Flughafen gearbeitet hatte, bei den Grenzern. Ist die Welt nicht klein?«

Tatsächlich hatte Leopold beim Zoll gearbeitet, bevor er zum Morddezernat gekommen war.

»Schrecklich klein.«

Die ganze Zeit hatte Ramona Reiner ignoriert, sie hatte bloß Augen für Cornelia.

»Die haben dich ja hübsch zugerichtet. Waren es die Bullen?«

Da meldete sich Reiner zu Wort.

»Frau Althaus ...«

Ramona quittierte die Unterbrechung mit einem wütenden Blick. Der Zorn blieb ihr im Gesicht haften, als sie dessen nächste Worte hörte:

»Frau Althaus, ich bin Oberkommissar Reiner Terletzki, und das ist Kriminalkommissarin Cornelia Weber.«

Mehrere Sekunden lang starrte Ramona Cornelia regungslos an. Dann blinzelte sie einige Male, wie um das Bild wieder scharf zu stellen. Schließlich brach es aus ihr heraus:

»Du verdammtes Miststück! Ich wusste doch, dass du nicht koscher bist! Hätte Raschke auf mich gehört ...«

»Frau Althaus«, unterbrach Reiner sie, ohne seine Zurückhaltung zu verlieren, »Sie werden Ihre Ausdrucksweise mäßigen müssen, wenn Sie nicht wollen, dass zu allen Anschuldigungen, die auf Ihnen lasten, auch noch Beamtenbeleidigung kommt.«

»Was spielt das jetzt noch für eine Rolle?«

»Sie müssen es selber wissen. Es ist die Pflicht meines Kollegen, Sie darauf aufmerksam zu machen«, sagte Cornelia.

»Also müssen wir uns jetzt auch noch siezen? Und ich dachte, wir wären Freundinnen!«

Da sie von Ramona kamen, hatten diese Worte keine Wirkung auf sie.

»Hübsch zugerichtet haben sie dich ja trotzdem. Und ich Idiotin hatte Mitleid mit dir, als ich dachte, es wäre dein Polizistenfreund gewesen, der dich ausquetschen wollte. Oh, Verzeihung, ich muss Sie ja siezen. Die haben Sie ja hübsch zugerichtet, Frau ... Wie heißen Sie noch mal?«

»Weber. Weber-Tejedor, Frau Althaus.«

»Schau an! Jetzt bin ich auch noch Frau Althaus. Das nennt man Glück haben im Leben. Ich wollte schon immer Frau Althaus sein.«

Ohne ihren sarkastischen Ton zu verlieren, begann sie ihren Namen zu wiederholen, während sie sich mit Kopfverneigungen an imaginäre Gesprächspartner richtete.

»Noch ein wenig Tee, Frau Althaus? Aber gern, Darling. Wäre Ihnen ein Gläschen Likör genehm, Frau Althaus? Oh, aber nur ein ganz klein wenig. Wie war's denn in der Oper, Frau Althaus? Hach, großartig.«

So belachte Ramona ihren eigenen Größenwahn. Es war, als ob sie auf eine Blase träte, bei der die halbe Luft schon raus war, und den Rest auch noch herauspresste.

»In den nächsten Jahren wird man nicht so mit Ihnen sprechen.«

»Der Anwalt hat mir schon gesagt, dass mich ziemlich viele erwarten, wenn Sie das meinen.«

»Hat er Ihnen auch gesagt, dass es einige weniger sein können, wenn Sie kooperativ sind?«

Ramona nickte.

»Wie viele?«

»Das entscheiden nicht wir, das ist Sache des Richters«, erklärte Cornelia.

»Aber Ihre Mitarbeit wird aktenkundig sein«, ergänzte Reiner.

»Wie weiß ich, dass ich das glauben kann?«

»Alles, worüber wir sprechen, wird aufgenommen und transkribiert«, sagte Reiner.

Mit seinem Aussehen eines rechtzeitig pensionierten Boxers, dem aufstehenden grauen Haar und der Glückseligkeit der ersten Vaterschaft schien ihr Reiner Vertrauen einzuflößen.

»Können Sie mir das garantieren?«

»Sie haben mein Wort.«

Ramona warf Cornelia einen herausfordernden Blick zu. Während des restlichen Verhörs richtete sie kein Wort mehr an sie, sondern sprach nur noch mit Reiner. Cornelia blieb trotzdem im Raum. Sie waren eine neue Version des klassischen Duos Guter und Böser – der rechtschaffene Polizist und die verschlagene Polizistin. Diese Paare funktionierten nur, wenn beide Teile dabei waren. Reiner übernahm seinen Part:

»Alles, was Sie sagen, wird wörtlich in die Akten aufgenommen, die der Richter lesen wird. Sie wiederum bekommen eine Kopie Ihrer Aussage und können vor dem Unterzeichnen prüfen, ob sie Ihre Worte und Absichten wiedergibt.«

Eigentlich war das das übliche Prozedere, aber Reiner stellte es Ramona als Vorzugsbehandlung dar, und sie akzeptierte es als das.

»Einverstanden.«

»Dann fangen wir an, wenn es Ihnen recht ist.«

Sie sah ihn hilfesuchend an. Er verstand und fand wiederum die richtigen Worte:

»Gehen wir der Reihe nach, beginnen wir am Anfang, wie es sich gehört. Wie sind Sie mit Lorenz Raschke in Kontakt gekommen?«

Sehr konzentriert, als gäbe sie ein Radiointerview, begann Ramona zu sprechen:

»Ich arbeite seit zwanzig Jahren auf dem Flughafen, immer im Reinigungsdienst. Vor drei Jahren übernahm Lorenz Raschke die Leitung des Bereichs. Das erste Jahr war ganz normal. Das heißt, eigentlich war's bei der Arbeit schon sehr viel besser, denn Raschke war ein überaus organisierter Mensch, und alles hat sehr gut funktioniert, die Schichten, der Urlaub, die Stellvertretungen.«

Cornelia vergegenwärtigte sich, wie ihr Raschke gesagt hatte, dass er im ersten Jahr das Funktionieren des Flughafens studiert und dabei eine ganze Reihe illegaler Machenschaften entdeckt hatte und dass er nach einer minuziösen Analyse beschlossen hatte, sein natürliches Organisationstalent zu nutzen, um unternehmerische Grundsätze auf den lukrativsten Handel anzuwenden, den mit Koks.

»Und wie hat er Sie, sagen wir, angeheuert?«

Ramona errötete heftig.

»Ich schäme mich ein wenig, es zu erzählen.« Sie trank einen Schluck Wasser. »Aber alles fing damit an, dass wir bei einem Weihnachtsfest für die Angestellten ein kleines Abenteuer hatten. So was geschieht in Firmen sehr oft, wissen Sie. Lorenz hatte sogar entsprechende Statistiken. Jedenfalls, wir hatten ein wenig getrunken, und ohne recht zu wissen wie, sind wir in einem leeren Raum unter einem Sitzungstisch gelandet. Mir wäre ein Sofa ja lieber gewesen, aber na ja ...«

Nun errötete ihrerseits Cornelia, als sie sich daran erinnerte, dass mit Leopold alles auf dem Sofa ihres Büros begonnen hatte. Zum Glück sahen weder Ramona noch Reiner sie an.

»Lorenz war kein Adonis, aber wenn man so viele Jahre dahingelebt hat, ohne vom Ehemann beachtet zu werden, und sich dann jemand auf einen wirft wie ein wildes Tier, dann fühlt man sich wie die Bardot in ihren besten Tagen. Danach, unter dem Tisch, erzählte er mir von seinen Plänen und fragte, ob ich seine rechte Hand sein wolle. Und so hat alles angefangen. Aber Sie dürfen nicht glauben, ich hätte ein Verhältnis mit ihm gehabt. Das war nur ein einziges Mal. Er sagte, man dürfe die Dinge nicht vermischen. Ehrlich gesagt, mich hätte es nicht gestört weiterzumachen, wenigstens ab und zu.«

»Worin bestand Ihre Arbeit?«

»In erster Linie darin, geeignete Frauen zu finden, und dann im Überwachen, dass alle ihre Arbeit gut machten.«

»Wir wissen, dass Raschke sich von sehr strengen Regeln leiten ließ.«

Ramona wusste, worüber Reiner sprechen wollte, und rückte unbehaglich auf ihrem Stuhl hin und her.

»Wir wissen genau«, Reiner behielt seinen neutralen, offiziellen Ton bei, »dass bei Kolleginnen Misshandlungen stattgefunden haben und ...«

»Ja, ja. Aus Notwendigkeit. Zweimal haben wir Freya bestrafen müssen, weil sie Marihuana oder Haschisch rauchte, ich weiß nicht mehr, und ein andermal wegen Ungehorsam. Carolina einmal, weil ihr beinahe das Paket aus dem Kittel gefallen wäre, und auch sie wegen Ungehorsam. Beata nie. Sie war immer sehr gehorsam und korrekt. Wenn jemand das Gegenteil behauptet, lügt er. Wer sie verprügelte, das war ihr Mann. Selin hat hart einstecken müssen. Aber wenn die da«, sie deutete mit dem Kinn auf Cornelia, »etwas mitbekommen und es gemeldet hätte, wären uns viele Probleme erspart geblieben.«

Ramona war wieder voll und ganz in ihrer Rolle als rechte Hand des Unternehmens. Sie schien vergessen zu haben, dass »die da« Polizeikommissarin war, und hielt ihren Gesprächspartner für den neuen Boss.

»Sie meinen Kommissarin Weber. Was hatten Sie eigentlich mit ihr vor, da wir schon von ihr sprechen?«

»Sie sollte uns erzählen, was sie ihrem Polizistenfreund gesagt hatte.«

»Und wie wollten Sie das erreichen?«

»Das hing von ihrem Entgegenkommen ab.«

»Und dann?«

»Je nachdem. Wenn sie aus der Schule geplaudert hätte, hätten wir wohl was unternehmen müssen.«

»Was denn?«

»Halten Sie mich nicht für dümmer, als ich bin, Herr Kommissar.«

»Ja, entschuldigen Sie. Ich möchte nur noch eines wissen: Seit wann wussten Sie von der Sache mit dem Polizistenfreund?«

»Seit er mit den Blumen aufgekreuzt war, das hab ich Ihnen ja schon gesagt. Ein solcher Strauß bleibt nicht unbemerkt, Schätzchen.« Sie sah Cornelia an. Danach richtete sie den Blick wieder auf Reiner. »Wollten Sie sonst noch was wissen?«, fragte sie herausfordernd.

»Und ob – wir sind noch lange nicht fertig. Warum glauben Sie, hat Raschke Sigmund Fuhrmann und Manfred Mani Schrott befohlen, Selin Herzog und ihren Bruder Faruk zusammenzuschlagen?«

»Weil er entdeckt hatte, dass Selin kleine Mengen aus den Paketen entfernte, die ihr Zuhälterbruder in einem Puff in Frankfurt verkauft hat.«

»Wie sind Sie drauf gekommen?«

»Einer der Verteiler hat sich beklagt, dass einige Pakete nicht so rein waren wie erwartet. So verdächtigte Lorenz erst die Spanier, aber die versicherten, die Ware sei so rein, wie zugesichert worden war. Da begann er zu argwöhnen, eine der Frauen entwende reinstes Koks mit einer Spritze und spritze das entsprechende Gewicht von einem der üblichen Surrogate wieder hinein. Als er vor einigen Tagen durch einen Vertrauensmann erfuhr, dass das Zebra, der ein im ganzen Bahnhofsgebiet bekannter Dealer ist, und Faruk Herzog ein und dieselbe Person sind, hatte er keine Zweifel mehr. Mann, ist der vielleicht sauer geworden! Wo er doch mit den Kontrollen so pingelig war, und unter einem Decknamen schleicht sich eine Diebin in die Gruppe ein.«

»Wo sind Selin und Faruk Herzog?«

Sie schaute Cornelia nicht einmal an. Reiner musste die Frage wiederholen.

»Wo sind Selin und Faruk Herzog?«

»Was weiß denn ich! Versteckt. Tot. Keine Ahnung.«

Ramonas Fassade bröckelte immer mehr ab, je härter die Aktionen wurden, die zur Sprache kamen. Ihre Lippen zitterten, als Reiner fragte:

»Und was ist mit Sonia Raimondo geschehen?«

Schweigen. Ramona senkte den Kopf und bedeckte sich das Gesicht mit den Händen. So verharrte sie einige Sekunden. Dann ließ sie die Hände wieder sinken, und es war, als ob sie damit eine Maske abnähme und darunter ihr wirkliches Gesicht erschiene, das einer erschreckten Frau, entsetzt über das, was sie ihnen gleich überstürzt berichten würde:

»Das mit Sonia war unnötig, es gab keinen Grund, zu tun, was sie getan haben. Sigmund und Mani sind zwei stinkende, sadistische Ratten. Lorenz sagte ihnen, sie sollten sie ein wenig erschrecken, sie eine Zeitlang aus dem Verkehr ziehen, bis wieder Ruhe eingekehrt wäre. Sonia schwor ihnen, sie habe der Polizei nichts gesagt, doch die Typen mussten sie umbringen. Sie sagten, die Hand sei ihnen ausgerutscht, aber ich frage mich, ob es denn gleich nötig war, ihr Heroin zu spritzen. Sie sagten, bei einem Verdacht würde die Polizei denen vom Heroin die Schuld in die Schuhe schieben, aber Lorenz hatte recht: Wie sollte die Polizei die Türken vom Flughafen beschuldigen, nachdem man sie tot in Fulda aufgefunden hatte? Und was gab es für eine Notwendigkeit, sie umzubringen? Sonia war sauber und loyal, sie hätte uns nie verraten. Warum sollte sie auch? Seit sie im Unternehmen gearbeitet hatte, hatte sie ihre Schulden abbezahlt und wollte ein Haus in Italien kaufen. Warum hätte sie uns verraten sollen?«

»Die Türken vom Flughafen?«, fragte Cornelia.

Ramona antwortete zwar, schaute dabei aber Reiner an.

»Eine Gruppe, die sich in unser Geschäft gedrängt hat. Im Moment konnte Lorenz sie in Schach halten, aber sie waren eine härtere Nuss, als wir angenommen hatten. Nicht alle verhalten sich nach klaren Regeln, und manchmal war das ein Problem, weil es, wie er sagte, sehr schwierig ist, mit Gegnern zu konkurrieren, die die Regeln nicht einhalten.«

Die Augen auf die Tischplatte geheftet und die Arme auf der Brust verschränkt, machte sie eine Pause. Plötzlich öffnete sie die Arme und schlug mit beiden Fäusten auf den Tisch:

»Sie waren es! Sie haben Lorenz umgebracht! Diese prinzipienlosen Schweine!«

Das war genug, wenigstens für Cornelia. Sie entschuldigte sich bei Reiner und verließ den Raum.

»Wiedersehen, Frau Kommissarin!«

Cornelia setzte sich auf eine Bank neben der Tür. Leopold kam aus dem Beobachtungsraum.

»Geht's dir gut?«

Sie zuckte die Schultern.

»Mach dir keine Sorgen – was sie über uns gesagt hat, ist nicht auf dem Band.«

Sie lächelte ihm schwach zu. Das war nicht ihre wirkliche Sorge, aber trotzdem war es nicht ohne Ironie, dass Ramona Leo gerade durch ihre absurde Eifersucht entdeckt hatte. Und nach deren Vernehmung war sie überzeugt, dass sie ihnen tatsächlich die Wahrheit gesagt hatte, dass die beiden Typen, die sie in ihrer Wohnung zusammengeschlagen hatten, nicht Raschkes Leute waren. Die suchten Selin. Freunde oder Feinde der Herzogs? Anfänglich hatte sie an Feinde gedacht, aber jetzt glaubte sie immer mehr das Gegenteil, dass die beiden nämlich Selin beschützen wollten. Hatten sie danach Raschke umgebracht? Warum hätten sie das tun sollen? Sie waren Schläger, das ja – aber auch Mörder? Und wie hatten sie die Sicherheitsmaßnahmen auf dem Flughafen umgehen können, um zu Raschke vorzudringen? Da passte zu vieles nicht zusammen. Nur über eines war sie sich immer sicherer: Es mussten die Freunde der Herzogs gewesen sein, vielleicht Selin persönlich. Während sich Leopold neben sie setzte und ihr die Schulter streichelte, war Cornelia im Geist weit weg. Wie die von den Schilderungen der Eltern eingepflanzten falschen Kindheitserinnerungen sah sie die Szene im Wald von Langen deutlich vor sich: Mani und Sigmund, die auf die Geschwister einschlugen, die im Takt zum Wort »Loyalität« knallenden Schläge ins Gesicht, Selins Flucht. Und ihre Rache. Sie hatte Selin entwischen lassen, nachdem sie die Nacht bei ihr verbracht hatte, und jetzt trug sie die Schuld an Lorenz Raschkes Tod.

Stimmen im Gang warnten Leopold; er rückte von ihr weg.

»Kümmere dich nicht um mich, Leo. Verfolge die Vernehmung weiter. Ich bleibe hier, bis sie fertig sind.«

Leopold ging in den Beobachtungsraum zurück, nicht ohne ihr vorher einen waghalsigen Kuss auf die Wange gehaucht zu haben, so ungeschickt und überstürzt, dass sie lächeln musste. Cornelia wusste nicht, dass eine weitere linkische Umarmung auf sie wartete.

Die Stimmen waren die von Rossmann und Sulima. Sie blieben vor ihr stehen.

»Wie ist es gelaufen mit der Althaus?«

»Reiner ist noch drin. Im Moment ist es sehr fruchtbar gewesen.«

Sie resümierte ihnen Ramonas Aussagen.

Wenige Minuten später kam dieser heraus.

»Kommst du?«, fragte er.

»Wohin?«

»Ins Büro. Ich zeig dir den Weg, falls du ihn vergessen hast.«

»Mit jedem Tag ein größerer Witzbold.«

Hinter Reiner waren rasche Schritte und eine Stimme zu hören.

»Frau Weber, Herr Terletzki!«

Reiner trat zur Seite, und Cornelia sah, dass ein dunkler Anzug auf sie zukam, der einen voluminösen Körper umhüllte, und oben ein rotblonder Kopf mit wässrigen Augen. Der Chef.

»Frau Weber! Eben habe ich erfahren, dass Sie hier sind.«

Er blieb wenige Meter vor ihr stehen, als er sah, wie übel zugerichtet seine Kommissarin war.

»Aber was machen Sie denn hier in diesem Zustand? Gehen Sie auf der Stelle nach Hause und ruhen Sie sich aus. Los, ab, nach Hause!«

Er trat zu ihr und reichte ihr eine Hand, um ihr beim Aufstehen zu helfen. Noch nie hatte sich Ockenfeld ihr gegenüber so verhalten. Sie ergriff die weiße, fleischige Chefhand und spürte überrascht, dass er sie mit unerwarteter Kraft aufzog. Er begleitete sie einige Schritte und wandte sich dann an Reiner, der die Szene neben der Bank reglos mitverfolgte.

»Bringen Sie sie nach Hause, Herr Terletzki.«

Ockenfeld hatte noch eine weitere Überraschung für sie bereit.

»Pflegen Sie sich, Frau Weber-Tejedor«, sagte er und umarmte sie.

Es war eine knappe, scheue, ungeschickte Umarmung, aber danach war Cornelia so verwirrt und geschmeichelt, wie als sie als Kind am Dreikönigstag von einem der Heiligen Drei Könige auf ähnliche Weise umarmt worden war. Kaspar mit blondem Bart, Silberkrone wie Ockenfelds Haar und seiner Metallbrille.

Mühsam schritt sie neben Reiner dahin, der nach der Szene ebenfalls schweigsam war – weder Bemerkungen noch Lachen, noch der militärische Gruß, den sie immer scherzhaft tauschten, wenn der Chef im Spiel war.

Sie kamen zum Parkplatz und setzten sich in den Wagen. Wie üblich fuhr er.

»Wohin bringst du mich?«

»In deine Wohnung.«

»Ja, aber in welche?«

»In die richtige.«

Sie war sich nicht sicher, ob sie darauf vorbereitet war, in ihre Wohnung zurückzukehren, die Wohnung zu betreten, die sie zehn Jahre lang mit Jan geteilt hatte, ihre Sachen wieder zu sehen, mit Iris zu plaudern, den Hausmeister zu treffen. Oder ob sie lieber in Cornelia Lenz' Wohnung ging, zu diesen fremden Möbeln, diesen gemieteten Einrichtungsgegenständen, zu Leopolds Blumen, zu Gamze und Hamit. Aber Cornelia Lenz gab es nicht mehr.

Reiner nahm ihr Zögern wahr.

»Einverstanden?«

»Natürlich. Aber ich habe die Schlüssel nicht.«

»Deine Nachbarin wird uns aufmachen. Ich werde sie aus dem Auto anrufen.«

Iris begleitete sie zur Wohnung. Obwohl ihr Reiner Cornelias Zustand beschrieben hatte, erschrak sie bei ihrem Anblick.

»Ich muss ins Präsidium zurück«, sagte Reiner, als er Cornelia in guten Händen sah.

»Sehr gut. Bis morgen. Um acht bin ich im Büro. Keine Widerrede.«

»Wa …?«

»Ich will dabei sein, wenn die anderen Frauen von der Reinigungstruppe verhört werden.«

»Okay«, sagte Iris. »Aber jetzt wirst du etwas essen, und dann ab ins Bett. Tschüss, Reiner. Übrigens, mir ist der Ficus eingegangen, Cornelia.«

NICHTS ZU VERLIEREN

Am nächsten Tag betrat sie zum ersten Mal ihr Büro. Unterwegs begegnete sie mehreren Kollegen, die sogleich begriffen, dass die Kommissarin Weber das Gespräch nicht suchte, und sie nach einem knappen Gruß weitergehen ließen. Im Büro sah sie mit Genugtuung, dass ihr Schreibtisch aufgeräumt war, so, wie sie ihn Mitte September hinterlassen hatte. Wenn ihn in diesen Monaten jemand benutzt hatte, war er so taktvoll gewesen, seine Spuren zu tilgen.

Sie setzte sich und nahm wieder von ihrem Raum Besitz. Das tat ihr gut. Es würde ein harter Tag werden – eine nach der anderen würden die anderen drei Putzfrauen entdecken, wer Cornelia Lenz wirklich war.

Zehn Minuten später kam Reiner. Kurz danach erschien Leopold. Sie setzten sich nicht, sie warteten. Es dauerte einen Moment, bis sie verstand, warum. Sie warteten auf ihre Anweisungen.

»Gehen wir«, sagte sie da. Und spürte die sanfte, tiefe Wärme, die die Wiederaufnahme einer alten Gewohnheit auslöst.

»Gehen wir«, wiederholte Reiner, »mal sehen, wie sie auf die Überraschung reagieren.«

Bei den Vernehmungen dieses Vormittags war Cornelia Zeugin dreier möglicher Varianten.

Sie trat mit Leopold in den Raum, in dem Carolina Herrero sie erwartete; Reiner beobachtete von draußen.

»Guten Tag, Frau Herrero. Ich bin Oberkommissar Leopold Müller, und das ist Kommissarin Cornelia Weber-Tejedor ...«

»Betrügerin! Fiese Ratte!«, lauteten die Worte, mit denen Cornelia empfangen wurde. Sie klammerte sich an die Protokolle von Carolinas ersten Aussagen, die ihre Kollegen schon am Vortag aufgenommen hatten.

Eine Stunde später verließen sie das Vernehmungszimmer.

»Mindestens ein Viertel waren Beschimpfungen«, sagte Leopold.

Der Rest nichts Neues, die Geschichte, wie sie angeheuert worden war, ihre wirtschaftliche Bedrängnis, die familiäre Situation und eine direkt an Cornelia gerichtete Anschuldigung:

»Wer wird sich jetzt um meine Familie kümmern? Du vielleicht, du falscher Fuffziger? Nimmst du sie bei dir auf, wenn sie aus der Wohnung geschmissen werden?«

Cornelia gab sich keine Mühe zu antworten.

Sie war bleich.

»Geht's dir gut?«

»Ja, ich brauche bloß ein wenig frische Luft. Ich geh einen Moment raus.«

»Soll ich mitkommen?«

Schon wollte sie ablehnen. Aber warum denn?, fragte sie sich, wo sie doch in Wirklichkeit Lust hatte, dass er einige Minuten mit ihr rauskam.

»Das wäre gut.«

Sie gingen auf den Hof hinaus, auf den sich die Raucher flüchteten, um eine Zigarettenpause zu machen. Zwei Kollegen hatten sich vom wolkenlosen Himmel irreführen lassen und setzten sich in Hemdsärmeln einem beißend kalten Wind aus, der ihnen in Erinnerung rief, dass am nächsten Tag der Dezember begann. Sie rauchten gebeugt wie Raben und lasen mit absurder Ungeduld an der Länge ihrer Zigaretten die verbleibende Anzahl Züge ab.

Leopold lehnte die Zigarette ab, die ihm Cornelia anbot, und sie steckte die ihre in die Schachtel zurück.

»Ich werd aufhören.«

»Und wie hältst du es aus?«

»In diesen beiden ersten Sekunden gut.«

»Stell dich nicht dumm. Das andere.«

»Mit den Schmerzmitteln und so ruhig gestellt kann ich's ertragen.«

»Vielleicht werden die Verhöre wegen Dopings als ungültig erklärt.«

Als sie nicht reagierte, sagte er:

»Entweder war der Scherz grottenschlecht, oder du bist wirklich ruhig gestellt.«

»Die korrekte Antwort ist c. Der Witz ist alt, und ich bin ein wenig schwerfällig. Also, wir machen besser mit der Nächsten weiter.«

»Es schmerzt dich, es durchzuziehen, nicht wahr?«

»Darüber möchte ich lieber nicht sprechen.«

Es schützte sie nur eine dünne Membran, die sie eingehüllt zu haben schien, als sie in der Nacht zuvor zu Hause geschlafen hatte. Aber trotzdem war sie mit dem Gedanken aufgewacht, Hamit würde sich wundern, dass sie nicht da war, und sie müsse ihm noch mehrere Filme zurückgeben; ebenfalls dachte sie an einen Strauß Rosen, der vor sich hinwelkte, ohne dass ihn jemand anschaute. Sie würde Reiner bitten, sie nach den Vernehmungen dorthin zu fahren, obwohl der sich eigentlich um andere Dinge kümmern musste mit seinen Pandaaugen, die ihm der Schlafmangel beschert hatte.

»Sag mal, könntest du mich nach Neu-Isenburg fahren, wenn wir hier fertig sind? Ich möchte ein paar Dinge mitnehmen.«

Er nickte.

Die Nächste war Beata.

Als sie erfuhr, dass Cornelia Polizeikommissarin war, gelang es Beata nach ihrem anfänglichen Erstaunen, ihre Gesprächspartner zu überraschen.

»Also wenn ich ehrlich sein soll, und ich glaube, es bleibt mir nichts anderes übrig – ich habe mir allmählich gewünscht, dass das alles ein Ende nimmt.«

Beata hatte anderes im Sinn, hatte Pläne. Vor allem hatte sie einen Fluchtplan.

»Wir werden ja sehen, wie die alle ohne mich zurechtkommen.«

»Wer denn?«

»Mein Mann, meine Kinder.«

All die Klötze am Bein, die sie seit Jahren mitschleppte.

»Ich habe nie ein einziges Wort des Dankes gehört, Cornelia.«

Sie war die Einzige, die stets gelassen blieb und der es egal war, ob sie sich mit Cornelia Lenz oder mit Cornelia Weber unterhielt.

»Jetzt sollen sie sich irgendwie durchschlagen. Das Essen im Gefängnis soll ja nicht sehr gut sein, es hat aber den großen Vorteil, dass nicht ich es machen muss.«

Mehr hatte sie nicht zu erzählen. Sie nahm ihre Festnahme ebenso stoisch hin, wie sie in der Bande gearbeitet hatte. Sie hatte es getan, und damit basta.

Freya reagierte mit so trostloser Enttäuschung, dass sie die Vernehmung einige Minuten unterbrechen mussten. Ihr Zusammenbruch hätte beinahe Cornelias Panzerung durchschlagen.

»Vergiss nicht, dass sie monatelang Drogenpakete aus Flugzeugen geschafft hat«, raunte ihr Reiner noch im Vernehmungszimmer zu, während eine Beamtin Freya zu beruhigen versuchte, die einen Weinkrampf hatte.

Reiner hatte es ihr mit ernster Stimme sehr dicht ins Ohr geflüstert, und dieser feine Luftstrom drang wie eine ganz dünne Nadel in ihr Hirn und tätowierte ihr die Worte ein.

Nicht Freya, sondern Elfriede Brunner fanden sie im Raum vor, als sie wieder eintraten. Die Verhaftung hatte die Schauspielanwärterin Freya Brunner schwer verwundet, die Entdeckung von Cornelias Identität war der Gnadenschuss gewesen. Wieder zu Elfriede geworden, schaute sie Cornelia an und wiederholte mehrmals ungläubig:

»Wie konntest du bloß? Wie konntest du bloß?«

Dabei verschwanden die letzten Freyareste wie in einem Abfluss, je klarer ihr wurde, dass das das Ende war.

Ihre Geschichte kannten sie schon. Trotzdem ließen sie sie im Bann des Selbstmitleids erzählen. Einen um den anderen dröselte sie ihre Träume und ehrgeizigen Pläne auf, um sie in den Müll zu werfen. Vorerst bekamen sie von ihr keine neuen Informationen über Raschkes Geschäfte, aber ihre Erzählung legte, wie die Carolinas, eine weitere Schicht auf die Panzerung, die Cornelia schützte. Es war eine Panzerung aus dünnem, weichem Metall, aber immerhin.

Vielleicht war es diese Distanz, dank der sie auf einen Satz reagieren konnte, der ihr bei Freyas exzessiver Redseligkeit leicht hätte entgehen können.

»Als Selin sich einschleuste, dank Fatma, haben wir uns sofort angefreundet.«

»Wie? Haben Sie gesagt, Selin habe sich in die Bande ›eingeschleust‹?«

Freya zeigte sich irritiert über die Unterbrechung, dann schaute sie sich kurz um und schien sich auf einmal wieder daran zu erinnern, wer ihre Gesprächspartner waren.

»Habe ich das gesagt?«

»Genau das.«

»Sicher?«

»Sollen wir Ihnen die Aufzeichnung vorspielen?«, sagte Reiner ungeduldig. Er wusste nicht, was Cornelia verstanden hatte.

»Selin hat sich in die Bande eingeschleust?«, hakte Cornelia nach.

»Wo ist Selin, Cornelia? Was hat man mit ihr gemacht?«

»Wir wissen es nicht, aber jede Information, die Sie uns geben können, würde uns helfen, sie zu finden.«

Freya fuhr sich mit der Hand über den Kopf, als wollte sie ihre rote Mähne bändigen. Sie lehnte sich zurück, Cornelia merkte, dass sie ihr abhandenkam, und beschloss, den offiziellen Ton aufzugeben:

»Bitte, Freya, hilf uns. Selin ist zusammengeschlagen worden, sie ist verletzt. Was aus Faruk geworden ist, ihrem Bruder, wissen wir nicht. Aber wir befürchten das Schlimmste.«

»Du kennst Faruk auch? Selin ist dank ihm reingekommen.«

»Wie?«

»In dieser Welt gibt's keine Geheimnisse. Faruk war ein Freund von Fatmas Mann – Fatma, die von der Gangway gestürzt und dabei ums Leben gekommen ist. Sie hatten einige Jahre zuvor gemeinsam krumme Geschäfte gemacht. Faruk hatte es langsam satt, bloß ein kleiner Fisch zu sein, und offenbar hat er durch seinen Freund erfahren, dass dessen Frau in einer ertragreichen

Sache drinsteckte. Fatma, die ein grundgütiger Mensch war, konnte sich Faruks Vorschlag nicht widersetzen, seine Schwester reinzuholen. Damals ›expandierte‹ das ›Unternehmen‹, wie Raschke sagen würde. Fatma überredete Ramona und Ramona Raschke. Sag mal, stimmt es, dass man ihn umgelegt hat?«

»Wer hat es dir gesagt?«

»Der Polizist, der meine Aussage aufgenommen hat. Er sagte etwas, was sich danach anhörte, als ob Raschke tot wäre, und er ist bestimmt nicht infolge natürlicher Umstände gestorben.«

»Wer, glaubst du, könnte ein Motiv gehabt haben, es zu tun?«

»Viele Leute. Jede von uns, außer dir natürlich. Hoffentlich ist es Selin gewesen.«

Cornelia spürte einen Stich im Magen.

»Wie kannst du so was sagen!«

»Faruk ist unantastbar für Selin. Wenn Raschke ihm etwas angetan hat, dann wusste er nicht, mit wem er es zu tun hatte. Selin und Faruk haben viele Freunde. Wichtige Freunde. Und auch gefährliche.«

»Wie zum Beispiel?«

»So viel weiß ich nicht. Selin hat das gesagt.«

Der Rest der Vernehmung wurde im gewohnt protokollarischen Ton durchgeführt. Aber als Cornelia und Reiner aufstanden, um den Raum zu verlassen, ergriff Freya ihre Hand.

»Weißt du noch, Cornelia, wie viel Spaß wir hatten im Karaoke? *Oooh baby love, my baby love, / I need you, oh how I need you. / But all you do is treat me bad. / Break my heart and leave me sad.*«

Cornelia befreite ihre Hand und verließ den Raum, ohne das Ende abzuwarten. Leise sang sie für sich weiter, nachdem sie die Tür hinter sich zugezogen hatte:

»*Tell me, what did I do wrong? / To make you stay away so long.*«

»Das mit dem Karaoke musst du mir erzählen«, sagte Reiner auf dem Weg zum Büro.

»Ein andermal. Zuerst muss ich Rossmann erzählen, was Freya gesagt hat.«

»Elfriede«, korrigierte Reiner sie.

»Elfriede.«

Sie versuchte Rossmann zu finden, aber erfolglos.

Sie traten in ihr Büro.

»Ich hole uns Kaffee.«

»Und einen Donut.«

Sie legte sich auf das kleine Sofa, das in einer Ecke stand. Dort erinnerte sie sich an Ramonas Wunsch, während des Liebesabenteuers mit Raschke ein Sofa zu haben; diesmal musste sie lächeln. Bevor sie die Augen schloss, stellte sie fest, dass eine ihrer Pflanzen am Fenster fehlte. Einige Minuten später kam Reiner zurück und sah sie dort liegen, einen Arm über den Augen. Wie Iris nutzte er den Augenblick, um beiläufig zu sagen:

»Übrigens, diese Pflanze da ist mir eingegangen.«

»Welche?«

»Die grüne.«

Sie ruhte sich eine halbe Stunde aus, bis der Obduktionsbericht gebracht wurde. Reiner las ihn und fasste ihn zusammen.

»Die Todesursache war die Blutung infolge eines Schnitts, sicherlich mit einem Messer, in die Schlagader. Vorher war er geschlagen worden, aber es waren keine Schläge, die schwere Verletzungen hinterlassen, außer einem auf den Mund, der ihn bluten ließ. Das Blut auf dem Boden war von Raschke, auch das an seinen Fingern, mit dem er die Spuren am Tisch hinterließ.«

»Raschke hatte also versucht, zum Telefon zu gelangen. Ist das nicht merkwürdig? Wenn er versucht hätte, ein Fenster zu erreichen und zu rufen, um auf sich aufmerksam zu machen ... Aber das Telefon?

»Nach den Schlägen wird er wohl benommen und verwirrt gewesen sein.«

»Mag sein ...«

Nach einem späten Mittagessen setzten sie sich mit den Kollegen vom Drogendezernat zusammen.

Cornelia erzählte ihnen, was sie über Selins Eintritt in Raschkes Bande herausgefunden hatte:

»Am Anfang hat es zwar so ausgesehen, als hätten Selin und Faruk einfach die Gelegenheit genutzt, um kleine Mengen abzuzweigen. Wenn man aber berücksichtigt, was Freya ausgesagt hat, so deutet alles darauf hin, dass sie einer Bande angehört haben.«

»Einer anderen Bande?«, sagte Rossmann.

Sulima schüttelte den Kopf, bevor er sagte:

»Nein, keiner anderen Bande. Warum nicht derselben?«

»Welcher denn?«, fragte Cornelia.

»Derjenigen, die mit Dealern gearbeitet und sich in Raschkes Mailverkehr eingeschaltet hat. Die Bande, die er mit seinem Denunzieren selbst zerschlagen geholfen hat, wenigstens teilweise.«

Alle schwiegen einige Sekunden und dachten darüber nach, was der Oberkommissar eben gesagt hatte.

»Nehmen wir mal an, die Herzogs hätten dieser selben Gruppe angehört, dann würde das erklären, warum sie gegen Raschke so gewalttätig vorgegangen sind«, bemerkte Rossmann.

»Warum fragen wir sie nicht gleich selbst?«, sagte Sulima. »Wir haben die fünf, die die Kollegen vom Zoll geschnappt haben. Sie sind in Kassel.«

»Wahrscheinlich haben sie viel zu erzählen, und ihr möchtet sie bestimmt auch persönlich kennenlernen«, sagte Rossmann zu Cornelia.

»Natürlich«, sagte die.

Die harte Diskussion, die sie mit Rossmann geführt hatte, als sie ihm ihre Theorie darlegte, Raschke schaffe so seine Konkurrenten aus dem Weg, war mehr als vergessen. Sie organisierten die nächsten Schritte und bereiteten die Vernehmungen des folgenden Tages vor. Es wurde beschlossen, dass sich Reiner und Rossmann die Verhafteten in Kassel vorknöpften.

Rossmanns Blick und Sulimas verhaltenes Grinsen verhießen, dass sie noch einen Trumpf im Ärmel hatten. Der Drogenkommissar verkündete ihn frohlockend:

»Und noch eine grandiose Nachricht. Heute Morgen haben uns die spanischen Kollegen mitgeteilt, sie hätten die Bande zerschlagen. Sie haben alle in einer Großrazzia verhaftet.«

»Alle?«, fragte Cornelia. Sie meinte die beiden mit verwickelten Polizisten.

»Alle.«

»Weißt du, ob sie die verhört haben, die das Koks in der Druckerei gepresst haben?«

Rossmann warf einen Blick auf seine Notizen.

»Ja, haben sie. Warum?«

»Haben sie herausgefunden, von wem die Idee stammte, eine alte Stanzung von *Rotkäppchen* zu benutzen?«

»Wenn ich's richtig verstanden habe, von dem ehemaligen Druckereiarbeiter.«

Das hatte sie vermutet.

»In diesen Geschäften gibt es keinen Platz für Schnörkel.«

Auch nicht für die Nostalgie wegen eines verlorenen

Berufs. Sie erinnerte sich an Uwe Niesbach, der den Mann umgebracht hatte, welcher seiner Profikarriere ein Ende gesetzt hatte. Wie hatte er gesagt? »Ich bin in meinem Kern Fußballer – ich bin nicht Mechaniker, obwohl ich mein Brot mit dieser Arbeit verdient habe.« Dieser Typ, der das Paket gepresst hatte, war in seinem Wesen Drucker.

Und sie war Polizistin. Sie wurde wieder Polizistin.

DEZEMBER

Der Dezember kam mit einer Leiche.

Im herrschaftlichen Holzhausenviertel hatte eine Frau die Polizei angerufen, um »verdächtige Personen und Handlungen« in der Nachbarwohnung ihrer Mutter anzuzeigen, einer alten Frau, die allein in einer riesigen Wohnung lebte. Die Achtzigjährige hatte allerdings, wie die Tochter der Polizei erzählte, diese von dem Anruf abzubringen versucht, da sie sich im Grunde über ein wenig Leben im Haus freute:

»Da fühlt sie sich ein bisschen mehr in Gesellschaft. Natürlich konnte ich mir nicht vorstellen, dass es um eine Leichenwache ging.«

Um eine klandestine Leichenwache.

»Aus diesem Grund waren sie wohl so schick angezogen. Und ich dachte, sie organisierten zweimal die Woche eine Party!«

In den folgenden Tagen entdeckte eine Gruppe Polizisten, dass in dieser Wohnung regelmäßig Totenwachen für Personen durchgeführt wurden, die, im Allgemeinen wegen ihres Unterweltdaseins, nicht offiziell beigesetzt werden konnten. Ein Netz, an dem Angestellte zweier Bestattungsunternehmen und eines Krematoriums beteiligt waren.

»Aber nie habe ich gesehen, dass Särge gebracht oder weggetragen wurden.«

Die gab es auch nicht. Die Toten kamen und gingen in Rollstühlen eines falschen Krankenwagens.

All das wäre nichts weiter als eine etwas exzentrische Anekdote geblieben, wie Polizisten sie auf einer Party gern zum Besten geben, wäre die einbalsamierte Leiche, bei der zu diesem Zeitpunkt eine Prostituierte und ein Mann unbestimmten Berufs Totenwache hielten, nicht die Faruk Herzogs gewesen.

»Die beiden haben gesagt, die Mutter und die Frau des Verstorbenen hätten die Wohnung eine Stunde vorher verlassen«, berichtete einer der Polizisten, als Cornelia und Reiner dort eintrafen.

Die Alte stand in ihrer Wohnungstür.

»Armes Bürschchen. So jung!«

»Woher wissen Sie das?«

»Das hat mir einer der Polizisten gesagt. Woran ist er gestorben?«

Die Obduktion wurde durch die Arbeit des Einbalsamierers erschwert.

»Hervorragend, das muss man sagen«, bemerkte Pfisterer bewundernd.

»Na, in den nächsten Jahren wird er im Gefängnis Mäuse ausstopfen müssen. Woran ist Faruk Herzog gestorben?«

»Ich würde sagen, an einer inneren Blutung auf Grund der Schläge, die man ihm verpasst hat.«

Der zweite Tote auf Sigmunds und Manis Liste. Sie nahmen die Nachricht so gleichmütig auf, dass Cornelia dachte, Sonia Raimondo und Faruk Herzog seien nicht die beiden ersten.

»Es geht nichts über die Aussicht auf Strafermäßigung, um die Leute etwas gesprächiger zu machen«, sagte Reiner bei seiner Rückkehr aus Kassel. Dort hatten sie mit den Festgenommenen der Bande gesprochen, die Raschke denunziert hatte.

»Vor allem die Anfänger«, fügte Rossmann hinzu.

Reiner Terletzki und Wolfgang Rossmann, zwei erfahrene Polizisten, hatten es übernommen, mit den fünf Männern zu sprechen. Die Verhandlung war noch anhängig. Zwei Deutsche, zwei Türkendeutsche und ein Serbe. Letzterer war siebzehn Jahre alt und sah zum ersten Mal Gefängniswände von innen. Die Chance einer Haftverkürzung machte ihn viel kooperativer als die anderen vier, schon alte Hasen, so dass er ihnen einige spärliche Informationen gab. Diese zeigten ihnen vor allem, dass sie die Bande schwer getroffen hatten. Einer der inhaftierten Türkendeutschen war der Anführer, aber einige Leute befanden sich noch auf freiem Fuß und waren in der Lage, nach einer kurzen Erholungsphase das Geschäft weiterzuführen. Eine Hydra.

»Die Information über Raschkes Geschäft haben sie von Faruk Herzog bekommen.«

Was Rossmann vermutet hatte, dachte Cornelia, als sie das Resümee ihrer Kollegen hörte. Zudem hatten sie mehrere Namen, einige davon den Drogenbeamten bekannt.

»Heroinleute. Aber das Horse ist eine jämmerliche Schindmähre geworden«, sagte Rossmann. »Anscheinend wollen sie einen neuen Geschäftszweig aufbauen.«

»Bald werden wir sie persönlich fragen können.«

Dank einem seiner Vertrauensleute hatte Heiko Sulima den Aufenthaltsort von einigen ausfindig gemacht.

Einen Tag später hatten sie drei weitere Festgenommene. Gegen einen Vierten war ein Haftbefehl ausgeschrieben. Alle drei stritten ihre Zugehörigkeit zu einer Drogenhändlerbande ab:

»Manchmal kaufe ich etwas für den eigenen Konsum«, sagte einer.

»Einmal habe ich vielleicht im Kleinen gehandelt, aber das ist ewig her«, sagte der Zweite.

»Wer hat euch denn diesen Quatsch erzählt? Wer war dieser Scheißverräter?«, sagte der Dritte.

Mit diesem nahmen sie sich mehr Zeit, konfrontierten ihn mit den Aussagen der einsitzenden Mitglieder, was ihn so rasend machte, dass er vor Wut fast zu schäumen begann. Er stritt weiterhin alles ab, wurde aber zusehends wütender. Da versetzte ihm Reiner den Stoß, der ihn ins Wanken brachte:

»Und danach haben wir mit Ihren Kollegen über den Mord an Lorenz Raschke gesprochen, begangen in seinem Büro auf dem Flughafenareal.«

»O nein! Diese Nieten können mir anhängen, was sie wollen, aber den Typ haben wir nicht umgelegt.«

»Er war aber ziemlich tot, als wir ihn fanden.«

»Er war ziemlich lebendig, als wir ihn verließen. Total fertig, aber lebendig.«

»Also geben Sie jetzt zu, Lorenz Raschke am vergangenen 26. November geschlagen zu haben?«

»Keine Ahnung, welches Datum es war.«

»Geben Sie jetzt zu, Lorenz Raschke in seinem Büro geschlagen zu haben?«

»Ja doch, Mann! Aber wir haben ihn nicht umgebracht, wir haben ihn nicht mal sehr hart angefasst, wenn man bedenkt, dass ...«

Mitten im Satz verstummte er. Die Tür zum Verhörzimmer ging auf, und Cornelia trat ein.

»Verdammt! Was macht die denn hier?«

»Erkennen Sie mich?«

»Natürlich, du hast dich ja gewunden wie ein wildes Tier. Hättest du stillgehalten, hätten wir dich nicht so zurichten müssen. Sag aber nicht, dass du ein Bulle bist.«

»Warum habt ihr mich denn ›zurichten‹ müssen?«

»Falls du Selin bei dir eingesperrt hattest.«

»Warum haben Sie Selin gesucht?«

»Weil wir von ihrer Schwägerin erfahren haben, dass sie und Faruk in Gefahr waren. Es sind Freunde.«

»Haben Sie und Ihre Kollegen mit Frau Raquel Solís gesprochen?«

»Natürlich, sie ist uns holen gekommen, als das mit Faruk passierte, weil sie unsere Hilfe brauchte. Aber keine Ahnung, wo Faruk und Selin jetzt sind.«

»Und Raquel Solís?«

»Ist später verduftet. Ich glaube, sie hatte Riesenschiss, dass die Leute von Raschke sie erwischen oder die Polizei.«

»Haben Sie sie nicht wiedergesehen?«

»Nein! Ihr seid ein bisschen schwer von Begriff. Verdammt – wir haben dein Gesicht ja wie eine Landkarte zugerichtet! Raschke hat sich auch gewehrt, darum ist uns die Faust auf seinem Mund ausgerutscht, und er ist bewusstlos geworden. Er hat uns nicht gesagt, wo Selin und Faruk sind, aber da wir ihm die Botschaft bereits vermittelt hatten, sind wir abgezogen.«

»Was denn für eine Botschaft?«, fragte Reiner.

»Dass wir Partner würden, ob ihm das passte oder nicht. Aus diesem Grund wäre es sinnlos gewesen, ihn umzulegen. Wenn es ums Organisieren ging, war dieser Typ eine Maschine – wir wollten ihn als Partner.«

Das klang plausibel. Und wenn es stimmte, wussten sie weiterhin nicht, wer Raschke umgebracht hatte. Einmal mehr zeichnete sich Selin als Verdächtige ab.

»Wer hatte denn Ihrer Meinung nach ein Interesse daran, ihn umzubringen?«

»Was weiß denn ich! Jeder hat Feinde.«

Und einige haben mächtige Freunde, erinnerte sich Cornelia von Freyas Verhör her. Laut der Rothaarigen hatte Selin solche Freunde. Natürlich hatte sie sie! Der

Gedanke kam ihr wie eine Erleuchtung, die, kaum hatte sie ihr Hirn berührt, auch schon in ihrem Mund war. Sie fragte den Typ, der sie geschlagen hatte:

»Seit wann arbeiten Sie für den Inhaber von La Cocotte?«

»Seit sechs Monaten.«

Cornelia strengte sich sehr an, ihren Gesichtsausdruck im Zaum zu halten, als sie diese so leicht dahergesagten Worte hörte, so dass die Kollegen ihre Bedeutung erst nach ein paar Minuten erfassten.

Sie hatten den Chef.

Und sie hatten den Kunden, den bedeutenden Großhändler, für den Raschke sein größtes Geschäft vorbereitete.

»Ich hatte nicht gewusst«, überlegte Cornelia danach mit ihren Kollegen, »dass dieser große Kauf vor allem ein Test war und dass der Kunde danach eine feindliche Übernahme plante.«

»Das ist eine gute Theorie«, sagte Sulima anerkennend, »die wir vielleicht bestätigen können, wenn wir ihn haben.«

»Das ist eure Beute, Jungs«, sagte Cornelia. »Holt sie euch.«

PREISVERTEILUNG

Rossmann bekam seine Trophäe. Der Besitzer der Cocotte hatte die Zeichen nicht rechtzeitig erkannt und keine Zeit mehr, das Weite zu suchen. Genugtuung leuchtete aus den Gesichtern der Polizisten des Drogendezernats. Wenn sie ihrer Freude nicht ganz die Zügel schießen lassen mochten, dann, weil ein wichtiges Stück fehlte: Lorenz Raschkes Mörder.

»Jeder hat Feinde.«

Raschke hatte viele, aber Cornelia kam nur eine Person in den Sinn, die ihn genügend hasste, um ihn umzubringen: Selin Herzog. Von Raschkes Killern geschlagen und erniedrigt.

Sie hatte es in der Hand gehabt. Sie hatte es in der Hand gehabt, sie festzunehmen und damit Raschkes Tod zu verhindern. Aber eine absurde Solidarität hatte sie geblendet. Solidarität mit wem? Mit der aufgekratzten, scharfzüngigen Putzfrau, mit der sie abends ausgegangen war und sich, um die Dinge beim Namen zu nennen, betrunken hatte? Oder mit der Person, die sich berechnend in Raschkes Bande eingeschmuggelt hatte, um sich ihre Häppchen abzuzweigen? Häppchen, die entdeckt worden waren und ihr und Faruk Sigmunds und Manis Abreibung eingetragen hatten.

Je mehr Tage vergingen und je mehr Abstand Cornelia Lenz von ihr gewann, desto unsinniger fand sie ihre Entscheidung, sie einige Stunden schlafen zu lassen, bevor sie handelte, wie eine Polizistin zu handeln hatte. Auf ihr zerknirschtes Geständnis hatte Ockenfeld mit einigen banalen Sätzen reagiert.

»Das ist nur menschlich. Was konnten Sie denn wissen.«

Sie hätte es schlichtweg wissen müssen, so, wie Ockenfeld sie hätte tadeln müssen wegen ihrer Unvernunft, wegen ihrer Unprofessionalität. Niemand schien willens, das zu tun. Reiner zeigte sich ebenfalls verständnisvoll.

»Wie hättest du auch ahnen sollen, dass sie gehen würde?«

Leopold umarmte sie einfach und sagte etwas wie, sie sei ein guter Mensch.

Aber eine schlechte Polizistin. Oder war ihr als Einziger, die Möglichkeit durch den Kopf gegangen, dass Selin Herzog Raschke getötet hatte?

In den Gesichtern ihrer Kollegen las sie, dass auch sie an diese Möglichkeit gedacht hatten, und begriff, dass keiner sie aussprechen wollte, weil ihnen bewusst war, was das für sie bedeutete.

Man gestand ihr zu, sich von den Schlägen zu erholen. Bevor die Folgen ihrer Entscheidung über sie hereinbrachen? Oder gedachten sie, das Ganze unter den Teppich zu kehren und darauf zu bauen, dass niemand allzu viele Fragen stellte? Ihre Kollegen schützten sie. Durfte sie sich darüber freuen?

Sie musste es selbst in die Hand nehmen.

Einen Tag, nachdem sie den Besitzer der Cocotte festgenommen hatten, ging Cornelia in die Moselstraße. Das Lokal war geschlossen. Ein kleiner Anschlag, so diskret wie der Eingang, gab den Kunden die definitive Schließung bekannt.

Sie zog ein Blatt aus der Handtasche und schrieb für Raquel Solís eine Notiz, in der sie ihr mitteilte, dass sie Faruks Leiche hatten und wussten, dass sie für ihren Mann eine Geheimbestattung plante. Sie beschwor

Raquel, sich zu stellen. »Ich garantiere dir, dass du dich gebührend von ihm verabschieden kannst.« Und sie hinterließ ihre Handynummer.

Der Anruf kam gegen Abend, als sie eben nach Hause gehen wollte.

»Wohin soll ich kommen?«

»Ins Präsidium. Sollen wir dich abholen?«

»Nein, besser nicht. Ich will nicht, dass ihr wisst, wo ich in den letzten Tagen gewesen bin. Ich muss sowieso zuerst nach Hause, ein paar Sachen holen.«

»Das kannst du auch nachher noch.«

»Lieber jetzt, falls ich nicht zurückkomme.«

»Dann schick ich dir später einen Streifenwagen nach Hause.«

»Okay. So kann ich mir das Taxi sparen.«

Raquel Solís erschien anderthalb Stunden später. Sie hatte sich ein wenig geschminkt und trug ein hellgraues Kostüm mit weißer Bluse.

»Also warst du Polizistin.«

Cornelia stellte ihr Reiner und Leopold vor, die sie nach dem Anruf herbestellt hatte.

Reiner übernahm die einleitenden Fragen. Kurz darauf mischte sich Cornelia ein.

Raquel erzählte ihnen, Faruk habe sie warnen können, darum sei sie Raschkes Schlägern nicht in die Hände gefallen. Danach hatte sie sich bei einer Kollegin versteckt.

»Wie haben Sie die Leiche Ihres Mannes gefunden?«

»Selin hatte mich ausfindig gemacht und mir erzählt, was geschehen war, dass sie habe entkommen können, dass du sie bei dir aufgenommen hattest. Danke. Ehrlich.«

Sie ergriff Cornelias Hand, die zog sie beschämt zurück.

»Nachdem sie die Nacht bei dir verbracht hatte, gingen sie und ich und ein paar Freunde in den Wald. Wir haben gesucht und gesucht, schließlich hat ihn einer der Jungs gefunden – sie hatten ihn in einen Graben geschmissen.«

Raquel kämpfte mit den Tränen, weinte aber nicht.

»Tot. Sie haben ihn dort liegen lassen wie einen Hund. Aber viele Hunde werden besser behandelt als der arme Faruk.«

Einer dieser Freunde hatte den geheimen Bestattungsdienst gekannt.

»Wir konnten ja nicht zur Polizei, und man hätte uns nirgends den Totenschein gegeben, um ihn legal bestatten zu können. Aber wir wollten ihn beisetzen wie einen Menschen und nicht wie ein Tier. Er sollte seine Totenwache haben, mit seiner Familie und seinen Freunden. Du wirst dich darum kümmern, nicht wahr?«

»Wie ich dir versprochen habe, er wird wie ein Mensch bestattet werden.«

»Kann ich hingehen?«

»Hoffen wir es.«

Das konnte sie ihr nicht versprechen, es lag nicht bei ihr. Anderes wohl.

»Wo ist Selin?«

»Sie ist nicht mehr in Deutschland. Sie hat das Land vor zwei Tagen verlassen.«

»Ist sie in der Türkei?«

»Das werde ich euch nicht sagen. Lasst sie in Frieden. Sie hat schon genug durchgemacht, meint ihr nicht? Ein Dealer mehr oder weniger, spielt das eine Rolle?«

Sie begann zu lachen.

»Wir suchen sie wegen Mordes, Raquel.«

Raquels Lachen erstarb wie abgeschnitten.

»Wen soll sie denn ermordet haben?«

»Lorenz Raschke.«

Da lachte die Kolumbianerin erneut. Es war ein explosives Lachen, als wäre ihr eben der beste Witz der Geschichte erzählt worden. Nachdem sie sich endlich wieder gefasst hatte, schaute sie sie amüsiert an. Und herausfordernd. Sie wartete, dass sie etwas sagten, dass sie das Rätsel lösten, das sie ihnen stillschweigend aufgegeben hatte. Cornelia wagte eine Antwort:

»Du?«

Sie nickte.

Es sei ganz einfach gewesen, sagte sie. Sie habe gewusst, dass einige von Faruks Bande Raschke einen Besuch abstatten wollten. Einmal wegen des Geschäfts, zum anderen, weil sie wissen wollten, was mit Faruk und Selin geschehen war.

»Die anderen wussten also nicht, dass Ihr Mann tot war, Frau Solís«, sagte Leopold. »Haben Sie ihnen nichts gesagt?«

»Nein. Obwohl sie nicht blöd sind und Raschke nicht umgebracht hätten, wenigstens noch nicht, weiß man nie, ob nicht einem von ihnen das Blut zu kochen begonnen hätte. Aber ich bezweifle es. Sie waren weder Freunde noch Familie, bloß Partner.«

Raquel hatte so lange auf sie eingeredet, bis sie einwilligten, dass sie sie begleitete. Sie wussten, wie man in die internen Zonen des Flughafens gelangte, ohne kontrolliert zu werden. Sie hatte ihnen gesagt, sie wolle Selins Siebensachen abholen.

»Aber ich habe gewartet, bis sie aus Raschkes Büro rauskamen. Als ich reinging, fand ich ihn vor seinem Tisch auf den Knien. Er war benommen, sie hatten ihm ordentlich die Hucke vollgehauen. Ich glaube, er versuchte, ans Telefon zu kommen. Aber er schaffte es nicht. Ich bin von hinten an ihn ran und habe ihm ein

Messer in den Hals gestoßen. Damit er wie ein Schwein verblutete. Ich konnte nicht bleiben, um es mir anzuschauen, aber ich stelle es mir vor, das ist noch besser.«

Sie erzählte ihnen noch einige weitere Details, ehe sie ihre Aussage für vollständig erklärte.

»Ich bin müde«, sagte sie am Ende. »Ich mag keine weiteren Fragen.«

»Nur noch zwei«, sagte Cornelia.

»Also. Die erste?«

»Warum hast du es uns einfach so erzählt?«

»Warum nicht?«

»Warum sagst du uns nicht, wo Selin ist?«

»Weil sie noch das ganze Leben vor sich hat.«

»Und du?«

»Das ist schon die dritte Frage.«

EPILOG

»Wie geht es dir?«

»Am Boden zerstört. Mist! Polizistin! So eine Scheiße!«

»Hätte deine Mutter so was gesagt, hättest du mit ihr geschimpft.«

»Das ist der Schmerz. Er lässt einen die guten Manieren verlieren. Außerdem kann ich's immer noch nicht fassen.«

Hamit Aktürk lag in seinem Krankenhausbett. Am Vortag war die Magenverkleinerung durchgeführt worden, auf die er sich in den vorangegangenen Monaten vorbereitet hatte.

»Du hättest mich auch schon vorher besuchen können.«

»Ich wusste nicht, wie ihr es aufnehmen würdet. Ich habe euch die ganze Zeit hinters Licht geführt.«

»Ach Quatsch. Wenn wir von Filmen und Serien gesprochen haben, dann war das echt. Und als du uns geholfen hast, dann auch.«

»Ist Gamze sehr böse auf mich?«

»Vielleicht ein bisschen, aber das wird sich geben.«

Hamit lächelte ihr zu und sagte:

»Magst du wirklich lieber Blonde?«

Anscheinend schon.

Mit einem Blonden hatte sie sich diesen Abend verabredet.

»Eine Überraschung«, hatte Leopold gesagt.

Das war es. Eine riesige sogar.

»Da sind wir, Cornelia, wieder auf dem Schauplatz deiner großen Erfolge.«

Sie standen vor dem Eingang der Karaokebar, wo sie mit Selin und Freya gewesen war.

»Aber wie …?«

»Ich war auch da.«

Tagelang hatte Leopold sie insgeheim bewacht. Er hatte befürchtet, es könnte ihr etwas zustoßen. Und genau an dem Tag, da sie hier gesungen hatte, war er ihr gefolgt.

Sie traten ein. Er deutete auf eine dunkle Ecke.

»Von hier aus habe ich das Schauspiel genossen.«

»Aber jetzt gehen wir.«

»Keine Rede. Man erwartet uns.«

An einem Tisch winkte ihnen eine Hand zu. Reiner. Und wer war noch da? Sandra, seine Frau. Verflucht seien die Babysitter! Rossmann und seine Frau. Verflucht seien die Handys! Sulima und seine Freundin. Verflucht sei Leo!

Sie setzten sich zu ihnen.

»Welcher Song ist dir am peinlichsten?«, fragte Leopold sie.

»Ich …, ich weiß nicht. Alle.«

»*Griechischer Wein*? *My Way*? *Dschingis Khan*?

»Also ich …«

»Na los! Es geht nicht um die schlechtesten Songs aller Zeiten, sondern um die peinlichsten zum Singen. Na, unwichtig, ich hab eine Idee.«

Er ging davon. Sie sah ihn in der Ferne mit dem DJ sprechen. Gleich darauf kam er wieder zurück.

»Was wirst du singen?«

»Sag besser, was singen *wir*.«

»Kommt nicht in Frage. Ich geh bestimmt nicht auf die Bühne und mach mich lächerlich.«

»Natürlich gehst du. Du willst doch deine Fans nicht enttäuschen, zu denen ich mich auch zähle.«

Eine Stimme kündigte über Lautsprecher an:

»Und schon haben wir wieder zwei neue Kandidaten, Olli und Susi werden uns im Duo einen großen Hit singen.«

»Olli? Susi? Und was sollen wir singen?«

Der Lautsprecher gab die Antwort:

»Für uns alle – Olli und Susi mit dem Song von *Die Biene Maja*.«

»Ich werde dich erwürgen, Leo.«

»Willst du lieber rechts oder links?«

Und noch alle Fronten offen? Sie musste ihre Eltern besuchen, musste sich wieder mit Manuel versöhnen, musste mit Jan reden. Sie musste. Aber das würde sie morgen tun.

»Links.«

DANK

Vor der Veröffentlichung eines Romans einige Dankesworte zu schreiben ist eine der angenehmsten Aufgaben in der letzten Phase – es bedeutet, die getane Arbeit zu rekapitulieren und dabei festzustellen, dass sie zwar fast immer einsam war, dass es aber viele Menschen gegeben hat, die sie auf verschiedene Art und Weise begleitet haben.

Wie Hubert Huhn, Zollbetriebsinspektor im Frankfurter Polizeipräsidium, der wertvolle Informationen über die Arbeit der deutschen Polizei beigesteuert hat. Wie Gabriele Rittig, Anwältin und passionierte Buchhändlerin, die mich bei Kaffee und Kuchen in Rechtsfragen und bei Polizeithemen beraten hat, immer mit großartigem Humor. Wie Joachim Kunze, der seine Erfahrungen bei der Arbeit auf dem Flughafen mit mir geteilt hat. Wie Dr. Mercè Subirana, die sich mit liebevoller Professionalität meiner »Toten« angenommen hat. Wie Klaus Grommet, dem ich die ursprüngliche Idee für die Geschichte mit den Fußballspielern verdanke, von der ich hier nichts weiter sagen kann, falls Sie das vor dem eigentlichen Roman lesen sollten. Und wenn Sie ihn schon gelesen haben, werden Sie verstehen, was ich meine.

Falls es trotz all der guten Beratung Fehler geben sollte, habe ich sie mir alle selbst zuzuschreiben.

Andere Freunde haben die Geduld aufgebracht, das Buch zu lesen und zu kommentieren. Ana Ramírez hat es mit der ihr eigenen Gewissenhaftigkeit und Liebenswürdigkeit getan. Meine Agentin Margarita Perelló hat ihm nicht nur ihr ganzes kritisches Wissen angedeihen lassen, sondern die Lektüre mit der moralischen Unterstützung begleitet, die Schriftsteller in mutlosen Momenten brauchen. Cornelia Maith-Yilmaz, die ihn nicht gelesen hat, weil sie nicht Spanisch kann, aber solche Lust auf die deutsche Version hat, dass sie mich immer zum Weiterschreiben ermuntert hat.

Und ganz besonders Celia Jaén, die wahrscheinlich schon gar nicht mehr weiß, wie oft sie ihn ganz oder auszugsweise gelesen hat, und ihm immer wieder etwas Gutes abgewonnen hat.

Klaus, mein Mann, hat das Buch die ganze Zeit begleitet. Er hat es zur Welt kommen sehen, hat es in seiner Entwicklung begleitet, hat es gelesen, kritisiert, manchmal gelobt und viele wertvolle Ideen beigesteuert. Letztlich hat er es möglich gemacht.

Rosa Ribas
Tödliche Kampagne
Ein neuer Fall für Kommissarin Cornelia Weber-Tejedor
Kriminalroman
Aus dem Spanischen von Kirsten Brandt
Deutsche Erstausgabe
st 4184. 462 Seiten

Ein brutaler Mord sorgt für Aufregung in Frankfurts Werbeagenturen: In ihrem zweiten Fall taucht Hauptkommissarin Cornelia Weber-Tejedor tief ein in die Welt der Jungen und Kreativen ... kreativ auch, wenn es um Mord geht? Zunächst sind es nur Drohbriefe, die in der Frankfurter Werbeagentur Baumgard & Holder eingehen, doch dann wird ein Kollege ermordet aufgefunden. Wollte man im Wettstreit um eine lukrative Kampagne, die die Stadt Frankfurt ausgeschrieben hat, einen unliebsamen Konkurrenten aus dem Weg schaffen? Cornelia Weber, in Eheprobleme verstrickt und unzufrieden über die Zusammensetzung ihres Teams, übersieht ein entscheidendes Detail. Dann geschieht ein zweiter Mord.

NF 1013/1/7.11